Zum Buch:

Es ist ein ungewöhnliches Arrangement. Noch nie ist Oliver bei einer Klientin eingezogen, um ihren Fall zu bearbeiten. Doch hier scheint es die einzig richtige Lösung zu sein. Die Drohbriefe, die eine unbekannte Person Jana schickt, deuten auf etwas Persönliches hin. Nur wenn sie unauffällig vorgehen, könnten sie Erfolg haben. Natürlich ist absolut klar, dass er bei diesem Fall ganz besonders die professionelle Distanz wahren muss. Doch ohne es zu wollen, macht Jana ihm genau das in ihrer Verletzlichkeit, dem Vertrauen, das sie ihm entgegenbringt, und dieser unbeschreiblichen Magie, mit der sie ihn zu verhexen scheint, schwerer als gedacht.

Zur Autorin:

Seit Petra Schier 2003 ihr Fernstudium in Geschichte und Literatur abschloss, arbeitet sie als freie Autorin. Neben ihren zauberhaften Liebesromanen mit Hund schreibt sie auch historische Romane. Sie lebt heute mit ihrem Mann und einem deutschen Schäferhund in einem kleinen Ort in der Eifel.

Lieferbare Titel:

Nur eine Fellnase vom Glück entfernt
Plätzchen gesucht, Liebe gefunden
Kleines Hundeherz sucht großes Glück
Das Kreuz des Pilgers
Das Geheimnis des Pilgers

Petra Schier

Auf tapsigen Pfoten ins Glück

Roman

HarperCollins

1. Auflage 2022
Originalausgabe

Umschlaggestaltung von zero Werbeagentur, München
Umschlagabbildung von Erik Lam, marre, S_Photo,
5 second Studio, by-studio / Shutterstock
Gesetzt aus der Stempel Garamond
von GGP Media GmbH, Pößneck
Druck und Bindung von CPI books GmbH, Leck
Printed in Germany
ISBN 978-3-365-00097-7
www.harpercollins.de

Klimaneutral
Druckprodukt
ClimatePartner.com/15109-2009-1001

MIX
Papier
FSC
FSC® C083411

1. Kapitel

»Du, Santa? Santa? Santa, wo steckst du denn?« Elfe-Sieben rannte quer durch das große Wohnzimmer und blieb mitten in der Terrassentür stehen. »Ach, hier bist du.«

»Was gibt es denn?« Plätschernd und prustend tauchte Santa Claus, auch als Weihnachtsmann bekannt, aus seinem Pool im Garten auf. »Du siehst ja so aufgeregt aus. Ist etwas passiert?«

»Nicht direkt.« Elfe-Sieben kicherte, weil dem Weihnachtsmann das Wasser aus dem Bart tropfte. »Das Wunscherfüllungsradar hat angeschlagen.«

»Was, jetzt? Mitten im Sommer?« Santa Claus kletterte aus dem Wasser und schnappte sich das große rote Handtuch, das über der Sonnenliege neben dem Pool lag. Schwungvoll rubbelte er sich damit Gesicht und Haare trocken. »Ich bin aber doch im Urlaub. Kann das nicht noch ein bisschen warten?«

»Ich fürchte, darum müssen wir uns gleich kümmern«, erwiderte die kleine Elfe, die schon seit vielen Jahren als Assistentin des Weihnachtsmannes in dessen Büro half. »Es bietet sich gerade die Gelegenheit, einen ganz, ganz großen Kindheitswunsch zu erfüllen, aber dazu müssen wir jetzt sofort alles in die Wege leiten, sonst klappt es vielleicht nicht bis Weihnachten.«

»Na gut, wenn es denn sein muss.« Seufzend hüllte Santa Claus sich in seinen roten Bademantel mit den weißen Aufschlägen und band den ebenfalls weißen Gürtel fest. Dann folgte er der Elfe hinüber in sein Büro. Auf dem Weg traf er seine Frau, die, ebenfalls im Bademantel, gerade in Richtung Pool unterwegs war.

»Nanu, wo willst du denn hin?«, fragte sie überrascht. »Ich dachte, wir spielen eine Runde Wasserball miteinander.«

»Das machen wir auch gleich«, versprach Santa Claus. »Ich muss nur schnell etwas erledigen.«

»Erledigen? Im Urlaub?« Stirnrunzelnd folgte seine Frau ihm. »Ich dachte, wir wollten endlich einmal wieder ausspannen.«

»Es dauert bestimmt nicht lange.« Inzwischen hatten sie das Büro erreicht, in dem ein kleines Gerät neben dem Computer heftig blinkte. »Das Wunscherfüllungsradar hat, wie du siehst, angeschlagen.« Rasch schaltete er den Computer ein und tippte ein paar Befehle auf der Tastatur. »Ach, hm, sieh mal einer an, das ist ja interessant.«

»Oje.« Seufzend setzte seine Frau sich neben ihn auf die Schreibtischkante. »Den Ton kenne ich. Ich nehme an, auf unser Wasserballspiel muss ich heute verzichten.«

»Nein, nein!« Ohne den Blick von den Informationen auf dem Bildschirm zu lösen, schüttelte Santa Claus den Kopf. »Geh ruhig schon mal vor zum Pool. Ich komme gleich nach. Das hier wird ganz schnell gehen. Es handelt sich um den Weihnachtswunsch der zehnjährigen Jana, den ich hier schon seit, warte mal«, er gab ein paar weitere Befehle ein, »seit einundzwanzig Jahren auf Wiedervorlage eingestellt habe, weil sich bisher noch keine Gelegenheit ergeben hat, ihn zu erfüllen.«

»Was? So lange schon?« Erstaunt warf nun auch seine Frau einen Blick auf den Bildschirm. »Was hat sie sich denn gewünscht, das so schwer zu erfüllen ist?«

»Sie wollte eine weltbekannte Glaskünstlerin werden«, erklärte Elfe-Sieben. »Glaskünstlerin ist sie auch inzwischen und recht erfolgreich noch dazu. Aber weltbekannt noch lange nicht. Sie hat sich ihren jetzigen Erfolg ganz allein erarbeitet, denn sie ist nicht nur sehr talentiert, sondern auch eine exzellente Geschäftsfrau. Aber mit dem großen Durchbruch hat es bislang noch nicht geklappt.«

»Das könnte sich nun bald ändern«, fügte Santa Claus lächelnd hinzu, nachdem er alle Informationen überprüft hatte, die das Wunscherfüllungsradar ausgespuckt hatte. »Hier, siehst du?« Er deutete auf den Bildschirm. »Es bietet sich gerade die Gelegenheit, den Stein ins Rollen zu bringen.«

Aufmerksam las Santas Frau sich die Daten durch, dann nickte sie zustimmend. »Das sieht wirklich vielversprechend aus. Da hat sich das lange Warten offenbar gelohnt.« Sie erhob sich und ging zur Tür. »Du kommst ganz sicher zum Pool, sobald du hier fertig bist?«

»Aber ja, mein Schatz.« Der Weihnachtsmann war bereits in seine Arbeit vertieft. »Das hier dauert höchstens eine halbe Stunde. Danach können wir uns wieder voll und ganz unserem wohlverdienten Urlaub widmen.«

2. Kapitel

»Das war so genial«, schwärmte Jana Weißmüller ihrer Mitarbeiterin Melissa Lange vor, während sie auf die Tür zu ihrer Werkstatt im am Stadtrand gelegenen Katharinenweg zustrebte. »Erst gab es natürlich wie immer jede Menge Theorie, damit wir die chemischen Prozesse verstehen. Meine Güte, was hat uns allen der Kopf geraucht! Aber dann durften wir zusehen, wie die neuen Verfahren angewendet werden, und es auch selbst ausprobieren.« Sie lachte. »Jetzt habe ich natürlich mindestens hundert Ideen, wie ich das alles auf meine Projekte anwenden könnte. Ich muss mir aber erst noch die Chemikalien und einige Mineralien besorgen und ein paar neue Werkzeuge. Am besten schaue ich gleich mal im Onlinekatalog nach ...« Erschrocken brach sie ab, als sie bemerkte, dass die Eingangstür zu ihrer großen Glasbläserwerkstatt halb offen stand. Jemand hatte sie offenbar mit brachialer Gewalt aufgebrochen. »Was ist das denn?« Sehr vorsichtig stieß sie die Tür weiter auf und trat ein. »O mein Gott!« Vor Entsetzen schlug sie beide Hände vor den Mund.

»Ach du Scheiße!« Melissa, die gleich hinter ihr eingetreten war, sah sich mit großen Augen um und schob sich fahrig eine dunkelblonde Haarsträhne hinters Ohr. »Was ist denn hier passiert?«

»Jemand ist eingebrochen und hat alles zerstört. O nein!« Entgeistert drehte sich Jana einmal im Kreis. Ihre sonst so aufgeräumte Werkstatt bot ein Bild der Verwüstung. Alle Türen und Schubladen der Metallschränke an der linken Wand, die ihre Werkzeuge und Chemikalien enthielten, standen offen.

An einigen waren die Schlösser aufgebrochen worden. Glasmacherpfeife, Halter, Greifwerkzeuge, Handschuhe, Schutzbrillen lagen auf dem Boden verstreut. Einer der kleineren Arbeitstische war umgekippt, ebenso wie ein kleiner Brennofen. Am großen Ofen stand die Klappe weit offen.

Vorsichtig bahnte Jana sich einen Weg durch das Chaos bis zur Tür, die in ihren kleinen Lagerraum führte. Auch dort herrschte wilde Unordnung. Jemand hatte sich an ihren Materialien und halb fertigen Glasskulpturen zu schaffen gemacht. Behälter mit weiteren Mineralien und Chemikalien lagen auf dem Boden verstreut. Einige waren aufgesprungen, und der Inhalt hatte sich überall verteilt. Dazwischen glitzerten im Licht der Tageslichtdeckenlampe überall Glasscherben und zersprungene Skulpturen. »O nein«, wiederholte Jana tonlos. Tränen stiegen ihr in die Augen. »Das darf doch nicht wahr sein!«

»Ich rufe die Polizei.« Melissa hatte bereits ihr Smartphone in der Hand. »Wir dürfen nichts anfassen, bis die Beamten hier sind.«

»So eine Sauerei.« Fahrig wischte Jana sich über Augen und Wangen, doch die Tränen flossen einfach weiter. »Ich war doch nur drei Tage weg. Was mache ich denn jetzt?« Sie drehte sich zu Melissa um, die bereits die Nummer der Polizei gewählt hatte und nun die Situation schilderte. Das Gespräch dauerte nicht allzu lange. »Sie schicken gleich jemanden her.« Melissa schob das Handy in die Gesäßtasche ihrer Jeans. »Wir sollen nichts anfassen, wie ich mir schon dachte, aber trotzdem schon mal nachsehen, ob etwas fehlt.« Als Jana nur weinend nickte, trat Melissa neben sie und legte ihr einen Arm um die Schultern. »Das wird schon wieder. Zum Glück sind das alles nur Gegenstände. Niemand ist verletzt worden.«

»Du hast gut reden. Die haben meine Arbeit von mindestens vier Wochen zerstört.« Vage deutete Jana auf die zertrümmerten Skulpturen im Lagerraum. »Und die Chemikalien … Die sind richtig teuer. Außerdem darf ich die nicht einfach so aufkehren oder mit dem Staubsauger wegsaugen. Das ist Sondermüll. Da muss ich jemanden kommen lassen, der das wegmacht. Und …« Ihr wurde eiskalt. »Der Keller! O nein, bitte, bitte nicht!« Sie machte sich von Melissa los und rannte zur Kellertür, die jedoch genau wie vor ihrer Abreise verschlossen war. Hastig kramte sie ihre Schlüsselkarte hervor, mit der die Tür elektronisch gesichert war, schloss die Tür auf und eilte die Stufen hinab. Die Erleichterung, als sie im Licht der Deckenlampe erkannte, dass in ihrem großen Lager alles in Ordnung zu sein schien, war so groß, dass sie kurz schwankte. Hier unten lagerte sie sämtliche fertigen Skulpturen, Schmuckstücke und sonstigen Gegenstände, die auf den Verkauf warteten. Über eine Rampe und ein Garagentor konnte sie alles bei Bedarf ganz einfach in ihr Auto verladen oder auf einem Rollwagen in ihren Laden bringen, der sich ebenfalls hier im Haus nach vorne zur Straße hin befand.

Der Laden! Erneut wurde ihr eiskalt. Bei ihrer Ankunft hatte sie ihn nicht weiter beachtet, weil die Rollgitter vor Fenstern und Türen verschlossen gewesen waren.

»Jana?«, erklang Melissas Stimme von oben. Sie klang höchst alarmiert. »Jana, komm mal. Das musst du dir ansehen.«

Ahnungsvoll stieg Jana die Stufen wieder hinauf und folgte der Stimme ihrer Mitarbeiterin hinüber in das normalerweise helle, geräumige und liebevoll dekorierte Geschäftslokal, in dem sie ihre Kunstwerke zum Verkauf anbot. Ihr stockte der Atem, als sie auch hier ein unsägliches Chaos vorfand: umgestürzte und zerbrochene Skulpturen, Vasen, Schüsseln und die gewaltsam aufgebrochene Registrierkasse.

Sie schluckte. Schluckte noch einmal. Bekam kaum noch Luft.

»Hey, was ist denn?« Melissa war sogleich an ihrer Seite. »Hier, setz dich.« Sie zog einfach einen Hocker herbei, der normalerweise nur zu Dekorationszwecken im Laden stand, und drängte Jana, sich zu setzen. »Atme erst mal tief durch. Das sieht schlimmer aus, als es ist.«

»Nein, tut es nicht.« Janas Stimme zitterte. »Das ist … einfach nur … schrecklich. Wer tut denn so was? Hier ist ja alles kaputt!«

»Nein, nicht alles. Schau, die Ketten und Ringe liegen nur am Boden.« Melissa deutete auf das Durcheinander vor dem Verkaufstresen.

»Aber es fehlen auch Sachen. Ich muss … Ich weiß nicht …« Jana wollte schon wieder aufspringen, doch Melissa hielt sie davon ab.

»Erst mal musst du dich beruhigen. Es bringt nichts, wenn du jetzt ausflippst oder zusammenklappst. Die Polizei kommt gleich, dann sehen wir weiter.«

»Ja … Nein! O Gott, was, wenn sie auch in mein Haus eingebrochen sind? Da war ich noch gar nicht. Ich bin doch von der Glasfachschule gleich hierhergefahren.« Ohne noch auf Melissa zu achten, sprang Jana doch wieder auf, kehrte in die Werkstatt zurück, stieß die Tür auf und rannte die knapp zwanzig Meter bis zu ihrem Holzblockhaus, dass sie sich erst vor einem halben Jahr von Patrick Sternbach hatte bauen lassen, der hier im Ort und einigem Umkreis mittlerweile die beste Adresse war, wenn es um Holzbauweise ging.

»Wohnen in Holz« hieß seine Firma, und Jana war ungeheuer stolz, sich zu seinen Kundinnen zählen zu dürfen. Sie hatte hart dafür gearbeitet, sich ihr Traumhaus leisten zu können – oder vielmehr die Finanzierung. Die Bank hatte sich lange Zeit geweigert, einer alleinstehenden Künstlerin ein entsprechendes Darlehen zu bewilligen, doch nun hatte es endlich geklappt, weil sie auf ein ausreichendes finanzielles Polster verweisen konnte. Natürlich würde es eine halbe Ewigkeit dauern, bis sie den Kredit abgezahlt hatte, aber trotzdem erfüllte sie der Anblick des weiß gestrichenen Holzhauses jedes Mal mit großer Freude. Bis auf jetzt.

Ihr Herz pochte heftig, fast schmerzhaft in ihrer Brust. Sie bekam kaum noch Luft, als sie ihre Haustür erreichte. Diese war ordnungsgemäß abgeschlossen. Jana atmete auf, jedoch nur einen Moment, denn immerhin könnten sich die Einbrecher auch anderswo Zutritt verschafft haben. Mit zitternden Fingern schloss sie die Tür auf und trat ein. Auf den ersten Blick schien hier alles in Ordnung zu sein. Dennoch rannte sie zunächst zur Terrassentür, überprüfte alle Fenster im Erdgeschoss. Auch im Keller kontrollierte sie den Seiteneingang und alle Fenster. Zuletzt sah sie auch noch im Obergeschoss nach dem Rechten.

Erst als sie sicher war, dass die Einbrecher ihr Wohnhaus verschont hatten, setzte sie sich auf ihr wunderschönes Himmelbett mit den dicken Bettpfosten, in die nach ihren Vorgaben Elfen und lustige Gnome sowie verwunschene Efeuranken und Blattmuster geschnitzt worden waren. Sie hatte ihre Cousine Daniela damit beauftragt, die ebenfalls als Kunsthandwerkerin arbeitete und deren Spezialgebiet die Holzverarbeitung war.

Das Bett selbst hatte sie bei Patricks Schwager Lukas in Auftrag gegeben, der seine Möbelwerkstatt seit einiger Zeit mit Patricks Holzbaufirma fusioniert hatte.

Das Bett war eins achtzig breit, und der Betthimmel bestand aus weiß-grünem Stoff mit romantischen Blatt- und Blütenmotiven, die gerade eben so noch nicht als kitschig durchgingen. Die passenden Teppiche, die ihr als Bettvorleger dienten, hatte sie bei einer Teppichknüpferin in Österreich in Auftrag gegeben, deren Adresse sie ebenfalls von Patrick erhalten hatte. Alles passte hier zusammen und bildete ein großes Ganzes. Seit sie es besaß, war dieses Bett ihr Kleinod, und es unbeschädigt vorzufinden, erleichterte sie so sehr, dass ihr erneut die Tränen über die Wangen rannen.

Kraftlos rollte sie sich auf der hellgrünen Tagesdecke zusammen und schluchzte in eines der Zierkissen. Eben noch war sie so voller Freude über die spannende Fortbildung gewesen und so voller Tatendrang, das Erlernte so bald wie möglich in ihren Schaffensprozess einzubinden. Doch jetzt fühlte sie sich wie erschlagen und so, als hätte man sie selbst überfallen und nicht ihre Werkstatt und den Laden ausgeraubt.

»Wer tut so etwas?«, schniefte sie ins Kissen. »Warum mussten sie so viel kaputtmachen?« Als sie ein Auto vorfahren hörte, rappelte sie sich auf und atmete tief durch.

»Jana?«, schallte Melissas Stimme durchs Haus. »Ist alles okay bei dir? Die Polizei ist da.«

»Ich komme gleich.« Nach zwei weiteren tiefen Atemzügen trat Jana an ihre altmodische Frisierkommode und warf einen Blick in den Spiegel. Die Tränen hatten das wenige Make-up, das sie benutzte, verschmiert, sodass sie es einfach mit einem Kosmetiktuch entfernte, so gut es ging. Ihre schulterlangen welligen dunkelbraunen Haare waren mit einer Spange im Nacken zusammengefasst und sahen nach wie vor präsentabel aus, ebenso wie das knielange bunt bedruckte Jerseykleid, zu dem sie einen schwarzen Gürtel trug, dessen bunte Gürtelschnalle aus Glas sie selbst entworfen und hergestellt hatte. Die passende Glasperlenkette war ein wenig verrutscht, aber ansonsten war alles in Ordnung. Zumindest äußerlich.

Die Absätze ihrer schwarzen Stiefel klackten auf der Treppe und dem Holzdielenfußboden, als sie sich auf den Weg zur Haustür machte. *Ihr* Holzdielenfußboden. Irgendwie gab ihr der Gedanke Kraft. Sie konnte alles schaffen, wenn sie wollte. Auch diesen scheußlichen Einbruch überstehen.

***

»Ach je, ach je, ach je, mein armer Schatz!« Janas Mutter, eine mittelgroße Frau, deren wohlgerundete Figur ebenso wie die Haarfarbe der Janas auffallend glich, schloss ihre Tochter zwei Stunden später fest in ihre Arme. »Das ist ja so entsetzlich! Hier im Ort wird doch so gut wie nie eingebrochen, und jetzt ausgerechnet bei dir. Ich kann es noch gar nicht fassen!«

»In der letzten Zeit gab es sehr wohl ein paar Einbrüche«, widersprach Janas Vater und tätschelte gleichzeitig liebevoll den Rücken seiner Tochter. Er war im Gegensatz zu den Frauen von kräftiger, untersetzter Gestalt und hatte mittelblondes Haar und einen ebensolchen kurz geschorenen Bart, beides noch kaum von grauen Strähnen durchsetzt. »Gerade heute in der Frühstückspause habe ich im Amtsblättchen gelesen, dass jemand versucht hat, in den Kiosk am Marktplatz einzubrechen. Und Herbert hat erzählt, auch in der Tankstelle an der Umgehungsstraße soll es einen Einbruchsversuch gegeben haben. Aber da hatten sie wohl kein Glück, und außerdem gibt es dort ja auch Überwachungskameras.«

»Schrecklich!« Sabine Weißmüller führte ihre Tochter zu deren großem weißem Esstisch und nötigte sie regelrecht, sich zu setzen. »Ruh dich erst einmal aus, mein Schatz. Das muss ja ein furchtbarer Schreck für dich gewesen sein. Selbst ich bin ganz außer mir und deine Schwester ebenfalls. Sie wollte schon mit mir herkommen, aber jemand muss ja im Salon die Stellung halten und sich um die Kundschaft kümmern. Lange kann ich leider auch nicht bleiben, aber …«

»Schon gut, Mama.« Jana versuchte sich an einem Lächeln. »Du hättest gar nicht herzukommen brauchen. Du auch nicht, Papa. Ihr habt doch beide noch keinen Feierabend.«

»Feierabend, so ein Unsinn!« Helge Weißmüller bedachte Jana mit einem empörten Blick. »Wenn meine Tochter ausgeraubt wird, bin ich zur Stelle, ganz egal was auf der Arbeit los ist. Das ist doch selbstverständlich.« Er trat ans Küchenfenster, durch das man hinüber zur Werkstatt mit dem Ladenlokal blicken konnte. »Sieht es im Geschäft genauso schlimm aus wie in der Werkstatt?«

»Ja, leider.« Jana schluckte. Auf keinen Fall wollte sie erneut in Tränen ausbrechen. »Sie haben etliches an Schmuck und kleineren Skulpturen gestohlen und jede Menge zerstört. Zum Glück waren sie nicht auch noch im Keller, wo ich all die Stücke für den Weihnachtsmarkt und die Galerie in Köln aufbewahre. Und einiges an Nachschub für den Laden. Das Geschäft kann also weitergehen, ohne dass ich erst mein Sortiment wiederherstellen muss. Trotzdem ist es ein großer Verlust. Wirtschaftlich, aber auch ideell. Jedes einzelne Stück hat eine besondere Bedeutung für mich, und jetzt ist so viel weg oder kaputt.«

»Vielleicht finden sie die Täter ja und du kriegst zumindest die gestohlenen Sachen zurück«, versuchte ihre Mutter ihr Mut zuzusprechen. »Überhaupt können sie die Sachen doch nicht so einfach weiterverkaufen. Man sieht, dass sie handgefertigt sind, und du gibst schließlich nicht umsonst zu jedem Stück ein Echtheitszertifikat heraus.«

Jana seufzte. »Die Polizisten haben mir leider keine großen Hoffnungen gemacht. Offenbar gibt es für alles einen Schwarzmarkt. Auch für Glaskunst.«

»Furchtbar. Einfach furchtbar.« Sabine schauderte.

»Ich hätte den Laden in meiner Abwesenheit nicht schließen sollen.« Traurig starrte Jana auf die Tischplatte. »Wenn ich Melissa nicht freigegeben hätte, wäre wenigstens tagsüber jemand da gewesen. Und vielleicht hätte das die Einbrecher auch nachts abgeschreckt.«

»Vielleicht, vielleicht auch nicht.« Ihr Vater kehrte an den Esstisch zurück, der die große offene Wohnküche zum Herz des Hauses machte, und ließ sich auf der Eckbank nieder. »Das kannst du nicht wissen, und Vorwürfe machen darfst du dir deswegen auch nicht. Normalerweise ist unsere kleine Stadt ja nun wirklich ein sicherer Ort, an dem viele noch nicht einmal nachts ihre Türen abschließen.« Er griff über den Tisch nach Janas Hand. »Was genau sagt denn die Polizei?«

Dankbar für den Beistand drückte Jana die Hand ihres Vaters. Er hatte ja recht. Sie war das Opfer und nicht schuld an dem, was passiert war. »Es gibt wohl in der Region mehrere Diebesbanden, die die Polizei schon länger im Visier hat und die infrage kommen könnten, aber denen kann man bisher nichts nachweisen, weil sie hoch professionell arbeiten. Sie hinterlassen meist keinerlei verwertbare Spuren.«

»Hoch professionell?« Irritiert hob Helge den Kopf. »Dieses Chaos, das sie hier hinterlassen haben, sieht mir aber eher dilettantisch aus.«

»Das ist es auch«, stimmte Jana zu. »Und es ist ein Punkt, der der Polizei Sorgen macht. Sie meinten …« Sie schloss kurz die Augen. »Sie haben mich gefragt, ob ich einen Feind hätte.«

»Einen Feind?« Entsetzt starrte ihre Mutter sie an.

»Ja, weil es ungewöhnlich sei, dass bei einem normalen Einbruch so viel zerstört wird. Das ist ja schon Vandalismus!«

»Aber du hast doch keine Feinde, Kind!«, protestierte ihr Vater. »Das ist doch lächerlich.«

»Das habe ich den Beamten auch gesagt.« Verzagt hob Jana die Schultern. »Ich hatte noch nie einen Feind, und ich kann mir beim besten Willen nicht vorstellen, wem ich jemals so sehr auf die Füße getreten sein soll, dass er oder sie sich auf diese Weise an mir rächen will.«

»Das kann ich mir aber auch wirklich nicht vorstellen.« Ihre Mutter legte ihr einen Arm um die Schultern. »Nimm es nicht persönlich. Bestimmt ging es rein um den Profit. Diese organisierten Banden machen da kurzen Prozess. Vielleicht haben sie einen Fehler gemacht und ihn mit all dem Chaos zu vertuschen versucht.«

»Ja.« Jana nickte traurig. »Nur dass man solche Banden nur ganz schwer erwischt. Manchmal ziehen die ganz willkürlich von Ort zu Ort, um unsichtbar zu bleiben. Vielleicht sind sie schon längst im nächsten oder übernächsten Bundesland. Wer weiß das schon?« Sie griff nach einem Stapel Broschüren, den die Polizisten dagelassen hatten. »Ich soll mir jetzt natürlich Gedanken über meine Sicherheitstechnik machen. Die Sicherheitsschlösser, die ich überall angebracht hatte, reichen ja offensichtlich nicht.«

»Es könnten auch Betrunkene gewesen sein, die einfach etwas zerstören wollten«, warf ihr Vater ein. »Und bei der Gelegenheit haben sie dann eben noch etwas Wertvolles und Geld mitgenommen. Möglich ist alles. Vielleicht solltest du dir eine Alarmanlage zulegen.« Er strich sich über den blonden Kinnbart. »Am besten lässt du dich mal von einer Firma für Sicherheitstechnik beraten. In Köln und Bonn gibt es eine ganze Reihe. Und hat nicht auch bei uns im Gewerbegebiet kürzlich eine eröffnet?«

»Das werde ich wohl tun müssen.« Jana nickte. »Gleich nachdem ich eine Spezialreinigungsfirma beauftragt habe, um meine Werkstatt von den Chemikalien zu befreien.«

Ihre Mutter drückte sie noch einmal an sich. »Wenn du irgendetwas brauchst, sagst du uns sofort Bescheid, ja? Oder wenn du eine Weile bei uns bleiben möchtest.«

»Das wird nicht nötig sein«, wehrte Jana rasch ab. »Trotzdem danke, Mama. Ich schätze, ich muss jetzt einfach abwarten. Nachher kommt noch ein Team von der Spurensicherung, das rund um die aufgebrochene Tür und die Schränke Fingerabdrücke nehmen will. Normalerweise machen das wohl die Polizisten selbst, aber weil die Einbrecher so viel kaputtgemacht haben, hoffen sie wohl, dass die Spurensicherung noch andere Spuren in der Werkstatt findet. Danach muss ich eine Liste mit allen gestohlenen oder zerstörten Gegenständen für die Versicherung anlegen.« Seufzend fuhr Jana sich mit beiden

Händen übers Gesicht. »Dabei wollte ich so gerne gleich mit meinen neuen Projekten anfangen. In wenigen Wochen beginnt ja schon der Weihnachtsmarkt, weil die Stadt den Start wegen des hundertjährigen Bestehens auf Anfang November vorverlegt hat. Dafür wollte ich dieses Jahr noch ein paar ganz besondere Schmuckstücke anfertigen. Bei einigen muss ich jetzt noch mal ganz von vorn anfangen, weil die Einbrecher die Vor- oder Gussformen zerstört haben, die ich im Lager hinter der Werkstatt aufbewahrt hatte. Neues Material muss ich auch erst besorgen. Hoffentlich sind nicht auch noch Werkzeuge zu Bruch gegangen.«

»Das tut mir alles so leid für dich.« Ihre Mutter schniefte ein wenig. »Ich wünschte, wir könnten mehr tun. Wenn du finanzielle Hilfe brauchst, bis die Versicherung zahlt – wir können dir sicherlich wenigstens vorübergehend etwas vorstrecken. Aber ich bin mir ganz sicher, dass du das schaffen wirst. Wir stehen dir auf jeden Fall zur Seite, so gut wir können. Nicht wahr, Helge?«

Janas Vater nickte bekräftigend. »Vielleicht wäre auch ein Wachdienst ganz gut, der hier nachts nach dem Rechten sieht, wenn du nicht da bist.« Er winkte ab. »Ja, ich weiß, das kostet ein Heidengeld. Aber man kommt schon auf solche Gedanken, wenn so etwas passiert.«

»Die Security beim Weihnachtsmarkt ist schon irre teuer.« Jana erhob sich, weil ihre Eltern aufbrechen wollten. »Ein einzelner Wachmann ist alles, was ich mir für diese Zeit leisten kann. Aber vielleicht frage ich trotzdem mal bei der Firma nach, was es kosten würde, wenn hier jemand wenigstens dann rauskommt und nach dem Rechten schaut, wenn ich längere Zeit unterwegs bin. Aber ihr braucht mir nichts vorzustrecken. Das ist furchtbar lieb von euch, aber damit will ich allein zurechtkommen. Ich habe ja ein bisschen was gespart. Bis die Versicherung zahlt, komme ich schon über die Runden.«

»Na gut, mein Schatz.« Ihre Mutter umarmte sie liebevoll. »Aber du weißt, dass unser Angebot steht. Vielleicht ist so ein zusätzlicher Wachmann ja doch erschwinglich. Auf jeden Fall würdest du dich sicherer fühlen – und wir auch. Und vergiss nicht, uns heute Abend noch mal anzurufen. Oder jederzeit, wenn etwas sein sollte!«

»Ja.« Jana lächelte zum ersten Mal wieder richtig. »Das mache ich.« Sie begleitete ihre Eltern noch bis zu deren Auto, mit dem sie gemeinsam hergekommen waren. Ihre Mutter würde ihren Vater jetzt wieder bei seiner Arbeitsstelle in einem Landmaschinenbetrieb im Gewerbegebiet auf der anderen Seite der Stadt absetzen und danach zu ihrem Friseursalon in der Annastraße zurückfahren, in dem Janas jüngere Schwester Ellie gerade die Stellung hielt.

Als die beiden außer Sichtweite waren, kehrte Jana zur Werkstatt zurück, ohne recht zu wissen, was sie jetzt tun sollte. Ihre Mitarbeiterin Melissa, die sie erst seit einem halben Jahr hauptsächlich für den Laden und zur Abwicklung der Käufe über ihren Onlineshop eingestellt hatte, war nach Hause gefahren, nachdem Jana ihr versichert hatte, dass sie allein zurechtkommen würde.

Melissa war nett, eine gute Verkäuferin und im Onlinemarketing unschlagbar, mit ihren fünfundzwanzig Jahren sechs Jahre jünger als sie selbst und immer hilfsbereit. Allerdings kannte sie sich noch nicht allzu gut mit der Glasbläserkunst oder Glasverarbeitung aus, sodass sie in der Werkstatt keine große Hilfe sein würde. Sobald die Polizei alle Spuren aufgenommen hatte, wollte Jana ganz in Ruhe den entstandenen Schaden begutachten. Morgen könnte sie dann mit Melissa zusammen die Unordnung im Laden beseitigen.

Sie musste sich beschäftigen, ganz gleich, wie, damit sie nicht erneut den Schrecken durchlebte, den sie bei der Entdeckung des Einbruchs empfunden hatte. Gleichzeitig versuchte sie sich damit zu trösten, dass, wie Melissa schon gesagt hatte, wirklich nur materielle Dinge zu Bruch gegangen oder gestohlen worden waren. Niemand war verletzt worden oder anderweitig zu Schaden gekommen. Das war das Wichtigste.

Doch je länger Jana sich dies einzureden versuchte, desto klarer wurde ihr, dass sie sich etwas vormachte. Man war in ihre Werkstatt eingebrochen und hatte niederträchtig nicht nur ihre Kunst gestohlen, sondern auch vieles davon zerstört. Diese Zerstörungswut hatte sie bis ins Mark getroffen.

Entschlossen, sich nicht unterkriegen zu lassen, holte sie ihren Laptop aus dem Kofferraum ihres feuerroten Kleinwagens, wo auch ihr Gepäck noch immer darauf wartete, ausgeladen zu werden. Bis die Polizei wieder hier auftauchte, würde sie schon einmal eine Liste anlegen, in die sie alle zerbrochenen oder gestohlenen Gegenstände eintragen konnte. Und sie musste neue Chemikalien und Mineralien bestellen.

***

Es war bereits früher Abend, als Jana endlich ein wenig zur Ruhe kam. So etwas wie den Einbruch hatte sie ihr Leben lang noch nicht erlebt. Sie wohnte in einer ruhigen liebenswerten Kleinstadt, in der solche Dinge kaum jemals passierten, schon gar nicht in ihrem Bekanntenkreis. Das Schlimmste, was sie bislang erlebt hatte, war eine Schlägerei, die sich im vergangenen Jahr ausgerechnet am Heiligen Abend in ihrem Verkaufszelt auf dem Weihnachtsmarkt zugetragen hatte.

Eine Gruppe junger Männer hatte in betrunkenem Zustand herumgepöbelt und ein paar ihrer Glasskulpturen heruntergeworfen. Ein weiterer junger Mann, der oft am nahe gelegenen Stand der Sozialstation aushalf, hatte die Randalierer recht schnell und eindrucksvoll mit Muskelkraft hinausgeworfen und der herbeigerufenen Polizei übergeben.

Jana war damals richtig schockiert gewesen, doch das war nichts gegen das Wechselbad der Gefühle, dem sie heute ausgesetzt gewesen war. Zwar hatten die Polizisten sie weitgehend beruhigt, dass solche Täter kaum je zweimal am selben Ort zuschlagen würden, andererseits beunruhigte sie gleichzeitig der Verdacht, jemand könnte aus niederen Beweggründen gegen sie so viel kaputtgemacht haben.

Sie hatte doch keine Feinde! Im Gegenteil. Sie bemühte sich stets um Freundlichkeit und gute Schwingungen. Menschen, mit denen sie nicht auf Anhieb gut auskam, ging sie, wenn möglich, aus dem Weg, behandelte sie jedoch trotzdem stets mit Höflichkeit und Achtung. Diese Menschen konnten ja schließlich nichts dafür, wenn die Chemie zwischen ihnen nicht stimmte.

Natürlich hatte sie auch schon mal mit jemandem Streit gehabt oder Probleme mit einem Kunden oder einer Kundin, aber nichts davon war jemals so schwerwiegend gewesen, dass es einen solchen Überfall rechtfertigen würde. Nein, das war ausgeschlossen.

Dennoch hatte sie, bevor sie sich in ihr Zuhause zurückgezogen hatte, dreimal überprüft, ob sowohl an Werkstatt und Laden als auch an ihrem Haus alle Fenster und Türen fest verschlossen waren. Es war ein merkwürdiges Gefühl, jetzt hier allein auf der Couch zu liegen. Beunruhigend. Dabei hatte sie noch nie allein Angst gehabt. Vielmehr war sie immer stolz auf ihre Unabhängigkeit gewesen. Sie war selbstbewusst und erfolgreich, besaß viele Freunde, eine liebevolle Familie. Sie hatte sich bislang gesegnet und sicher gefühlt. Doch jetzt war jemand gewaltsam in einen Bereich ihres Lebens eingedrungen, ohne dass sie es hatte verhindern können, und das hatte eine Unsicherheit hinterlassen, die sie nicht einfach so abstellen konnte.

Vielleicht musste sie einfach zu ihrem normalen Alltag zurückfinden, um die gewohnte Sicherheit zurückzugewinnen.

Der Gedanke führte dazu, dass sie sich wieder aufsetzte und die Teetasse auf dem Couchtisch abstellte. Alltag war ganz bestimmt das Zauberwort. Damit würde sie jetzt gleich anfangen. Rasch stand sie auf. Sie hatte noch gar nicht ihren Briefkasten geleert. Nach ihrer Abwesenheit war er bestimmt randvoll mit Werbeprospekten.

Also schloss sie noch einmal die Haustür auf und öffnete den Briefkasten. Dabei schauderte sie ein wenig, denn es hatte zu regnen angefangen, und ein kalter Herbstwind war aufgekommen. Sie entnahm tatsächlich einen dicken Packen an Briefen und Postwurfsendungen, schloss Briefkasten und Haustür wieder ab und kehrte auf die Couch zurück. Mit einem untergeschlagenen Bein setzte sie sich, schaltete mit der Fernbedienung ihren Fernseher ein, suchte sich bei einem Streamingdienst eine ihrer Lieblingsliebeskomödien heraus und ließ sie als Hintergrundberieselung laufen, während sie die Post durchsah.

Das meiste waren natürlich wie immer Werbeprospekte. Auch ein Katalog ihres bevorzugten Lieferanten von Chemikalien war darunter. Den legte sie separat, denn dort musste sie ja sowieso noch eine Bestellung aufgeben. Die Glasfachschule hatte ihr den neuen Kursplan geschickt. Dort waren bestimmt wieder interessante Seminare angekündigt, doch bis zum Jahresende würde sie wohl keine Zeit für weitere Fortbildungen haben.

Zwischen all den bunten Werbebroschüren steckte auch ein gepolsterter Umschlag, auf dem weder Absender noch Empfänger und auch keine Briefmarke zu finden waren. Der Inhalt fühlte sich hart und uneben an und klirrte ein wenig, als sie den Umschlag schüttelte. Hoffentlich war nichts zu Bruch gegangen! Neugierig, wer ihr wohl etwas vorbeigebracht hatte, öffnete sie den Umschlag und leerte ihn vorsichtig auf die massive Glasplatte ihres Couchtischs.

Einen langen Moment blickte sie still und fassungslos auf die bunten Glasscherben. Sie erkannte sie, denn es waren Teile einer Elfenskulptur, die sie erst vor wenigen Wochen erschaffen und in ihrem Laden zum Verkauf angeboten hatte. Sie hatte sie in ihrer Liste für die Versicherung als gestohlen eingetragen. Das konnte doch nicht sein! Hatten die Diebe die Skulptur mitgenommen und sie zerstört und ihr nun anonym zurückgegeben? Was sollte das? Janas Herz schlug schneller; ihr wurde kalt. Unbehaglich sah sie sich in ihrem mit hellen Landhausmöbeln eingerichteten Wohnzimmer um, doch ihr Blick wurde immer wieder von der zart pinkfarbenen Glaselfe angezogen – oder vielmehr von deren Überresten. Was ging denn hier vor?

Vorsichtig warf sie einen Blick in den braunen Luftpolsterumschlag. Es gab keine Nachricht oder irgendwelche Spuren, die darauf hinwiesen, wer der Absender war.

Eine unangenehme Gänsehaut rieselte Jana den Rücken hinab. Sie musste morgen früh sofort die Polizei verständigen. Offenbar erlaubte sich da jemand einen ganz üblen Scherz mit ihr. Plötzlich fühlte sie sich beobachtet. Schaudernd erhob sie sich wieder und ließ an allen Fenstern die Rollläden herunter. Danach kehrte sie zwar auf die Couch zurück, doch weder der inzwischen reichlich abgekühlte Tee noch die Liebeskomödie konnten sie jetzt noch ablenken, geschweige denn beruhigen.

3. Kapitel

»Okay, das war es für heute!« Grinsend rollte Viola die blaue Pilatesmatte zusammen. »Ich hoffe, ihr kriegt nicht zu schlimmen Muskelkater. Die neuen Übungen haben es in sich.«

»Da sagst du was.« Stöhnend rollte auch Jana ihre Matte zusammen. »Du kannst ja so eine Sadistin sein!« Versuchsweise beugte und streckte sie ihr rechtes Bein. »Wehe, davon bekomme ich nicht in Nullkommanix die perfekten Oberschenkel!«

Viola fuhr sich ordnend durch ihr zu einem frechen Pixie geschnittenes hellbraunes Haar. »Wo gibt es denn bei dir noch etwas zu perfektionieren? Du hast doch eine tolle Figur.«

»Ja, wenn man auf Größe vierzig bis zweiundvierzig steht.« Halb seufzend, halb lachend klopfte Jana sich selbst auf den Po. »Mit der Tendenz zu zweiundvierzig. Drunter schaffe ich es nicht. Wenn es dich und deinen mörderischen Pilateskurs nicht gäbe, würde leider auch alles an mir herumwabbeln.«

»Mörderisch?« Viola kicherte. »Na gut, ich gebe es zu, die neuen Übungen sind nur für Fortgeschrittene, aber genau das seid ihr ja inzwischen alle. Sogar Ricarda, die sich so gerne um den Kurs herumdrücken würde.« Sie grinste ihrer älteren Schwester zu, die gerade ihre Brille putzte und als Nächstes ihr brünettes schulterlanges Haar mit einer Spange zurückband.

Ricarda zog eine Grimasse. »Ich drücke mich nicht. Ohne die wöchentlichen Übungen könnte ich meinen Rücken in die Tonne kloppen.« Sie lachte selbst über ihre flapsige Ausdrucksweise. »Ich komme nur nicht so regelmäßig dazu, die Übungen auch zu Hause zu machen.«

»Ja, weil du als Frischvermählte ganz andere Beschäftigungen zur körperlichen Ertüchtigung bevorzugst.« Wieder kicherte Viola. »Aber egal. Hauptsache, du bewegst dich genug.«

»Pff!« Ricarda grinste anzüglich. »Vielleicht lasse ich ja auch meinen Mann die ganze Bewegungsarbeit verrichten.«

Die drei Frauen prusteten, und auch einige der anderen Teilnehmerinnen lachten, verabschiedeten sich dann aber rasch.

»Wie läuft es denn im Laden?«, wechselte Viola das Thema, an Jana gewandt. »Ist inzwischen wieder alles in Ordnung? Der Einbruch ist ja jetzt schon ein Weilchen her. Zwei Wochen, oder?«

»Knapp«, bestätigte Jana. »Die Versicherung hat schon jemanden geschickt und bestätigt, dass sie mir den entstandenen Schaden ersetzen wird. Wahrscheinlich sogar schon im Lauf der kommenden Woche.«

»Oh, gut, wenigstens etwas.« Viola, mit der Jana bereits zur Schule gegangen war, legte ihr eine Hand auf den Arm. »Auch wenn das den ganzen Ärger natürlich nicht aufwiegen kann.« Prüfend musterte sie Jana. »Und sonst geht es dir auch gut?«

Jana nickte gewohnheitsmäßig, zögerte, nickte dann noch einmal. »Ja, im Grunde schon. Mir ist ja weiter nichts passiert.«

»Das klingt aber nicht sehr überzeugend«, mischte Ricarda sich ein. Besorgt trat sie ebenfalls an Jana heran. »Stimmt etwas nicht?«

Jana zögerte erneut. Sie wollte niemanden mit ihren Problemen belasten. Andererseits machte sie sich inzwischen wirklich Sorgen, und vielleicht war es ganz gut, wenn sie sich ihren Freundinnen anvertraute. Also gab sie den beiden ein Zeichen, sich mit ihr auf die Bank an der Längsseite der kleinen Sporthalle des Sternbach-Resorts zu setzen. »Seit dem Einbruch ist noch etwas passiert«, gab sie zu. »Neuerdings bekomme ich merkwürdige Briefe. Gepolsterte Umschläge ohne Absender oder Briefmarke, in denen mir die gestohlenen Skulpturen zurückgegeben werden, aber immer zerschlagen.«

»Was?« Entgeistert starrte Viola sie an. »Hast du das der Polizei gesagt?«

»Selbstverständlich.« Jana nickte unglücklich. »Aber die sagen, sie könnten nichts tun. Es gibt keinen Absender und auch keine Fingerabdrücke. Der erste Umschlag wurde noch untersucht, danach aber nicht mehr. Der Aufwand ist zu groß dafür, dass man dann kein Ergebnis bekommt. Sie gehen aber davon aus, dass ich wohl einen Feind oder einen Stalker habe.«

»Stalking ist doch eine Straftat!« Ricarda ergriff Janas Hand. »Dagegen müssen sie was tun!«

»Umschläge in Briefkästen zu werfen, ist nicht verboten, sagten sie, und dass ich einfach aufpassen solle, ob doch mal ein Absender oder eine Spur auftaucht, die dann natürlich nachverfolgt werden kann. Aber solange es keine konkreten Hinweise gibt, können sie nichts tun.«

»Also sollst du deren Arbeit machen?« Empört verzog Viola den Mund. »Wozu haben wir die Polizei denn?«

»Die Polizei mischt erst wieder mit, wenn es in dieser Hinsicht tatsächlich eine Straftat gab.« Verzagt hob Jana die Schultern. »Sie ermittelt erst mal nur weiter gegen die Einbrecher, auch wenn das vermutlich fruchtlos sein wird, weil die ja auch keine Spuren hinterlassen haben. Das Stalking, oder was auch immer es sein soll, ist anscheinend noch nicht schlimm genug, weil ich ja nicht mal einen Verdächtigen nennen kann.«

»Unfassbar.« Ricarda schüttelte verdrießlich den Kopf. »Was, wenn irgendwann mal etwas Schlimmeres in den Umschlägen steckt und du verletzt wirst? Muss wirklich erst so etwas passieren?«

»Ich fürchte, ja.« Jana nickte. »Ich traue mich kaum noch, meinen Briefkasten aufzumachen. Vor allem, weil die Briefe ja nicht mit der Post kommen. Jemand steckt sie irgendwann tagsüber oder nachts hinein.«

»Derjenige kommt also persönlich zu dir ans Haus?« Viola schauderte. »Da hätte ich auch Angst.«

»Hast du dich schon mal auf die Lauer gelegt?« Ricarda sprang auf und ging aufgebracht vor der Bank auf und ab. »Vielleicht erwischst du denjenigen ja auf frischer Tat.«

»Das habe ich schon versucht«, antwortete Jana. »Aber immer dann passiert nichts. Ich kann auch nicht die ganze Nacht aufbleiben, denn schließlich muss ich ja tagsüber arbeiten und ausgeschlafen sein.«

»Und tagsüber?«, hakte Ricarda nach. »Ist dir da schon mal etwas aufgefallen? Ein fremdes Auto oder … irgendwas?«

»Nein. Ich habe mich sogar schon mal mit Melissa abgewechselt und über den Tag meinen Briefkasten beobachtet. Und weil das so umständlich ist, hat sie mir neulich eine Kamera mitgebracht, die sie online bestellt hat, aber darauf war auch nichts zu erkennen, und sie ist schon zweimal umgekippt oder heruntergefallen, und jetzt funktioniert sie schon nicht mehr richtig.«

»Melissa ist deine Aushilfe, oder?« Auch Viola erhob sich.

»Ja. Also nein, keine Aushilfe. Ich habe sie fest für halbtags eingestellt. Sie hat sich angeboten, mir beim Beobachten zu helfen.«

»So ein Mist.« Ricarda verzog besorgt die Lippen. »Hast du irgendeine Ahnung, wer dahinterstecken könnte?«

»Das ist es ja.« Einen Moment schloss Jana die Augen. Als sie sie wieder öffnete, blickte sie verzagt zu den beiden Freundinnen auf. »Ich kann mir beim besten Willen nicht vorstellen, wer etwas gegen mich haben könnte.«

Ricarda blieb abrupt stehen. »Ich habe eine Idee.« Sie wandte sich Jana zu. »Du könntest einen Detektiv beauftragen.«

»Du meinst Oliver?«, mischte Viola sich ein. »Hat er dafür Zeit? Er arbeitet doch so viel für Franks Kanzlei.«

»So viel nun auch wieder nicht«, schränkte Ricarda ein. »Er nimmt schon auch noch Aufträge von Privatpersonen an.«

»Ein Detektiv?« Skeptisch sah Jana zu den beiden Frauen auf. »Ist das nicht übertrieben und ziemlich teuer?«

»Vielleicht können wir einen Familien- und Freunderabatt aushandeln«, schlug Viola vor. »Wenn die Polizei nichts unternimmt, wäre Oliver vielleicht wirklich eine Möglichkeit. Immerhin hat er Erfahrung in solchen Sachen, und du müsstest dich nicht mehr Tag und Nacht darum kümmern und dir Sorgen machen. Bei ihm wären das Problem und deine Sicherheit in guten Händen.«

Jana blieb weiterhin skeptisch. »Ich weiß nicht. Ich hatte noch nie etwas mit einem Privatdetektiv zu tun.«

»Einmal ist immer das erste Mal«, dozierte Ricarda. »Ich schicke dir nachher per Textnachricht seine Kontaktdaten. In meinem Smartphone habe ich, glaube ich, nur seine Handynummer. Aber er hat auch eine Website, da kannst du dich vorab informieren.«

Unbehaglich nickte Jana. »Wenn ihr meint …«

»Überleg es dir einfach«, ermutigte Viola sie. »Vielleicht ist der Spuk ja auch so schnell wieder vorbei, wie er angefangen hat. Aber wenn du noch mal so einen Umschlag bekommst, solltest du schon darüber nachdenken, dir professionelle Hilfe zu suchen.«

»Der Meinung bin ich auch«, stimmte Ricarda zu. »Nicht dass du am Ende doch noch verletzt wirst, obwohl man es hätte verhindern können.«

»Na ja, das stimmt schon«, gab Jana zu. »Aber erst mal warte ich noch ab. Vielleicht beruhigt sich die Situation ja wieder.« Sie hoffte es so sehr! »Wie du schon sagtest, es ist jetzt schon zwei Wochen her. Der letzte Umschlag kam vor drei Tagen, am Samstag. Seither nichts mehr.«

»Wir drücken dir ganz fest die Daumen«, versprach Viola. »Vielleicht hat derjenige ja den Spaß an dem Unsinn verloren.«

***

Jana zögerte fast eine Minute, bevor sie den Briefkasten aufschloss und drei Umschläge hervorzog. Ihre Erleichterung, dass auch heute kein Scherbenbrief dabei war, ließ sie beinahe taumeln. Anscheinend hatte die Person tatsächlich die Lust verloren, sie mit den Umschlägen in Aufregung zu versetzen. Darüber war Jana so glücklich, dass sie gut gelaunt ihre Lieblingsplaylist anstellte und nur Augenblicke später *Tanz mit mir* von der Gruppe Faun lauthals mitsang, während sie ihre Sportkleidung in die kleine Waschküche im Keller trug. Sie hatte im ganzen Haus Lautsprecher installieren lassen, sodass sie ihre Lieblingsmusik, wenn sie wollte, überall gleichzeitig hören konnte.

Fröhlich tänzelte sie die Treppe wieder hinauf, schnappte sich ihr Smartphone, das gerade einen Signalton von sich gegeben hatte, und antwortete auf Ricardas Textnachricht mit den Kontaktdaten dieses Oliver Jones mit einem Daumen-hoch und einem Kusssmiley. Wie es aussah, würde sie gar keinen Detektiv benötigen. Ihre Erleichterung darüber war immens.

***

»Du kleines Rabenaas, was hast du mit meinem Schuh gemacht?«, schimpfte Oliver, konnte sich aber das Lachen beim Anblick des unförmigen Klumpens Leder, den er aus dem Körbchen seines neuen Mitbewohners Scottie gefischt hatte, nicht verkneifen.

Scottie, seines Zeichens Bordeauxdogge mitten in der Pubertät, legte nur den Kopf schräg und blickte mit vollkommener Unschuldsmiene zu seinem neuen Herrchen auf. *Ich weiß gar nicht, was du meinst. Der Schuh lag einfach so da, genau neben der Couch. Ich dachte, er wäre für mich, so wie der Kauknochen, den du mir gestern gegeben hast. Geschmeckt haben beide ziemlich ähnlich. Nur diese komischen Bändel an dem Schuh waren etwas fisselig. Aber man gewöhnt sich daran.*

»Die Schuhe waren teuer! Kannst du mir mal verraten, was ich jetzt damit machen soll?« Oliver wedelte mit dem Ex-Schuh vor Scotties Nase herum. »Ich kann ja wohl kaum nur mit einem Schuh durch die Gegend laufen.« Da es sinnlos war, den Hund im Nachhinein zu schelten, warf er das angesabberte Ding in den Abfalleimer in der Küche. Nach einem resignierten Seufzen ließ er auch den intakten zweiten Schuh folgen. »Allzu oft darfst du das nicht machen, sonst muss ich demnächst barfuß gehen.«

Ich gehe immer barfuß. Was soll daran denn so schlimm sein?

Mit einem schiefen Grinsen ließ Oliver sich auf seine Couch fallen und klopfte gegen seinen Oberschenkel. »Na, komm mal her, Scottie!«

Ja, soll ich? Scottie erhob sich von seinem derzeitigen Liegeplatz mitten in dem kleinen Wohnzimmer und tappte auf Oliver zu. *Was willst du denn von mir?*

»Na, komm, nicht so schüchtern, du kleines Monster.« Noch einmal klopfte Oliver gegen sein Bein. »Ich bin dir nicht böse. Oder doch, ja, aber ich schimpfe nicht. Bringt ja doch nichts, wenn ich dich nicht in flagranti erwische.«

Was ist denn in flagranti?

»Lass dich mal streicheln.«

Oh, das klingt gut, da bin ich dabei. Mit wenigen Schritten war Scottie bei Oliver und schnaufte wohlig, als dieser ihn hinter den Ohren kraulte. *Hm, ja, das gefällt mir gut!*

»Schmusemonster«, murmelte Oliver amüsiert. »Verrat das hier bloß niemandem, sonst ist mein Ruf als harter Hund dahin.«

Hä? Ich dachte, ich bin der Hund, nicht du. Müsste es nicht harter Mensch heißen? Zumindest fühlst du dich so an. Das habe ich gemerkt, als wir kürzlich draußen herumgetobt haben. Deine Arme, Beine, Bauch, Brust, alles fühlt sich hart und stark an. Gefällt mir gut, weil ich gerne ein Herrchen habe, bei dem ich mich sicher fühlen kann. Dann kann ich mich richtig entspannen und, na ja, Unsinn aushecken. Wiff.

»Du bist schon eine Marke.« Schmunzelnd kraulte Oliver den Hund am Bauch, als dieser sich mit hellen Lauten des Wohlbefindens auf den Rücken warf. »Aber deine kleinen Unarten müssen wir dir noch abgewöhnen, sonst bekommen wir irgendwann Probleme.«

Ich habe doch keine Unarten! Was soll das überhaupt sein?

»Wenn wir das nicht allein in den Griff bekommen, muss ich uns in der Hundeschule anmelden.«

Hundeschule? Abrupt drehte Scottie sich wieder um und sprang auf die Füße. *Ist das so was wie das Tierheim?* Heftig schüttelte er sich. *Da will ich nicht mehr hin! Das war total blöd.*

»Ja, genau.« Bekräftigend nickte Oliver. »Du hast richtig gehört. Hundeschule. Ich habe zwar eine Tonne Bücher über Hundeerziehung gelesen, aber wenn du dich nicht bald ein bisschen besser benimmst, muss ich mir professionelle Hilfe suchen.« Er streckte die Beine aus und lehnte sich zurück. »Dass ich mir aber auch ausgerechnet einen Hund ausgesucht habe, der sich mitten in der Pubertät befindet. Ich hätte wissen müssen, dass das nicht einfach wird. Ist ja nicht so, als hätten sie mich im Tierheim nicht vorgewarnt.«

Scottie tappte wieder näher. *Magst du mich jetzt nicht mehr?*

»Ach, komm her!« Schmunzelnd kraulte Oliver den Hund hinter den Ohren. »Wir kriegen das schon hin, du und ich, oder?«

Klar. Ich mag dich jedenfalls. Manchmal kann ich halt nicht anders und stelle etwas an. Ich muss schließlich alles mal ausprobieren.

»Gut, dass ich Urlaub habe. Bis der um ist, haben sich die Dinge bei uns hoffentlich ein bisschen eingespielt. Ich schätze, ich hätte dich heute noch nicht für zwei Stunden allein lassen dürfen, was?«

Ja, genau! Das war nicht nett. Ich habe mich total gelangweilt und hatte auch ein bisschen Angst, dass du nicht mehr wiederkommst. Wenn ich nervös bin oder Angst habe, muss ich immer irgendwas ankauen. Der Schuh kam mir da gerade recht.

»Ich musste aber dringend einkaufen. Mein Rasierapparat hat nämlich den Geist aufgegeben.« Oliver fuhr sich über Kinn und Wangen, die von dunklen Bartstoppeln übersät waren, denen er normalerweise nach fünf bis sechs Tagen zu Leibe rückte, die nun aber schon fast doppelt so lange Zeit zum Wachsen gehabt hatten.

Ich habe keine Ahnung, wovon du redest, aber mir ist es auch ganz egal, wie du aussiehst. Hauptsache ist, du magst mich und ich darf bei dir bleiben.

»Tja, was stellen wir mit dem Rest des Nachmittags an? Vielleicht ein Ausflug in den Park? Dort können wir noch ein bisschen an deiner Leinenführigkeit arbeiten.«

Park klingt gut. Scottie wedelte eifrig mit der Rute. *Leinenführigkeit nicht so. Wozu überhaupt eine Leine? Ohne können wir doch viel besser spielen.*

»Na, dann komm, wir …« Als sein Smartphone klingelte, ließ Oliver sich wieder in die Polster sinken und fischte es aus seiner Hosentasche. »Moment«, vertröstete er Scottie und nahm nach einem Blick auf die unbekannte Nummer auf dem Display den Anruf an. »Jones.«

»Ja, ähm, hallo. Mein Name ist Jana Weißmüller. Bin ich mit Herrn Oliver Jones verbunden? Dem, äh, Privatdetektiv?«

Oliver setzte sich aufrecht hin. »Ja, der bin ich. Eigentlich habe ich gerade Urlaub, aber …«

»Oh, tut mir leid. Ich wollte Sie nicht stören.«

»Schon okay.« Er räusperte sich. »Worum geht es denn, Frau Weißmüller?«

»Ich, also … Ricarda hat mir Ihre Detektei empfohlen. Ricarda Hellberger. Sie hat gesagt, ich solle mich an Sie wenden, wenn noch mal etwas passiert. Und, na ja, es ist jetzt etwas passiert, und ich weiß nicht mehr weiter. Die Polizei kann mir nicht helfen, weil keine ernsthafte Straftat vorliegt, aber ich will nicht riskieren, dass etwas Schlimmes geschieht.«

Oliver, der es gewohnt war, mit Klienten oder Klientinnen zu sprechen, die nie zuvor mit einem Privatdetektiv zu tun gehabt hatten, ließ sie ausreden und wartete danach einen Atemzug, bevor er antwortete. »Was genau ist denn passiert?«

»Ich habe wieder einen Brief erhalten. Diesmal nicht mit Scherben …« Es folgte ein hörbares Ein- und Ausatmen. »Entschuldigung, ich muss weiter ausholen, sonst verstehen Sie ja kein Wort. Ich wurde vor zweieinhalb Wochen ausgeraubt. Also nicht ich, sondern meine Werkstatt und mein Laden. Danach erhielt ich alle paar Tage Umschläge, in denen sich jeweils eine meiner gestohlenen Skulpturen befand. Die Sendungen waren anonym, und die Skulpturen darin waren zertrümmert worden. Auch bei dem Einbruch wurde vieles zerstört. Als Ricarda vorschlug, Sie anzurufen, dachte ich erst, das wäre übertrieben. Einige Tage waren keine Umschläge mehr gekommen, aber heute war wieder einer im Briefkasten. Diesmal enthielt er keine Scherben, sondern stattdessen Fotos und, äh, also … So etwas wie eine Botschaft, schätze ich.«

»Eine Botschaft?« Olivers Interesse war längst geweckt. »Welcher Art?« Er vernahm ein leises Rascheln, dann wieder Jana Weißmüllers Stimme.

»Du hast es nicht anders verdient.« Wieder raschelte es. »Das steht auf einem Zettel, der den Fotos beilag. Die Wörter sind aus Zeitschriften ausgeschnitten, so wie bei Erpresserbriefen in schlechten Filmen.«

»Und was sind das für Fotos?« Er hörte, wie die Frau schluckte. Als sie antwortete, klang ihre Stimme gepresst.

»Fotos von meinem Laden und der Werkstatt gleich nach dem Einbruch. Der Dieb oder die Diebe müssen sie gemacht haben.«

»Und das haben Sie alles auch schon der Polizei gemeldet?«

»Natürlich, aber die sagen, dass sie nicht viel tun können, wenn nicht ...«

»Wenn keine verwertbaren Spuren auftauchen«, vollendete Oliver den Satz grimmig. »Ich kenne die Vorgehensweise, und sie ist ja auch nachvollziehbar. Ohne sie wäre ich um viele Aufträge ärmer. Wenn Sie möchten, komme ich zu Ihnen, dann besprechen wir die Sache noch einmal persönlich.«

»Aber Sie sagten doch, dass Sie Urlaub haben.«

»Den kann ich auch verschieben.« Sein Blick fiel auf Scottie. »Eine Frage hätte ich allerdings.«

»Welche?«

»Haben Sie etwas gegen Hunde? Falls ja, muss ich mir einen Sitter suchen.«

»Hunde?« Sie klang überrascht. »Nein, also ich habe nichts gegen sie. Im Gegenteil. Ich mag Hunde.«

»Gut.« Er lächelte Scottie zu, der daraufhin leicht mit der Rute wedelte. »Dann bringe ich meinen Hund mit, wenn ich darf. Ich habe ihn erst seit drei Wochen, und ich kann ihn noch nicht lange allein lassen. Zumindest nicht, wenn ich noch eine Weile etwas von meinen Schuhen haben möchte.« Er schwieg einen kurzen Moment, bevor er fortfuhr: »Haben Sie jemandem gesagt, dass Sie mich engagieren wollen?«

»Nein, bisher nicht. Ich hatte nur mit Ricarda und ihrer Schwester Viola darüber geredet. Warum?«

»Weil Sie das besser auch weiterhin für sich behalten. Ich habe es leichter, wenn niemand außer Ihnen weiß, dass ich Detektiv bin.«

»Aha, ja, okay …«

»Ich könnte morgen Vormittag zu Ihnen kommen, wenn Sie mir Ihre Adresse verraten. An Ihrer Vorwahl sehe ich, dass Sie in derselben Stadt wie Ricarda wohnen?«

»Ja, wir sind zusammen zur Schule gegangen. Ich wohne im Katharinenweg 20 bis 22. Nummer 20 ist meine Werkstatt mit dem Laden, die 22 mein Haus.« Es entstand eine kurze Pause. »Morgen Vormittag bin ich zwar in der Werkstatt beschäftigt, aber Sie können trotzdem herkommen. Melissa, meine Angestellte, kommt erst gegen halb zwei, damit sie um zwei den Laden öffnen kann.«

»Gut.« Da er urlaubsbedingt keine weiteren Termine hatte, erübrigte sich ein Blick in den Kalender. »Also morgen Vormittag gegen zehn? Oder lieber elf Uhr?«

»Kommen Sie einfach, wann Sie wollen.« Sie lachte leise. »Wenn ich gerade mit einer Skulptur beschäftigt bin, müssen Sie so oder so warten, bis ich fertig bin.«

»Ach.« Er verdrehte erheitert die Augen. Mit Künstlern hatte er bereits so einige Erfahrungen sammeln dürfen. »Was für Skulpturen sind das denn, wenn ich fragen darf?«

»Glasskulpturen. Ich kreiere aber auch schöne Alltagsgegenstände und Schmuck.«

»Glas? Moment mal. Sind Sie *die* Jana Weißmüller von *Art in Glass*?« Vor Verblüffung sprang er auf die Füße. »Meine Schwester schwärmt mir seit Wochen von Ihren Kunstwerken vor.«

»Wirklich?« Jana klang erfreut. »Das ist schön. Ich … Oh, da kommt Kundschaft. Melissa ist heute nicht hier. Ich habe sie losgeschickt, ein paar Sachen aus dem Baumarkt zu holen.«

»Aus dem Baumarkt?«, echote er verwirrt.

»Ja, ein paar Werkzeuge. Ich … Entschuldigen Sie bitte. Wir sehen uns dann morgen?«

»Ja, klar.«

»Gut. Bis dann.« Er hörte noch, wie sie die Kundschaft freundlich begrüßte, bevor die Leitung unterbrochen war, dann stieß er einen Pfiff aus, erhob sich und ging hinüber in seine kleine Arbeitsecke mit dem Laptop. Rasch schaltete er ihn ein und rief die Website *Jana Weißmüller – Art in Glass* im Webbrowser auf.

Moment mal! Ich dachte, wir gehen in den Park! Wedelnd war Scottie ihm gefolgt und stieß ihn auffordernd mit der kalten Nase an.

»Nicht jetzt, Scottie!« Oliver hatte sich bereits in die Recherche vertieft. »Das schaue ich mir erst an. Danach bist du dran.«

Das will ich auch sehr hoffen! Du kannst mir nicht einfach Hoffnung auf einen Parkbesuch machen und dann ewig vor diesem komischen Ding mit den bunten Bildern sitzen.

»Hm … Sieh mal einer an«, murmelte Oliver. »Hübsch ist sie auch noch.«

Wer ist hübsch?

»Aber das ist ja im Grunde unerheblich. Warte mal …«

Worauf denn jetzt noch?

»Sie hat sogar einen Blog und berichtet darin aus ihrem Künstlerinnenalltag. Oha, sogar über den Einbruch hat sie gebloggt. Mit Bildern …« Schon hatte sich Oliver gänzlich in seine Arbeit vertieft.

Scottie ließ sich mit einem missbilligenden Schnauben neben Olivers Stuhl fallen. Ob es hier irgendwo noch weitere Schuhe gab, die er ankauen könnte?

4. Kapitel

»Ausgezeichnet, ausgezeichnet!« Der Weihnachtsmann rieb die Handflächen aneinander. »Alles läuft nach Plan.«

»Nach Plan?« Erstaunt trat Elfe-Sieben neben ihn und warf einen Blick auf die Daten auf dem Computerbildschirm. Als sie die Bilder vom Einbruch sah, rang sie entsetzt nach Atem. »Du liebe Zeit, das ist ja furchtbar! War das etwa dein Werk? So etwas Schlimmes hast du doch noch nie gemacht!«

»Was?« Verwirrt wandte Santa Claus sich der kleinen Elfe zu, dann blickte er wieder auf den Bildschirm. »Oh! Nein, selbstverständlich habe ich nichts mit diesem entsetzlichen Einbruch zu tun. Das ist eine schlimme Sache. Hoffentlich finden sie die Verantwortlichen. Ich meinte diese andere Sache. Warte, ich lege den Feed mal auf einen der Bildschirme an der Videowand.« Er gab ein paar Befehle ein. Augenblicke später sprang an der großen Videowand einer der Flachbildschirme an und zeigte abwechselnd verschiedene Szenen aus Jana Weißmüllers Leben an. »Moment ... Hier, das meine ich.« Der Weihnachtsmann nahm noch ein paar Justierungen vor, bis auch Bilder anderer Personen erschienen.

Neugierig trat Elfe-Sieben an den Bildschirm heran. »Ach so! Jetzt verstehe ich, was du vorhast. Aber wie konntest du wissen, dass Jana ausgerechnet Oliver engagieren würde? Du konntest doch gar nicht ahnen, dass bei ihr eingebrochen wird, und noch viel weniger, dass jemand ihr solche unheimlichen Botschaften schickt.«

»Das wusste ich in der Tat nicht, aber ich hatte ja das mit Olivers Schwester herausgefunden.«

»Seine Schwester? Wer ist das?«

Der Weihnachtsmann lächelte siegesgewiss. »Schau mal genau hin! Ich dachte erst, ich könnte Oliver als Mittelsmann einsetzen, wegen seiner Schwester. Aber so, wie es sich jetzt entwickelt, ist es vielleicht noch besser.«

»Wieso besser? Was soll Oliver denn tun?« Fragend zog die kleine Elfe die Augenbrauen zusammen.

»Warte es ab.« Wieder rieb der Weihnachtsmann seine Handflächen aneinander. »Im Grunde bleibt er der Mittelsmann, nur auf eine etwas andere Weise, als ich zunächst dachte.«

»Du sprichst in Rätseln, Santa!«, beschwerte sich Elfe-Sieben.

»Das war nicht meine Absicht.« Santa Claus stand auf und trat ebenfalls an die Videowand heran. »Weißt du, ich habe bei meinen Recherchen etwas über Jana herausgefunden, das mir die Erfüllung ihres Herzenswunsches etwas erschwert. Oliver könnte der Schlüssel zum Erfolg sein, wenn alles so läuft, wie ich mir das vorstelle.«

»Ich verstehe immer noch nur Bahnhof!« Elfe-Sieben seufzte. »Du willst doch wohl kein großes Chaos anrichten und die beiden miteinander verkuppeln, oder? Ich sehe gerade nicht, wie das Janas Wunsch, mit ihrer Kunst weltbekannt zu werden, erfüllen sollte. Insbesondere weil die beiden so gar nicht zusammenpassen. Sie sind viel zu verschieden.«

»Das war auch nicht mein Ansinnen.« Der Weihnachtsmann winkte ab. »Hier geht es nur um Janas Wunsch, und der hat ja nun überhaupt nichts Romantisches an sich. Sie hat sich nie so etwas wie Liebe oder ihren Traummann gewünscht, zumindest nicht bei mir. Und Oliver ist in dieser Hinsicht ein gänzlich unbeschriebenes Blatt. Ich weiß nicht, ob er überhaupt jemals an mich geglaubt hat. Als Kind vielleicht, aber so weit in seine Vergangenheit habe ich nicht nachgeforscht.«

»Vielleicht gehört er ja zum Team Christkind«, schlug Elfe-Sieben vor.

»Nein, das kann ich mir nicht vorstellen.« Santa Claus schüttelte den Kopf. »Er ist in den USA aufgewachsen, da ist das Christkind nicht sehr populär. Und als er mit seiner Mutter nach Deutschland kam, war er schon ein bisschen zu alt, um mit solch einem Glauben anzufangen. Der ist normalerweise von klein auf in den Menschen verwurzelt.«

»Oder auch nicht«, ergänzte Elfe-Sieben. »Wenn die Eltern oder andere Verwandte diesen Glauben nicht fördern.«

»Eben.« Der Weihnachtsmann nickte zustimmend. »Deshalb gibt es keinerlei Wünsche von seiner Seite, und auf mich macht er auch nicht den Eindruck, als wäre er auf der Suche nach der Liebe.«

Die Elfe legte einen Zeigefinger an die Nase. »Aber wie soll er diese Probleme ausräumen, von denen du eben sprachst?«

»Warte es ab.« Geheimnisvoll lächelte der Weihnachtsmann in sich hinein. »Ich habe ein paar Strippen gezogen, und wenn seine Schwester so reagiert, wie ich es annehme, wird sich die Sache schon bald in die richtige Richtung entwickeln. Schau!« Er wies auf den Bildschirm. »Es geht schon los.«

5. Kapitel

Mit Schwung lenkte Oliver seinen dunkelgrünen BMW 2er Active Tourer auf den kleinen Parkplatz vor dem Laden der Glaskünstlerin, stellte den Motor ab und warf einen Blick über die Schulter auf die Rückbank, wo Scottie majestätisch thronte. Der Hund saß auf einer Schutzdecke, damit die Polster des noch fast neuen Wagens nicht verschmutzt wurden, und war zu seiner Sicherheit mit einem Hundegurt angeschnallt, der an seinem Geschirr befestigt wurde. »Da wären wir. Ganz schön abgelegen hier für ein Geschäft. Aber wahrscheinlich nehmen die Kunden den Weg gerne auf sich, um ein Werk von Frau Weißmüller zu erstehen. Genug Werbung macht sie auch, also …« Er lachte. »Das interessiert dich nicht die Bohne, was?«

Nicht wirklich. Scottie hechelte ein bisschen, und es sah ganz wie ein Lächeln aus. *Ich frage mich vielmehr, was wir hier machen. Gehen wir spazieren? Da vorne beginnt der Wald, und auf der anderen Seite sind Wiesen mit so großen langbeinigen Tieren drauf. Die würde ich mir gerne mal näher ansehen. Überhaupt sieht es hier interessant aus. Viele Felder und Bäume. So was mag ich. In der Stadt, wo wir wohnen, gibt es davon nicht mal im Park so viel.*

»Du wartest erst mal hier, bis ich die Lage gepeilt habe, okay?« Schon stieg Oliver aus.

Bleibt mir ja wohl nichts anderes übrig, wenn du mich nicht mitnimmst.

»Benimm dich, Scottie!« Mahnend hob Oliver den Zeigefinger. »Wehe, du kaust den Gurt an.«

Hm, jetzt, wo du mich darauf bringst …

»Sonst kriegen wir zwei Ärger. Ich bin gleich wieder zurück.«

Wehe, wenn nicht. Scottie schnaubte.

Mit einem letzten strengen Blick schloss Oliver die Fahrertür. Zum Glück war es nicht warm. Im Sommer hätte er den Hund niemals im Auto gelassen. Aber heute schien nicht einmal die Sonne. Ein scharfer Wind blies hell- bis dunkelgraue Wolken über den Himmel, die sehr nach nahendem Regen aussahen.

Zunächst blickte Oliver sich eingehend um. Das Gebäude, in dem sich Jana Weißmüllers Laden und die Werkstatt befanden, war ein restaurierter Fachwerkbau, vermutlich ein ehemaliges Bauernhaus mit angrenzendem Stall, das die Künstlerin für ihre Zwecke umgebaut hatte. Vor dem Ladeneingang befand sich ein hübscher Vorgarten im Stil englischer Cottage-Gärten mit vielen verschiedenen Blühstauden, von denen aber die meisten um diese Jahreszeit keine Blüten mehr trugen. Links und rechts vom Eingang standen große steinerne Kübel voller Herbstastern, zwischen denen Strohfiguren steckten: Hexen und Vogelscheuchen sowie putzige Igel. Links und rechts von der Tür befand sich je ein Schaufenster, beide waren im Moment, ebenso wie der Eingang, von einem Gitter verschlossen, das, wenn geöffnet, geschickt in der Fassade verschwinden würde. Diese Konstruktion hatte garantiert eine ordentliche Stange Geld gekostet. Bemerkenswert, dass es anscheinend sonst nur wenige Sicherheitsvorkehrungen gab, die die Einbrecher hätten abhalten können. Andererseits war dies eine wirklich ruhige, liebenswerte kleine Stadt, in der sich eher Fuchs und Hase Gute Nacht sagten, als dass sich hier Kriminelle die Klinke in die Hand gaben.

Der Katharinenweg war kaum mehr als ein asphaltierter Feldweg, der etwa hundertfünfzig oder zweihundert Meter vor dem Ortsausgangsschild aus dem Ort heraus- und stellenweise durch Baumgruppen führte. Wiesen und Felder befanden sich links wie rechts, und wenn man an Janas Laden vorbei weiterfuhr, gelangte man nach weiteren zweihundert Metern an den Waldrand. Idyllisch war der Ausdruck, der Oliver dazu spontan einfiel. Eines Tages wollte er auch einmal so wohnen. Weit genug entfernt vom Lärm der Menschen, um sich von seinem oft anstrengenden Job zu erholen, aber trotzdem nicht zu weitab vom Schuss, sodass er, wenn er Lust auf Gesellschaft hatte, diese in kurzer Zeit finden könnte.

Etwa zwanzig Meter von dem Fachwerkgebäude entfernt stand ein nagelneues weiß gestrichenes Holzblockhaus, das von einer Veranda umgeben war. Rechts neben der Haustür befand sich eine Bank für drei Personen, auf der linken Seite ein Schaukelstuhl. Der Anblick erinnerte ihn an alte Fernsehserien oder auch an Hollywoodkitschstreifen, in denen meist jemand von der Groß- in die Kleinstadt verpflanzt wurde, in der Regel unfreiwillig, und sich dann dort verliebte und dem Charme der pittoresken Umgebung sowie den kauzig-freundlichen Menschen verfiel. Der Gedanke ließ ihn grinsend die Augen verdrehen.

Rund um das Wohnhaus waren, ähnlich wie vor dem Laden, Bemühungen zu erkennen, englische Gartenträume wahr werden zu lassen, doch offenbar stand das Gebäude noch nicht allzu lange, sodass es wohl noch ein Weilchen dauern würde und viel Arbeit in die Außenanlagen gesteckt werden musste, bis das Ergebnis sich sehen lassen konnte.

Da er die Künstlerin hier draußen weder sah noch hörte, umrundete er das Fachwerkhaus auf der Suche nach einem Zugang zur Werkstatt. Er vermutete Jana im Anbau, der wohl einmal ein Stall oder eine Scheune gewesen war. Die Tür war hier nur angelehnt, von drinnen Musik zu hören. *Amarantine* von Enya. Er runzelte die Stirn. Nicht gerade seine Musik.

Er klopfte an, erhielt jedoch keine Antwort, also stieß er die Tür vorsichtig auf und trat ein. »Hallo? Frau Weißmüller? Sind Sie da?«

Diesmal vernahm er neben einem monotonen Rauschen so etwas wie ein Brummeln oder Grunzen.

Irritiert sah er sich um. Der rechteckige Raum war ganz offensichtlich die Glasbläserei. Es gab verschiedene Arbeitstische, zwei Öfen, jede Menge Geräte, von denen er nur Brenner und Zangen namentlich benennen konnte. Erst auf den zweiten Blick entdeckte er die Künstlerin an einer Werkbank im rückwärtigen Bereich der Werkstatt. Sie stand mit dem Rücken zu ihm über irgendeine Arbeit gebeugt und drehte sich auch nicht um, als er sich leise räusperte. »Guten Tag, Frau Weißmüller. Ich freue mich ...«

»Sch... Verdammt, nicht jetzt. Warten Sie.« Ihre Stimme klang äußerst gereizt.

»Okay. Entsch...«

»Und kein Wort! Schalten Sie mal die Musik auf Repeat.« Sie deutete vage in Richtung der Wand, die von Regalen und Metallschränken gesäumt wurde. Dort entdeckte er eine kleine Stereoanlage mit Touchdisplay. Als er näher trat, sah er, dass eine Playlist gestreamt wurde. »Nur dieses eine Lied?«

Als Antwort erhielt er ein zustimmendes Grunzen. Zumindest glaubte er aus dem Geräusch Zustimmung herauszuhören. Über den Touchscreen wählte er die Wiederholungsfunktion für den Song, sodass, kaum dass Enya die letzten Verse gesungen hatte, ihre Stimme erneut von der Unendlichkeit der Liebe kündete. Gleichzeitig klapperte etwas auf der Werkbank.

Die Künstlerin fluchte, dann lachte sie. »Jaaa, genau so. Komm, komm ... Nein! Nicht zu viel! Ja, sooo ... So ist's recht. Sehr fein. Und jetzt noch dreimal das Ganze. Komm schon, das schaffst du.«

Neugierig trat Oliver näher, blieb jedoch in respektvollem Abstand stehen, als Jana Weißmüller ein warnendes Fauchen ausstieß.

»Bleiben Sie weg, sonst atmen Sie mir aufs Glas!«

Er verrenkte sich den Hals, um von seinem Standpunkt aus erkennen zu können, was sie da tat. Es war sehr warm in der Werkstatt, und erst jetzt fiel ihm auf, dass es vor der Künstlerin auf der metallenen Werkbank eine Feuerquelle gab. Etwas wie einen winzigen Ofen oder eine Esse. Die Frau selbst strahlte aber auch eine seltsame Wärme und Energie ab. Zumindest kam es Oliver so vor. Sie vibrierte geradezu und wirkte dennoch zugleich vollkommen ruhig und konzentriert.

»Starren Sie mir nicht auf den Rücken, das macht mich nervös!«

Mit einem weiteren Räuspern blickte Oliver zur Seite. Er hatte nicht gerade auf ihren Rücken gestarrt, sondern auf ihr ansehnliches rundes Hinterteil, das in hautengen abgeschabten Jeans steckte. Verflixt! Seit wann verhielt er sich derart unprofessionell?

»Kommen Sie her, aber atmen Sie nicht auf den Ring«, befahl sie. »Sonst hat Ihr letztes Stündlein geschlagen.«

Etwas verunsichert gehorchte er und trat neben sie an die Werkbank. Nun konnte er sehen, woran sie arbeitete. In einer Metallschale drehte und wendete sie mit einer sehr filigranen Zange einen kleinen glühenden Glasring in einem Gemisch aus silbernem und goldenem Staub. Mit der anderen Hand griff sie, ohne hinzusehen, nach einem ebenso filigranen Blasrohr, dessen Ende in dem glühend heißen Öfchen lag. Er konnte zusehen, wie sie geschmolzenes Glas hervorholte und gleich wieder zurückschob.

»Hier, nehmen Sie die Zange mal kurz, aber hören Sie nicht auf, sie zu drehen. Ich brauche vier Hände, besser noch sechs …« Sie winkte ihn noch näher und übergab ihm die

Zange. Dann umfasste sie seine Hand und zeigte ihm, wie er den Ring in dem Staubgemisch drehen sollte. »Nicht aufhören!«, wiederholte sie streng und mit einem Unterton, der verriet, dass sie ihm den Garaus machen würde, wenn er sich nicht an ihre Anweisung hielte. Ihm brach der Schweiß aus. Mit solch einem Empfang hatte er ganz sicher nicht gerechnet.

Die Künstlerin hatte den kleinen Kolben bereits erneut aus dem Öfchen gezogen und schaltete nun auch noch einen kleinen Handbrenner ein. Dann begann sie mithilfe ihrer Atemluft ein winziges hohles Gebilde zu erzeugen, das sie zugleich mit dem Brenner weiter erhitzte. Oliver kniff die Augen zusammen. Sie trug eine Schutzbrille, er aber natürlich nicht.

»Jetzt stillhalten«, befahl sie und senkte das Gebilde ebenfalls in die Staubschale. Anstelle des Brenners benutzte sie nun eine kleine Zange, um dem Gebilde eine neue Form zu geben. Dabei wurde Oliver klar, dass die Schale selbst ebenfalls glühend heiß war. Offenbar war sie irgendwie beheizt.

»Jetzt geben Sie mir den Ring wieder.« Auffordernd hielt sie ihm die rechte Hand hin.

Sehr vorsichtig reichte er ihr das halb fertige Kunstwerk und trat rasch einen Schritt beiseite. Während Enya ein drittes, viertes und fünftes Mal die Unendlichkeit der Liebe besang, beobachtete er, wie aus dem winzigen Glasring ein zauberhaftes Schmuckstück wurde, das im Licht abwechselnd golden und silbern schimmerte und dessen Oberfläche an verschlungene Blütenranken erinnerte. Raum und Zeit vergaß er dabei vollkommen. Erst als Jana Weißmüller mit einem zufriedenen »Jawoll!« die Ofentür schloss und den Ring in eine saubere Metallschale legte, entspannte er sich wieder.

Sie nahm die Schutzbrille ab, wischte sich mit dem Ärmel ihres roten langarmigen Shirts über die Stirn und reckte sich. »Das wär's. Danke für die Hilfe. Ohne Sie hätte es länger gedauert.« Sie wandte sich ihm mit einem strahlenden Lächeln zu, das ihn nach ihrem grimmigen Befehlston von zuvor vollkommen unvorbereitet traf. »Guten Tag, Herr Jones.« Sie streckte ihm ihre Rechte hin, die er automatisch ergriff. »Ich hoffe, ich war nicht allzu unhöflich. Wenn ich mitten in einem Schaffensprozess stecke, werde ich manchmal ein bisschen grob. Meine Schwester nennt mich dann die Feldwebelin aus der Glashölle.« Ihr Lachen war klar und warm und ebenso eine Überraschung wie ihr Lächeln.

Einen Moment war er irritiert, setzte dann aber ein professionelles Lächeln auf. »Machen Sie sich keine Gedanken. Es war hochinteressant, Ihnen bei der Arbeit zuzusehen.«

»Ah, okay, Sie haben sich für die diplomatische Antwort entschieden.« Schmunzelnd deutete sie auf eine Tür. »Folgen Sie mir bitte in mein Büro.« Ehe er reagieren konnte, sah sie sich suchend um. »Sagten Sie nicht etwas von einem Hund?«

Oliver nickte. »Scottie ist noch im Auto. Ich wollte nicht gleich mit dem Monster einfallen.«

»Monster?« Amüsiert hob sie den Kopf.

»Er ist knapp anderthalb und noch nicht so gut erzogen, wie ich es gern hätte. Ich habe ihn erst vor ein paar Wochen adoptiert, und bis dahin hat sich kaum jemand die Mühe gegeben, ihm etwas Benimm beizubringen. Im Tierheim haben sie zwar damit angefangen, aber dort war er auch noch nicht lange.«

»Aha.« Jana nickte verständnisvoll. »Dann holen Sie ihn mal herein. Im Auto ist es für ihn vielleicht langweilig.«

»Das befürchte ich auch«, gab er zu. »Er tendiert dazu, Sachen anzukauen, wenn ihm langweilig ist.«

»Dann nichts wie herein mit ihm. Nicht dass die Inneneinrichtung Ihres Autos einen Schaden davonträgt.«

***

Jana folgte Oliver Jones bis nach draußen und sah zu, wie er die hübsche und offensichtlich gleichermaßen kräftige wie quirlige Bordeauxdogge aus dem Auto ließ. Beide verhedderten sich kurzzeitig in der Leine, bevor sie mehr oder weniger gesittet auf sie zusteuerten.

Oliver Jones hatte, als Scottie Jana erblickte, sichtlich Probleme, ihn ruhig zu halten. Der junge Hund strebte mit aller Kraft auf sie zu, hechelnd und wild mit der Rute wedelnd. Als er sie erreicht hatte, wollte er sie anspringen, doch das konnte sein Herrchen gerade noch verhindern. »Stopp, Scottie. Anspringen ist verboten. Entschuldigen Sie bitte, Frau Weißmüller. Er ist sehr menschenbezogen und will immer sofort mit allen neuen Bekannten spielen.«

Jana blickte verzückt auf den fröhlichen Hund hinab und hielt ihm schließlich ihre Hand zum Beschnuppern hin. »Hallo, Scottie, du bist aber ein Hübscher.« Sie lachte, als er ihr eifrig über die Finger leckte. »Und so galant. Gleich einen Handkuss bekomme ich!«

Handkuss? Was ist das? Egal. Hallo, hallo! Wer bist du denn? Du siehst nett aus. Und du riechst … Moment mal … Du riechst aber komisch. Gar nicht so wie die meisten Menschen, sondern irgendwie scharf und ein bisschen fies. Und trotzdem auch gut. Wie kommt das denn? Schnaufend und brummelnd schnüffelte Scottie an Janas Händen, ihren Hosenbeinen, und schließlich versuchte er noch einmal, sie anzuspringen.

»Nein, Scottie, alle vier Füße bleiben auf dem Boden!«, mahnte Oliver und fasste sicherheitshalber den Griff von Scotties Halsband.

Jana trat einen halben Schritt zurück, beugte sich dann aber vor und hielt Scottie noch einmal die Hand hin. »Ich rieche seltsam, oder?«

Und wie! Das will ich näher erkunden.

»So reagieren alle Hunde auf mich.« Jana lachte. »Die Chemikalien, mit denen ich arbeite, riechen teilweise etwas streng. So ganz bekomme ich den Geruch nie weg, auch wenn ich noch so lange dusche. Na, Scottie, wie ist es, magst du mich trotzdem?«

Au ja, unbedingt. Ich mag alle Menschen. So nette wie dich sowieso. Du hast auch so eine angenehme Stimme, das gefällt mir gut. An den Geruch gewöhne ich mich schon noch. Scottie schnaubte so heftig, dass sein Kopf mitging und es aussah, als würde er auf ihre Frage mit einem energischen Nicken antworten.

»Na, das ist doch schön«, sprach Jana lächelnd weiter. »Dann kommt mal beide mit ins Büro.« Sie ging Hund und Herrchen voraus durch die Werkstatt und durch die rückwärtige Tür in einen kleinen Flur, der wohl zum Laden führte. Linker Hand führte eine Treppe ins Obergeschoss. »Darf Scottie Treppen steigen?«, fragte sie über die Schulter.

Scottie wollte bereits an ihr vorbei die Stufen erklimmen. Oliver Jones lachte trocken. »Versuchen Sie mal, ihn davon abzuhalten!«

Janas Büro war geräumig. Beim Umbau des alten Bauernhauses hatte sie zwei Räume zusammenlegen lassen. Nun hatte sie zwei große Fenster, und vor einem davon befand sich ein höhenverstellbarer Zeichentisch, vor dem anderen eine Couch mit Schlaffunktion, ein kleiner gläserner Tisch und ein Sessel. Außerdem gab es neben dem Zeichentisch noch einen großen Schreibtisch mit Computeranlage und dahinter eine ganze Wand mit Bücherregalen und Aktenschränken. Auf dem Zeichentisch stapelten sich etliche ihrer Entwürfe, auf dem Schreibtisch die Unterlagen für ihre Buchhaltung, die sie so regelmäßig wie nur möglich zu erledigen versuchte, und ein paar aufgeschlagene Fachbücher über spezielle Glasverarbeitungsverfahren, die sie sich nach der letzten Fortbildung zugelegt hatte, um das Gelernte zu vertiefen.

»Bitte nehmen Sie Platz.« Sie wies auf die Sitzecke. »Möchten Sie etwas trinken? Tee, Wasser, Cola, Limo? Nur Kaffee kann ich leider nicht bieten, weil ich keinen trinke und auch keine Kaffeemaschine hier oben habe.«

»Sie trinken keinen Kaffee?« Verblüfft sah Oliver Jones sie an. »Wie halten Sie das aus? Ich würde keinen Tag ohne überleben. Oder falls doch, dann nur als Zombie.« Er setzte sich auf den Sessel und wies Scottie an, sich ebenfalls hinzusetzen. Der Hund gehorchte sogar – für etwa drei Sekunden.

Warum soll ich denn sitzen? Hier ist es doch so interessant. Ich möchte gerne alles beschnuppern.

»Ich mochte Kaffee noch nie.« Jana hob die Schultern. »Wenn man nicht daran gewöhnt ist, vermisst man ihn auch nicht.«

»Kann sein.« Aufmerksam sah der Detektiv sich um. »Ein Wasser reicht mir vollkommen.« Während sie ihm und sich selbst je ein Glas Wasser einschenkte, sprach er weiter. »Wie ich sehe, arbeiten Sie auch hier oben.«

»An meinen Entwürfen, wenn ich sie mir auf Papier visualisieren muss«, bestätigte sie. »Das ist aber nur manchmal der Fall. Meistens sehe ich ein Kunstwerk so klar vor meinem inneren Auge, dass ich keine Vorlage auf Papier benötige – oder im Computer.« Sie setzte sich auf die Couch. »Ich habe auch eine Designsoftware, aber die kommt noch seltener zum Einsatz. Manchmal erstelle ich damit Modelle und Ansichten für meine Website.«

»Ist oder sind der oder die Einbrecher auch hier im Büro gewesen?«

Jana hielt inne. Ein kalter Schauder ergriff sie. »Nein, glücklicherweise nicht. Zumindest war hier nichts verändert. Wenn jemand hier drin gewesen wäre, hätte er oder sie doch bestimmt dieselbe Unordnung hinterlassen wie unten, oder?«

»Nicht zwangsläufig.« Oliver Jones sah sich noch einmal um. »Es kommt darauf an, was das Ziel des Einbruchs war. Sie sagten, Sie hätten eine Botschaft erhalten, die darauf hinweist, dass es sich nicht um bloßen Vandalismus und Diebstahl handelt.«

Etwas beklommen erhob Jana sich wieder und holte eine Schachtel aus einem der Aktenschränke, in der sie alle bisherigen Umschläge samt Inhalt aufbewahrte. Sie legte sie geöffnet auf dem Glastisch ab. »Das ist alles, was die- oder derjenige mir bisher hat zukommen lassen. Zuunterst liegen auch ein paar Fotos von dem Chaos nach dem Einbruch, die ich mit dem Handy gemacht und ausgedruckt habe.« Sie beobachtete etwas atemlos, wie der Detektiv den Inhalt der Schachtel sehr eingehend studierte. Dabei hatte sie auch endlich die Gelegenheit, ihn selbst näher zu betrachten.

Oliver Jones war etwa eins fünfundachtzig groß und besaß eine athletische Figur, die von seiner engen Jeans, dem schwarzen Shirt und einer ebenfalls schwarzen Lederjacke noch betont wurde. Seine Gesichtszüge waren herb, Kinn, Wangen und Oberlippe von einem Fünftagebart bedeckt, der ihm etwas Raues gab, dem allerdings die eher sanften rehbraunen Augen entgegenstanden. Er wirkte insgesamt ruhig, kompetent und recht zugänglich, dennoch umgab ihn eine gewisse Distanziertheit, was aber vielleicht einfach daran lag, dass sie einander noch nicht kannten.

Scottie hatte sich inzwischen ihr zu Füßen hingelegt und rekelte sich rutewedelnd, als sie ihn zu streicheln begann.

Hm, hach, das gefällt mir! Mach ruhig weiter. Ich werde total gerne gestreichelt.

»Du bist ja wirklich ein Süßer.« Sie wuschelte Scottie hinter den Ohren. Als Oliver Jones halb überrascht, halb amüsiert den Blick vom Inhalt der Schachtel hob, räusperte sie sich, weil sie unverhofft von einem Hauch Verlegenheit gestreift wurde. »Ihr Hund ist ein Schatz.«

»Mhm.« In seinen Augen funkelte es belustigt. »Solange er nichts anstellt.«

»Aber nein, so was machst du doch nicht, oder?« Sicherheitshalber wandte sie sich wieder ganz dem Hund zu. »Du bist ein ganz Lieber, nicht wahr?«

Na klar! Wiff! Einen wohligen Quietschlaut ausstoßend, rollte Scottie sich auf den Rücken.

Jana grinste. »Sehen Sie?«

»Schleimer«, brummelte Oliver.

Was ist denn ein Schleimer? Scottie drehte den Kopf in Richtung seines Herrchens, während er Jana seinen Bauch hinhielt.

Oliver schnaubte nur spöttisch und wandte sich wieder dem Inhalt der Schachtel zu. Mit zwei Fingern zog er eine zerbrochene Glasfigur aus einem der Umschläge und hielt sie ins Licht. »Ein Einhorn?« In seiner Stimme schwang ein leicht entsetzter Unterton mit, vielleicht weil die Figur rosa war.

Jana nickte nur. »Ich liebe Einhörner.«

»Himmel!«

»Sie etwa nicht?«

Er hüstelte. »Nicht wirklich.«

»Selbst schuld.« Sie grinste vielsagend, wurde aber gleich wieder ernst und nahm ihm die Figur aus der Hand. »Das hier ist jetzt leider ein Keinhorn. Es stammte aus einer ganzen Serie von bunten Einhörnern, die ich vor zwei Jahren erschaffen habe. Es war das letzte, das ich nur zu Ausstellungszwecken im Laden hatte. Ich wollte es nicht verkaufen.«

»Das letzte Einhorn?« Er hob sichtlich erheitert die Augenbrauen.

»Sozusagen.« Betrübt fischte sie das abgebrochene Horn aus dem Umschlag. »Vielleicht versuche ich es zu reparieren. Bei den anderen Sachen aus den Umschlägen wird das nicht gehen, dazu sind sie zu stark zerstört.«

»Das geht Ihnen sehr nahe.« Er zog das Blatt hervor, auf dem mittels ausgeschnittener Buchstaben die kurze Nachricht zusammengesetzt war:

Du hast es nicht besser verdient.

Ruckartig richtete Jana sich auf. »Natürlich geht mir das nahe! Es sind meine Kunstwerke, die mutwillig zerstört wurden. In jedes einzelne davon habe ich viel Arbeit und Herzblut gesteckt. Meine Werke sind ein Teil von mir. Sie kommen aus mir, aus meinem Herzen. Werden sie zerstört, tut mir das weh. Und ja, auch das rosa Einhorn. Vielleicht sogar das ganz besonders, weil es so eine Freude und Leichtigkeit ausgestrahlt hat.« Ihre Stimme war eine Spur lauter und deutlich schärfer geworden.

Oliver hob beschwichtigend die Hände. »Ich wollte Ihnen nicht zu nahetreten. Dass eine Künstlerin ein besonderes Verhältnis zu ihren Kunstwerken hat, leuchtet mir ein. Andernfalls gäbe es diese Kunstwerke wohl gar nicht erst. Ich habe lediglich eine Tatsache benannt, die ganz offensichtlich der Ursprung des Übels ist oder vielmehr die Ursache und Wirkung gleichermaßen. Jemand will Ihnen einen Schaden zufügen, aus welchem Grund auch immer. Der beste Weg ist die Zerstörung dessen, was Sie erschaffen haben. Also …« Nach einem letzten Blick auf die Botschaft legte er das Blatt zurück in die Schachtel. »Wem sind Sie dermaßen auf die Zehen getreten, dass sie oder er zu solchen Mitteln greift, um es Ihnen heimzuzahlen?«

»Niemandem!«

»Oder haben sie vielleicht Neider?«

»Ich …« Sie zögerte. »Keine Ahnung. Vielleicht, ja, wahrscheinlich schon. Es gibt immer Menschen, die anderen ihren Erfolg neiden. Aber gehen die gleich so weit und brechen irgendwo ein, um alles kaputtzumachen? Das ist immerhin eine Straftat und kein Kavaliersdelikt.«

»Das kommt darauf an, wie tief verwurzelt der Neid ist«, gab er zu bedenken. »Was die potenziellen Feinde angeht: Es muss nicht jemand aus Ihrem Metier sein. Viel eher könnte es sich um jemanden aus Ihrem privaten Umfeld handeln. Jemand, der weiß, wie er Sie am gemeinsten treffen kann. Eine Freundin vielleicht, mit der Sie sich zerstritten haben.«

»Solche Freundinnen habe ich nicht. Und zerstritten bin ich erst recht mit keiner.«

»Ein enttäuschter Liebhaber oder Ex-Lebensgefährte?«

»Nein. Glauben Sie nicht, dass ich mich das alles längst selbst gefragt habe?« Sie rang verzweifelt die Hände. »Meine letzte Beziehung liegt schon mehr als vier Jahre zurück. Tilo ist inzwischen verheiratet und Vater von Zwillingen und lebt mit seiner Familie in Münster.«

»Gab es böses Blut bei der Trennung?«

Jana seufzte. »Glücklich waren wir beide nicht, wann ist man das nach einer Trennung schon? Wir hatten einfach zu unterschiedliche Erwartungen. Ich hatte gehofft, einen echten Partner gefunden zu haben; er dachte, ich würde mein hübsches Hobby aufgeben, um die Frau hinter dem erfolgreichen Karrieremann zu sein.«

»Ist das nicht eine reichlich antiquierte Forderung?« Oliver runzelte die Stirn. »Sie betreiben doch hier kein Hobby, oder?«

»Nein, einen Fulltime-Job. Ich bin Künstlerin, aber ich bin auch Geschäftsfrau. Das hat er nicht begriffen. Er dachte, das bisschen Glaskunst kann ich ja auch in meiner Freizeit machen. So wie manche einen Töpferkurs belegen oder an der Volkshochschule zeichnen lernen.« Verärgert schob sie das Kinn vor. »Was ich hier tue, ist so viel mehr. Aber es gibt Menschen, die begreifen das nicht. Geliebt hat er mich vermutlich auch nicht – oder wenn, dann nur ein bisschen, am Anfang. Als er begriffen hat, dass ich mich für ihn nicht ändern will, hat er die Flucht ergriffen.«

***

Oliver war auf der Hut, denn er bemerkte, wie rasch Janas offensichtlich vorhandenes Temperament an die Oberfläche treten konnte. Dabei machte sie grundsätzlich einen sehr ausgeglichenen Eindruck. Jedoch nicht, wenn sie ihre Kunst auch nur ansatzweise angegriffen sah. So etwas kannte er, denn auch seine Mutter war eine Künstlerin, und er hatte gelernt, dass ein falsches Wort ungeahnte Folgen haben konnte – und emotionale Ausbrüche, die einem feuerspeienden Vulkan nicht unähnlich waren. »Mir gegenüber müssen Sie sich in keiner Weise rechtfertigen, Frau Weißmüller. Mir geht es nur darum herauszufinden, wo ich mit meinen Ermittlungen ansetzen könnte, gesetzt den Fall, dass Sie mich in dieser Sache engagieren möchten.«

»Entschuldigen Sie.« Jana atmete tief ein und wieder aus und schaffte es danach tatsächlich, ihm wieder dieses warm strahlende Lächeln zu schenken. »Das ging auch gar nicht gegen Sie. Ich schätze, Sie wissen nun, weshalb diese Beziehung in die Brüche ging.« Sie lachte. »Und warum ich seitdem nicht mehr mit einem Mann zusammen war. Hier und da mal ein Date, aber nichts Ernstes mehr. Ich stelle wahrscheinlich zu hohe Ansprüche an die Männerwelt. Die meisten vertreibe ich in Nullkommanichts.«

»Einen Partner auf Augenhöhe zu wollen, sollte eigentlich der Mindestanspruch sein«, entgegnete er. »Alles andere ist Mist oder wird Mist.« Grinsend hob er die Schultern. »Deshalb bin ich ebenfalls noch Single.«

Jana griff nach ihrem Glas und nippte daran. »Ich weiß

wirklich nicht, wer mir all das angetan haben könnte. In den letzten zwei Wochen habe ich mir unzählige Male den Kopf zerbrochen, aber mir fällt einfach niemand ein. Ich hatte ja auch schon die Hoffnung, dass der Spuk vorbei sein könnte, aber dann … kam das da.« Sie deutete auf das Blatt mit der zusammengeschnipselten Botschaft. »Und jetzt habe ich Angst, dass es immer so weitergehen könnte.«

»Diese Sorge ist wohl auch nicht ganz unbegründet.« Auch Oliver nahm einen Schluck Wasser, stellte das Glas wieder ab und zog die Schachtel noch einmal näher zu sich heran. »Diese Botschaft, wenn sie auch nur aus einem Satz besteht, ist eine eindeutige Steigerung. Denn jetzt hat die Person eine Stimme. Ich könnte recherchieren, aus welchen Zeitschriften die ausgeschnittenen Wörter stammen, aber ob uns das weiterhilft, ist fraglich.«

»So etwas können Sie?« Erstaunt betrachtete Jana die Papierschnipsel. »Diese Schriftart kommt mir irgendwie bekannt vor.« Sie deutete auf das Wort *verdient*. »Aber ich kann nicht sagen, wo ich sie schon mal gesehen habe.«

Oliver nickte. »Vielleicht fällt es Ihnen wieder ein. Ist Ihnen seit dem Einbruch oder auch schon davor irgendetwas Ungewöhnliches aufgefallen? Egal was und wie unbedeutend es Ihnen vorkommen mag.«

»Nichts.« Sie seufzte. »Wir haben eine neue Postbotin. Eine sehr nette. Aber sonst? Ich wünschte, ich könnte ein paar konkrete Anhaltspunkte liefern. Aber mir fällt einfach nichts und niemand ein.« Nach einem Atemzug sprach sie weiter: »Wäre es nicht sinnvoll, also wenn Sie den Auftrag annehmen, mein Haus zu beschatten? So sagt man doch, oder?«

»Observieren.«

»Ja, weil diese Umschläge meist irgendwann nachts in meinen Briefkasten geworfen werden. Oder wurden. Vielleicht kommt ja auch gar keiner mehr.«

»Das wäre eine Möglichkeit«, stimmte Oliver zu. »Allerdings kann das auch dazu führen, das die Täterin oder der Täter vorsichtiger wird und entweder einen anderen Weg wählt, um die Botschaften zu überbringen, oder sich auf etwas anderes verlegt, um Ihre Aufmerksamkeit zu erlangen. Zwar bin ich geschult im unauffälligen Observieren, aber wir sollten grundsätzlich davon ausgehen, dass die betreffende Person es ebenfalls ist.«

»Was meinen Sie damit?« Erschrocken starrte sie ihn an. »Glauben Sie, ich werde beobachtet?«

Nanu, warum bist du denn auf einmal so aufgeregt? Scottie hob den Kopf und sprang im nächsten Moment auf. Dabei stieß er gegen den Tisch. Die Gläser klirrten.

Gerade noch konnte Oliver mit einem reflexartigen Griff verhindern, dass das Wasser sich über die Tischplatte ergoss. »Hey, Scottie, ganz ruhig. Was ist denn los?«

Was los ist? Das frage ich dich! Wuff.

»Schon gut.« Sanft legte Jana der Bordeauxdogge eine Hand auf den Rücken. »Ich habe dich wohl erschreckt, was?«

Ja, ziemlich. Scottie setzte sich wieder.

»Es kann gut sein, dass der oder die Verantwortliche Sie genau im Auge behält. Er oder sie scheint Sie gut zu kennen. Zumindest wirkt all das hier nicht wie ein zufälliges Werk von jemandem, der Ihnen nie zuvor begegnet ist.«

Jana schluckte und schlug im nächsten Moment die Hände vors Gesicht. »Was soll ich denn bloß tun? Wenn ich wenigstens wüsste, wer dahintersteckt, oder auch nur einen Verdacht hätte. Aber so …« Langsam ließ sie die Hände wieder sinken. Sie weinte nicht, aber ihr Blick wirkte sehr verletzlich. »Was kann man denn noch unternehmen, außer dass Sie das Haus und die Werkstatt beobachten? In Kürze beginnt unser Weihnachtsmarkt. Die Stadt hat ihn dieses Jahr verlängert, sodass er bereits Anfang November beginnt. Wir feiern das hundertjährige Bestehen, wissen Sie? Ich habe immer ein großes Verkaufszelt für meine Werke dort, und in der Zeit ist mein Laden dann natürlich geschlossen. Aber was, wenn genau dann wieder etwas passiert oder jemand in das Zelt einbricht? Ich beauftrage zwar immer eine Securityfirma, die mir normalerweise eine Person schickt, und das hat bisher immer ausgereicht, aber jetzt? Ich meine, ich kann mir keine ganze Crew leisten.« Sie strich sich übers Haar und zupfte an der Spange herum, mit der sie die braunen Locken im Nacken zusammengefasst hatte. »Was würden Sie mir empfehlen?«

Oliver dachte eingehend darüber nach. Nicht nur erschien ihm die Situation, in der sich Jana Weißmüller befand, äußerst verzwickt, sondern er haderte auch mit einer anderen Sache, die ihn beschäftigte, seit er am Vorabend mit seiner älteren Schwester Jennifer telefoniert hatte. Er hatte sich gewehrt, doch Jen hatte, wie fast immer, ihren Willen durchgesetzt, und nun musste er zwei schwierige Unterfangen irgendwie unter einen Hut bringen.

Da Jana ihn erwartungsvoll ansah, richtete er sich schließlich etwas auf und räusperte sich. »Wenn Sie mir den Auftrag erteilen, werde ich wohl oder übel eine Menge über Sie, Ihre Familie, Freunde, Bekannte, einfach über Ihr gesamtes Leben in Erfahrung bringen müssen. Natürlich kann es sein, dass ich gleich zu Beginn Glück habe und den Täter oder die Täterin auf frischer Tat ertappe, aber ich gehe eher nicht davon aus, und das sollten Sie auch nicht. Solche Dinge brauchen Zeit. Damit ich mich nicht gleich zu Anfang enttarne, sollten Sie unbedingt Stillschweigen darüber bewahren, wer ich bin, und wir sollten uns ein plausibles Szenario überlegen, das es mir erlaubt, bei Ihnen ein- und auszugehen oder sogar in Ihrem Haus zu übernachten.« Bedeutungsvoll hielt er inne und setzte dann noch trocken hinzu: »Von dort aus kann ich die Dinge weit besser im Auge behalten als von außen.«

Jana senkte den Blick, knabberte an ihrer Unterlippe. »Niemand wird glauben, dass Sie mit mir verwandt sind, das fällt schon mal weg. Hier im Ort kennen die Leute mich und meine Familie. Als was sollten Sie also hier einziehen? Doch wohl nicht als mein Freund, oder? Ich meine, nichts für ungut, aber ich glaube nicht, dass wir zusammenpassen oder dass uns das irgendjemand abnehmen würde.«

»Natürlich nicht«, stimmte Oliver sofort zu. Allein der Gedanke war absurd. Jana Weißmüller und er – das passte wirklich nicht. »Ich dachte eher daran, als Security von Ihnen eingestellt zu werden. Zufällig besitze ich einen gültigen Schein für das Bewachungsgewerbe. Möglicherweise wird man Sie für etwas extravagant oder überängstlich halten, wenn Sie sich einen Sicherheitsmann ins Haus holen, aber es erscheint mir durchaus plausibel erklärbar. Was meinen Sie? Was ich so über Sie recherchiert habe, besagt, dass Ihre Kunstwerke durchaus einigen Wert haben und dass Sie hin und wieder sogar in der Galerie Hussen in Köln Ausstellungen bestreiten. Das könnte als Rechtfertigung ausreichen, denke ich.«

»Ja … hm.« Jana kaute sichtlich auf der Entscheidung herum. »Sie würden dann also bei mir einziehen?«

»Ein Platz auf der Couch reicht völlig aus.«

»Ich habe ein Gästezimmer, das ist das geringste Problem. Aber wird das nicht viel zu teuer? Ich muss ja trotzdem jemanden für den Weihnachtsmarkt einstellen.«

»Aber nicht rund um die Uhr, und ich kann Ihnen auch bei der Einrichtung von Sicherheitsvorkehrungen hier und in Ihrem Wohnhaus behilflich sein. Ich habe Kontakte zu einer Firma, die Ihnen dafür nicht gleich das letzte Hemd rauben wird.« Er ließ seine Worte einen Moment wirken. »Es erscheint vielleicht unkonventionell, aber in Ihrem Fall halte ich dieses Vorgehen für sinnvoll, weil es tatsächlich eine Weile dauern könnte, bis wir herausgefunden haben, wer hinter der Sache steckt. Ich würde Ihnen meine Tagespauschale berechnen, erst einmal für vierzehn Tage, und danach entscheiden wir, ob es Sinn macht, meinen Einsatz hier fortzusetzen.«

»Ja, also ... okay. Das muss ich mir noch mal überlegen«, antwortete Jana nachdenklich. »Das wäre ja schon ein erheblicher Eingriff in meine Privatsphäre.«

»Das wäre es unbestritten«, bestätigte er. »Aber vielleicht schreckt es auch ab, sodass Sie hinterher Ruhe haben, ganz gleich, ob wir den Verantwortlichen finden.«

»Vielleicht.« Janas Blick fiel auf Scottie, der sich vor ihren Füßen ausgestreckt hatte und ein Nickerchen hielt. »Was ist denn mit Scottie? Würde der auch bei mir einziehen?«

Was? Wie? Wieso? Habe ich da gerade meinen Namen vernommen? Scottie hob abrupt den Kopf und blickte fragend von Jana zu Oliver und wieder zurück. *Wo soll ich einziehen und warum? Ich wohne doch gerade erst bei Oliver. Da will ich nicht weg. Ich mag es bei ihm.*

»Ja, schon, besser wäre es.« Oliver grinste schief. »Wo ich hingehe, geht auch er hin, das habe ich ihm versprochen, als ich ihn adoptiert habe.«

Ja, genau! Oh, warte mal, also ziehen wir zusammen um? Okay, das ist mir recht. Freudig wedelte Scottie mit der Rute.

»Wir sind nämlich ein Team.«

So ist es. Hach, wie ich mich freue, dass du das sagst. Du bist das beste Herrchen überhaupt! Unvermittelt sprang Scottie auf und kroch mit den Vorderläufen auf Olivers Schoß. Eifrig leckte er ihm übers Gesicht.

»Hey, was soll das denn?« Verblüfft wehrte Oliver den aufgeregten Hund ab, bis dieser wieder mit allen vier Pfoten auf dem Boden stand. »Du bist vielleicht eine übergeschnappte Knalltüte!«

Mir doch egal. Ich mag dich halt so. Find dich damit ab.

Oliver hüstelte. »Ist das ein Problem für Sie? Sie haben doch wohl keine Katzen, oder? Das könnte zum Problem werden. Die jagt Scottie leider sehr gerne.«

Au ja, Katzen jagen! Wo sind welche? Scottie hechelte so breit, dass es einem Grinsen glich.

»Ich habe gar keine Haustiere.« Jana blickte sinnierend auf Scottie. »Ich überlege es mir und melde mich morgen bei Ihnen. Wäre das okay?«

6. Kapitel

»Du lässt einen wildfremden Mann bei dir einziehen? Hältst du das für klug?« Besorgt musterte Janas Mutter sie am darauffolgenden Sonntag über den liebevoll gedeckten Kaffeetisch hinweg. »Wer weiß, was das für einer ist.«

Jana schmunzelte. »Ich weiß recht genau, was er für einer ist. Das kann jeder Mensch, der sich dafür interessiert, auf seiner Website nachlesen. Ganz fremd ist er darüber hinaus schon deshalb nicht, weil Ricarda und Viola ihn mir empfohlen haben. Sie kennen ihn schon länger, weil er für Franks Anwaltskanzlei als Detektiv tätig ist. Wenn sie ihm vertrauen, kann ich das, denke ich, auch tun.«

»Nun ja, mag sein.« Etwas beruhigt nickte ihre Mutter.

»Trotzdem ist es etwas anderes, jemanden praktisch rund um die Uhr in dein Leben zu lassen«, gab Janas Vater zu bedenken, hob gleichzeitig aber bereits beschwichtigend beide Hände. »Ich will dich nicht davon abbringen, versteh mich nicht falsch. Diese Sache muss unbedingt so bald wie möglich aufgeklärt werden, sonst werden wir hier nie wieder ruhig schlafen können. Es ist einfach unerhört, dass dir irgendjemand so zusetzt und du sogar zu solchen Mitteln greifen musst. Ich meine, ein Detektiv! Wer hätte gedacht, dass du jemals so jemanden benötigen würdest?«

»Ich finde das eigentlich ganz spannend«, befand Ellie, Janas knapp vier Jahre jüngere Schwester, und nahm sich noch einen mit Sahne und Sauerkirschen gefüllten Windbeutel von der Kuchenplatte. »Fast wie im Film oder in einem Buch. Sieht er wenigstens gut aus?«

Jana lachte. »Wie man's nimmt. Ein Model ist er nicht gerade, aber hässlich auch nicht. Ein bisschen zu rau um die Kanten für meinen Geschmack, aber er ist höflich und freundlich, und wir haben bereits festgestellt, dass wir nicht ganz auf einer Wellenlänge schwingen.«

»Wie schade!« Ellie kicherte. »Mag er deine Lieblingsmusik nicht?«

Unbeeindruckt zuckte Jana mit den Achseln. »Nach *Amarantine* in Dauerschleife kann ich das sogar verstehen.«

Prustend ließ Ellie beinahe den Windbeutel auf ihren Teller fallen. »Der Ärmste! Hast du mal wieder eine Enya-Phase?«

»Ich höre beim Arbeiten, was mich inspiriert.« Jana reichte ihrer Schwester eine Serviette. »Mit AC/DC kann ich halt in meiner Werkstatt nicht viel anfangen. Oder überhaupt.« Sie hielt bedeutsam inne. »Ihr dürft niemandem sagen, dass er ein Detektiv ist. Offiziell arbeitet er als Security für mich, und wir hoffen, das wirkt abschreckend. Damit er aber gleichzeitig Ermittlungen anstellen kann, muss er absolut inkognito bleiben.«

»Also tatsächlich wie im Film.« Ellie grinste breit. »Wir schweigen wie ein Grab, versprochen.«

»Du sagtest, er bringt seinen Hund mit?«, mischte Sabine Weißmüller sich wieder in das Gespräch ein. »Macht dir das keine Umstände?«

»Ich hoffe nicht.« Jana beäugte die Windbeutel auf der Platte und nahm sich schließlich auch noch einen. »Scottie ist ein ganz Süßer. Eine Bordeauxdogge.«

»So groß?« Entsetzt starrte Ellie sie an und fasste sich gleichzeitig mit beiden Händen an die Wangen, sodass ihr Ausdruck vage an Edvard Munchs *Der Schrei* erinnerte. Ihr frecher dunkelbrauner Kurzhaarschnitt und die weit aufgerissenen dunklen Augen verstärkten den Eindruck noch. »Hast du keine Angst?

»Vor Scottie? Nein.« Entschieden schüttelte Jana den Kopf. »Vor dem braucht niemand Angst zu haben. Allerdings ist er noch jung und sehr stürmisch.«

»Und das im Haus einer Glaskünstlerin?« Helge Weißmüller verzog skeptisch den Mund. »Ob das gut geht?«

»Also ich habe ganz sicher Angst vor so einem großen Hund.« Ellie schüttelte sich. »Dann komme ich dich mal lieber vorerst nicht besuchen. Dabei wollte ich den Großteil meiner Weihnachtseinkäufe bei dir erledigen. Damit warte ich dann wohl noch ein Weilchen, bis Scottie und sein Herrchen wieder bei dir ausgezogen sind.«

»Bis Weihnachten sind es doch auch noch fast zwei Monate«, wandte Helge ein.

»Na, na, unterschätze mal nicht, wie schnell die Zeit vergeht«, entgegnete Sabine lachend. »Jedes Jahr heißt es, wir haben noch sooo viel Zeit, und dann, schwupps, ist es eine Woche vor Weihnachten, und der Geschenkehorror geht los.«

Helge seufzte. »Deshalb sage ich doch auch jedes Jahr, wir sollten endlich mit den Geschenken aufhören. Die Mädchen sind erwachsen, Enkel noch keine in Sicht. Wozu das Ganze also?«

»Fragt der Mann, der am Ende immer die schönsten und größten Geschenke anschleppt.« Liebevoll stieß Sabine ihm den Ellenbogen in die Seite.

»Ja, nun, hm …« Verlegen hüstelte Helge und wechselte rasch das Thema. »Dieser Detektiv – wie heißt er noch mal? – zieht also heute Abend bei dir ein?«

»Oliver Jones.« Jana nahm das Oberteil des Windbeutels ab und hob es an die Lippen. »Ja. Er hat extra seinen Urlaub verschoben und noch ein paar Dinge vorab in die Wege geleitet. Zum Beispiel hat er mir ein Gespräch mit dem Inhaber einer Firma für Sicherheitstechnik vermittelt, die kürzlich im Gewerbegebiet eröffnet hat. Vorher war sie wohl in Düsseldorf angesiedelt, aber dann ist der Geschäftssitz hierher verlegt worden.«

»Von Düsseldorf in die Pampa?« Ellie hustete. »Warum das denn? Gibt es dort nicht mehr Kundschaft als hier?«

»Kann sein, aber so, wie ich es verstanden habe, hatten sie zu wenig Platz, und hier gab es gleich eine riesige Halle für einen Spottpreis im Vergleich zu Düsseldorf.«

»Ist das die Firma, die die Halle vom alten Hansen übernommen hat?«, hakte Helge nach. »Die ist ordentlich groß. Ich dachte doch gleich, ich hätte da neulich ein neues Firmenschild gesehen. Irgendwas mit einem Elefanten und einem Schlüssel im Logo.«

»Securifant«, bestätigte Jana erheitert. »Ich habe auch erst über den Namen gestaunt. Herr Overbeck, das ist der Geschäftsführer, hat mir erzählt, dass seine Tochter auf den Namen kam, als sie noch klein war. Inzwischen ist sie etwa in Ellies Alter und leitet den Verkauf bereits eigenständig. Sie und ihr Vater haben mich sehr ausführlich und kompetent beraten, was die Möglichkeiten betrifft, die ich habe, um Haus und Werkstatt noch besser abzusichern. Das wird zwar nicht ganz billig, aber nicht so wild, wie ich erst befürchtet hatte. Kann sein, dass sie mir Rabatt geben, weil Herr Jones den Kontakt vermittelt hat. Er und Herr Overbeck kennen sich wohl schon länger. Herr Jones hat ursprünglich eine Ausbildung zum Polizisten gemacht und kam darüber irgendwie mit Herrn Overbeck zusammen.« Sie hob die Schultern. »Wie auch immer. Ein weiterer positiver Nebeneffekt ergibt sich daraus, denn *Securifant* bietet auch Überwachungsdienste an. Sie haben sogar schon fürs BKA gearbeitet und für ein paar große Firmen. Ford zum Beispiel. Herrn Overbecks Sohn leitet diese Abteilung und hat sich, wohl auch Herrn Jones zuliebe, selbst als Sicherheitsmann für meinen Stand auf dem Weihnachtsmarkt angeboten. So muss ich nicht diese teure Firma in Köln beauf-

tragen, die mir immer saftige Fahrtkosten auf die Rechnung gepackt hat.«

»Also, das ist ja wirklich praktisch.« Erfreut hob Janas Mutter den Kopf. »Ich wusste gar nicht, dass wir inzwischen solche Firmen direkt vor der Haustür haben. Von wegen Pampa!«

»Der Abteilungsleiter arbeitet selbst als Wachmann?« Helge runzelte die Stirn. »Das ist aber eher ungewöhnlich.«

»Diese Abteilung besteht bisher nur aus vier oder fünf Personen«, erklärte Jana. »Sie wurde erst vor zwei Jahren der Firma angeschlossen, nachdem der Sohn, Lennart heißt er übrigens, einige Jahre als Securitymitarbeiter in großen Firmen tätig war. Sie wollen wohl vorläufig ganz bewusst nicht zu groß werden, und deshalb ist er selbst eben auch mit im Einsatz.« Jana verputzte ihren Windbeutel und lächelte ihrer Mutter zu. »Die sind mal wieder ganz verboten lecker, Mama! Ich könnte glatt noch einen verdrücken, aber dann muss ich wieder eine extra Pilatesstunde einlegen.«

»Du kannst auch gerne mit mir zum Schwimmen gehen«, bot Ellie mit Unschuldsmiene an.

»Von wegen!« Jana winkte ab. »Ich kann mich beherrschen. Du bist mir zu ehrgeizig.«

»Überhaupt nicht.« Auf Ellies Lippen erschien ein breites Grinsen. »Meine Wettkampftage sind lange vorbei. Inzwischen ziehe ich ganz gemütlich meine Bahnen. So hundertfünfzig bis zweihundert …«

»Ich sag's ja, das ist irre!« Jana tat, als wollte sie ihrer Schwester einen Klaps geben.

Geschickt wich Ellie ihr aus. »Wir könnten auch einfach Wasserball spielen. Dazu habe ich inzwischen sogar Jelena animiert.«

»Ich weiß nicht.« Jana kannte ihre Schwester und argwöhnte einen für sie eindeutig zu sportlichen Haken. »Benutzt ihr Medizinbälle, oder was?«

Ellie lachte herzlich. »Was du immer von mir denkst! Nein, ganz normale Wasserbälle. Ich bin ja inzwischen auch nicht mehr die Jüngste und werde ruhiger.«

»Am Stock gehst du hoffentlich noch nicht«, scherzte ihr Vater. »Aber mal etwas ganz anderes. Jana, ab wann werden die Weihnachtsmarktstände aufgebaut? Der Markt beginnt doch nächstes Wochenende schon. Ich helfe dir natürlich wieder mit dem Zelt ...«

»Ich auch!«, rief Ellie dazwischen. »Ehrensache.«

»Außerdem haben auch André und Eva gefragt, ob sie wieder helfen können. Sie haben zwar auch mit dem Stand der Sozialstation zu tun, aber da gibt es ja inzwischen genügend andere Helfer und Helferinnen.«

»Das ist lieb von euch.« Jana schob ihren Teller von sich, um nicht doch noch in Versuchung zu geraten, und griff stattdessen nach ihrem Wasserglas. »Wir können morgen Abend schon mit dem Verladen des Zeltes und der Kisten mit der Deko beginnen. Das mache ich gerne schon ein paar Tage vorher, falls ich beim Laden merke, dass noch etwas fehlt oder ersetzt werden muss. Außerdem ist am Dienstag ja sowieso Feiertag. Am Mittwoch ist allgemeiner Startschuss für den Aufbau. Das Glas will ich am Donnerstag darauf rüberfahren, denn am Freitagnachmittag geht der Weihnachtsmarkt offiziell los.« Sie strich sich eine Haarsträhne hinters Ohr. »Ich habe die letzten Tage und Wochen wie verrückt gearbeitet, um die gestohlenen oder zerstörten Werke durch neue zu ersetzen, und werde auch kommende Woche noch ganz schön was zu tun haben. Außerdem hat Frau Brinkmann von der Galerie Hussel angefragt, ob es neue Stücke für die Ausstellung im Januar gibt. Ich habe mal vage Ja gesagt, obwohl ich ehrlich gesagt noch nicht weiß, welche Stücke ich ihr geben soll.«

»Die Wasserfontäne«, schlug Ellie spontan vor. »Die ist einfach irre.«

»Den Wasservulkan meinst du.« Bedächtig nickte Jana. »Ja, vielleicht.«

»Und diesen Baum«, fügte ihre Mutter eifrig hinzu. »Die Birke. Sie sieht so echt aus. Ich kann immer noch kaum glauben, dass sie aus Glas ist. Wie hast du das nur geschafft?«

»Zauberei.« Jana zwinkerte ihrer Mutter zu.

Diese erwiderte ihren Blick mit warmer mütterlicher Liebe. »Manchmal glaube ich tatsächlich, dass du zaubern kannst.« Sie streckte beide Hände nach Jana und Ellie aus, ohne die zwei jedoch zu berühren. »Was habe ich doch für begabte Töchter. Einfach großartig!«

»Hey, meine Töchter sind es auch!«, protestierte Helge lachend. »Fünfzig Prozent gehen auf mein Konto. Wenngleich ich nicht weiß, aus welcher Ecke meines Genpools die künstlerische Begabung stammen soll.«

»Oma malt doch.« Ellie grinste breit.

»Malen nach Zahlen gilt nicht«, brummte Helge, verkniff sich aber sichtlich ein Schmunzeln. »Also gut, dann komme ich morgen Abend zu dir, Jana, um dir beim Verladen zu helfen. Dann kann ich mir bei der Gelegenheit gleich mal deinen Detektiv von Nahem ansehen.«

»Er ist nicht *mein* Detektiv! Wie klingt denn das?«, rief Jana mit gespielter Empörung. »Er arbeitet bloß für mich.«

»Ist wohl auch besser so, wenn er deinen Musikgeschmack nicht teilt«, frotzelte Ellie.

»Ich glaube, mein Musikgeschmack ist nicht das Einzige, was wir nicht teilen«, befand Jana. Als ihre Mutter das Geschirr abzuräumen begann, half sie ihr sofort.

»Ich bin trotzdem neugierig auf ihn.« Auch Ellie hatte sich erhoben und trug die Kuchenplatte in die Küche. »Hoffentlich ist er erfolgreich.«

»Das hoffen wir wohl alle sehr«, kam es von Helge, der die Tassen, Untertassen und Gläser hinter den Frauen hertrug.

»Dieser Person oder Bande gehört ganz dringend das Handwerk gelegt.«

***

Obwohl sie es selbst albern fand, räumte Jana nach ihrer Rückkehr vom Sonntagskaffee bei ihren Eltern rasch noch ihre Wohnung auf, zumindest so weit, dass ihr allgemeines Grundchaos ansatzweise wie gewollt aussah. Das Gästezimmer hatte sie bereits am Vortag auf Vordermann gebracht. Ob Oliver Jones die in verschiedenen Pastellfarben gemusterte Bettwäsche zusagen würde, war fraglich, doch andere besaß sie nicht, oder vielmehr war die mit den Elfenmotiven wohl noch viel weniger passend. Da es im Erdgeschoss ein zweites Bad mit Dusche gab, würde sie ihm dieses zur Nutzung anbieten. Sie zupfte gerade an dem Strohblumenstrauß herum, den sie auf den kleinen Tisch unter dem Fenster des Gästezimmers gestellt und mit kleinen Hexen- und Kürbissteckern verziert hatte, als sie seinen Wagen vorfahren hörte.

Aus unerklärlichen Gründen wurde sie einen Moment von Nervosität erfasst. Sie hatte schon seit Jahren keinen männlichen Besuch mehr beherbergt. Wenn sie schon mal jemanden kennengelernt hatte, waren sie irgendwann entweder bei ihm gelandet, oder er war nicht über Nacht geblieben. Und auch das war schon länger nicht vorgekommen. Sie hatte sich so sehr auf ihre Kunst und ihr Geschäft konzentriert, dass ihr kaum jemals ein Mann besonders aufgefallen war.

Sie fühlte sich nicht einsam, dazu ruhte sie zu sehr in sich selbst. Auch Torschlusspanik kannte sie keine. Sie war jetzt einunddreißig Jahre alt. Dass ihr ihr Traummann bisher noch nicht begegnet war, bereitete ihr keine allzu großen Sorgen. Sie vertraute in dieser Hinsicht ganz auf die Kraft des Universums. Der Richtige würde ihr schon noch begegnen, irgendwann. Irgendwo da draußen war er, der Mann, der sie so lieben und akzeptieren würde, wie sie war, und dem sie dieselben Gefühle und Toleranz entgegenbringen konnte.

Dieses arrangierte Zusammenwohnen, wenn es auch nur für kurze Zeit war, hinterließ nun aber doch ein leichtes Unbehagen. Es war rein geschäftlich, aber es griff dennoch in ihre Privatsphäre ein. Sie fühlte sich in gewisser Hinsicht eingeschränkt, noch dazu von einem Mann, von dem sie bereits ahnte, dass er ihre Weltsicht nicht teilte.

Doch wenn sie jemals wieder ruhig schlafen wollte, würde ihr wohl kaum eine andere Möglichkeit bleiben. Deshalb straffte sie die Schultern, setzte ein, wie sie hoffte, gleichmütiges Lächeln auf und begab sich in dem Moment zur Tür, als es klingelte.

»Guten Abend, Frau Weißmüller.« Eine Reisetasche in der einen und einen Laptopkoffer in der anderen Hand, blickte Oliver Jones ihr entgegen. Er trug heute einen gefütterten blauen Kurzmantel, denn die Temperaturen waren seit einigen Tagen knapp unter den Gefrierpunkt gesunken, und darunter einen braunen Kaschmirpullover und schwarze Jeans. »Ich bin etwas später hier als gedacht. Auf der Autobahn gab es einen Baustellenstau, in dem offenbar alle Wochenendpendler festgesteckt haben, die keinen Urlaub am morgigen Brückentag ergattern konnten.«

»Ist nicht schlimm, kommen Sie herein.« Sie blickte über seine Schulter. »Wo ist denn Scottie?«

»Noch im Auto. Ich wollte erst mal meine Sachen unterbringen. Dann mache ich einen kleinen Rundgang mit ihm und zeige ihm danach das Haus, wenn es Ihnen recht ist. Auf diese Weise läuft das Ganze vielleicht sogar halbwegs gesittet ab.«

»Aber sicher doch.« Nun war ihr Lächeln endlich ganz echt; sie entspannte sich und führte ihn zum Gästezimmer.

»Ich habe hier im Erdgeschoss noch ein Bad, gleich die erste Tür neben der Treppe, das können Sie gerne benutzen«, erklärte sie und sah zu, wie er sein Gepäck auf dem Bett ablegte und sich aufmerksam umsah. »Es entspricht vermutlich nicht Ihrem Stil.«

»Schwerlich.« Mit einem amüsierten Lächeln drehte er sich zu ihr um. »Aber das ist schon okay. Machen Sie sich meinetwegen bloß keine Umstände. Ich werde das bisschen Pastell schon verkraften.« Das Lächeln wandelte sich in ein Grinsen. »Und die Musik. Was ist das?«

Sie grinste ebenfalls. »Faun. *Tanz mit mir*.«

»Bitte?« Er runzelte die Stirn, doch dann begriff er. »Oh, aha. Einen spannenden Musikgeschmack haben Sie.«

»Spannend?«

»Hören Sie auch mal etwas Normales?«

Sie hob die Schultern. »Kommt darauf an, was Sie als normal bezeichnen.«

»Guter Punkt.« Er lachte rau. »In dieser Hinsicht dürften wir wenig kompatibel sein. Rock? Hardrock? So was in der Art?«

Sie überlegte. »Metallica manchmal oder auch die Scorpions.«

Er hüstelte. »Na gut, Sie scheinen noch zu retten zu sein.«

»Pff!« Sie tippte sich vielsagend an die Stirn, woraufhin sie beide lachten. »Vielleicht sollten wir, solange Sie hier sind, nur einen öffentlich-rechtlichen Radiosender einschalten.«

»Guter Plan.« Er kräuselte die Lippen. »Keinen, auf dem Schlager rauf und runter laufen!«

»Darum bitte ich!« Kichernd wandte sie sich wieder der Tür zu, hielt dort aber noch einmal inne. »Nachher kommen übrigens mein Vater und mein Cousin mit seiner Frau vorbei, um mir beim Verladen meines Verkaufszelts für den Weihnachtsmarkt zu helfen. Ab Mittwoch kann es aufgebaut werden.«

»Ah, okay. Wenn es erforderlich ist, kann ich gerne ebenfalls helfen.«

»Das wäre nett. Je mehr Hände, desto schneller geht es.« Sie grinste wieder. »Bei der Gelegenheit kann mein Vater Sie auch gleich unter die Lupe nehmen. Er sorgt sich, weil ich einen wildfremden Mann in meinem Haus beherberge.«

»Glauben Sie, ich werde seiner Inspektion standhalten?«

Sie lachte auf. »Solange Sie lieb und nett sind, gehe ich davon aus, dass er Sie nicht auffressen wird.«

»Lieb und nett?« Auf seiner Stirn entstanden tiefe Furchen. »Ich weiß nicht, ob ich das im Angebot habe!«

»Dann warten wir es einfach ab«, schlug sie glucksend vor. »Oder wir schicken Scottie vor. Der lenkt dann schon von Ihren Unzulänglichkeiten ab.«

Er hustete überrascht, dann lachte er. »Werden Sie mal nicht frech, Frau Weißmüller!«

Für einen kurzen Moment kribbelt es in Janas Magengrube, als ihre Blicke sich trafen. Sie nahm es überrascht zur Kenntnis, ließ sich jedoch tunlichst nichts anmerken, sondern konterte grinsend: »Dies ist mein Haus. Hier darf ich so frech sein, wie ich will, Herr Jones.« Sie hielt inne. »Vielleicht sollten wir einander nicht so förmlich anreden. Ich finde, das erschwert Unterhaltungen ungemein.« Sie streckte ihm die rechte Hand hin. »Jana.«

Mit einem knappen Nicken ergriff er ihre Hand. »Oliver.«

Erneut verspürte sie dieses Kribbeln, ignorierte es aber wieder. Es war ganz sicher nicht ratsam, dieses geschäftliche Arrangement wegen ein paar aufgescheuchter Hormone zu verkomplizieren, wo sie doch schon wusste, dass sie ohnehin nicht kompatibel wären. »Wir sollten den armen Scottie hereinholen«, schlug sie vor. »Sonst fühlt er sich vielleicht verlassen, so allein im Auto.«

»Ich hole ihn.« Mit einem undefinierbaren Blick, der ihr

verriet, dass er das seltsame Knistern zwischen ihnen ebenfalls bemerkt hatte, ging er an ihr vorbei aus dem Gästezimmer.

Sie blieb noch einen Moment still stehen, dann atmete sie tief durch, rieb sich über die Wangen, straffte ihre Haltung und folgte ihm schließlich.

***

Wohin bringst du mich denn jetzt? Das ist aber ein schönes großes Haus! Scottie schnüffelte eifrig im offenen Eingangsbereich. *Hier riecht es gut und komisch gleichzeitig. Irgendwie nach Keksen, aber auch nach dieser Frau von neulich. Aber da waren wir in dem anderen Haus dahinten. Dort war es irgendwie seltsam und roch noch viel komischer – und es war ein bisschen ungemütlich. Hier finde ich es schöner und viel bequemer. Ich sehe Sessel und eine Couch, und hier auf dem weichen Teppich kann man bestimmt bequem liegen, auch wenn er ruhig etwas größer sein dürfte. Und … Oh, da ist die Frau ja auch wieder!*

»Hey, Scottie, nicht so stürmisch!«, mahnte Oliver, als der Hund mit einem fröhlichen Wuff auf Jana zustürmen wollte.

Doch, unbedingt! Ich muss die nette Frau unbedingt begrüßen. Lass doch mal die Leine los!

»Lassen Sie ihn ruhig los.« Lachend trat Jana hinter der breiten Arbeitsinsel hervor, die sich an ihre Küchenzeile anschloss. In der Hand hielt sie einen großen Kauknochen. »Ich habe ein Willkommensgeschenk für ihn. Ich hoffe, das ist in Ordnung?«

Oliver hielt Scottie am Halsband fest. »Klar. Er wird Sie von jetzt an auf Schritt und Tritt verfolgen und anbetteln. Sitz, Scottie. Ich lasse dich erst los, wenn du dich beruhigt hast.«

Menno, ich will aber zu der Frau. Die hat ein tolles Leckerchen!

»Sitz!«

Naaa gut. Scottie setzte sich. *Bitte sehr. Jetzt lass los!*

»Gut. Geht doch.« Oliver löste die Leine von Scotties Geschirr. Der sauste augenblicklich wie eine Kanonenkugel auf Jana zu. »Für eine Sekunde …« Oliver seufzte resigniert. »Das müssen wir wohl noch üben.«

»Hallo, Scottie!« Jana hatte sich ein wenig breitbeinig hingestellt, um der stürmischen Begrüßung standzuhalten, und lachte, als Scottie um sie herumhüpfte und sie abzuschlecken versuchte. »Herzlich willkommen, du kleines Untier. Schau mal, ich hab hier was für dich.« Sie hielt den Kauknochen gerade außerhalb von Scotties Reichweite.

Ja, ja, ja, das hab ich schon gesehen. Her damit! Der Hund versuchte hochzuspringen und nach dem Knochen zu haschen.

»Stopp, Scottie, nicht springen!« Erschrocken wollte Oliver erneut nach dem Halsband des Hundes greifen, doch Jana hob abwehrend die freie Hand.

»Nein, lassen Sie ihn mal.« Ohne ihren Blick von Scottie zu lösen, trat sie geschickt immer wieder zur Seite, als der Hund sie aufgeregt umtänzelte. »Scottie!« Ihre Stimme war ruhig und klar, sodass der Hund innehielt und die Ohren spitzte.

Ja?

»Sei mal ganz lieb, Scottie.«

Lieb bin ich immer. Ich will den Kauknochen!

»Ich fürchte, mit *sei lieb* kommen Sie bei ihm nicht weit«, befand Oliver, schwieg aber, als ihr strenger Blick, gepaart mit einem Kopfschütteln, ihn traf.

Jana zeigte Scottie den Kauknochen, hielt ihn aber gleich wieder außer Reichweite, als der Hund hochhopste. »Sei lieb, Scottie.« Ihre Stimme nahm ein warmes Timbre an, das eigentümliche Dinge mit Oliver anstellte. Mit Scottie offenbar auch, denn erneut blieb dieser ruhig stehen und spitzte die Ohren.

Ich bin wirklich immer lieb.

»So ist's fein. Und nun sitz.«

Okay, gern. Scottie ließ sich auf sein Hinterteil plumpsen. *Gibst du mir jetzt den Knochen?* Seine Rute wischte wild über den Boden.

»Fein!«, wiederholte sie mit heller, jedoch immer noch ganz ruhiger Stimme. »Du willst den Knochen?«

Jau, wau! Schon sprang Scottie wieder auf die Füße, doch Jana hielt ihn zurück, indem sie einfach die freie Hand mahnend hob.

»Nein, Stopp. So bist du nicht lieb.«

Hä? Warum denn nicht?

»Sitz.«

Klar, mach ich. Schon saß Scottie wieder.

»Fein. Und jetzt bleib sitzen.« Mit weiterhin erhobener Hand trat sie ganz langsam auf ihn zu. »Bleib schön sitzen.«

Wenn es sein muss. Du bist aber streng! Wie hypnotisiert starrte Scottie auf den Knochen.

»Sehr fein. Und nun sieh mich an.«

Auch Oliver gehorchte. Er konnte gar nicht anders. Fasziniert beobachtete er, wie sein Hund erst ganz starr auf den Knochen blickte, dann aber wie in Zeitlupe den Kopf hob und Jana ins Gesicht blickte.

»Fein! Ganz super. Hier, bitte sehr, dein Knochen.« Mit einem liebevollen Lächeln reichte sie Scottie das begehrte Leckerchen, mit dem er sogleich in den Eingangsbereich abzog. Dort legte er sich auf den bunten Läufer und begann hingebungsvoll an dem Knochen zu nagen.

Janas Lächeln wandelte sich in ein triumphierendes Grinsen, als sie sich Oliver zuwandte. »Was wollten Sie über das Liebsein sagen?«

»Äh …« Er schluckte, beschloss dann aber, die Sache mit Humor zu nehmen. »Sie scheinen eine Hundeflüsterin zu sein.«

»Kann sein. Ich liebe Hunde.«

»Und dieser Hund betet Sie offensichtlich an.«

»Ich hoffe, Sie werden nicht eifersüchtig.« Amüsiert musterte sie ihn. »Ich habe viel mit Socke geübt, das ist der Hund meines Cousins.«

»Socke?«

»Wenn Sie ihn sehen, werden Sie den Namen verstehen. Hunde mögen mich. Vielleicht werden sie aber auch nur von meinem etwas chemischen Geruch verwirrt, und ehe sie wissen, wie ihnen geschieht, habe ich sie verhext.« Sie lachte. »Schauen Sie nicht so. Ich kann wirklich ein bisschen zaubern.«

Nach dem, was er gerade gesehen hatte, glaubte er ihr das sogar. »Muss ich mich vor Ihnen in Acht nehmen?«

Sie legte den Kopf schräg. »Ich bin keine böse Hexe, wenn Sie das meinen. Normalerweise fließt der Großteil meines Zaubers in meine Arbeit. Aber wenn Sie sich entscheiden sollten, allzu grimmig darauf zu beharren, dass Sie nicht lieb sind, könnte ich mich genötigt fühlen, dagegen anzugehen.«

Ein seltsamer Schauder erfasste ihn, den er sicherheitshalber ignorierte. »Wie ich schon sagte, lieb und nett habe ich eher wenig in meinem Repertoire. Warum ist Ihnen das so wichtig?«

»Weil ich positive Schwingungen um mich herum brauche, um kreativ sein zu können. Alles Negative blockiert mich«, erklärte sie unumwunden. »Das bedeutet nicht, dass man sich mit mir nicht streiten darf, aber wenn, dann wertschätzend. Warum glauben Sie nicht lieb und nett zu sein?«

Er zuckte die Achseln. »Weil allein die Ausdrücke nicht zu mir passen. Lieb und nett sind kleine Kinder oder Meerschweinchen.«

»Oder Scottie.«

»Oder der«, gab er widerwillig zu. »Höflich können Sie von mir erwarten. Und wenn Sie mir keinen Grund liefern, werde ich wohl kaum unfreundlich werden. Aber lieb …«

»Ist Ihnen nicht männlich genug, verstanden.« Sie lachte.

»Wenn Sie so wollen.« Er verzog die Lippen. »Was nett angeht … Sagt man nicht, es sei die kleine Schwester von scheiße?«

»Was?« Verblüfft merkte sie auf, dann lachte sie herzlich. »Liebe Zeit, das habe ich ja noch nie gehört! Also gut. Dann einigen wir uns doch darauf: Solange Sie höflich und freundlich sind, sehe ich keinen Grund, meine Zauberfähigkeiten auf Sie anzuwenden. Deal?«

»Deal.« Er lächelte zwar, konnte aber nicht umhin zu befürchten, dass ihr Zauber bereits ohne ihr bewusstes Zutun bei ihm zu wirken begann.

***

»Da kommt mein Vater.« Froh, das durchaus gefährliche Terrain verlassen zu können, aus dem ein Flirt hätte erwachsen können, den sie gerade nun wirklich nicht gebrauchen konnte, trat Jana ans Küchenfenster und winkte ihrem Vater zu, der bereits auf die Haustür zusteuerte. »Jetzt hatten Sie noch gar keine Gelegenheit, mit Scottie einen Rundgang zu machen.«

»Dann holen wir das eben später nach.« Oliver nahm Scottie wieder an die Leine. »Er scheint sich ja bereits hier eingelebt zu haben.«

Na klar. Hier auf dem Teppich ist es super, und der Kauknochen schmeckt lecker.

»Wenn Sie möchten, lassen Sie ihn einfach hier«, schlug sie vor, doch Oliver schüttelte den Kopf.

»Fordern Sie Ihr Glück lieber nicht heraus. Wenn ihm langweilig ist, macht er gerne etwas kaputt. Und hier gibt es viel Glas …«

»Das ist ein Argument«, stimmte sie zu. Inzwischen war sie bereits zur Tür gegangen und öffnete sie. »Hallo, Papa. Wir sind gleich da. Geh doch schon mal rüber zur Werkstatt. Ich habe den Anhänger bereits vor dem Kellereingang geparkt und alles aufgeschlossen.« Sie wandte sich an Oliver. »Dann mal los. Es gibt einiges zu schleppen.«

Wohin denn jetzt? Ich wollte mich doch in Ruhe dem Kauknochen widmen! Na gut, dann lasse ich ihn mal hier und hoffe, er ist nachher noch da, wenn wir zurückkommen.

Da in diesem Moment auch ihr Cousin André eintraf, der nur etwa einhundert Meter entfernt auf dem ehemaligen Bauernhof seiner Familie die Scheune zu einem luxuriösen Wohnhaus umgebaut hatte, wartete Jana, bis alle beim Anhänger standen, bevor sie Oliver und Scottie vorstellte. Die Männer schüttelten einander die Hände, Scottie wurde mehrfach ermahnt, sich nicht so wild zu gebärden, und schnüffelte schließlich nur noch eifrig an den Neuankömmlingen.

»Sie sind also der neue Securitymann.« André nahm seine dunkel gerahmte Brille ab, hielt sie prüfend gegen das Licht der Außenbeleuchtung und setzte sie wieder auf. »Schon schlimm, dass es jetzt schon nötig ist, hier mit Wachleuten zu arbeiten. In unserer Stadt passiert sonst nie etwas. Aber sicher ist sicher. Wir wohnen nur hundert Meter die Straße runter und haben rein gar nichts von dem Einbruch mitbekommen. Ich hoffe, so etwas passiert nicht noch einmal.« Er wandte sich an Jana. »Eva wäre auch gern rübergekommen, aber Micha isst gerade sein Abendbrot.« An Oliver gewandt, erklärte er: »Micha ist unser Sohn. Er ist noch nicht ganz drei Jahre alt und ein Gewohnheitstier. Wenn er nicht pünktlich seine Mahlzeiten erhält, wird er unausstehlich.« Er lachte und strich sich durch sein dunkelblondes Haar. »Dann mal auf in den Kampf! Wenn ich mich recht entsinne, sind die Zeltteile zwar nicht schwer, dafür aber sperrig. Jede helfende Hand ist herzlich willkommen.«

»Kann ich Scotties Leine irgendwo festbinden, damit er uns nicht zwischen die Füße tanzt?« Suchend sah Oliver sich um.

»Drinnen gibt es einen schweren Metalltisch.« Jana bedeutete ihm mit einem Handzeichen, ihr zu folgen. »Den kann er so leicht nicht bewegen.« Während Oliver die Leine an einem der Tischbeine befestigte, ging sie zu dem fast zwei Meter breiten deckenhohen Schrank, in dem sie die gefalteten Zeltplanen sowie die Stangen, Schrauben, Verankerungen und noch einiges Weitere an Zubehör aufbewahrte. »Seltsam«, murmelte sie.

»Was meinen Sie?« Oliver tauchte so schnell neben ihr auf, dass sie ein wenig erschrak.

»Ich weiß nicht.« Sie zog am Griff der Schranktür. »Die ist nur angelehnt. Ich könnte schwören, dass ich sie ganz zu… Oh.« Als sie das Chaos im Inneren des Schrankes erblickte, wurde ihr vor Schreck eiskalt.

»Oh, Shit!«, rief André hinter ihr.

»Treten Sie alle von dem Schrank zurück!«, befahl Oliver.

Was? Wuff? Bei dem strengen Ton schreckte auch Scottie auf, der sich notgedrungen vor dem Metalltisch zusammengerollt hatte. *Was ist los? Ist jemand in Gefahr?*

Jana konnte sich zunächst nicht rühren. Erst als sie die Hände ihres Vaters auf ihren Schultern spürte, machte sie zwei Schritte rückwärts und lehnte sich dann kraftlos gegen ihn. Ihr Herz pochte viel zu schnell und schmerzhaft in ihrer Brust.

Jemand hatte nicht nur alle Plastikbehälter mit den Schrauben, Muttern und anderen Kleinteilen geöffnet und ausgeleert, sondern auch etliche der Zeltplanen zerschnitten. An einem der Regalbretter war mit Tesafilm ein Zettel befestigt, auf dem in bunten, aus Zeitschriften ausgeschnittenen Lettern stand:

Du hast doch wohl nicht gedacht, dass das schon alles war? Du hast noch viel mehr verdient.

»Ich mache Bilder.« Oliver hatte bereits sein Smartphone gezückt. »Die schicken Sie sofort zur Polizei. Falls die Beamten noch mal herkommen wollen, lassen wir hier alles so, wie es ist.«

»Mein schönes Zelt!« Janas Stimme gehorchte ihr kaum. »Was mache ich denn jetzt?«

»Können Sie sich irgendwo eins leihen?« Nachdem Oliver unzählige Fotos geschossen hatte, sah er sich aufmerksam in dem Kellerraum um. »Ist hier sonst noch etwas verändert?«

»Ja, leihen.« Sie schluckte. »Das muss ich jetzt wohl. Oder ein neues bestellen. Die sind teuer!« Erst mit etwas Verspätung drang seine zweite Frage zu ihr durch. Die Starre fiel von ihr ab. Hastig ging sie von Schrank zu Schrank, doch in keinem herrschte Chaos oder schien etwas zu fehlen. »Hier ist alles in Ordnung.«

»Und in den angrenzenden Räumen?« Oliver trat an die Tür, die weiter ins Innere des Hauses führte. »Verschlossen.«

»Ich schließe jetzt immer alles ab.« Jana vermied es, noch einmal einen Blick auf das zerstörte Zelt zu werfen. »Nur die Kellertür habe ich vorhin aufgeschlossen, nachdem ich den Anhänger davor abgestellt hatte.«

»Wann war das?« Oliver warf einen Blick nach draußen, drehte sich aber gleich wieder zu ihr um.

»Vielleicht eine halbe Stunde bevor Sie hier angekommen sind.«

»Dann war derjenige erst vor Kurzem hier?« Janas Vater wurde blass. »Nein, also … Das geht doch nun wirklich zu weit! Und dann solch eine Drohnachricht …«

»Sind Sie sicher, dass vorhin hier drinnen alles noch in Ordnung war?«, fragte Oliver weiter.

Jana zuckte mit den Achseln. »Wahrscheinlich. Ich habe nicht darauf geachtet. Zuletzt war ich vor einer Woche an dem Schrank. Da war noch alles ordentlich.«

»Also wäre es auch möglich, dass der Eindringling schon früher hier war. Wer hat Zugriff auf diesen Raum?«, hakte Oliver nach.

»Nur ich.« Jana zog ihre Schlüsselkarte aus der Hosentasche. »Die Tür ist elektronisch gesichert. Aber wenn wir Besorgungen machen, bringen wir sie fast immer durch die Kellertür herein. Sie ist tagsüber immer mal wieder offen, aber verschlossen, wenn ich nicht da bin.«

»Wer ist wir?«

Verzagt erwiderte Jana Olivers Blick. »Melissa und ich. Sonst arbeitet niemand hier. Und Melissa schließt immer zuverlässig wieder ab.«

»Sie vertrauen ihr also?«

Erschrocken zuckte sie zusammen. »Ja! Ich meine ... Sie ist seit einem halben Jahr bei mir angestellt. Welchen Grund sollte sie haben, meine Sachen kaputtzumachen?«

»Das kann man nie wissen.«

»Nein. Das glaube ich wirklich nicht.« Energisch schüttelte Jana den Kopf. »Wir kannten uns zwar vorher nicht, aber sie ist überhaupt nicht der Typ für so etwas. Und außerdem ist sie heute in Bonn auf dem Geburtstag einer Freundin. Und vergangene Woche war sie auch nur im Laden, während ich oben in der Werkstatt gearbeitet habe.«

»Vielleicht hat der- oder diejenige einfach irgendwann die Gunst der Stunde für sich genutzt.« André verzog grimmig den Mund. »Unglaublich. Wir sollten sofort die Polizei rufen.«

»Bin schon dabei.« Oliver hielt sein Smartphone bereits ans Ohr.

***

Innerlich seufzend klickte Jana sich durch die verschiedenen Modelle des Zeltverkäufers im Internet, bei dem sie vor Jahren ihr Zelt für den Weihnachtsmarkt gekauft hatte. Inzwischen benutzte sie es auch auf dem Ostermarkt und während der Kirmes. Leider gab es ihr Modell in dieser Ausstattung nicht mehr, sodass sie die vorhandenen Angebote genau vergleichen musste, um etwas zu finden, mit dem sie die kommenden Jahre glücklich werden würde. Die Zerstörungswut, mit der jemand sich nun schon zum wiederholten Mal an ihrem Eigentum vergriffen hatte, erschreckte sie zutiefst.

Die Polizei war am frühen Abend erneut da gewesen, um den Einbruch zu Protokoll zu nehmen. Inzwischen war es bereits nach zweiundzwanzig Uhr, und Oliver hatte sich auf einen weiteren Rundgang über ihr Grundstück gemacht. Er patrouillierte stündlich zusammen mit Scottie, wohl hauptsächlich, um potenzielle Eindringlinge abzuschrecken. Jana konnte sich allerdings kaum vorstellen, dass jemand so leichtsinnig war, zweimal am selben Tag zu versuchen, bei ihr einzubrechen. Schon gar nicht, nachdem die Polizei fast eine Stunde lang da gewesen war.

Wie sie mit dem offensichtlichen Hass, den diese unbekannte Person gegen sie zu hegen schien, umgehen sollte, wusste sie nicht. Es war für sie nach wie vor unvorstellbar, dass sie einen Feind oder eine Feindin haben sollte.

Solange keine Spuren zu finden waren oder es Hinweise auf die Täter gab, würde die Polizei bedauerlicherweise nicht sehr viel für sie tun können. Deshalb hatten die Beamten es begrüßt, dass sie einen Wachmann eingestellt hatte und in Kürze noch einen zweiten beim Weihnachtsmarkt beschäftigen würde. Die Firma *Securifant* hatte einen guten Ruf.

»Draußen ist alles ruhig«, verkündete Oliver, als er das Wohnzimmer betrat.

Ja, total. Und kalt! Ihr glaubt gar nicht, wie unangenehm dieser eisige Nieselregen sich in meinem Fell anfühlt. Gut, dass wir nur so kurz draußen waren. Mit einem regelrecht genervten Schnaufen ließ Scottie sich seitlich der Couch auf den Boden fallen. *Gut, dass Herrchen mich abgetrocknet hat, sonst müsste ich glatt bibbern.*

Jana, die mit ihrem Laptop auf der Eckbank in der großen Wohnküche saß, die über einen mehr als zwei Meter breiten Durchgang mit dem Wohnzimmer verbunden war, hob den Blick vom Bildschirm. »Danke, dass Sie sich die Mühe machen, immer wieder nach dem Rechten zu sehen. Ich könnte sonst garantiert heute Nacht nicht schlafen. Selbst so werde ich bestimmt eine halbe Ewigkeit wach liegen.« Etwas zusammenhanglos deutete sie in Richtung Couch. »Ich habe den Fernseher eingeschaltet. Suchen Sie sich ruhig irgendeinen Film aus. Ich habe mehrere Streamingdienste abonniert. Mein Smart-TV zeigt sie Ihnen alle auf der Startseite an.«

»Danke.« Oliver setzte sich auf die Couch, und kurz darauf hörte sie, wie er sich räusperte und dann unterdrückt stöhnte.

Erheitert blickte sie erneut von ihrer Zeltrecherche auf. »Darf ich raten? Sie haben meine Watchlist auf Netflix entdeckt und kriegen gerade die Krise.«

Oliver drehte sich zu ihr um. »Mir war nicht bewusst, wie viele Weihnachtskitschfilme es gibt.«

»Wenn Sie wüssten!« Sie kicherte. »Das sind längst nicht alle, und jedes Jahr kommen neue dazu.«

»Zu Hilfe!«

»Sie können sich auch ein eigenes Profil einrichten«, schlug sie vor. »Dann werden Sie nicht jedes Mal gleich von meinem Film- und Seriengeschmack erschlagen.«

»Wenn es Ihnen nichts ausmacht.«

»Absolut nicht.« Sie nickte ihm zu, und wenig später vernahm sie Musik und Geräusche, die auf irgendeinen Actionstreifen schließen ließen. Zufrieden vertiefte sie sich wieder in die Auswahl an Veranstaltungs- oder Verkaufszelten.

»Haben Sie sich inzwischen für eines entschieden?« Unbemerkt war Oliver neben sie getreten und warf einen kurzen Blick auf ihren Bildschirm, bevor er zum Kühlschrank ging und diesem eine Flasche Wasser entnahm. Sie hatte ihn angewiesen, sich bei ihr ganz wie zu Hause zu fühlen, und ihm erlaubt, sich auch ungefragt etwas zu essen oder zu trinken nehmen zu dürfen, wann immer ihm danach war.

Jana seufzte. »Ich schwanke noch zwischen den Modellen *Moon and Stars* und *Rainbow*. Ausstattung und Größe sind bei beiden identisch, nur das Dekor ist verschieden. Sie sind etwas größer als mein altes Zelt, aber dessen Maße sind nicht mehr verfügbar, und kleiner darf es nicht sein.«

»Rainbow?« Die Flasche in der Hand, trat er neben sie und setzte sich auf einen Stuhl. »Ist das so bunt, wie es klingt?«

Sie schmunzelte. »Ich denke, ja. *Moon and Stars* ist auch bezaubernd und würde super zum Weihnachtsmarkt passen. Aber für den Ostermarkt oder alles sonst, was nicht im Winter stattfindet, ist es, glaube ich, zu dunkel. Oder? Sie drehte den Laptop so, dass Oliver den Bildschirm besser sehen konnte. Sie hatte beide Modelle zum Vergleich nebeneinander angeordnet. »Was meinen Sie?«

Oliver betrachtete die beiden Zelte, und Jana konnte sehen, wie seine Augen sich leicht weiteten. Er hüstelte. »Was ist aus dem guten alten Weiß geworden?«

»Viel zu langweilig und nichtssagend. Mein altes Zelt war rot, grün und golden. Total weihnachtlich, aber auch diese Farbzusammenstellung gibt es nicht mehr.«

»Warum wohl?« Er musterte sie mit leisem Spott. »Kann es sein, dass Sie die einzige Kundin waren, die sich diese Farben ausgesucht hat?«

»Bestimmt nicht«, widersprach sie. »Ich musste mich damals sogar auf eine Warteliste setzen lassen.«

»Ja, weil diese Farben erst mal produziert werden mussten. Wahrscheinlich hatten sie den Farbstoff gar nicht vorrätig.«

»Nun werden Sie aber frech«, erwiderte sie lachend. »Bunte Zelte liegen voll im Trend. Und diese hier sind überdies von ausgezeichneter Qualität.«

»Schon gut, schon gut. Mir muss ja nicht schwindelig werden, wenn ich den ganzen Tag in so einem Farbtopf arbeite.«

»Innen sind die Zeltplanen weiß.«

»Ach, dann quälen Sie also nur die Leute, die draußen vorbeigehen. Clever.«

Spielerisch schlug sie nach seinem Arm. »Ein buntes Zelt zieht die Blicke auf sich. Außerdem ist meine Kundschaft schon daran gewöhnt.«

»Ah. Na gut.« Er schmunzelte. »Dann nehmen Sie den Regenbogen. Das andere sieht zu sehr nach dem Zelt einer Wahrsagerin aus.«

Stirnrunzelnd betrachtete sie die Bilder selbst noch einmal und nickte schließlich. »Ich gebe es ungern zu, aber Sie haben recht. Beim Modell *Rainbow* kann ich zu den verschiedenen Jahreszeiten mit eigener Deko noch Akzente setzen.« Sie schob das besagte Modell in den Warenkorb und hatte es mit wenigen weiteren Mausklicks bereits bestellt. »Leider kommt es auch per Express erst am Donnerstag. Das wird ganz schön eng. Aufbau, einräumen, dekorieren …« Sie seufzte. »Aber wenn ich mir eines leihen würde, wäre es ganz sicher nur suboptimal.«

»Und außen weiß«, fügte er trocken hinzu.

»Das auch.« Sie reckte sich ein wenig. »Welchen Film schauen Sie eigentlich gerade nicht?«

»Cash Truck.«

»Ah, mit Jason Statham.« Sie grinste, als er sie verblüfft ansah. »Dachten Sie, ich kenne nur Weihnachtsfilme?«

»Das nicht, aber …«

»Aber so ähnlich, schon klar.« Lachend klappte sie den Laptop zu und erhob sich. »Wissen Sie, was? Ich gucke mit. Vielleicht lenkt mich das so weit ab, dass ich doch bald schlafen kann.«

***

Es war bereits nach Mitternacht, als der Abspann des Films lief, den sie gemeinsam noch einmal von vorn begonnen hatten. Jana hatte sich irgendwann auf ihrem Ende der Couch zusammengerollt und war eingeschlafen. Oliver wollte sich noch auf einen weiteren Rundgang begeben und erhob sich leise. In diesem Moment stieß Jana einen undefinierbaren Laut aus.

Besorgt musterte Oliver sie. Ihr Gesicht wirkte im Schlaf angespannt. Vielleicht träumte sie schlecht. Suchend sah er sich um und zog schließlich eine in Pastellfarben gestreifte weiche Wolldecke von einem der Sessel und deckte sie damit zu.

Jana zuckte leicht, griff nach seiner Hand und schlug gleichzeitig die Augen auf.

Oliver erstarrte. Eine leichte Verlegenheit ergriff ihn. »Entschul…«

»Danke.« Janas Lächeln traf ihn vollkommen unvorbereitet. Im nächsten Moment schloss sie auch schon wieder die Augen und entspannte sich sichtlich.

Verunsichert blickte Oliver auf sie hinab. War sie überhaupt aufgewacht? »Jana?«

»Hm?« Ihre Stimme war nur ein Hauch.

»Schlafen Sie?«

»Mhm …« Sie schien tatsächlich mehr im Land der Träume als wach zu sein.

»Ich gehe noch mal raus.« Er gab Scottie ein Zeichen, woraufhin dieser eifrig aufsprang und zur Tür sauste.

Jana gab keine Antwort darauf, doch nun lag ein Hauch des Lächelns auf ihrem Gesicht. Der böse Traum, falls sie einen gehabt haben sollte, war verschwunden.

Rasch machte Oliver sich mit Janas Hausschlüssel auf den Weg nach draußen. Es nieselte zwar nicht mehr, dennoch war es ungemütlich nasskalt und inzwischen auch höllisch glatt, da die Nässe auf Straßen und Wegen gefror.

Mithilfe seiner Stablampe suchte er seinen Weg um das Haus herum in den Garten. Dort war alles friedlich, und er glaubte auch nicht, dass sich bei diesem Wetter jemand freiwillig die Nacht um die Ohren schlagen würde. Doch man durfte einen potenziellen Stalker auch nicht unterschätzen, ebenso wenig wie einen Feind, der sich an Jana für irgendetwas – und sei es auch nur etwas Erfundenes – rächen wollte.

Scottie schnüffelte hier und da, hob ab und zu sein Bein, schien aber ansonsten ebenfalls niemanden wahrzunehmen. Auf der straßenzugewandten Hausseite sprang der Bewegungsmelder an, und eine Lampe erhellte für kurze Zeit die Umgebung. Auch rund um die Werkstatt gab es Bewegungsmelder. Alles lag still und friedlich da, sodass Oliver die Ereignisse des frühen Abends und überhaupt die Vorstellung, dass sich hier irgendwo jemand herumtrieb, der Jana Böses wollte, geradezu surreal vorkamen.

Doch sie hatte ihn nicht aus Jux eingestellt, und er würde seinen Job sehr ernst nehmen. Dazu gehörte auch, sich nicht von dem ungehörigen Prickeln beeindrucken zu lassen, das sich ab und zu zwischen ihnen bemerkbar zu machen begann. Oder von ihrem verteufelt gefährlichen Lächeln. Das kam überhaupt nicht infrage! Er würde sich auf keinen Fall unprofessionell verhalten, nur weil seine Hormone in ihrer Gegenwart ein wenig außer Kontrolle geraten wollten. Mehr steckte ja sowieso nicht dahinter. Sie war nicht sein Typ – und umgekehrt. Gemeinsam hatten sie auch kaum etwas. Zumindest bisher nicht, und das war ja auch gar nicht notwendig. Sie war ihm ein bisschen zu esoterisch angehaucht, und, Himmel, sie behauptete von sich, zaubern zu können! Welche vernünftige Person tat das?

Gut, die Arbeit an dem Ring, die er miterlebt hatte, war schon ein klein wenig wie Zauberei gewesen, im Grunde aber doch nur Chemie und Physik, brillant angewendet und zu etwas Wundervollem vereint.

Diese Feststellung beruhigte ihn ungemein und ließ ihn zugleich an den zweiten Auftrag denken, den er hier ausführen sollte. Eigentlich mochte er so etwas nicht, aber es bot sich gerade wirklich gut an, da hatte seine Auftraggeberin schon recht. Und da sie nicht nur seine Schwester war, sondern darüber hinaus auch eine personifizierte Urgewalt, der sich niemand wirklich erfolgreich entziehen konnte, hatte er zugestimmt. Er würde sein Bestes tun und nach Abschluss beider Aufträge in sein Leben in Köln zurückkehren.

Können wir mal allmählich wieder ins Haus gehen? Ich bin müde, mir ist kalt, und hier draußen ist es ungemütlich. Scottie schnaufte vernehmlich und blickte mit großen Augen zu Oliver auf.

»Lass uns wieder ins Haus gehen.« Oliver sah sich noch einmal um und machte sich im Geiste Notizen, an welchen Stellen Überwachungskameras sinnvoll und erlaubt wären. Das Gespräch mit Lennart und Lena von *Securifant* hier vor Ort stand noch bevor. Die beiden waren erfahren mit Sicherheitstechnik, doch Oliver würde seine Erkenntnisse trotzdem mit ihnen teilen. Immerhin war er es, der sich hier die Nächte um die Ohren schlug, bis die Technik diesen Dienst übernehmen konnte.

Ja, dann mal los! Worauf wartest du denn noch?

»Auf geht's ins Warme. Ich lege mich ein Stündchen aufs Ohr, bis wir die nächste Runde drehen.«

Die nächste Runde? Ist das dein Ernst? Nö, also ich will jetzt pennen!

Oliver schloss die Tür sorgfältig ab und legte den Schlüssel in die bunte sternförmige Glasschale unter der Garderobe. Die hatte Jana ganz sicher selbst hergestellt, wie so viele andere dekorative Gegenstände im Haus. Vasen, Skulpturen, Windspiele … In seinem Zimmer hing sogar ein filigraner rosafarbener Traumfänger im Fenster. Rosa! Wenn er wenigstens eine andere Farbe gehabt hätte. Die einzelnen Glaselemente waren mit größter Kunstfertigkeit gearbeitet. Federn, die so leicht und durchscheinend wirkten und so detailgetreu, dass er sie im ersten Moment gar nicht als aus Glas wahrgenommen hatte.

Doch mal ehrlich, was sollte er mit einem rosafarbenen Traumfänger? Oder überhaupt mit einem? Solche Sachen waren doch nur kitschiger Firlefanz. Nicht sein Stil. Als er das Wohnzimmer betrat, war Jana von der Couch verschwunden. Warum er davon einen kurzen Moment enttäuscht war, wusste er selbst nicht. Sie hatte die Decke einfach zerknüllt liegen gelassen. Der Fernsehbildschirm war noch eingeschaltet. Werbung für weitere Actionfilme flimmerte stumm darauf.

Oliver schaltete das Gerät aus, faltete die Decke ordentlich und stellte zuletzt noch die angebrochene Wasserflasche in den Kühlschrank zurück. Er war nicht sehr penibel, doch eine gewisse Grundordnung tat seiner Seele gut.

»Komm, Scottie, wir gehen ins Bett.« Er bedeutete seinem Hund, ihm in das Gästezimmer zu folgen. Bevor er sich in Boxershorts und T-Shirt unter die pastellfarbene und nach Orangenblüten duftende Bettwäsche schob, stellte er seinen Wecker am Smartphone auf sechzig Minuten. Die ersten fünf davon verbrachte er damit, Scottie zuzuhören, der erst im Dunkeln das Zimmer erkundete und sich dann mindestens zwanzigmal auf seinem Schlafkissen um sich selbst drehte, bevor er sich mit einem zufriedenen Schnaufen fallen ließ und beinahe sofort zu schnarchen begann.

7. Kapitel

Es war vollkommen still im Haus, als Oliver erwachte. Nachdem er bis halb sechs in der Frühe stündlich auf Patrouille gegangen war, hatte er sich noch etwas Schlaf gegönnt, ohne vom Wecker gestört zu werden. Ein Blick zum Hundekissen ließ ihn spontan grinsen. Scottie lag auf dem Rücken und hatte alle vier Beine weit von sich gestreckt. Er schien noch fest zu schlafen, diesmal, ohne zu schnarchen.

Da es draußen hell war, musste der Morgen bereits fortgeschritten sein. Das Replikat eines antiken Weckers auf dem Nachttisch zeigte an, dass es fast halb zehn war. Oliver erschrak. Er hatte viel zu lange geschlafen.

Das leise Rascheln, das er verursachte, reichte, um Scottie zu wecken. Vielleicht hatte der Hund aber auch nur gedöst und darauf gewartet, dass sein Herrchen aus dem Tiefschlaf der Gerechten erwachte. Er sprang so fix auf die Füße, wie nur Hunde es können, nahm Anlauf und landete mit Schwung auf dem Bett.

Guten Morgen, Herrchen! Na, gut geschlafen? Ich wäre dann mal fit. Gehen wir spazieren oder spielen? Wild wedelnd und hechelnd trampelte Scottie auf Oliver herum.

»Halt, stopp, runter vom Bett!« Oliver ächzte unter dem rücksichtslosen Angriff seines Hundes. »Niemand hat dir erlaubt, hier heraufzuspringen.«

Na und? Mir doch egal. Los, hoch mit dir!

»Ich meine es ernst.« Mühsam setzte Oliver sich auf und deutete neben das Bett. »Runter! Sofort.«

Oh. Okay. Scottie gehorchte und setzte sich neben das Bett. *Du musst nicht gleich böse werden.*

»Braver Hund«, lobte Oliver zufrieden und schwang die Beine über die Bettkante.

Er brauchte nicht allzu lange, um zu duschen, sich anzukleiden und sich einen Kaffee zu kochen. In der Küche stand eine noch recht neu aussehende Kaffeemaschine, die offenbar nicht oft benutzt wurde. Vermutlich nur, wenn Jana Besuch zu bewirten hatte, da sie selbst ja keinen Kaffee trank. Wie man so etwas aushalten konnte, war ihm vollkommen schleierhaft. Die erste Tasse stürzte er fast auf ex hinunter, mit der zweiten ließ er sich etwas mehr Zeit. Er briet sich zwei Eier, die er mit zwei Scheiben gebutterten und mit gekochtem Schinken belegten Scheiben Vollkorntoast verspeiste, während Scottie sich an seinem Futter gütlich tat.

Später wollte Oliver sich die Zettel mit den Botschaften näher ansehen und über eine Suche im Internet herauszufinden versuchen, zu welchen Zeitschriften oder Magazinen die ausgeschnittenen Wörter passen könnten. Doch erst einmal war er neugierig, wo Jana steckte. In ihrer Werkstatt vermutlich oder im Laden. Vielleicht traf er dort auch auf diese Melissa. Mit ihr wollte er sich auch einmal unterhalten.

Nachdem er mit Scottie eine kurze Morgenrunde gedreht hatte, nahm er ihn mit zum Laden, der montags ab neun Uhr geöffnet hatte. Er nahm den Hund an die kurze Leine und trat ein. Die altmodische Türglocke ließ ihn schmunzeln. Neugierig sah er sich um. Der Verkaufsraum war hell und freundlich eingerichtet; überall glänzte und glitzerte es in allen möglichen Farben und Formen. Auf der rechten Seite gab es Vitrinen mit Schmuck und Dekoartikeln, links waren Haushaltsgegenstände und Skulpturen ausgestellt. Über allem schwebte ganz eindeutig Janas verspielt esoterischer Stil, der von der leisen Instrumentalmusik noch unterstrichen wurde, die aus versteckten Lautsprechern rieselte. Romantische Rock- und Popballaden, die mit klassischen Instrumenten gespielt wurden. Gerade lief *The last Unicorn* und ließ ihn an das kaputte rosa Einhorn denken.

»Guten Morgen!« Aus einem rückwärtigen Raum trat eine hübsche, aber unauffällige Frau Mitte zwanzig mit glattem schulterlangem dunkelblondem Haar auf ihn zu. »Kann ich etwas für Sie tun?« Sie blickte auf Scottie, der bei ihrem Anblick heftig mit dem Schwanz zu wedeln begonnen hatte. »Mit dem Hund müssen Sie hier drinnen vorsichtig sein.«

»Ja, ich weiß. Scottie, sitz! Benimm dich.«

Aber da ist eine Frau, die ich kennenlernen will! Na gut, schau nicht so streng. Ich gehorche ja schon.

»Er ist noch jung und wild.« Freundlich lächelte er der Verkäuferin zu. »Sie müssen Melissa sein. Jana hat mir von Ihnen erzählt. Ich bin Oliver Jones, der neue Wachmann während der Vorweihnachtszeit.«

»Ach ja, Jana hat mir erzählt, dass sie jemanden eingestellt hat. Ich dachte, Sie wären für das Zelt auf dem Weihnachtsmarkt zuständig.«

»Das übernimmt ein Kollege von der Firma *Securifant*. Es kann auch sein, dass wir uns abwechseln, je nachdem, wie der Bedarf ist.«

»Aha.« Verständnisvoll nickte Melissa. »Ich habe von der Sache mit dem Zelt gehört. Schlimm. Zum Glück hat Jana gleich ein neues bestellen können. Aber mit dem Aufbau wird es zeitlich ganz schön eng.«

»Können Sie sich vorstellen, wer Jana so etwas antut?«

»Ich?« Melissa riss erschrocken die Augen auf. »Nein, überhaupt nicht. Ich bin aber auch erst seit einem halben Jahr hier angestellt.«

»Lange genug, um einen gewissen Überblick zu gewinnen, oder?«

Melissa wurde rot. »Ja, na ja, man kriegt schon einiges mit.«

»Streit? Unzufriedene Kunden?«

»Nein, gar nicht. Jana ist zu allen nett. Außer man stört sie bei der Arbeit, aber das ist wohl auch verständlich, und trauen würde sich das eh keiner.« Sie lachte verlegen. »Sie kann ganz schön giftig werden.«

»Ach ja?«

»Sie ist halt eine exzentrische Künstlerin.« Melissa hob die Schultern. »Man gewöhnt sich daran.«

»Aber sie hat niemanden so sehr vor den Kopf gestoßen, dass er oder sie sich jetzt rächen will?«

Argwöhnisch musterte sie ihn. »Warum wollen Sie das wissen? Sie sind doch bloß, also, der Wachmann. Die Polizei kümmert sich doch um den Einbruch und … diese anderen Sachen.«

»Stimmt.« Im Geiste machte Oliver sich ein paar Notizen über Melissa. »Aber als Wachmann muss ich ja schließlich auch wissen, ob es Leute gibt, die ich vorsichtshalber im Auge behalten sollte.«

»Klar, natürlich.« Melissa lächelte und wirkte fast ein wenig erleichtert. Offenbar war sie eine äußerst misstrauische Person, was nach den letzten Ereignissen wohl nichts Ungewöhnliches war. »Auf so etwas müssen Sie ja achten. Aber eigentlich gibt es niemanden, der dafür infrage kommt. Ich kann allerdings nur für das letzte halbe Jahr sprechen. Was davor war, weiß ich nicht.«

»Schon klar.« Aufmerksam sah er sich erneut um. »Hier gibt es ja eine große Auswahl. Ich dachte, es wäre so viel gestohlen worden oder zerstört.«

»Wurde es auch.« Betroffenheit zeichnete sich nun auf Melissas Miene ab. »Aber Jana hat einiges schon wieder durch neue Sachen ersetzt. Außerdem hat sie im Keller noch ein großes Lager, in das die Einbrecher nicht eindringen konnten, weil es immer fest verschlossen ist. Nur Jana besitzt einen Schlüssel. So einen elektronischen, wissen Sie?

Das war ihr Glück. Wer weiß, was sonst noch alles zu Bruch gegangen wäre.« Melissa hob den Kopf, als die Glocke an der Tür einen weiteren Kunden ankündigte. »Guten Morgen, Herr Breuer! Sie wollen bestimmt das Hochzeitsgeschenk für Ihre Nichte abholen, nicht wahr? Entschuldigung«, wandte sie sich an Oliver. »Darum muss ich mich rasch kümmern.«

»Kein Problem.« Er lächelte erst ihr, dann Herrn Breuer unverbindlich zu. »Ich sehe mal nach, wo Jana steckt.«

Melissa, die bereits auf dem Weg ins Hinterzimmer war, hielt an und drehte sich um. »Sie arbeitet. Also stören Sie sie lieber nicht. Sie wissen schon, sonst …«

»Sonst reißt sie mir den Kopf ab, verstanden.« Grinsend verließ er den Laden wieder.

Was machen wir denn jetzt? Mir ist ein bisschen langweilig. Ich würde gerne spielen. Nein? Moment, wohin willst du denn? Hier riecht es so seltsam. Besuchen wir Jana? Das ist schön!

Den munter auf und ab hüpfenden Scottie weiterhin an der kurzen Leine führend, umrundete Oliver das Gebäude und öffnete die Tür zur Werkstatt. Fröhliche Musik schlug ihm entgegen. Faun, erkannte er, diesmal sangen sie irgendetwas von sieben Raben. Liebe Zeit, das war wirklich so gar nicht sein Geschmack!

»Tür zu!«, schnauzte Jana ihn an, ohne ihn auch nur eines Blickes zu würdigen.

Automatisch gehorchte Oliver, nahm Scottie sicherheitshalber am Halsband und blieb in angemessenem Abstand von der arbeitenden Künstlerin stehen.

Hey, was soll das denn? Scottie zappelte ungeduldig. *Ich will Jana begrüßen. Lass mich doch mal zu ihr!*

»Nichts da, Scottie. Du bleibst hier. Wir wollen Jana nicht stören.«

»Zu spät.« Janas Stimme blieb weiterhin barsch und nicht gerade freundlich. »Bleiben Sie mir vom Hals.«

Er unterließ es, sie darauf hinzuweisen, dass er gar nicht vorgehabt hatte, ihr so nahe zu kommen, dass sie ihn wortwörtlich am Hals gehabt hätte. Stattdessen blieb er einfach in der Nähe der Tür stehen, weil er annahm, dass er und Scottie dort nicht stören würden. Er hätte auch einfach den Rückzug antreten können, doch die Neugier war stärker. Bereits einmal hatte er sie bei der Arbeit erlebt und mehr oder weniger unfreiwillig sogar mitgeholfen. Doch heute arbeitete sie nicht an einem Ring, sondern an einer größeren Skulptur, die seine Aufmerksamkeit erregte, weil sie in wilden, düsteren Farben gehalten war. Schwarz, Grau, Dunkelgrün, ein feuriges Rot. Die Form war undefinierbar. Irgendetwas zwischen einem Wirbelsturm und einer Feuersbrunst. Vielleicht auch ein Vulkanausbruch. Sicher war er sich nicht, aber vielleicht war genau das der Sinn ihres Entwurfs.

Die Musik wechselte. Faun verlangte *Schrei es in die Winde*. Jana wischte sich mit dem Handrücken den Schweiß von der Stirn. »Wenn Sie schon zusehen müssen, tippen Sie mal auf Repeat. Das Lied brauche ich jetzt.«

Wieder tat Oliver pflichtschuldig, wie ihm geheißen, und zog sich danach sofort wieder auf seinen Beobachterposten nahe der Tür zurück.

Und was jetzt? Lungern wir hier herum? Es ist ganz schön heiß hier drinnen. Und laut. Aber was soll's. Oliver ließ sofort das Halsband los, als er spürte, dass Scottie sich entspannte, und schon ließ dieser sich schnaubend neben Oliver nieder und legte den Kopf auf die Vorderpfoten.

Mit einer Zange bearbeitete Jana das etwa einen halben Meter hohe Gebilde und fügte mit einer Glasmacherpfeife weiteres Glas hinzu, das sie aus dem großen Ofen holte.

Erst jetzt bemerkte Oliver, dass ihr graues Shirt unter der

Lederschürze schweißgetränkt an ihr klebte. Ihr Gesicht war gerötet, da, wo die Schutzbrille die Haut nicht abschirmte. Wie lange Jana hier wohl schon arbeitete? Nach der Größe der Skulptur zu urteilen, mussten es schon einige Stunden sein.

»Machen Sie auch mal eine Pause?«, wagte er zu fragen.

»Nein.« Sie fluchte unterdrückt, holte wieder Glas aus dem Ofen, brachte es mit einer kleineren Pfeife auf, zog mit einer langen Pinzette Fäden davon ab und ordnete sie wirbelartig auf der bunten Oberfläche der Skulptur an. »Gehen Sie! Ihre Aura stört mich.«

Er schluckte überrascht. »Okay.« Rasch wandte er sich zur Tür.

»Nein, doch nicht. Bleiben Sie. Irritation ist gut.«

Stirnrunzelnd drehte er sich wieder um. »Was denn nun?«

Sie stieß nur einen ungehaltenen Knurrlaut aus, der einfach alles bedeuten konnte. Also blieb er erneut ganz ruhig stehen und sah ihr zu. Je länger er das tat und miterlebte, wie sie die Skulptur Schicht um Schicht wachsen ließ, desto mehr war er geneigt, ihr doch ein paar magische Fähigkeiten zuzusprechen. Das hier war mehr als nur der Einsatz von Kenntnissen in Chemie und Physik, mehr als schlichtes Handwerk. Als er über eine Stunde später in der düster wirbelnden Sturmfeuersbrunst die schemenhafte Form eines Raben zu erkennen glaubte, wusste er: Dies war Zauberei.

Da Jana, die die letzte Dreiviertelstunde keinen Laut von sich gegeben hatte, nicht so aussah, als ob sie in absehbarer Zeit mit ihrem Werk fertig sein würde, gab Oliver Scottie schließlich ein stummes Zeichen. Gemeinsam verließen sie die Werkstatt wieder, vorsichtshalber, ohne sich zu verabschieden.

Der eisige Novemberwind ließ ihn einen Moment aufatmen. In der Werkstatt herrschten Temperaturen von deutlich über dreißig Grad, und er hatte vergleichsweise weit weg von dem

Monsterofen gestanden. In dessen unmittelbarer Nähe musste es unerträglich heiß sein. Dass Jana das nicht nur stundenlang aushielt, sondern sich dabei auch noch so sehr konzentrieren und jeden Arbeitsschritt präzise ausführen konnte, verlangte ihm großen Respekt ab.

»Na komm, wir machen einen Kontrollgang, und danach kümmere ich mich um die Recherche der Schriftarten«, wandte er sich in Ermangelung eines anderen Gesprächspartners an Scottie.

Klar. Rundgang klingt gut. Scottie folgte ihm bereitwillig. *Endlich wieder ein bisschen Bewegung.*

Auf halbem Weg um das Werkstattgebäude vernahm Oliver das Brummen eines Automotors. In der Annahme, dass es sich um Kundschaft handelte, die vor dem Laden parken wollte, ging er gelassen weiter. Als er jedoch die Straße erreichte, sah er, dass der Wagen, eine dunkelblaue Mercedes-Limousine, langsam auf Janas Wohnhaus zurollte. Er konnte ein Bonner Kennzeichen erkennen. Automatisch beschleunigte er seinen Schritt. Jana hatte nicht erwähnt, dass sie Besuch erwartete.

Nanu, was hast du es denn plötzlich so eilig?

Als die Person am Steuer ihn bemerkte, gab sie unvermittelt Gas. Der Wagen schoss in Richtung Wald davon.

Stirnrunzelnd blieb Oliver stehen. Hatte er da gerade den Missetäter beinahe auf frischer Tat ertappt? Oder war es nur Zufall, dass der Wagen nun mit viel zu hoher Geschwindigkeit über einen Feldweg am Waldrand holperte? Oliver hatte sich mit der Umgebung vertraut gemacht und wusste, dass man über den Feldweg die Landstraße erreichte. Es war also müßig zu hoffen, der Fahrer könnte aufgrund des holprigen Weges irgendwann kehrtmachen.

Rasch zog er sein Smartphone hervor und notierte sich das Kennzeichen und Automodell in seiner Notizbuch-App. Wie ärgerlich, dass er sich zu schnell zu erkennen gegeben hatte!

Andernfalls hätten sie den Übeltäter – oder die Übeltäterin, das hatte er nicht erkennen können – womöglich bereits erwischt.

Unzufrieden mit sich, kehrte er zusammen mit Scottie ins Haus zurück und begab sich an seine Recherchearbeit.

8. Kapitel

Jana hatte nicht die geringste Ahnung, wie spät es war, als sie ihre Glasskulptur vollendet hatte. Sie brachte das etwa sechzig Zentimeter hohe Gebilde hinüber in den Lagerraum und verstaute es sicher in einer der Vitrinen. Erst danach gestattete sie sich, durchzuatmen und sich zu strecken. Ihre Rücken- und Nackenmuskulatur protestierte schmerzhaft. Ihr Magen knurrte, und sie fühlte sich wie geprügelt. So lange und intensiv hatte sie schon seit Wochen nicht mehr gearbeitet. Das Ergebnis war perfekt, wundervoll und zugleich auch beängstigend. Alle negativen Gefühle der letzten Zeit waren hineingeflossen, ihre Hilflosigkeit und auch ihre Angst. Doch obgleich die Skulptur alle möglichen düsteren Schattierungen einfing, besaß sie keinerlei negative Schwingungen, im Gegenteil. Sie strahlte eine kraftvolle Hoffnung aus, die sie selbst überraschte.

Als sie früh am Morgen erwacht war, hatte sie sofort gespürt, dass eine Skulptur aus ihr herauswollte. Deshalb hatte sie sich nur angezogen und war an die Arbeit gegangen. Pausen gab es nicht, wenn sie einmal angefangen hatte, deshalb war sie jetzt nicht nur erschöpft, körperlich wie auch seelisch, sondern auch ausgehungert und kurz vor dem Verdursten.

Gegen den Durst konnte sie gleich etwas tun, denn in der Werkstatt gab es einen Kühlschrank, der randvoll mit Wasser-, Limo- und Colaflaschen war. Sie nahm sich eine Flasche Wasser und leerte sie in einem Zug bis zur Hälfte. Dann musste sie allerdings innehalten und lachte und stöhnte gleichzeitig. »Gehirnfrost! Aua.« Als der Schmerz nachließ, stürzte sie auch noch die zweite Hälfte hinunter. Danach erst warf sie einen Blick auf die Uhr. Es war bereits halb sieben. Der Laden war also auch schon geschlossen und Melissa vermutlich auf dem Heimweg.

Wie immer nach so einer intensiven Arbeitssitzung kehrten ihre Sinne erst nach und nach zurück und begannen ihre Arbeit wieder normal zu verrichten. Deshalb wurde sie sich auch erst jetzt der Musik bewusst, die, wenn sie sich recht erinnerte, schon den ganzen Tag in Dauerschleife lief. Seufzend schaltete sie den Song aus. »Sorry, Faun, aber genug ist genug.« Grinsend erinnerte sie sich daran, dass sie Oliver angewiesen hatte, den Song auf Repeat zu schalten. Das musste irgendwann am Vormittag gewesen sein. Er hatte sie eine ganze Weile still und geduldig beobachtet und schließlich das Weite gesucht. Wenn sie sich jetzt nicht sehr irrte, war er danach auch nicht mehr wiedergekommen. Verübeln konnte sie es ihm nicht. Er teilte ihren Musikgeschmack nun einmal nicht, und selbst ihr kam der Song nach gefühlt zehntausend Wiederholungen allmählich zu den Ohren heraus.

Hunger. Diese Empfindung kam nun als Nächstes an die Oberfläche. Am besten ging sie rüber ins Haus und bestellte Pizza. Zum Kochen oder auch nur Schmieren eines belegten Brotes war sie heute nicht mehr in der Lage. Bis das Essen geliefert wurde, hätte sie geduscht und die durchgeschwitzten stinkenden Arbeitsklamotten gegen irgendetwas Salonfähiges getauscht. Dieser Gedanke trieb sie an. Ihr Handy fand sie nirgends. Vermutlich lag es noch auf ihrem Nachttisch. Sie schaltete den Ofen und alle sonstigen Geräte aus, legte ihre Werkzeuge an ihre jeweiligen Plätze zurück und kehrte zuletzt auch noch Glassplitter und sonstige Abfälle vom Boden auf. Privat ließ sie gerne schon mal fünfe gerade sein. Sie war alles andere als eine Ordnungsfanatikerin. Doch in ihrer Werkstatt waren Struktur und Sorgfalt unerlässlich.

Erst als sie sicher war, dass alles sauber und sicher war, löschte sie das Licht und schloss die Werkstatttür hinter sich ab. Der Anblick der hell erleuchteten Küchen- und Wohnzimmerfenster irritierte sie einen Moment. Sie war es nicht gewohnt, dass sich außer ihr jemand im Haus aufhielt. Und noch viel weniger rechnete sie damit, dass dieser Jemand ihr etwas gekocht haben könnte! Die herrlichen Gerüche, die ihr nach dem Aufschließen der Haustür entgegenschlugen, veranlassten sie, ein beinahe obszönes Stöhnen auszustoßen. »Oliver? Wo sind Sie? Ich liebe Sie!«

Huch! Wer ist das? Wer …? Oh, Jana, wie schön. Wau und hallo, hallo, hallo! Ich hatte mich schon gewundert, wo du abgeblieben bist. Mit freudigem Gebell kam Scottie aus dem Wohnzimmer auf sie zugeschossen und sprang sie so wild an, dass sie taumelte und sich auf die drittunterste Treppenstufe fallen ließ. Lachend versuchte sie den eifrig schnüffelnden und schleckenden Hund abzuwehren. Es gelang ihr kaum, und so war ihr Gesicht in kürzester Zeit nass. »Schon gut, Scottie, jaja, dich liebe ich auch. Nun lass mich doch mal zu Atem kommen!«

Nö, keine Chance. Du schmeckst salzig und riechst total merkwürdig. Das muss ich erforschen.

Weil seine Zunge sie kitzelte, japste und kicherte sie. »Nun ist es aber gut. Hey! Wo ist denn dein Herrchen?«

In diesem Moment erschien Oliver im Durchgang zum Wohnzimmer und blickte halb amüsiert, halb spöttisch zu ihr herüber. »Sie sind ja ganz schön freigiebig mit Ihren Liebesbekundungen.«

»Nur, wo es angebracht ist.« Endlich hatte sie es geschafft, sich wieder zu erheben. »Sie haben gekocht.«

»Lasagne und Biscuits. Sie sind hoffentlich keine Vegetarierin.«

»Selbst wenn ich es wäre, würde ich vermutlich eine Ausnahme für das machen, was da so einmalig gut riecht. Ich liebe Lasagne.«

»So ein Glück.« Er grinste.

»O ja, unbedingt. Und das eben war ernst gemeint. Ich könnte Sie knutschen. Für mich hat noch nie jemand gekocht. Meine Eltern und ein paar Freundinnen ausgenommen. Also präziser: Mich hat noch nie ein Mann nach einem langen Arbeitstag bekocht. Darf ich Sie behalten?«

Darauf lachte er rau. »Probieren Sie lieber erst mal. Und selbst wenn Ihnen die Lasagne mundet, ist es sehr fraglich, ob sie jemanden wie mich dauerhaft um sich haben wollten. Machen Sie am besten nicht viel Gewese darum. Ich habe ja auch Hunger und kann mir vorstellen, dass Ihnen nach so einem langen Tag in der Werkstatt nicht unbedingt nach Kochen zumute ist. Haben Sie heute überhaupt schon etwas gegessen?«

»Nein. Ich bin seit kurz nach sechs in der Werkstatt gewesen.« Sehnsüchtig blickte sie in Richtung Küche und zupfte dabei an ihren Kleidern. »Ich muss erst duschen.«

»Das trifft sich gut, denn die Lasagne braucht noch ein wenig. Essen ist in zwanzig Minuten fertig.«

Sie verdrehte noch einmal stöhnend die Augen. »Einfach perfekt. Ich werde pünktlich sein.«

***

Oliver deckte den Tisch. Nicht festlich oder gar romantisch, sondern ganz einfach und normal. Teller, Gabeln, Messer, Servietten. Okay, die waren vielleicht schon *too much*, aber Jana besaß eine ganze Schublade voll davon. Verschiedene Päckchen, alle schon mindestens halb leer, mit jahreszeitlichen Motiven. Auch wenn es vielleicht einen Tick albern war, hatte er die mit den Hexen, Gespenstern und Kürbissen gewählt. Schließlich war heute Halloween.

In seiner Kindheit war das Fest eine große Sache gewesen, denn er war in den Vereinigten Staaten geboren und aufgewachsen. Erst nach der Scheidung seiner Eltern nur wenige Tage nach seinem elften Geburtstag war er mit seiner Mutter nach Deutschland gekommen. Er konnte sich noch gut daran erinnern, beim *trick or treat* von Haustür zu Haustür gezogen zu sein. Übersetzt wurde es häufig mit *Süßes oder Saures*, und mittlerweile hatten auch deutsche Kinder einen Gefallen an dieser Tradition gefunden, bei der man maskiert um Süßigkeiten bettelte oder mit einem Streich drohte. Das Ausmaß wie in den USA hatte es hier jedoch bei Weitem nicht erreicht. Hier draußen an den Stadtrand würden sich wohl nur wenige Kinder verirren, wenn überhaupt. Jana schien jedenfalls nicht mit Besuchern zu rechnen, denn vorbereitet hatte sie nichts, und so, wie er sie mittlerweile einschätzte, hätte sie das durchaus getan, wenn sie es für angebracht hielte. Sie war einfach der Typ dafür. Immerhin hatte sie Haus und Laden im Herbst- und Halloweenstil geschmückt. Er hatte im Laden sogar ein paar Glasspinnen und eine gläserne Vogelscheuchenskulptur entdeckt.

Anscheinend besaß sie einen ausgeprägten Sinn für Humor, manchmal frech, manchmal albern und manchmal rundheraus schräg.

Als er ihre Schritte auf der Treppe hörte, trug er rasch die Auflaufform mit der Lasagne zum großen Küchentisch. Beinahe hätte er sie fallen gelassen, als Jana um die Ecke bog. Sein Blutdruck stieg sprunghaft an. Sie trug eine weite rote, mit weißen Elefanten bedruckte Haremshose – er wusste diesen Namen nur, weil seine Schwester diese Dinger liebte – und darüber ein wollweißes Spaghettitop, das ihre Rundungen extrem vorteilhaft betonte, über einem ebenfalls weißen schlichten BH, der leicht durch den dünnen Stoff des Tops schimmerte. Schrägerweise, anders konnte er es bei sich nicht bezeichnen, hatte sie sich ein rot-gelb-weißes gehäkeltes Dreieckstuch um die Schultern gelegt. Seinem aufgescheuchten Puls zufolge hätte sie besser ein unförmiges, dafür aber ganz sicher wärmeres Sweatshirt angezogen.

Während er auch noch den Brotkorb zum Tisch trug, in dem er die amerikanischen Biscuits, einfache Backpulverbrötchen, angerichtet hatte und die Butter dazu stellte, vermied er es standhaft, sie direkt anzusehen. »Da sind Sie ja. Pünktlich wie die Maurer.«

»Und sagenhaft erfrischt.« Sie lachte. »Lange wird der Zustand allerdings nicht anhalten. Füttern Sie mich nur ordentlich mit dieser Lasagne, dann werde ich danach in Nullkommanichts einschlafen.«

»Sie haben hart gearbeitet.« Er ging zum Kühlschrank. »Was möchten Sie trinken?« Als er sich umdrehte, erschrak er, denn sie stand direkt hinter, nein, jetzt vor ihm und duftete nach Orangenduschgel und Shampoo. Ihr Haar war noch feucht, wellte sich aber bereits ein wenig um ihr Gesicht.

Sie griff an ihm vorbei mit beiden Händen in den Kühlschrank. »Ein Radler und ganz viel Wasser. Ich bin total dehydriert. Wenn ich solche schweißtreibenden Sessions häufiger machen würde, hätte ich wohl längst eine oder zwei Kleidergrößen weniger.«

Verblüfft starrte er sie an. »Wo wollen Sie denn bitte abnehmen?« Er konnte an ihr beim besten Willen nichts erkennen, was er verändern würde. Verringern schon mal gar nicht. Das käme in seinen Augen einem Sakrileg gleich. Wahrscheinlich war es besser, solche Gedanken gar nicht erst zuzulassen, doch was ihre Figur anging, ihr gesamtes Aussehen, kam sie seinem Ideal gefährlich nahe.

»Ich habe nicht gesagt, dass ich das unbedingt will. Es wäre wohl nur ein Fakt, schätze ich. Allerdings würde ich wohl nur Flüssigkeit abnehmen. Meine Fettpölsterchen füttere ich zu gerne mit gutem Essen.« Mit einem heiteren, geradezu arglosen Lachen klopfte sie auf ihr überaus attraktives rundes Hinterteil. »Das würde ich jetzt auch gerne tun, denn diese Lasagne riecht wirklich verboten gut, und ich fühle mich, ohne Übertreibung, kurz vor dem Verhungern.« Damit wollte sie sich schon abwenden und dem Tisch zustreben. Doch Oliver hielt sie – absolut unvernünftig! – auf, indem er ihre Hüfte umfasste und sie ein Stück zu sich heranzog. Sofort stieg ihm wieder ihr Geruch in die Nase. Er schluckte. »Bleiben Sie bitte so, wie Sie sind. In spindeldürr wären Sie nur halb so bezaubernd.« Mist, hatte er das gerade wirklich gesagt?

Überrascht drehte sie sich in seinem Arm um. »Bezaubernd?«

Verdammt, er hatte es gesagt! War er nicht mehr bei Verstand? »Haben Sie nicht selbst gesagt, dass Sie zaubern können?«

»Nun …« Ihr Blick aus schokoladenbraunen Augen traf den seinen und brachte seinen Puls aus dem Takt. »Ja, gewissermaßen.« Ein schelmisches Lächeln erschien auf ihren Lippen. »Ich dachte allerdings, Sie wären dagegen immun.«

Er ließ sie sicherheitshalber wieder los. »Das dachte ich auch«, murmelte er mehr zu sich selbst. »Wir sollten essen«, wechselte er energisch das Thema.

Gute Idee. Ich könnte noch was vertragen. Zum Beispiel das da in dem großen Napf auf dem Tisch. Lasst davon mal was zu mir herunterwachsen! Scottie war an den Tisch getreten, und seine Nase und sein Hals wurden sprichwörtlich immer länger, als er in Richtung der Auflaufform schnüffelte.

»O nein, mein Freund.« Mit wenigen Schritten war Oliver bei dem Hund. »Nase runter vom Tisch! Das ist nichts für dich.«

Doch, ganz bestimmt! Riecht jedenfalls so.

»Du hattest dein Futter schon.« Oliver wies auf den leeren Napf.

Na und? Für leckere Sachen ist immer noch Platz.

»Schau mal, ich habe Hundekekse.« Jana war zur Anrichte gegangen, wo Oliver eine Packung Hundekuchen abgestellt hatte. »Davon darfst du etwas haben. Darf er doch?«, fragte sie in Olivers Richtung.

»Klar.«. Er schluckte erneut, als sie sich bückte, um die Hundekuchen in den Napf zu legen. Diese dünnen Haremshosen waren schlecht für seinen Hormonhaushalt. Ganz, ganz schlecht.

Sie trug die Getränkeflaschen, die sie kurz auf der Anrichte abgestellt hatte, zum Tisch. »Was möchten Sie denn trinken? Auch ein Radler? Die sind alkoholfrei.«

Er nickte etwas benommen. »Ja, gern.« In letzter Sekunde fiel ihm der einfache grüne Salat ein, den er aus dem Eisbergsalat und der Gurke zubereitet hatte, die er im Gemüsefach des Kühlschranks gefunden hatte. Rasch schnappte er sich die Schüssel von der Arbeitsinsel und trug sie ebenfalls zum Tisch. Als sie sich beide gesetzt und etwas von der Lasagne und dem Salat genommen hatten, versuchte er sich zu entspannen. »Guten Appetit, Jana.«

»Danke, gleichfalls.« Sie probierte von der Lasagne und verdrehte verzückt die Augen. »Göttlich!«

Er lachte, nur etwas verlegen. »Sie sind bloß ausgehungert.«

»Das auch, aber stellen Sie Ihr Licht nicht unter den Scheffel. Mir ist noch keine so leckere Lasagne gelungen.«

»Na gut, dann danke.« Er kostete selbst und grinste. »Stimmt, die ist nicht übel.«

»Sag ich doch.« Sie nuschelte ein wenig, weil sie sich tatsächlich wie ausgehungert über das Essen hermachte. Einen Moment sah er ihr erheitert und zugleich fasziniert zu. Die meisten Frauen, die er in sein Leben gelassen hatte, waren stets zurückhaltend gewesen und hatten am Essen nur gepickt und garantiert mindestens ein Drittel übrig gelassen, ganz gleich, wie groß oder klein die Portionen gewesen waren. Jana hingegen verputzte alles samt zweier Biscuits und nahm sich sogar noch einen kleinen Nachschlag. Natürlich hatte sie den ganzen Tag noch nichts gegessen, aber auch davon abgesehen, sah er ihr an, dass es ihr einfach gut schmeckte. Sie hatte nichts Gekünsteltes, Unechtes an sich, und er stellte fest, dass ihm diese Eigenschaft gefiel. Ganz allgemein natürlich nur. Er hatte ja schließlich nicht vor, die Dinge zu verkomplizieren. Schon gar nicht gleich am zweiten Tag – nein, überhaupt nicht! rief er sich selbst ins Gedächtnis.

Deshalb setzte er sich diesmal nicht zu ihr, als sie später noch eine Serie auf Netflix einschaltete und zugleich nach einem Buch griff. Sie wolle, wie sie ihm erklärte, herausfinden, was sie am ehesten beruhigen würde, Roman oder Mattscheibe.

Als Ausrede dienten ihm seine regelmäßigen Rundgänge. Dazwischen wollte er sich ein wenig ausruhen, um nicht am nächsten Morgen wieder so höllisch zu verschlafen.

Während des Essens hatte er ihr von dem blauen Mercedes erzählt und ihr auch das Kennzeichen genannt, doch sie hatte weder Besuch erwartet noch eine Ahnung, wer die Person am Steuer gewesen sein könnte. Deshalb überlegte Oliver sich bereits ein paar neue Strategien, um dem Missetäter oder der Missetäterin auf die Schliche zu kommen. Außerdem war seine Recherche der Schriftarten aus den Botschaften noch nicht so weit gediehen, wie er gehofft hatte. Alles gute Gründe, Jana für den Rest des Abends aus dem Weg zu gehen.

Wirklich lange hielt Oliver diesen Vorsatz nicht durch. Als er mit Scottie um kurz nach Mitternacht von einem Rundgang zurückkehrte, war Jana auf der Couch eingenickt. Sie lag lang ausgestreckt da, das Buch aufgeklappt auf dem Bauch. Auf dem Fernsehbildschirm flimmerte ein farbenfrohes Kostümdrama. Irgendeine Serie, von der sogar er schon gehört hatte, weil sie so hochgelobt wurde. Er konnte sich nur nicht mehr an den Titel erinnern. Irgendein englischer Familienname aus dem 19. Jahrhundert. Ganz viel Romantik und – er sah genauer hin und räusperte sich verblüfft – ziemlich eindeutige erotische Szenen. Nicht gerade das, was er jetzt brauchen konnte. Er versuchte die Geräusche, Bilder und englischen Dialoge auszublenden und richtete seinen Blick auf die schlafende Jana.

Nein, auch nicht gut. Besser wäre es, wenn er sich ganz rasch verdünnisierte. Doch er konnte seinen Blick einfach nicht von ihr losreißen. Bilder von ihr in der Werkstatt schoben sich vor sein inneres Auge, wie sie angestrengt und hoch konzentriert an ihrer Skulptur arbeitete. Sie war schon eine faszinierende Frau, das stand fest. Zwar war sie bei Weitem nicht die erste Künstlerin, die er kennenlernte, dennoch konnte er mit Fug und Recht behaupten, noch nie einer Frau wie ihr begegnet zu sein.

Was er mit dem Wissen um diesen Umstand anstellen sollte, war ihm jedoch schleierhaft. Er war nicht auf ein Abenteuer aus, das würde gegen sein Berufsethos verstoßen und ihm darüber hinaus gerade überhaupt nicht in den Kram passen. Allerdings war ihm spätestens seit heute Abend bewusst, dass sie ihm, zumindest körperlich, gut gefiel. Zu gut. Dagegen musste er etwas tun. Hier herumzustehen, die Schulter gegen den Mauervorsprung des Durchgangs zur Küche gelehnt, und sie zu beobachten, während sie schlief, war ganz sicher nicht dazu geeignet, seine in Aufruhr geratene Libido zur Räson zu bringen.

»Willst du mich noch lange so anstarren, oder setzt du dich zu mir?«

Ihre amüsierte Stimme ließ ihn aus seinen Gedanken hochschrecken. Verlegen fuhr er sich mit gespreizten Fingern durchs Haar. Er nahm zwar wahr, dass sie ihn erstmals geduzt hatte, thematisierte es aber nicht weiter, sondern stieg einfach darauf ein. »Entschuldige bitte. Ich gehe mal in mein Zimmer.«

»Sei nicht albern.« Sie klopfte auf die Sitzfläche der Couch und zog gleichzeitig die Beine an, um Platz für ihn zu machen. »Komm schon und setz dich. Oder hast du Angst vor meinen Zauberkräften?«

Darüber konnte er nicht lachen. »Ein bisschen«, gab er schließlich zu.

»Die schlafen längst. Ich habe sie heute bis zur Erschöpfung genutzt.« Sie winkte ihn energisch näher. »Ich habe gerade schlecht geträumt.«

Zögernd trat er näher. »Tut mir leid.«

»Eine große Vogelscheuche in einem blauen Mercedes ist hier eingebrochen und hat mich verfolgt.« Sie lächelte zwar, doch an ihren Augen konnte er erkennen, dass der Traum sie beunruhigt hatte.

»Das klingt nach dem Stoff für einen drittklassigen Horrorfilm«, versuchte er sich an einem Scherz.

»Ich weiß. Könntest du dich einen Moment zu mir setzen? Nur bis mein Unterbewusstsein kapiert hat, dass ich vermutlich nur zu viel gegessen habe und mir deshalb die Albtraumbilder an die Nieren gehen.« Sie verzog kläglich die Lippen. »Das kommt leider häufig vor. Deshalb esse ich normalerweise schon etwas früher und nicht so viel … oder wenn, dann lieber mittags.«

»Tut mir leid«, wiederholte er und setzte sich schließlich doch zu ihr auf die Couch.

»Die holde Maid in Nöten lässt dich also nicht kalt?« Sie lächelte ihm zu. »So ein Glück. Ich hatte schon befürchtet, betteln zu müssen. Ich hasse Albträume.«

»Wer tut das nicht?« Er hüstelte, als sie einfach ihre Beine wieder ausstreckte und ihre Füße auf seinen Schoß bettete. »Hältst du das für eine gute Idee?«

Sie erwiderte seinen Blick unverwandt. »Weißt du, warum ich dich jetzt einfach duze?«

»Warum?« Es war also kein der Verschlafenheit geschuldetes Versehen gewesen. Sie hatte sich bewusst dazu entschieden.

»Weil ich hoffe, dass wir Freunde werden. Ich dachte erst, das sei nicht nötig, aber inzwischen glaube ich, dass es sogar unerlässlich ist, wenn das hier funktionieren soll. Als du mir das von dem blauen Wagen erzählt hast … Ich habe Angst, Oliver. Ich bin eigentlich kein furchtsamer Typ. Das war ich noch nie, aber seit dem Einbruch verfolgt mich eine unterschwellige Angst, die ich nicht abschütteln kann. Erst seit du hier bist, fühle ich mich wieder besser und sicherer. Es gefällt mir nicht, weil ich das Gefühl habe, zum schwachen, hilflosen Weibchen zu mutieren, aber es ist nun einmal so, und ich glaube, das muss ich akzeptieren. Wenn wir aber andauernd versuchen, eine möglichst professionelle Distanz zu wahren, kann ich mich weder entspannen noch kreativ bleiben. So eine Distanz ruft nämlich auf Dauer negative Emotionen in mir hervor. Ich weiß nicht, wie es dir geht, aber mir geht es besser, seit du hier neben mir sitzt und nicht krampfhaft versuchst, meine Privatsphäre zu wahren.«

Darauf wusste er keine kluge Antwort und eine rationale schon gleich gar nicht. Irritierenderweise hatte sie nämlich recht. Ihre Nähe fühlte sich gut an.

»Also«, fuhr sie fort, »sollten wir doch wohl versuchen, das Beste aus der Sache zu machen. Eine Freundschaft ist in meinen Augen ein guter erster Schritt.«

»Erster Schritt?« Seine Stimme kratzte viel zu rau in seiner Kehle.

»Was immer sonst noch geschehen mag, tut es ganz bestimmt nicht heute … oder morgen.« Sie rekelte sich ein wenig und richtete ihren Blick auf den Fernseher. »So wagemutig bin ich nämlich nicht«, fügte sie leise hinzu. »Und nun lass uns das Happy End anschauen. Ich liebe die letzten Szenen der ersten Staffel von *Bridgerton*.« Sie grinste ihn frech an. »Na los, raus damit, sonst killt es dich.«

Er stöhnte. »Happy End? So richtig mit viel Schmalz? Gott bewahre!«

»Warte es doch erst mal ab.« Sie kicherte. »Oder besser noch: Schau dir mit mir zusammen noch mal die ganze Staffel an – und danach gleich die zweite.«

»Willst du mich zum Freund oder Feind?«, grollte er, blieb jedoch tapfer sitzen, bis der Abspann über den Bildschirm flimmerte.

9. Kapitel

»Du, Santa? Sag mal, wann willst du eigentlich mit der Wunscherfüllung bei Jana anfangen? Im Moment sieht es so aus, als würde sich bei ihr in dieser Hinsicht gar nichts tun. Sie ist nur mit den Vorbereitungen für den Weihnachtsmarkt beschäftigt.« Elfe-Sieben legte einen Stapel Wunschzettel auf ihrem Schreibtisch ab, die sie soeben aus dem Briefkasten gefischt hatte. »Ihr Wunsch ist ja nicht gerade klein, also sollte es doch allmählich losgehen, oder?«

Santa Claus hob den Blick von einem Aktenordner, in dem er gerade bereits erledigte Wunschzettel einsortiert hatte. »Nur Geduld. Es ist alles exakt geplant. Dieser Oliver wird in der Sache eine wichtige Rolle spielen, aber er muss erst einmal Janas volles Vertrauen genießen, sonst schmettert sie sein Ansinnen womöglich rundheraus ab. Das hat sie ja früher schon getan, aus guten Gründen, wohlgemerkt. Außerdem müssen die beiden sich ja auch noch um diese andere, äußerst unschöne Sache kümmern, die gerade den Großteil von Janas Gedanken einnimmt.« Der Weihnachtsmann rieb sich sinnierend übers Kinn. »So schlimm diese Angriffe auf Jana auch sind, fast will mir scheinen, dass sie für meine Pläne von Vorteil sind. Denn ich weiß ehrlich gesagt nicht, wie ich es sonst hätte einfädeln sollen, dass ausgerechnet diese beiden Menschen sich anfreunden und zusammenarbeiten. Sie sind ja wirklich sehr verschieden.«

»Da sagst du was.« Elfe-Sieben kicherte. »Ich glaube, unter anderen Umständen wären sie sich nie begegnet oder sich instinktiv aus dem Weg gegangen. Ich hoffe bloß, dass Jana nichts in den falschen Hals bekommt, wenn sie erfährt, was Oliver vorhat. Das könnte ihrer Freundschaft empfindlich schaden, und das wäre ganz schlecht, weil sie ihn doch gerade so dringend braucht.«

»Nun mal den Teufel nicht an die Wand!« Mahnend hob der Weihnachtsmann den Zeigefinger. »Das ist im Grunde ein ganz einfach zu erfüllender Wunsch. Groß zwar, und es hat eine geraume Weile gedauert, bis sich mir eine Gelegenheit zum Handeln geboten hat, aber ansonsten wirklich leicht. Da hatte ich in früheren Jahren doch schon deutlich mehr Hindernisse zu überwinden. Beschrei es also lieber nicht, sonst hört dich das Schicksal am Ende noch und funkt uns dazwischen.«

»Oh, oh!« Die Elfe grinste. »Das wäre wirklich übel. Ich bin schon ganz still.«

»Gut so.« Zufrieden nickte Santa Claus. »Ich werde jetzt mal in der Geschenkefabrik nach dem Rechten sehen. Elf-Vier und Elf-Fünf warten gerade unter der Aufsicht von Elf-Eins die Förderbänder. Die müssen ja bald wieder unter Volllast laufen und dürfen nicht mitten im größten Vorweihnachtstrubel streiken. Danach werfe ich einen Blick in die Werkstatt. Die Inspektion des Schlittens steht an, und dieses Jahr soll Elfe-Sechzehn sie ganz allein ausführen, damit Elf-Dreizehn wieder mehr Zeit für die Wartung unseres IT-Systems hat.«

»Apropos Rentiere.« Elfe-Sieben war an die Tür getreten. »Kann es sein, dass ich da eben Hufgetrappel im Haus gehört habe?«

»Was? Hufgetrappel?« Alarmiert hob Santa Claus den Kopf und lauschte. »Die Rentiere haben doch gar keine Erlaubnis, ohne Aufsicht ins Haus zu kommen. Meine Frau ist beim Einkaufen, sie hat sie also ganz sicher nicht hereingelassen.« Eilig sprang er auf und verließ das Büro.

Elfe-Sieben folgte ihm und unterdrückte ein Lachen, als sie das Rentier Rudolph mit der roten Nase in der Vorratskammer erblickte. Oder vielmehr sein Hinterteil, das aus der Tür herausragte. »Nun mach schon«, hörte sie ihn flüstern. »Ich leuchte dir doch schon, so gut ich kann. Hast du die Kekse endlich gefunden?«

»Nach was für Keksen sucht ihr denn da?«, fragte der Weihnachtsmann mit grollender Stimme. Er hatte sich leise und mit verschränkten Armen in der Küche aufgebaut. Nur Elfe-Sieben konnte erkennen, dass er ein Schmunzeln unterdrückte.

»Wie? Was? Huch! Santa Claus …« Wie mit der Nadel angepikst, sprang Rudolph mit allen vier Füßen gleichzeitig in die Luft und trat den Rückzug an.

»Ach herrje, der Weihnachtsmann hat uns erwischt!« Ein zweites Rentier kam mit erschrockener Miene aus dem Vorratsraum gesaust.

»Halt, hiergeblieben.« Gerade rechtzeitig streckte Santa Claus den Arm aus und bekam das Rentier an seinem Halfter zu fassen. »Vixen, natürlich, wer sonst würde wohl Rudolph mal wieder zum Kekseklauen anstiften!«

»Nein, nein, das hab ich gar nicht getan.« Vixen zog ganz bedröppelt den Kopf ein. »Donner und Blitz haben uns geschickt.«

Elfe-Sieben trat einen Schritt vor. »Donner und Blitz? Und warum fallt ihr immer wieder auf die beiden herein? Es ist doch jedes Jahr dasselbe.« Sie schüttelte streng den Kopf. »Abgesehen davon, hat Santas Frau noch gar keine Kekse gebacken. Nur Kuchen für ihre Schwester, die morgen Geburtstag hat. Und den hat sie vorhin mitgenommen, um ihn auf dem Weg zum Einkaufen schon mal abzugeben.«

»Och …« Rudolph ließ den Kopf hängen. »Es hat so gut aus der Küche gerochen, da ist uns im Stall das Wasser im Maul zusammengelaufen. Wir dachten wirklich, es gäbe schon die ersten Weihnachtsplätzchen.«

»Selbst wenn es so gewesen wäre«, der Weihnachtsmann blickte die beiden Rentiere streng an, »habt ihr hier drinnen nichts zu suchen, wenn wir euch nicht ausdrücklich einladen und hereinlassen.«

»Tschuldigung.« – »Tut uns leid.« Beide Rentiere hatten gleichzeitig gesprochen und wirkten sehr schuldbewusst.

»Na kommt, ich bringe euch zurück in den Stall.« Santa Claus deutete auf die Hintertür zur Küche, durch die die beiden hereingekommen waren. »Das liegt sowieso auf dem Weg zur Geschenkefabrik. Bei der Gelegenheit werde ich auch gleich mal ein ernstes Wörtchen mit Donner und Blitz reden.« Er wandte sich an Elfe-Sieben. »Halt du bitte in der Zwischenzeit im Büro die Stellung.«

»Klar, wird gemacht.« Frohgemut kehrte Elfe-Sieben ins Büro des Weihnachtsmannes zurück, um die neu eingetroffenen Wunschzettel zu sichten. Doch kaum hatte sie sich an ihren Schreibtisch gesetzt, als ein schriller Alarmton sie aufschrecken ließ.

»Himmel, was ist denn jetzt los?« Verwirrt sah sie sich um und bemerkte, dass das Gefühlsradar in der Zimmerecke hinter Santas Schreibtisch wild blinkte. »Nanu, wer hat dich denn schon wieder so laut eingestellt? Das tut ja in den Ohren weh!« Sie eilte zu dem Gerät und regelte es herunter, bis sie aufatmete. »So ist es besser.« Dann sah sie sich die Ausschläge und Daten an und trat schließlich an die Videowand, um auf dem Bildschirm, der Janas Leben zeigte, nachzusehen, was genau vor sich ging.

Nach einer Weile seufzte sie. »Als hätte ich es geahnt. Ob das gut geht? Da hat Santa Claus ja wieder mal etwas ins Rollen gebracht …«

10. Kapitel

Zufrieden sah Jana sich in ihrem Verkaufszelt um. Es war fast zwanzig Uhr, und um diese Zeit machte sie normalerweise zu, denn langjährige Erfahrung hatte sie gelehrt, dass zu späterer Stunde kaum noch Kundschaft bei ihr hereinschneite. Außerdem floss abends der Alkohol in Form von Glühwein, Punsch, Nikolausschmaus und anderen Köstlichkeiten natürlich noch mehr als tagsüber, und die Gefahr, dass angetrunkene Marktbesucher etwas kaputtmachten, meist unabsichtlich, war recht groß. Deshalb hatte sie auch am heutigen Freitagabend die Kasse bereits geschlossen und war nun dabei, die Einnahmen alle noch einmal zu überprüfen und den Tagesabschluss zu machen. Das Bargeld würde sie gleich am Montag zur Bank bringen, doch mittlerweile zahlten auch viele Kundinnen und Kunden elektronisch, sodass sie längst nicht mehr so viel Barschaft in Sicherheit bringen musste wie noch vor einigen Jahren, als sie noch kein elektronisches Zahl- und Kassensystem gehabt hatte.

Sie seufzte erleichtert auf, als sie die lästige Buchführung hinter sich gebracht hatte, und begann im Zelt für Ordnung zu sorgen. Sie rückte hier eine Skulptur in einer Vitrine gerade, sortierte dort die Schmuckstücke in den abschließbaren Glasschränken und Schautischen neu. Auf ihre professionelle Ausstattung war sie sehr stolz. Sie hatte sich alles von einer Spezialfirma anfertigen lassen. Die Vitrinen sowie Schaukästen und -tische bestanden alle aus schicken Stahlrahmen und Panzerglas, sodass ihre wertvollen Kunstwerke bestmöglich geschützt waren. Das hatte zwar eine Stange Geld gekostet, doch sie empfand es als sinnvolle Investition, an der sie viele Jahre Freude haben und von der sie profitieren würde.

In Kürze würde Lennart eintreffen, ihr Securitymann, der über Nacht auf ihr Zelt achtgeben sollte. Zwar war der Markt rund um die Uhr bewacht, doch auf eigene Sicherheitsleute hatte sie noch nie verzichtet, dazu waren ihre Werke zu wertvoll. Lennart war ein interessanter Charakter. Ende zwanzig, sehr muskulös, sein blondes Haar trug er zu einem dichten Zopf gebunden. Wie Oliver hatte er einen Mehrtagebart, der ihn, obgleich sehr gepflegt, herb und raubeinig wirken ließ. Seine Kleidung – Jeans, dunkle Shirts und Lederjacke – tat ein Übriges, die finstere Rockeraura zu verstärken. Da Jana sich aber grundsätzlich nicht von Äußerlichkeiten beeindrucken ließ, nahm sie nicht an, dass er so gefährlich war, wie er aussah. Ihr gegenüber war er stets höflich und hilfsbereit, und als Chef einer Securityabteilung musste er wohl auch noch über einige weitere Qualitäten verfügen, sonst hätte er bestimmt keinen Erfolg.

Dass Oliver ihn empfohlen oder vielmehr vermittelt hatte, sprach ebenfalls für Lennarts guten Leumund. Nur dass er mit Lena Overbeck von *Securifant* so eng verwandt sein sollte, sie waren ja Geschwister, erschien ihr fast schon absurd. Lena Overbeck war etwas jünger als ihr Bruder, sie teilten äußerlich aber nur die Haar- und Augenfarbe. Sie war eher zierlich, recht hübsch, wenn auch eher unauffällig, und kleidete sich sehr dezent. Rau war an ihr rein gar nichts. Sie erschien Jana zumindest optisch als das krasse Gegenteil zu ihrem Bruder.

Lennart würde das Zelt bis Marktschluss um Mitternacht bewachen und auch danach noch Kontrollgänge machen, so ähnlich wie Oliver bei ihr zu Hause. Ihr fiel ein, dass die zwei Wochen, die sie vorerst mit ihm vereinbart hatte, in Kürze bereits vorbei sein würden. Da sich kaum Neues ergeben hatte, außer dass sie sich in seiner Anwesenheit sicherer fühlte, musste sie sich Gedanken darüber machen, ob sie dieses Arrangement noch weiterführen wollte. In der kommenden Woche würde ihre Videoüberwachungsanlage von *Securifant* geliefert und eingebaut werden, ebenso wie die Alarmanlage für Werkstatt und Laden. Im Grunde entfiel dann der Grund für Oliver, bei ihr zu wohnen. Wenn, ja, wenn seine Anwesenheit ihre Nerven nicht so unglaublich beruhigen würde. Und Scottie würde sie auf jeden Fall vermissen. Dieser Hund war zwar das personifizierte Chaos, aber er hatte sich mit seinem fröhlichen Wesen längst einen Platz in ihrem Herzen erschlichen.

Als das Zelt wieder ordentlich und präsentabel aussah, notierte sie im Geiste noch, welche Werke sie morgen aus ihrem Lager mitbringen wollte. Außerdem würde sie Melissa Bescheid geben, dass sie kommende Woche die Frühschicht im Zelt übernehmen musste. Es kribbelte Jana in den Fingern, noch einige weitere Kunstwerke zu erschaffen. Sie hatte noch immer zu wenig, um bis Weihnachten bestehen zu können. Auch wenn sie ihre Kunst auf dem Weihnachtsmarkt nicht gerade in Massen verkaufte, dazu war sie zu kostspielig, machte sie doch recht gute Geschäfte. Dass der Weihnachtsmarkt in diesem Jahr dank des Jubiläums doppelt so lange ging wie sonst, stellte sie vor einige Herausforderungen. Vermutlich würde sie auch an den freien Sonntagen, dem bevorstehenden Volkstrauertag sowie am Totensonntag, wenn der Weihnachtsmarkt geschlossen war, in ihrer Werkstatt arbeiten müssen.

»Guten Abend, Jana.« Lennart steckte den Kopf zum Zelteingang herein. »Na, endlich Feierabend?«

»So gut wie.« Lächelnd ließ sie ihren Blick noch einmal über die Einrichtung wandern, dann holte sie ihren hellen Plüschmantel hinter dem Kassentresen hervor und zog ihn über. Während sie sich den bunt gestreiften Wollschal um den Hals wickelte, trat sie auf Lennart zu. »Heute war wieder alles ruhig. Ich hoffe, es bleibt heute Abend so.«

»Bestimmt.« Lennart sah ihr zu, wie sie die Innenbeleuchtung ausschaltete und die Tür verschloss und mit einem Vorhängeschloss zusätzlich sicherte. »Die Kollegen von Brehmer-Security machen einen guten Job auf dem Markt. Schon am Eingang gibt es Kontrollen, damit keine Randalierer oder Betrunkene mit Aggressionspotenzial den Ablauf stören.«

»Randalierer?« Sie schauderte.

»Soweit ich gehört habe, gab es bisher nicht einen«, beruhigte Lennart sie. »Alles nur Prophylaxe. Die Stadt will einfach sicherstellen, dass es uns hier nicht so geht wie auf manch einem Großstadtweihnachtsmarkt. Immerhin ziehen wir von Jahr zu Jahr mehr Besucher von auswärts an. Durch das große Jubiläum mit den vielen Zusatzveranstaltungen sowieso.«

»Stimmt, es wird von Jahr zu Jahr voller.« Unentschieden, ob sie das wirklich gutheißen wollte, betrachtete sie das Zelt aus einigen Schritten Entfernung. Sie fand ihre Dekoration wieder einmal sehr gelungen. Links und rechts vom Eingang standen fantasievoll geschmückte Weihnachtsbäume, rund um den Eingang hatte sie außerdem eine mit LEDs beleuchtete Tannengirlande angebracht, ebenso wie rund um den Giebel, und ihr großes, weithin sichtbares Firmenschild mit den geschwungenen Lettern *Jana Weißmüller – Art in Glass*. Dieses Jahr hatte sie außerdem süße Weihnachtselfen und -wichtelfigürchen in verschiedenen Größen besorgt und überall angebracht, auch an den Lichterketten. Sie hatte selbst ebenfalls Glaselfen und -wichtel hergestellt, aber als Deko hier draußen waren diese natürlich nicht geeignet.

»Für die Stadt sind die Weihnachtsmarkttouristen gut«, befand Lennart. »Mir soll es recht sein, solange dieses besondere Flair und die heimelige Stimmung erhalten bleiben, die unseren Weihnachtsmarkt so einzigartig machen.«

Solche liebevollen Worte aus dem Mund eines Mannes zu vernehmen, der aussah, als wäre er Teil einer Rockergang, verblüffte sie nun doch. »Unser Weihnachtsmarkt ist wirklich etwas ganz Wundervolles.«

»Unbedingt. Mein Vater ist mit uns jedes Jahr hier gewesen, oft mehrmals, als wir noch ganz klein waren. So etwas prägt.« Lennart grinste. Offenbar war ihm ihr Gesichtsausdruck nicht entgangen. »Das hätten Sie nicht von mir gedacht, oder?«

Verlegen hüstelte sie. »Nun ja.«

»Schon klar.« Sein Grinsen verbreiterte sich. »Ich halte es meistens geheim.«

Sie gluckste. »Warum?«

»Keine Ahnung, einfach so – der harte Kerl macht sich besser in der Securitybranche.« Er zuckte mit den Achseln. »Aber nun machen Sie mal endlich Ihren verdienten Feierabend. Ich halte hier die Stellung.«

»Danke. Ich glaube, ich suche mir erst einmal etwas Essbares.« Sie verabschiedete sich und machte sich auf den Weg Richtung Marktausgang, der aus einem großen, mit Tannengirlanden, roten, weißen und goldenen Weihnachtsbaumkugeln und LED-Lichterketten geschmückten Rundbogen bestand. Zunächst passierte sie dazu die große Bühne im Zentrum des Marktes, auf der mehrmals täglich Konzerte des örtlichen Gospelchores, des Kirchen- oder Kinderkirchenchores oder des Musikvereins stattfanden. Dieses Jahr traten auch einige auswärtige Gruppen und Vereine auf, und es würde erstmals auch ein weihnachtliches Theaterstück geben, das an den Adventswochenenden aufgeführt werden sollte. Auch die lebende Krippe in der Nähe des Eingangs war neu und anlässlich des Jubiläums ins Leben gerufen worden.

Als sie am Stand der städtischen Sozialstation vorbeikam, winkte sie Noah und Lidia zu, die heute Dienst hatten. Noah war einer der Sozialarbeiter, und Lidia arbeitete seit Jahren in der Küche der Sozialstation. Lidia hielt ihren lachenden zweijährigen Sohn Elias auf dem Arm, während die schon fünfjährige Marjana zwischen Noah und Lidia stand und gerade eifrig ein handgearbeitetes Püppchen anpries, für das sich eine junge Frau interessierte. Jana schmunzelte. Auch wenn es bereits spät war, brachten Noah und Lidia ihren Nachwuchs stets mit zu ihrem Standdienst. Sogar Amor, ihr kleiner weißer Wuschelhund, war mit dabei. Er saß in seinem warmen Körbchen neben dem Stand und behielt alles, was um ihn herum geschah, genau im Auge.

Hier und da begegnete Jana auch noch anderen Freundinnen oder Bekannten, grüßte hier, winkte dort. Sie fühlte sich einfach wohl auf diesem zauberhaften Weihnachtsmarkt. Heimelig war genau das richtige Wort. Von überall her erklang deutsche, englische und französische Weihnachtsmusik. Alles war märchenhaft geschmückt und mit Lichterketten beleuchtet.

Sie liebte die Weihnachtszeit. Auch wenn sie grundsätzlich jeder Jahreszeit etwas Schönes abgewinnen konnte, alles andere hätte sie als ungerecht empfunden, war doch die Advents- und Weihnachtszeit für sie die liebste des Jahres. Dass sie sie in diesem Jahr deutlich länger genießen durfte als sonst, gefiel ihr ausgesprochen gut.

Als sie zu den Imbissbuden kam und ihr der Duft von Bratwurst, Maronen, Reibekuchen und diversen weiteren Leckereien in die Nase stieg, meldete sich ihr Magen mit einem vernehmlichen Knurren. Rasch zog sie ihr Smartphone hervor und tippte eine Kurznachricht an Oliver.

Jana: Noch Hunger?

Es dauerte nur Sekunden, bis die Antwort kam.

Oliver: Durchaus. Ich kann noch was brutzeln.

Jana: Nicht nötig. Ich bringe Burger von Jupps Burger mit. Irgendwelche Wünsche?

Oliver: Überrasch mich.

Oliver: Kein Fisch!

Oliver: Gerne Speck und BBQ-Soße.

Jana: Zu Befehl.

Sie schickte noch ein salutierendes Emoticon mit und lachte, als Oliver ein Smiley mit Sonnenbrille zurücksendete. Sie hatten sich überraschenderweise wirklich angefreundet, auch wenn sie ständig neue Gegensätze aneinander entdeckten. Jana zum Beispiel liebte Fischburger ...

Allerdings bemühten sie sich um eine gewisse professionelle Distanz, seit sie neulich festgestellt hatten, dass das Knistern, das sie schon ganz zu Beginn bemerkt hatte, nicht gerade schwächer wurde, sobald sie einander zu nahe kamen. So ganz zufrieden war Jana mit der Situation nicht, denn sie sah nicht ganz ein, worin der Schaden liegen mochte, wenn sie feststellten, dass sie sich mehr als nur gut verstanden. Es war überraschend, das ganz bestimmt, doch wer war sie, der Natur, dem Universum, dem Schicksal oder wem auch immer ins Handwerk pfuschen zu wollen?

Oliver hingegen war ganz offensichtlich bemüht, diese Distanz zu wahren. Aus seiner Sicht war es wohl tatsächlich prekär, sich mit einer Klientin einzulassen, und das respektierte und akzeptierte sie natürlich. Vielleicht änderte sich an der Situation ja etwas, wenn sein Auftrag für sie beendet war.

Seit der Sache mit dem blauen Mercedes war nichts mehr passiert. Möglicherweise hatte die Person ja endlich aufgegeben, weil sie beinahe erwischt worden war, als Oliver den Wagen entdeckt hatte. Jana hoffte es sehr. Auch wenn sie natürlich wissen wollte, wer dahintersteckte, wäre es ihr auch recht, wenn die Sache einfach auf Nimmerwiedersehen im Sande verlaufen würde.

Am Foodtruck von *Jupps Burger* erstand sie einen doppelten Lachsburger für sich und einen BBQ-Steakburger mit extra Speck für Oliver und dazu zwei Portionen Pommes mit der hausgemachten Sour Cream. Sie aß gerne bei *Jupps Burger*, die inzwischen nicht nur in der Mall im Gewerbegebiet, sondern auch in der Innenstadt je eine Filiale betrieben. Hier war alles Bio, selbst gemacht, und es gab für jeden Geschmack von Fleischliebhaber bis vegan eine riesige Auswahl an Burgern und Beilagen. Man konnte sich auf Wunsch sogar einen eigenen Burger zusammenstellen lassen.

Mit dem Essen in einer Papiertragetasche eilte sie schließlich zu ihrem Wagen, den sie am Rand des Marktparkplatzes unter einer Laterne abgestellt hatte. Auch hier herrschte reges Treiben. Marktbesucher kamen und gingen. Jana stellte die Tragetasche auf dem Beifahrersitz ab und umrundete das Auto. Dabei fiel ihr ein dicker Umschlag auf, der hinter dem Scheibenwischer an der Windschutzscheibe klemmte.

Einen kurzen Moment erstarrte sie. Ihr Herzschlag beschleunigte sich unangenehm. Sie musste sich erst durch tiefes Atmen sammeln, bevor sie nach dem Umschlag griff und ihn vorsichtig öffnete. Ihre Kehle verengte sich, als sie im Licht der Straßenlaterne die Scherben der Vase erblickte. Ihr wurde eiskalt. Ohne nach einer Botschaft zu suchen, stieg sie ins Auto, legte den Umschlag in den Fußraum auf der Beifahrerseite und startete den Motor. Nach Hause. Sie wollte einfach nur nach Hause, wo Oliver auf sie wartete, und sich im Bett verkriechen.

***

Oliver deckte den Tisch und dachte dabei über die Ergebnisse seiner Recherche nach. Es hatte mehrere Tage gedauert, bis er herausgefunden hatte, aus welcher Zeitschrift die meisten der ausgeschnittenen Wörter in den Botschaften an Jana höchstwahrscheinlich stammten. Es handelte sich um ein bekanntes Wirtschaftsmagazin, das in den Überschriften, aus denen mehrere Wörter entnommen waren, eine sehr seltene und kantige Schriftart verwendete. Auch wenn das Ergebnis ihn ein wenig erstaunte, weil es nicht ganz in das Profil eines solchen Täters zu passen schien, würde er mit Jana darüber sprechen müssen.

Was den blauen Mercedes anging, gab es leider nichts Neues, denn die Polizei sah aufgrund eines fehlenden Tatbestandes – das Anhalten und Wegfahren vor Janas Haus war ja nicht ungesetzlich – keinen ausreichenden Grund für eine Halterabfrage. Oliver selbst waren in dieser Hinsicht die Hände gebunden, denn auch wenn es in Krimis oft so aussah, war es auf legalem Weg nicht so leicht möglich, den Halter eines Fahrzeugs nur anhand des Kennzeichens zu ermitteln. Darüber hinaus gab es leider immer noch keine weiteren Hinweise auf den Täter, da zuletzt alles ruhig geblieben war. Womöglich hatte die Person das Interesse verloren, und der Spuk war schon wieder vorbei.

Solange dies aber nicht sicher war, würde er weitere Nachforschungen anstellen. Mit den Nachbarn, soweit man bei den großen Abständen zwischen den Häusern hier im Katharinenweg davon sprechen konnte, hatte er sich inzwischen unauffällig vorgestellt und sich mit ihnen unterhalten, jedoch überall das Gleiche gehört: Alle mochten Jana gern. Manche fanden sie vielleicht ein bisschen exzentrisch und besonders, aber leiden konnten sie sie alle gut. Sie war eben Künstlerin. Er hatte bei niemandem das Gefühl gehabt, sich Lügen anzuhören. Alle waren entsetzt über die Vorfälle und dass Jana nun sogar einen Wachmann engagieren musste, was in ihrer Vorstellung ja beinahe schon einem Leibwächter gleichkam.

Wuff, ich höre ein Auto in die Garage fahren! Das Geräusch kenne ich, es ist Jana! Wild mit der Rute wedelnd, hüpfte Scottie von seinem Platz auf dem bunten Läufer im Eingangsbereich, wo er gedöst hatte, und sauste zur Tür. *Da ist sie! Da! Sie kommt. Jippie, ich freue mich so!*

»Schon gut, Scottie, mach nicht so einen Aufstand!« Oliver stellte zwei Flaschen alkoholfreies Radler aus dem Kühlschrank auf den Tisch und begab sich ebenfalls zur Tür, um den aufgeregten Hund zu beruhigen. In diesem Moment kam Jana bereits herein und schob hastig die Tür ins Schloss. Als sie sich wieder umdrehte, erschrak Oliver. Sie war leichenblass und ihr Lächeln, als sie Scottie begrüßte, gleichzeitig erleichtert und angestrengt.

»Hallo, du Hübscher. Na, was haben du und dein Herrchen heute getrieben? Geht es dir gut?«

Wau ja, total gut. Wir waren wieder ganz oft draußen, so oft sind wir früher nie gegangen. Aber fast immer nur hier ums Haus, bis auf die zweimal, als wir einen richtigen Spaziergang im Wald gemacht haben. Also eigentlich wie immer, seit wir hier wohnen. Gespielt haben wir auch, und dazwischen habe ich geschlafen, wenn Herrchen an dieser komischen aufklappbaren Kiste gearbeitet oder telefoniert hat. So nennt man das, glaube ich, wenn ihr euch diese kleinen Kästchen ans Ohr haltet und mit Leuten redet, die gar nicht da sind. Wozu das gut sein soll, ist mir allerdings total schleierhaft.

»Jana?« Er trat vorsichtig auf sie zu. »Was ist passiert?«

»Auto«, antwortete sie tonlos und drückte ihm ihren Schlüsselbund in die Hand. »Beifahrerseite. Da steht auch noch die Tüte mit dem Essen auf dem Sitz.« Während sie sprach, zog sie den Mantel aus, hängte ihn samt Schal achtlos an die Garderobe und ging an ihm vorbei ins Wohnzimmer.

Einen Moment sah er ihr unschlüssig hinterher, dann verließ er das Haus und ging zur Garage. Auf dem Beifahrersitz ihres Wagens fand er tatsächlich eine Papiertüte mit duftendem Inhalt und im Fußraum einen verdächtigen braunen Umschlag. Ahnungsvoll hob er ihn auf, warf einen Blick hinein – und fluchte.

So schnell er konnte, kehrte er ins Haus zurück und fand Jana auf der Couch, wo sie sich mit angezogenen Beinen zusammengekauert und die Arme um ihre Knie geschlungen hatte. Scottie war mit den Vorderpfoten auf die Couch gekrabbelt und winselte leise.

Was ist denn mit Jana los? Sie ist so komisch und lacht und scherzt gar nicht mit mir. Oliver-Herrchen, du musst irgendwas tun. Sie guckt so komisch. Das macht mir Angst. Irgendwas stimmt mit ihr nicht!

»Scheiße, Jana.« Oliver stellte die Tüte auf dem Couchtisch ab und legte den Umschlag daneben. Die Scherben darin klirrten leise, was selbst ihm einen Schauder über den Rücken jagte. »Wo hast du den Umschlag gefunden?«

»Scheibenwischer. Windschutzscheibe.« Ihre Stimme klang hohl. »Ich dachte, es wäre vielleicht vorbei. Ich dachte … Weil nichts mehr war in den letzten Tagen.«

»Ich weiß. Verdammt. Er spielt mit dir. Oder sie. Wer auch immer es ist.«

Als sie zu ihm hochsah, war ihr Blick ganz leer. Ihre Augen glänzten. »Warum? Wer ist so gemein?«

»Ich wünschte, ich wüsste es.« Er schob Scottie sanft beiseite. »Mach mal Platz, Kumpel.«

Ja, okay. Gerne, wenn du etwas tust, damit Jana wieder lacht. Scottie robbte ein wenig zur Seite, behielt Jana jedoch weiterhin im Auge.

Oliver setzte sich neben Jana, schlang seine Arme um sie und zog sie an seine Brust. »Was ist das für ein Glas? Auch eins von den gestohlenen Stücken?«

»Nein.« Ihr Kinn zitterte leicht. »Das ist … war eine von den Vasen, die ich auf dem Weihnachtsmarkt verkauft habe.«

»Was?« Unwillkürlich verstärkte er seinen Griff. »Weißt du noch, wem du sie verkauft hast? Und wann?«

»Klar.« Nun zitterte auch ihre Stimme. »Das war vorgestern, nachmittags. Ein junger Mann hat die Vase gekauft. Ich kannte ihn nicht. Er hat gesagt, er komme aus Köln.«

»Sonst nichts?«

»Nein. Ich verlange von meinen Kunden keinen Lebenslauf!« Nun klang sie giftig.

Er fasste sie an den Schultern, rückte etwas von ihr ab und sah ihr in die Augen. Dann fuhr er sanft fort: »Schon gut, Jana. Ich dachte nur, ihr habt euch vielleicht unterhalten, das machst du häufig, ich habe dich mit deinen Kunden gesehen. Du verkaufst nicht einfach, du schaffst Beziehungen zwischen den Kunden und deinen Kunstwerken.«

»Wir haben nur ein bisschen über den Weihnachtsmarkt geredet. Nichts Besonderes.« Sie schluckte. Schluckte noch einmal. »Ich kenne ihn nicht! Weshalb sollte er solche scheußlichen Dinge tun?«

Er sah, wie ihre Augen überzufließen begannen. Der Anblick tat ihm gar nicht gut. Rasch zog er sie wieder in seine Arme. »Wir finden es heraus.«

»Wie denn? Er ist längst über alle Berge.« Sie presste ihr Gesicht fest gegen seine Schulter. »Ich will, dass das aufhört!«

»Ich weiß.« Hilflos hielt er sie, während sie weinte. »Wenn dieser Typ dahintersteckt, finden wir ihn. Irgendwie kriege ich heraus, wer das ist. Kannst du beschreiben, wie er aussieht?«

»Ja.« Sie schniefte, weinte aber weiter. »Aber er ist doch längst nicht mehr hier. Und wir sind hier nicht beim CSI oder in irgendeiner anderen Krimiserie, wo sie den Täter anhand eines Phantombilds finden. Die Polizei lacht mich doch aus.«

»Tut sie nicht.«

»Helfen können sie aber auch nicht.«

Oliver seufzte innerlich. Er konnte ihre Verzweiflung nachvollziehen. »Wir kriegen das schon hin. Vielleicht sollte ich zukünftig selbst auf dem Weihnachtsmarkt nach dem Rechten sehen. Bis die Kameras angebracht sind, könnte Lennart vielleicht hier übernehmen?«

Jana schniefte wieder. »Was soll das alles kosten? Ich habe keinen Goldesel. Wenn Lennart jetzt auch ganze Tage berechnet …«

»Hast du Freunde oder Verwandte, die einspringen und seinen Job auf dem Weihnachtsmarkt übernehmen könnten? Nur für den Übergang, damit es für dich nicht zu teuer wird«, schlug er vor. Ihm war bei alldem auch nicht sehr wohl.

»Ich weiß nicht. Ja.« Sie hob ein klein wenig den Kopf. »Ich müsste herumfragen. Vielleicht kann André sich ein paar Tage Urlaub nehmen.«

»Gut, dann frag ihn.« Etwas unbeholfen tätschelte er ihren Rücken. »Aber zuerst essen wir etwas, ja? Du hast doch bestimmt schon länger nichts mehr zwischen die Kiemen bekommen.« Er hatte bewusst diesen flapsigen Ausdruck verwendet und freute sich, als sie unterdrückt gluckste.

»Hunger hätte ich schon.«

»Dann mal los. Halt, nein, bleib sitzen. Wir essen hier.« Er erhob sich, um Teller und Getränke zu holen.

»Auf der Couch?« Mit dem Ärmel ihres weichen rot-gelb-orange gestreiften Pullovers rieb sie sich über die Augen.

»Sag bloß, das hast du noch nie gemacht.« Er stellte einen Teller und eine Flasche Radler vor sie hin.

»Doch, schon oft. Ich dachte eher, das ist nicht so deins.« Sie lächelte zaghaft. »Zu unordentlich oder so.«

»So penibel bin ich nun auch wieder nicht.« Lachend begann er die Burger auszupacken. »Äh … Fisch!«

»Das ist meiner!« Sie riss ihm den Burger regelrecht aus der Hand.

»Na, hoffentlich! Auf einem Burger hat kein Fisch etwas zu suchen. Da gehört Fleisch drauf.«

»Du weißt halt nicht, was gut ist.« Zu seiner Freude war sie schon wieder fast die Alte.

»O doch, und wie ich das weiß. Fisch auf Burger gehört definitiv nicht dazu.« Übertrieben schüttelte er sich. »Das ist ein Sakrileg!«

»Behauptet der Mann, der sich Marmelade auf sein Erdnussbutterbrot schmiert.« Nun tat Jana übertrieben angeekelt, lachte aber gleichzeitig. »Das ist scheußlich.«

»Nein, lecker«, widersprach er grinsend.

»Aber nur in einem Paralleluniversum.« Sie reichte ihm eine der Tüten mit den Fritten und leerte die andere auf ihren Teller. »Schon etwas abgekühlt«, nuschelte sie, da sie sich gleich eine in den Mund geschoben hatte. »Trotzdem immer noch die besten Fritten weit und breit.«

»Da sind wir uns ausnahmsweise mal einig.« Er leerte seine Fritten ebenfalls auf seinen Teller und öffnete einen der Behälter mit dem Sour-Cream-Dip.

Sogleich tauchte Jana eine ihrer Fritten hinein. Als er sie daraufhin mit hochgezogenen Augenbrauen musterte, grinste sie nur. »Was ist? Die eine Portion reicht vollkommen für uns beide. Die andere können wir in den Kühlschrank stellen.«

Dagegen war grundsätzlich nichts einzuwenden. Er musste sich nur eindringlich daran erinnern, dass sie eine Klientin war, nichts sonst. »Wie du meinst.«

»Ja, meine ich.« Eine weitere Fritte fand ihren Weg in den Dip und danach in ihren Mund.

Endlich, schnüff, Jana geht es, glaube ich, wieder gut. Da bin ich aber erleichtert. So traurig habe ich sie noch nie gesehen. Das ist echt nicht schön. Gut, dass Oliver-Herrchen sie trösten konnte. Und jetzt werde ich mal nachsehen, was das da auf dem Tisch ist. Das sieht total gut aus und riecht noch viel besser.

»Nichts da!« Gerade noch rechtzeitig bekam Oliver Scotties Halsband zu fassen und zog ihn sanft zurück. »Die Nase vom Tisch herunter. Du hast schon gefressen.«

Na und? Du weißt doch, dass dieses Argument nicht zieht. Ich will auch so was Leckeres wie ihr.

»Am besten gebe ich ihm wieder ein paar Hundekekse«, schlug Jana vor und erhob sich bereits. »Dann bettelt er nicht.« Schon war sie auf dem Weg in die Küche.

Als sie zurückkehrte und Scottie eine Handvoll Hundekuchen auf den Fußboden legte, lachte Oliver. »Dir ist schon bewusst, dass er es genau darauf abgesehen hat?«

Exakt. Yummie! Nicht so gut wie Burger, aber trotzdem super.

»Er hat dich schon perfekt erzogen.«

Jana zuckte mit den Achseln. »Und wenn schon. Aber er hat aufgehört zu betteln.« Sie wollte wieder an ihm vorbei zu ihrem Sitzplatz gehen, stolperte jedoch über Olivers Beine, stieß einen kleinen Schrei aus und landete reichlich unelegant auf ihm. »Huch! Sorry.« Sie strampelte ein wenig, stieß dabei aber mit dem Knie gegen die Tischkante. »Aua!«

Oliver lachte und japste gleichzeitig. »Was wird das? Ein Angriff auf Leib und Leben?«

»Entschuldige, aber ich komme hier nicht mehr weg!« Sie kicherte haltlos und stöhnte gleichzeitig. »Mein Knie tut weh.«

»Halt doch mal still!« Als sie gehorchte, nickte er zufrieden. »Gut. Und jetzt Arme und Beine sortieren.« Auch das tat sie – oder versuchte es zumindest. Dabei rieb sich ihr Po allerdings ein wenig zu fest an seiner Körpermitte. Er reagierte brutal darauf und sah gleichzeitig Sternchen. »Das … war so nicht gemeint«, brachte er zwischen zusammengebissenen Zähnen hervor. Viel zu viel Blut pulsierte in seinem Unterleib.

»Ich kann nichts … dafür …« Ihre Stimme erstarb, da sie offensichtlich spürte, was mit ihm los war. Anstatt jedoch verlegen zu werden oder die Situation irgendwie zu überspielen, hielt sie plötzlich ganz still, suchte seinen Blick – und lächelte leicht! »Vielleicht bleibe ich auch einfach so hier liegen.« Sie sah an sich hinab. »Sitzen. Nein, liegen«, entschied sie sich schließlich für eine Bezeichnung ihrer Position.

Ihm wurde unnatürlich heiß. »Willst du mich umbringen?«

»Nicht im Geringsten.« In ihren Augen funkelte es herausfordernd. »Sonderlich tot fühlst du dich gerade nicht an, und ich glaube auch nicht, dass dein Ableben kurz bevorsteht.«

Wenn du wüsstest, dachte er. »Ich nahm an, wir wären uns einig. Von wegen Freunde und so.« Erneut trafen sich ihre Blicke, und alle vernünftigen, zusammenhängenden Gedanken flohen aus seinem Verstand. »Du spielst mit dem Feuer, Jana.«

»Das ist mir bewusst.« Sie strich sich eine Haarsträhne hinters Ohr. Ein Zeichen, dass sie nun offenbar doch Zeit gewinnen wollte. »Im Moment könnte ich ein kleines Feuer, glaube ich, ganz gut gebrauchen.«

»Ist das so?« Er wollte verdammt sein, wenn er sich auf dieses Glatteis begab.

»Ja.« Sie drehte sich ein wenig auf ihm, was weiteres Blut abwärts in seine Lendengegend sandte. »So wie ein wärmendes, beruhigendes Lagerfeuer … mit einem Freund.«

»Ein Lagerfeuer …?« Nach einem weiteren Blick in ihre dunklen Augen blieb ihm die Luft weg. »Bist du sicher, dass das vernünftig ist?«

»Nein«, gab sie unumwunden zu. »Das ist es vermutlich ganz und gar nicht, aber …«

Hey, was macht ihr denn da? Ist das ein neues Spiel?

»Aber?« Er schluckte hart. »Das ist dir egal?«

Scottie tappte neugierig an die Couch heran.

»Egal vielleicht nicht gerade.« Ihre Stimme bebte ganz leicht. Ihr Blick wanderte kurz zu seinem Mund hinab.

»Sondern?« Er bekam kaum noch einen Ton heraus.

Ich will mitmachen! Mit einem Satz war Scottie auf der Couch und kletterte rücksichtslos und fröhlich bellend auf Jana hinauf.

»Au, Hilfe! Scottie, runter!« Sie japste, stöhnte … und begann erneut haltlos zu kichern. »Nicht, du Verrückter, das kitzelt. Oliver, er versucht mich zu fressen!«

»Und ihr beide zusammen versucht mich zu ermorden!« Pfeifend entwich ihm die Luft, als Jana sich drehte und mit dem Hintern auf seinem Magen landete. »Runter von mir, alle beide!«

»Was, glaubst du, versuche ich hier gerade?« Nach Atem ringend strampelte Jana erneut und wischte sich gleichzeitig die Lachtränen aus den Augen.

Was für ein großartiges Spiel! Toben mit euch beiden macht riesig viel Spaß. Laut bellend kraxelte Scottie weiter auf Jana herum und dann auf Oliver, als sie es endlich geschafft hatte, sich aufzurichten und zur Seite zu rutschen.

Auch Oliver konnte das Lachen nicht unterdrücken. »Ihr beide zusammen seid schlimmer als ein Erdbeben – oder eine Lawine«, keuchte er. »Und einer verrückter als die andere.«

Spielerisch schlug Jana nach seinem Arm. »Ich gebe dir gleich eine Lawine.«

»Was, noch eine?« Er grinste frech. »Dann bleibt vielleicht nichts mehr von mir übrig.«

»Bist du so wenig widerstandsfähig?« Sie gluckste immer noch ein wenig.

»Was dich angeht«, er wurde wieder etwas ernster, »offenbar nicht.«

»Ist das ein Kompliment?«

Er lächelte leicht. »Da bin ich mir nicht so sicher.« Rasch griff er nach seinem Burger. »Wir sollten endlich weiteressen, sonst werden die Pommes noch gänzlich kalt.«

***

Auch Jana nahm sich ihren Burger und biss hinein. In ihr rangen die Enttäuschung darüber, dass zwischen ihnen nicht mehr passiert war, und die Dankbarkeit über den Lachanfall, der ihr über ihre negative Stimmung nach dem Fund des Umschlags hinweggeholfen hatte, um die Vorherrschaft. Die Dankbarkeit siegte schließlich, ging sie doch mit der kribbeligen Erwartung und dem Wissen einher, dass, was auch immer sich da gerade angebahnt hatte, nur aufgeschoben war.

»Hast du in irgendeiner Weise eine besondere Beziehung zu dem Wirtschaftsmagazin *Weltschritte*?«

Olivers Frage überraschte sie. »Nicht dass ich wüsste. Warum?«

»Weil mindestens zwei Drittel aller Wörter aus den bisherigen Botschaften an dich aus Überschriften dieses Magazins bestehen. *Weltschritte* ist aus demselben Verlag wie das Lifestylemagazin *Zeitschritte*.«

»Aus der *B-Media-Group*, ich weiß.« Sie nickte. »Der Geschäftsführer, Carsten Braumann, und seine Frau Sophie sind mit André und Eva gut bekannt. Sie unterstützen und sponsern die Sozialstation regelmäßig mit hohen Geldbeträgen und helfen auch häufig selbst dort mit, und Carstens Schwester Elena gibt schon seit Jahren jedes Jahr in der Station Tanzunterricht für den großen Weihnachtsball.«

»Tanzunterricht?«

Jana nickte. »Ja, für alle, die sich keine Tanzschule leisten können. Auch für die Obdachlosen. Zu dem Ball sind ja alle Einwohner der Stadt eingeladen.«

»Ich habe von Frank oder vielmehr von Ricarda davon gehört.« Oliver nahm einen Schluck von seinem Radler. »Ihre Mutter sitzt wohl im Festkomitee.«

»Ja, stimmt, die Sternbachs sind da sehr aktiv.« Auch Jana nahm einen großen Schluck von ihrem Radler. »*Zeitschritte* lese ich ab und zu, aber mit dem Wirtschaftsmagazin kann ich so gar nichts anfangen. Ich weiß noch, dass ein paar meiner Kommilitoninnen auf der Glasfachschule es abonniert hatten. Einige davon sind ja später in die Glas verarbeitende Industrie eingestiegen. Deshalb haben sie sich mehr für wirtschaftliche Belange interessiert. Ich wollte immer schon nur Künstlerin sein, das haben manche nicht verstanden. Seltsam, oder?«

»Was meinst du?« Aufmerksam musterte er sie.

Sie hob die Schultern. »Na, dass Absolventinnen – wir waren übrigens in meiner Klasse wirklich nur Frauen – einer Kunst- und Glasfachschule fast alle hinterher keinen freien künstlerischen Beruf anstreben wollten. Manche von ihnen bauen jetzt Glasdekorationen nach Auftrag oder stellen Fensterglas her. Meine damalige Freundin und Mitbewohnerin wurde von der Firma *GlasTecArt* angeworben, kaum dass sie ihren Abschluss in der Tasche hatte. Die stellen aus Glas einfach alles her, was sich in Masse verkaufen lässt. Gläser, Figuren, billigen Schmuck, all so was. Ein Millionengeschäft.«

»Aber nichts für dich«, folgerte er.

»Nein. Ich will einzigartige Kunstwerke erschaffen. Bei mir gibt es keine Massenware. Jedes Stück ist ein Unikat. Ich würde verrückt werden, wenn ich meine kreativen Momente nicht ausleben könnte.«

Einen langen Augenblick schwieg er, bevor er fragte: »Warum stellst du deine Werke eigentlich nicht international in Galerien aus? Was ich bisher von dir gesehen habe, ist ganz sicher gut genug dafür.«

»Gut genug?« Sie lachte trocken. »Danke. Ich stelle in Köln in der Galerie Hussen aus. Aber nur Einzelstücke – und auch nur, weil die Familie Hussen mir diesbezüglich keine Fesseln anlegt.«

»Fesseln?« Irritiert runzelte er die Stirn. »Ich dachte, alle Künstler und Künstlerinnen träumen nur davon, eines Tages groß rauszukommen und Ausstellungen auf der ganzen Welt zu haben.«

»Davon habe ich als Kind tatsächlich geträumt«, gab Jana zu. »Auch noch bis zum Studium. Aber dann habe ich festgestellt, dass solch ein Ruhm immer auch mit einem hohen Preis verbunden ist. Ich habe mir meine Existenz aus eigener Kraft aufgebaut. Die Werkstatt, den Laden, meine Präsenz auf den städtischen Jahrmärkten, meinen Webauftritt, den Blog, all das. Es war nicht einfach, aber es ist etwas, was ich nicht nur erschaffen habe, sondern auch kontrollieren kann. Niemand pfuscht mir da hinein oder versucht auch nur, mir zu sagen, was ich wann, wo oder wie machen muss. Vieles, was ich anfange, basiert auf dem Prinzip Learning by Doing. *Trial and Error*. Das entspricht meinem Naturell. Ich hatte tatsächlich schon Angebote von Agenten, Managern, Galeristen und so weiter und so fort. Ihnen allen war zuvorderst eins wichtig: der schnöde Mammon und wie viel davon am Ende des Tages für sie abfallen wird. Ich weiß, das ist der Lauf der Welt und bis zu einem gewissen Grad auch legitim.« Sie seufzte. Obwohl sie noch nicht aufgegessen hatte, schob sie ihren Teller etwas von sich. Nach kurzem Abwägen von Für und Wider rückte sie an Oliver heran und lehnte sich leicht gegen ihn.

Zu ihrer Erleichterung reagierte er nicht abwehrend, sondern legte ihr den Arm um die Schultern und zog sie so an sich, dass Sie sich bequem an ihn kuscheln konnte. »Du kannst dir nicht vorstellen, was ich schon alles erlebt habe. Viel Geld und Ruhm haben sie mir unterm Strich alle angeboten, aber das Kleingedruckte hat mir jedes Mal die Haare zu Berge stehen lassen. Exklusivverwertungsrechte auf alle meine Werke war der beliebteste Punkt. Das hätte meinen Laden und meinen Onlineshop faktisch obsolet gemacht.«

»Du hättest aber vielleicht noch mehr Zeit für deine Arbeit«, wandte er ein. »Müsstest dich nicht um den Verkauf kümmern, bräuchtest keine Angestellte …«

»Aber ich hätte nicht mehr in der Hand, wer meine Werke kauft, würde diese Menschen, für die ich meine Kunst ja erschaffe, niemals kennenlernen oder wenn, dann nur durch Zufall. Genau das ist mir aber wichtig!«, begehrte sie auf. »Ich weiß nicht, wie ich es beschreiben soll, aber viele meiner Kunstwerke sind für einen ganz bestimmten Menschen bestimmt. Irgendwann finden die beiden einander, und ich möchte nach Möglichkeit dabei sein oder doch zumindest zeitnah davon erfahren, so wie es in meinem Laden oder über meinen Onlineshop möglich ist. Es ist eigentlich fast so, wie du vorhin gesagt hast: Ich schaffe die Beziehung zwischen Käufer und Kunstwerk zwar nicht, aber ich lege offen, dass sie schon immer da war. Wenn irgendjemand die exklusiven Verwertungsrechte besitzt, kann er oder sie ziemlich viel über meinen Kopf hinweg entscheiden. Selbst wenn mir ein Vetorecht eingeräumt wird – wie soll das funktionieren, wenn meine Werke über den ganzen Erdball verstreut zum Verkauf angeboten werden? Zu Preisen, wohlgemerkt, auf die ich dann ebenfalls keinen Einfluss mehr haben werde, und an Menschen, die einfach nur wahllos alles sammeln, was irgendjemand als Kunst bezeichnet hat, ohne dass sie es selbst empfinden.« Sie drehte den Kopf ein wenig, um ihn ansehen zu können. »Vor einiger Zeit kam ein junges frisch verlobtes Pärchen in mein Zelt auf dem Ostermarkt. Zwei unglaublich liebenswürdige Frauen, die aber beide keine hoch bezahlten Jobs hatten. Sie waren auf der Suche nach Eheringen, die zu ihnen passten, zugleich aber eben auch erschwinglich waren. Sie haben sich auf den ersten Blick in mein Set *Stählerne Rose* verliebt, das habe ich sofort gespürt. Als sie den Preis gesehen haben, sind sie wieder gegangen, kamen aber in den folgenden Tagen einzeln und unabhängig voneinander zu mir und haben gefragt, ob sie irgendwie in Raten zahlen könnten, weil sie ihrer Partnerin diese große Freude bereiten wollten. Ich habe ihnen die Ringe zum halben Preis verkauft. Zum Dank war ich sogar auf der Hochzeit eingeladen, und seitdem schreiben wir einander oft Kurznachrichten oder telefonieren hin und wieder. Ich weiß, dass meine Kunst und meine Arbeit einen gewissen Wert haben, und ich musste mit der Zeit erst lernen, dass, nur weil ich Spaß an meiner Arbeit habe, ich nicht weniger dafür verlangen muss als andere. Aber dabei geht es nicht um Profit; es geht um Werte, und die sind variabel. Auch die Hälfte des Preises hat meine Unkosten für die Ringe problemlos gedeckt, ich habe keinen Verlust gemacht, und ich wusste, dass der Wert meiner Arbeit hier anders als mit Geld geschätzt wird. Die unglaubliche Dankbarkeit und die Liebe, mit der die beiden sich die Ringe angesteckt haben, und der Stolz, mit dem sie sie ihr Leben lang tragen werden, wiegen den geringeren Preis bei Weitem auf. So etwas ist mit einer exklusiven Bindung nicht mehr möglich, weil ich ja nicht einmal mehr mitbekommen würde, wer sich für meine Kunstwerke interessiert, und vermutlich hätte ich auch keine große Handhabe, etwas am Preis zu ändern. Verkauft wird dann immer nur an denjenigen, der es sich leisten kann.«

Oliver nickte verständnisvoll. »Es gibt aber doch sicher auch nichtexklusive Verträge. Ähnlich wie den mit dieser Kölner Galerie.«

»Das schon, aber das wollen die meisten nicht. Oder falls doch, dann erwarten sie trotzdem eine Mindestabnahmemenge. Ganz zu schweigen von den ganzen Verpflichtungen, die man mir gleich zusätzlich schmackhaft machen wollte. Regelmäßige Anwesenheit bei Ausstellungseröffnungen, egal wo sie stattfinden. Noch ehe ich den Vertrag gelesen hatte, war mein Terminkalender voll bis obenhin. Sechzig, siebzig und mehr Termine im Jahr. Das ist nicht, wie ich leben will. Für meine Arbeit brauche ich Zeit. Wie sollte ich neue Skulpturen schaffen, wenn ich ständig unterwegs sein muss?« Sie stieß ein trockenes Lachen aus. »Viele Leute halten mich für verrückt und total abgedreht, dass ich all die Ehre und den Reichtum ausschlage, um mich hier weiter mit meinem Laden herumzuplagen und alles selbst zu machen. Dabei sehe ich es gar nicht als Plage. Klar ist es manchmal anstrengend, aber es ist das, was mich erfüllt und glücklich macht.«

»Also hast du den Traum vom Weltruhm aufgegeben«, folgerte Oliver leise.

»Na ja, nicht ganz.« Sie kuschelte sich wieder an ihn. »Der Gedanke, dass meine schönsten Werke Menschen auf der ganzen Welt erreichen und verzaubern könnten, ist schon verführerisch. Ich weiß, dass meine Kunst gut genug ist.« Sie lächelte. »Andernfalls hätte ich wohl nie diese ganzen Angebote erhalten. Aber solange niemand nach meinen Regeln spielen will, verzichte ich. Andernfalls würde ich mir selbst untreu werden, und damit könnte ich nicht leben.«

»Verstehe.« Sie spürte, wie er erneut nickte. »Du hast ganz klare Vorstellungen. Das finde ich mutig.«

»Warum mutig?« Erneut drehte sie den Kopf, um in sein Gesicht blicken zu können.

»Weil du damit riskierst, dass du vielleicht niemals das richtige Angebot erhältst und dir das mit dem Weltruhm abschminken kannst.«

»Soll ich mich lieber verbiegen und etwas tun, was mir nicht entspricht, und es irgendwann, vermutlich schon sehr bald, bereuen?«

»Das habe ich nicht gesagt. Ich glaube nur, dass es nicht viele Menschen gibt, die so konsequent handeln würden, wie du es tust. Das ist beeindruckend.«

»Du findest mich beeindruckend?«

»Ziemlich«, gab er zu.

Sie lächelte leicht. »Das hat noch nie jemand zu mir gesagt. Was für ein schönes Kompliment.« Sie hielt einen Moment inne. »Ich hoffe doch, es sollte eines sein.«

»Zweifelsohne.«

»Danke.« Ihr Lächeln vertiefte sich. »Du könntest mich jetzt küssen.«

»Könnte ich«, bestätigte er mit rauer Stimme.

»Aber du wirst es nicht tun.«

»Es wäre klüger, es nicht zu tun.« Sein Blick schien sich zu verdunkeln, und seine Miene wurde sehr ernst. »Du bist meine Klientin.«

»Ich weiß.«

»Es wäre unprofessionell.«

»Da hast du recht.«

»Und selbst wenn dem nicht so wäre …« Er grinste etwas schief. »Ich bin nicht auf so etwas aus.«

»So etwas?« Fragend zog sie die Stirn in Falten.

»Etwas …« Er hob die Schultern. »Eine Beziehung. Ich bin schon froh, dass ich es schaffe, mich um Scottie zu kümmern. Alles Zwischenmenschliche geht bei mir über kurz oder lang schief, und das liegt ganz allein an mir. Ich kann einfach nicht … Keine Ahnung. Es reicht bei mir einfach nicht zu … mehr. Eine Fehlkopplung meiner Gefühle oder so.«

Einige Augenblicke lang dachte sie darüber nach, verarbeitete diese Information, dann antwortete sie mit einem, wie sie hoffte, ähnlich schiefen Grinsen. »Ich kann mich nicht erinnern, um eine Beziehung oder irgendeine andere Art von Bekenntnis oder Verpflichtung gebeten zu haben, die über

Freundschaft hinausgeht, sondern um einen Kuss – und ein Lagerfeuer.«

»Ein Lagerfeuer.« Seine Miene verzog sich skeptisch.

»Ein beruhigendes Lagerfeuer, um genau zu sein«, präzisierte sie. »So etwas ist möglich, solange man umsichtig und ehrlich miteinander umgeht. Ohne irgendwelche Hintergedanken.«

»Was für Hintergedanken meinst du?« Nun wirkte er sichtlich beunruhigt.

Jana seufzte. »Ich habe keine, da brauchst du dir keine Sorgen zu machen. Wie gesagt, ich bin für absolute Ehrlichkeit, was aber auf Gegenseitigkeit beruhen muss. Versteh mich nicht falsch, ich unterstelle dir nichts. Es ist nur so, dass …« Einen Moment wich sie seinem Blick aus, blickte in eine unbestimmte Ferne, die Bilder aus ihrer Vergangenheit für sie bereithielt. »Es gab mal jemanden, vor einigen Jahren. Ich dachte, es wäre etwas Ernstes. Er war Künstler wie ich. Wir waren eine Weile zusammen, bis ich begriff, dass er nur darauf aus war, mich in sein Team zu holen. Er besitzt eine große Glashütte in Frankfurt. Seine Kunstwerke sind tatsächlich weltweit bekannt und begehrt. Er arbeitet mittlerweile mit sechs oder sieben anderen Glaskünstlerinnen zusammen.« Sie schluckte hart. »Mit allen hatte oder hat er was. Das wusste ich nicht, bis ich die Frauen, damals waren es erst vier, kennengelernt habe. Er hat behauptet, mein Talent zu brauchen, um sein eigenes zu erweitern, und gleichzeitig würde ich ebenfalls von dieser Sache profitieren. Sexuell, aber auch weil er mich über seinen Namen und seine Werke berühmt machen könne.« Ihre Kehle verengte sich, doch sie sprach weiter. »Ich hätte mich nie auf ihn eingelassen, wenn ich das alles früher gewusst hätte. Wenn er einfach ehrlich gewesen wäre. Das hätte mir eine Menge Kummer erspart. Verstehst du? Ich will einfach von vorneherein wissen, woran ich bin. Es gab auch schon Agenten oder sogenannte Manager, die glaubten, sie könnten mich für ihre Pläne gewinnen, indem sie den Weg über mein Bett wählten. So etwas ist einfach nur niederträchtig, wenn man die Karten nicht gleich offen auf den Tisch legt.« Ihre Stimme war kämpferisch lauter geworden. »Ich will alle Informationen von Anfang an, dann kann ich auf dieser Basis entscheiden, was ich tue oder worauf ich mich einlasse. Ist das zu viel verlangt?« Sie wartete nicht auf eine Antwort, sondern fuhr fort: »Wenn du mir sagst, dass da nicht mehr als Freundschaft sein kann oder wenn, dann nur unverbindlich, dann kann ich auf dieser Basis entscheiden, ob ich bereit bin, mich darauf einzulassen oder nicht. Aber etwas vorzugaukeln, die große Liebe womöglich, und dann nach einer Weile die Katze aus dem Sack zu lassen, dass du nie wirklich etwas von mir wolltest außer ein bisschen Vergnügen oder dass du sonst irgendwelche Pläne hast, von denen du dachtest, dass du sie nur über Sex erreichen kannst, das ist schäbig und …«

»Mies«, half er nach. Seine Miene war sehr ernst geworden. »Tut mir leid, dass du an solche Arschlöcher geraten bist.«

»Mir auch.« Sie entspannte sich wieder ein wenig. »Es gehört wohl zum Leben dazu, solche unerfreulichen Erfahrungen machen zu müssen. Wie sonst sollen wir je weise werden?«

»Hast du denn vor, weise zu werden?«

Nun konnte sie sogar schon wieder lächeln. »Aber ja, uralt und sogar ganz entsetzlich weise, und dann gehe ich meinen Kindern und Kindeskindern und einfach allen Menschen, die mir über den Weg laufen, mit meiner enormen Weisheit gehörig auf den Keks.« Sie gluckste. »Ich werde in fürchterlich eloquenten Rätseln sprechen, so wie das Orakel von Delphi oder zumindest so ähnlich.«

»Da hast du dir ja etwas vorgenommen.« Oliver schmunzelte. »Wie nennst du dich dann? Das Orakel vom Katharinenweg?«

»Klingt doch gar nicht mal so übel, oder?«

»Wie man's nimmt.« Er hüstelte. »Meine Karten liegen auf dem Tisch. Verhältnisse jeglicher Art mit Klientinnen sind der Gipfel der Unprofessionalität, und, davon abgesehen, könnte ich dir nicht mehr als das bieten, was wir jetzt haben. Ich staune eh schon, dass wir uns noch nicht gegenseitig an die Kehle gegangen sind. Ich bin einfach keine gute Partie. Weder finanziell, denn mein Job ist zwar relativ einträglich, reich wird man aber nicht davon, noch auf anderen Ebenen. Ich bin nicht der Typ für romantische Gefühlsduselei oder Himmel voller Geigen. Vielleicht fehlt mir da irgendein Gen oder so. Was weiß ich.«

Sinnierend musterte sie ihn. »Verliebst du dich also nie?«

Er zuckte sichtbar zusammen. »Nein. Nicht, weil ich es partout nicht will. Es passiert einfach nicht. Null, nada. Nix.«

»Außer in Scottie.« Sie grinste, als er sie verblüfft anstarrte. »Behaupte nicht, dass du dich nicht unsterblich in ihn verguckt hast.« Bedeutsam wies sie mit dem Kinn in Richtung der Bordeauxdogge, die etwas seitlich von der Couch platt auf dem Rücken lag, alle viere von sich gestreckt, und tief und fest schlief. Alle paar Atemzüge entwich ihm ein urkomisches pfeifendes Röcheln, dass die Tasthaare an seiner Schnauze vibrieren ließ.

Oliver folgte ihrem Blick, antwortete aber nicht darauf. Das war allerdings auch gar nicht nötig, denn der Ausdruck in seinen Augen sagte mehr, als Worte es gekonnt hätten.

Als sein Blick sich wieder auf ihr Gesicht richtete, stockte ihr der Atem. Ihr Herz machte einen wilden Satz und schlug danach in doppelter Geschwindigkeit weiter.

»Damit wäre aus meiner Sicht alles klargestellt.« Seine Stimme war dunkel und rau wie ein Reibeisen.

»Gut.« Vergeblich schluckte sie gegen das Pochen an, das bis in ihre Kehle hinaufreichte. »Damit kann ich arbeiten.«

Zwischen seinen Augen entstand eine steile Falte. »Arbeiten?«

»Mhm.« Ehe der Mut sie verlassen konnte, reckte sie sich ein wenig und berührte mit ihren Lippen seinen Mund.

***

Ein Stich durchfuhr Oliver, als er Janas Lippen auf seinen spürte. Das Begehren, das ihn vorhin so unvermittelt übermannt hatte, traf ihn erneut mit Wucht. Hitze stieg in ihm und zwischen ihnen auf. Obgleich er sich geschworen hatte, standhaft zu bleiben, konnte er dieser Verlockung nicht widerstehen. Instinktiv zog er Jana fester in seine Arme, umfasste mit einer Hand ihre Wange, kostete ihren Mund erst sachte, tastend. Ihre Lippen waren weich, zugleich aber auch fest, entschlossen, verführerisch. Ihr Duft, ihr Geschmack vereinnahmten ihn bereits nach wenigen Atemzügen gänzlich, und er wollte mehr, viel mehr davon. Woher dieses Bedürfnis so plötzlich kam, konnte er sich nicht erklären. Sie war so gar nicht sein Typ, zumindest ihrem Wesen nach. Vielleicht war es das, versuchte er sich an einer Erklärung: Rein körperlich war sie so ziemlich das, was er als perfekt empfand. Wahrscheinlich reagierten also wirklich nur seine Hormone auf den optischen Reiz.

Als sie sich dichter an ihn drängte, fügte er der Rechnung noch den eindeutigen haptischen Reiz hinzu, den sie auf ihn ausübte. Sie fühlte sich einfach unglaublich gut an! Weiche Rundungen, die an genau den richtigen Stellen üppig genug waren, um ihm den Verstand zu rauben.

Sie stieß einen gurrenden, betörenden Laut aus, als er sie mit etwas mehr Nachdruck küsste, an ihrer Unterlippe saugte, mit der Zunge darüberstrich und gleichzeitig seine Hände in ihr weiches Haar wandern ließ. Das Blut pulsierte heiß und immer heißer durch seine Adern und geriet regelrecht in

Flammen, als Jana einladend den Mund öffnete und mit ihrer Zunge nach der seinen tastete.

Ein weiterer scharfer Stich durchzuckte ihn bei dieser ersten hochintimen Berührung. Er sog die Luft ein, fasste begehrlicher in ihr Haar. Wieder stieß sie diesen kehligen Laut aus, der daraufhin in seinem Kopf widerhallte und seine Begierde noch weiter anheizte. Die Gedanken flohen aus seinem Kopf. Forschend ließ er seinen Mund hinab zu ihrem Kinn wandern, von dort über ihre Kehle bis in ihre Halsbeuge und dann denselben Weg wieder zurück.

Jana warf den Kopf in den Nacken, bot ihm bereitwillig ihre Kehle dar. Das war beinahe zu viel des Guten. In seinem Unterleib pochte das Blut schmerzlich; die Enge in seinen Jeans wurde bereits unangenehm. Zugleich konnte er jedoch nicht aufhören, sie zu küssen, zu kosten, zu schmecken. Er wurde sich erst bewusst, dass er ein regelrechtes Knurren ausgestoßen hatte, gierig und frustriert zugleich, als Jana sich ein klein wenig von ihm löste und ihn fragend ansah.

Er brauchte einen Moment, um wieder zu Atem zu kommen. »Das war aber kein Lagerfeuer«, versuchte er die Situation mit einem Scherz zu entschärfen. »Eher schon ein beginnender Flächenbrand.«

»Stimmt.« Auch Jana war außer Atem. »Beruhigend war das auch nicht gerade.« Sie strich mit der Spitze ihres Zeigefingers an seiner Wange entlang. »Aber schön.«

Dem konnte er schwerlich widersprechen, denn ihr Geschmack rauschte noch immer durch seine Adern, ihr Anblick, ihr Duft, die Art, wie sie sich anfühlte, vereinnahmten ihn voll und ganz. Das war zu viel. So etwas konnte und wollte er nicht. Das ging viel zu weit.

Jana schien die Veränderung in seinem Blick bemerkt zu haben, denn sie rückte ein wenig von ihm ab. »Ich fürchte, ich habe dich von deinem Job abgehalten.«

Er brauchte einen Moment, um zu begreifen, was sie meinte. Ein Blick auf seine Armbanduhr sagte ihm, dass sie recht hatte. Rasch erhob er sich. »Ich muss mich auf meinen Rundgang machen. Scottie!« Er schnalzte vernehmlich.

Was? Wie? Hier bin ich! Scottie wirbelte herum und auf die Füße, musste sich aber erst einmal schütteln. *Herrje, bin ich eingeschlafen? Hab ich was verpasst? Oh, Herrchen will rausgehen. Dann mal los!*

»Ich esse in der Zwischenzeit mal meinen Burger auf. Er ist jetzt zwar kalt, aber zu schade, um ihn zu verschwenden.« Als wäre nichts gewesen, griff Jana nach ihrem Teller.

»Guten Hunger«, sagte er und fühlte sich dabei vollkommen lächerlich. »Bis gleich.« Mit wenigen Handgriffen hatte er Scottie Geschirr und Leine angelegt und machte sich auf den Rundgang über das Anwesen, der ihm inzwischen schon zur Routine geworden war.

Als er eine Viertelstunde später das Wohnzimmer wieder betrat, war Jana nicht mehr dort. Ihr leerer Teller stand noch auf dem Couchtisch, ebenso die Radlerflasche, die sie noch geleert hatte. Er hörte keinen Laut von oben, also war sie wohl bereits zu Bett gegangen. Für ihn kam das jedoch nicht infrage. Er hatte schließlich einen Job zu erledigen. Außerdem würde ihm die Tatsache, dass er heute zum ersten Mal gegen sein strenges Berufsethos verstoßen hatte, garantiert den Schlaf rauben. Entweder das oder der Umstand, dass er sich wie verrückt nach Jana sehnte. Oder dass er ihr nicht die ganze Wahrheit gesagt hatte. Wie auch immer: Er saß in der Klemme.

11. Kapitel

»Wie hältst du das nur wochenlang aus?« Oliver verdrehte die Augen, als er das Verkaufszelt betrat. »Mir sausen schon nach einem halben Tag die Ohren von dem Gedudel.«

Mir auch! Scottie, der dicht neben Oliver herging, weil dieser die Leine sehr kurz genommen hatte, schüttelte sich heftig. *Meine Güte, ist das ein Lärm und Durcheinander da draußen. So viele Leute auf einem Haufen habe ich, glaube ich, noch nie gesehen. Nicht mal da, wo wir vorher gewohnt haben. In der großen Stadt. Und da waren auch nicht so viele Geräusche durcheinander. Musik und Klingeling und Rufe und Menschen, die reden und lachen. Aber irgendwie macht das hier Spaß. Viel mehr, als nur jeden Tag in Janas Haus und auf ihrem Grundstück herumzulaufen und zwischendurch zu schlafen, wenn Herrchen mit etwas anderem beschäftigt ist.*

Jana grinste frech. »Ich weiß gar nicht, was du hast. Der Weihnachtsmarkt ist wundervoll. Ich liebe die Atmosphäre hier total. Nicht wahr, Herr Liebig?« Sie wandte sich einem grauhaarigen Mann um die fünfzig zu, der neben ihr stand und bis eben die Ketten in einem der Schaukästen bewundert hatte. Sie warf Oliver einen bedeutsamen Blick zu. »Kennst du Herrn Alfred Liebig schon, Oliver? Er ist unser Bürgermeister. Herr Liebig, dies ist Oliver Jones. Er arbeitet als Security für mich, und …«

»Jones?« Alfred Liebig wandte sich Oliver zu. »Gibt es nicht einen Jones, der für den Rechtsanwalt Hellberger als Privatdetektiv tätig ist?«

Oliver räusperte sich. »Der bin ich.«

»Ach.« Liebig stutzte. »Security *und* Detektiv?« Dann begriff er. »Aha, ich verstehe.« Er senkte die Stimme. »Sie sind quasi undercover unterwegs. Ich habe natürlich von den unerfreulichen Ereignissen gehört.« Er bedachte Jana mit einem mitfühlenden Lächeln. »Schlimm, ganz schlimm. Ich hoffe, man kann die Schuldigen fassen. Wenn ich irgendetwas für Sie tun kann, sagen Sie es mir bitte.« Nach einem Atemzug setzte er hinzu: »Ich werde natürlich nichts über Herrn Jones' Aufgabe hier verlauten lassen.« Etwas verspätet trat er auf Oliver zu und streckte ihm die rechte Hand entgegen. »Sehr erfreut übrigens.«

Oliver ergriff seine Hand und schüttelte sie kurz. »Freut mich ebenfalls, Herr Liebig.«

»Frau Weißmüller war gerade dabei, mich zu beraten. Ich suche nach einem Weihnachtsgeschenk für meine Frau.«

»Oh, da will ich aber nicht weiter stören.« Oliver wandte sich zum Gehen. »Draußen ist alles ruhig, sieht man mal von dem, äh … Lärm ab.«

Liebig schmunzelte. »Ich muss zwischendurch auch mal ein ordentliches Stück Rockmusik hören, wenn ich längere Zeit hier war. Die Dauerbeschallung mit Weihnachtsmusik ist wohl nur etwas für Hartgesottene.« Er wandte sich wieder Jana zu. »Ich bin den Ausstellerinnen und Ausstellern unbeschreiblich dankbar, dass sie sich jedes Jahr aufs Neue den Herausforderungen unseres Weihnachtsmarktes stellen und dabei nicht einen Moment die gute Laune verlieren.«

Jana lachte. »Eine Herausforderung ist das für mich nicht, eher ein wahrgewordener Kindheitstraum. Ich liebe die Vorweihnachtszeit und kann sie hier auf dem Markt wie in einem Winterwunderland wochenlang genießen.«

Liebig strahlte sie an. »Ich glaube, ich engagiere Sie für unsere nächste Werbekampagne.« Dann wurde er wieder ernst. »Aber nun helfen Sie mir bitte erst einmal bei der Entscheidung. Lores Lieblingsfarbe ist Rot, aber sie sagt selbst, dass sie darin nicht gut aussieht. Sie kennen sie doch, was würden Sie mir denn nun empfehlen? Sie liebt Ihren Schmuck, deshalb möchte ich ihr unbedingt diese Freude bereiten.«

Jana blickte Oliver kurz nach, als dieser zusammen mit Scottie das Zelt verließ. Hatte er ihr irgendetwas mitteilen wollen, dann aber davon abgesehen, weil sie einen Kunden bediente? Sie musste ihn später darauf ansprechen. Er war heute zum ersten Mal hier auf dem Markt.

Am Samstag hatte er noch bei ihr zu Hause nach dem Rechten gesehen und mit Lennart die Umstellung des Sicherheitskonzepts besprochen, wie er es genannt hatte.

Während sie den Bürgermeister bei der Auswahl des perfekten Geschenks für seine Frau beriet, schaffte sie es, die Gedanken an Oliver zu verdrängen, doch kaum dass Herr Liebig mit einer zauberhaften blauen Kette mit dunkelrotem in Glas eingeschlossenem Zauberstein, wie sie ihn nannte, das Zelt verlassen hatte, setzte sich das Gedanken- und Gefühlskarussell erneut in Bewegung.

Seit ihrem Kuss neulich Abend war nichts weiter zwischen ihnen passiert. Oliver hatte sich, wie sie es bereits von ihm kannte, professionell distanziert gegeben, und sie hatte ihn nicht bedrängt. Da das Wochenende darüber hinaus auf dem Weihnachtsmarkt stets am anstrengendsten war, hatte sie genügend Beschäftigung gehabt, um sich von ihren aufkeimenden Gefühlen abzulenken. Den Sonntag hatte sie vollständig in ihrer Werkstatt verbracht, da der Markt wegen des Volkstrauertags geschlossen gewesen war.

Oliver und Scottie hatte sie für diese Zeit freigegeben, und die beiden waren nach Köln in Olivers Wohnung gefahren. Es war seltsam, dass sie sich nach der kurzen Zeit schon so sehr an Mann und Hund gewöhnt hatte, dass ihr das Haus ohne die zwei ganz leer vorgekommen war. Besser war es aber wohl, wenn sie sich in Erinnerung rief, dass die Anwesenheit der beiden kein Dauerzustand werden würde. Irgendwann, hoffentlich bald, war Olivers Auftrag beendet und die Person gefasst, die so bemüht war, Jana das Leben zur Hölle zu machen. Was danach kam, stand in den Sternen.

Oliver war in dieser Hinsicht so brutal offen und ehrlich zu ihr gewesen, wie sie es von ihm gefordert hatte. Er wollte keine Beziehung und legte keinen Wert auf emotionale Nähe, zumindest wenn sie über eine Kameradschaft hinausging. Das musste und wollte sie akzeptieren. Wenn zwischen ihnen alles nur auf rein körperlicher Basis bleiben sollte, musste sie allerdings dafür sorgen, dass ihr Herz keinen Schaden nahm.

Auch das war ein Grund, weshalb sie bisher keine erneute Annäherung herausgefordert hatte. Sie wollte sich erst darüber klar werden, ob sie es tatsächlich schaffen würde, sich auf Oliver einzulassen, ohne sich in ihn zu verlieben. Eigentlich war sie nämlich nicht der Typ Frau für unverbindliche Affären. Als unheilbare Romantikerin träumte sie schon seit ihren Teenagertagen von der großen Liebe, die sie irgendwann auch finden würde, da war sie sich ganz sicher. Sie war der Typ Alles-oder-nichts. Sie glaubte an das Schicksal, an Bestimmung und an die Macht des Universums.

Oliver passte so gar nicht in all das hinein. Er glaubte an nichts von alldem und schien in vielerlei Hinsicht das komplette Gegenteil von ihr zu sein. Dass er sie, zumindest körperlich, anziehend fand, stand außer Frage. Ob sie damit würde umgehen können, war fraglich. Wahrscheinlich ahnte er das auch, sonst wäre er vielleicht doch etwas offensiver auf sie zugegangen und hätte seine Bedenken eher über Bord geworfen. Feinfühlig war er nämlich sehr wohl, was zuverlässig zu dem Chaos beitrug, das seit Tagen in Janas Kopf und Herz herrschte.

»Ist er endlich weg?« Grinsend trat Oliver erneut durch den Zelteingang. Scottie an seiner Seite wedelte heftig mit der Rute.

Hallo, Jana! Begrüß mich doch mal, ich will gestreichelt werden. Wuff!

Schmunzelnd ging Jana vor der aufgeregten Bordeauxdogge in die Hocke. »Na, du! Wie gut, dass ich fast alle meine Kunstwerke hinter Panzerglas gesichert habe. Sonst hättest du hier wahrscheinlich inzwischen einen riesigen Scherbenhaufen verursacht. Du bist nicht gerade der perfekte Hund für eine Glaskünstlerin. Irgendeine ganz ruhige, träge Rasse wäre sinnvoller.« Sie richtete sich wieder auf und lachte herzlich, als Scottie an ihr hochsprang und seine Pfoten an ihren Schultern abstützte. »Oder eine deutlich kleinere.« Sanft strich sie an Scotties Flanken entlang, woraufhin er begeistert an ihr Gesicht zu gelangen versuchte, um sie abzuschlecken. Dabei hüpfte er auf den Hinterpfoten auf und ab.

Yay, ja, das gefällt mir! Bitte weiter streicheln. Hach, ich mag dich so, Jana!

»He, he, Freund, nicht so wild!« Oliver versuchte den Hund zu bremsen.

»Nein, lass ihn«, widersprach Jana immer noch lachend. »Das ist inzwischen schon unser Ritual geworden. Hier zwischen den Schautischen kann er auch nichts kaputtmachen.«

»Auf deine Verantwortung.« Oliver ließ Scottie gewähren und sah sich stattdessen im Zelt um. »Der Bürgermeister gehört also auch zu deiner Kundschaft.«

»Eher seine Frau.« Jana strich ihr blau-weiß gemustertes knielanges Wollkleid glatt, das sie heute zu schwarzen Thermoleggins und dunkelgrauen Stiefeletten trug. »Irgendwann verirrt sich jeder hier herein.«

»Und kauft rosa, grüne oder gelbe Elfen?« Oliver war an eine Vitrine herangetreten. »Die haben ja alle einen anderen Gesichtsausdruck!«

»Natürlich, sie sind ja auch alle grundverschieden.« Jana trat neben ihn. »Jede Elfe hat ihre eigene Seele und Persönlichkeit.«

»Seele?« Er sah sie skeptisch von der Seite an. »Das sind Figuren aus Glas. Sehr kunstvoll und detailgetreu gestaltet, das steht außer Frage, aber sie sind doch nicht lebendig.«

»Für mich sehr wohl.« Während sie sprach, kraulte sie Scottie, der sich ganz dicht neben sie gesetzt hatte, hinter dem Ohr. »Hast du dich schon mal mit einem Autor oder einer Autorin unterhalten? Ich mache das regelmäßig im Kreativforum der Stadt. Für sie sind ihre Figuren, die sie für Romane erfinden, genauso lebendig wie echte Menschen. Das müssen sie auch sein, sonst würden sie ja in den Geschichten nicht lebensecht wirken. Oder Personen in Filmen. Die Schauspieler hauchen ihnen Leben ein, sodass wir sie nicht als erfundene Figuren wahrnehmen, sondern so, als gäbe es sie wirklich, als wäre die Geschichte im Film echt. Und so ist es für mich auch mit meinen Kunstwerken. Nicht nur mit den Figuren, die ein Gesicht haben, sondern mit allem. Jede Skulptur, jede Kette, jede Dekokugel, jeder Stern, jeder Ring und jede Vase hat eine Seele und auch eine Persönlichkeit, die ich ans Licht zu bringen versuche.« Sie deutete auf eine hellgelbe Elfe. »Dies hier ist zum Beispiel eine Waldelfe. Ihr Name ist unaussprechlich, wie alle Elfennamen, aber ihre Seele leuchtet hellgelb aus ihrem Herzen. Deshalb heißt sie für mich Waldsonne. Oder schau hier, die habe ich gestern gemacht.« Sie trat an die nächste Vitrine. »Das sind Weihnachtselfen.«

»Das sehe ich.« Stirnrunzelnd betrachtete Oliver die zarten, durchscheinenden Figürchen, die kaum länger als Janas Hand waren. »Wie hast du es hinbekommen, dass man bei denen hier sofort an Weihnachten denkt und bei den anderen nicht?«

»Vielleicht durch die Farben und den Glitzer«, schlug Jana vor. Sie freute sich, dass Oliver sich für ihre Arbeit interessierte, auch wenn er sie vermutlich nur sehr eingeschränkt verstand.

»Man hat den Eindruck, als trügen sie Winterklamotten.« Er deutete auf eine der Figuren. »Die da sitzt in einem Schneehaufen.«

»Das ist ein Er«, korrigierte Jana lächelnd. »Ich habe ihn Elf-Siebzehn genannt.«

»Siebzehn?« Fragend blickte er sie von der Seite an.

»Ja, weil es so viele von ihnen gibt«, bestätigte sie. »Ich träume immer mal wieder von ihnen, seit ich ein kleines Mädchen war. In einem der Träume haben sie mir mal erklärt, dass sogar der Weihnachtsmann sie mit Nummern anspricht, weil er ihre echten Elfennamen nicht über die Lippen bekommt.«

»Das haben sie dir im Traum erzählt?«

Jana grinste nur. »Los, sag es. Du findest das albern und hältst mich für übergeschnappt.«

»Nein, ich halte dich nicht für übergeschnappt, sondern …« Nun grinste auch er. »Okay, doch, du bist eindeutig übergeschnappt. Aber auch … bemerkenswert. Ich kenne keinen Menschen, zumindest keinen erwachsenen, der so über Elfen reden würde wie du. Oder der seine Träume so ernst nimmt und daraus solche … Kunst erschafft.«

»Du findest sie kitschig.«

»Jana …«

»Das sollen sie auch sein. Kitschig, aber nicht zu arg. Gerade so viel, dass man sie in der Weihnachtszeit um sich haben will.«

»Nein, Jana …«

»Dir muss das nicht gefallen, nur weil du für mich arbeitest. Es gibt viele Menschen, die …« Sie brach mit einem erstickten Laut ab, als Oliver sie ungestüm an sich zog. »Was …?«

»Ich will dich küssen.« Seine Stimme war plötzlich wieder so tief und rau wie neulich Abend.

»Oh, äh …« Perplex blickte sie in seine braunen Augen, die verlangend auf sie gerichtet waren. »Warum tust du es dann nicht?«

»Weil es unklug wäre. Du weißt, wie unser letzter Kuss abgelaufen ist.«

Ihr wurde warm. Sehr warm. »Ich fand ihn schön. Du nicht?«

»Doch. Das ist es ja. Ich weiß nicht, woran es liegt oder was du an dir hast, das mich solche Dinge denken und tun lässt.« Sein Gesicht näherte sich langsam, aber unaufhaltsam dem ihren und ließ ihren Herzschlag außer Kontrolle geraten. »Du hast mich verhext, anders kann ich es mir nicht erklären.«

»Ich habe das nicht mit Absicht getan, Oliver.« Sie bekam kaum noch Luft. »Aber falls es dich beruhigt, mir geht es mit dir ziemlich ähnlich.«

»Das beruhigt mich kein bisschen.« Seine Lippen waren ihren inzwischen so nah, dass sie seinen warmen Atem ebenso spürte wie das Vibrieren seiner Stimme.

»Na, sieh mal einer an. Störe ich etwa?« Die amüsierte Männerstimme ließ die beiden wie Schrapnelle auseinanderspritzen. Scottie bellte empört, weil Jana ihm dabei fast auf die Pfote getreten wäre.

»Huch!« Jana fasste sich mit beiden Händen an die Wangen.

***

»Frank!« Oliver wusste nicht, ob er fluchen oder lachen sollte, als er seinen guten Freund erblickte, für dessen Anwaltskanzlei er nun schon seit einem guten Jahr regelmäßig arbeitete.

Frank Hellberger, ein hochgewachsener schlanker Mann im dunklen Businessanzug unter dem grauen Wollmantel, grinste breit und strich sich dabei durch sein welliges, stets etwas unordentlich wirkendes blondes Haar. Seine blaugrünen Augen blitzten vergnügt. »Da dachte ich, ich nutze den ruhigen Montagnachmittag, um mich schon mal nach einem Nikolausgeschenk für meine Herzallerliebste umzusehen, und was stelle ich fest? Mein Kumpel, der eigentlich Urlaub hat, verdingt sich laut besagter Herzdame nicht nur als Security für unsere örtliche Starkünstlerin. Nein, er hält sie auch noch mit höchst zweideutigen – oder sollte ich sagen eindeutigen – Mitteln von der Arbeit ab.«

»Es, das, also …« Die Worte verknoteten sich auf Janas Zunge.

»Ich halte sie nicht von der Arbeit ab.« Olivers Stimme klang etwas gepresst. »Ich bewache sie … sozusagen.«

»Ah ja, nennt man das jetzt so?« Feixend trat Frank näher. »Das muss ich mir merken.«

Hallo, Frank, wie schön, dass du da bist! Und da ist ja auch Naila, meine Lieblingsspielkameradin. Auch wenn sie ein Pudel ist und viel kleiner als ich. Hallo, Naila! Scottie tänzelte freudig wedelnd vor Frank hin und her und stupste dabei auch immer wieder die kleine hellbraune Pudeldame mit der Nase an, die Frank an der Leine führte. Naila bellte fröhlich und fiel in das Getänzel und Gehüpfe mit ein.

»Hast du dein Püppi auch mitgebracht?« Amüsiert blickte Oliver auf die Pudeldame hinab. »Na, Süße? Alles klar?«

»Sie ist diese Woche bei mir in der Kanzlei«, erklärte Frank. »Ricarda und ich wechseln uns in dieser Hinsicht immer ab.« Forschend blickte er von Oliver zu Jana. »Und wie läuft es hier so? Ich meine, wenn ihr nicht gerade … abgelenkt seid?«

»Es gibt nichts Neues«, beeilte Jana sich zu antworten. Sie warf Oliver einen kurzen Blick zu. »Ricarda weiß ja, wer du bist, also … Und Frank ist mein Anwalt.«

»Dachte ich mir schon.« Oliver nickte. »Das geht schon in Ordnung. Die beiden stehen ja auch nicht auf unserer Liste der Verdächtigen.«

»Also habt ihr inzwischen jemanden im Auge?« Interessiert merkte Frank auf.

Oliver ging zum Zelteingang und warf einen Blick nach draußen. »Alles ruhig, keine Kundschaft in Sicht.«

»Um diese Zeit ist es montags meistens ziemlich leer hier«, erklärte Jana. »Erst in ein, zwei Stunden wird es wieder voller.«

Oliver kehrte an ihre Seite zurück. »Leider sind wir noch nicht viel weiter, und mein Urlaub, den ich hierfür eingesetzt oder vielmehr verschoben habe, neigt sich allmählich dem Ende zu. Die einzige Person auf unserer Liste ist ein Mann, vermutlich aus Köln, der vergangene Woche eine Vase bei Jana gekauft hat, die zwei Tage später als Scherbenhaufen in einem braunen Umschlag an ihrer Windschutzscheibe wieder aufgetaucht ist. Die Polizei weiß Bescheid und hat sich artig bei Jana für die detaillierte Personenbeschreibung bedankt. Das war's.«

»Mist.« Mitfühlend verzog Frank den Mund. »Lasst mich wissen, was ich für euch tun kann.«

»Im Augenblick warten wir darauf, dass wieder etwas passiert.« Jana schauderte. »Das ist so zermürbend und gleichzeitig beängstigend. Jede Minute fürchte ich, es taucht ein neuer Umschlag auf oder eine Botschaft … oder was auch immer.«

»Hoffentlich nichts Schlimmeres«, fügte Oliver grimmig hinzu. »Ich bin seit heute hier, um ein Auge auf die Besucher und speziell Janas Kundschaft zu haben. Wer auch immer dahintersteckt, spielt mit ihr. Ich kann nur hoffen, dass sie oder er einen Fehler macht oder sich freiwillig zu erkennen gibt.«

»Du hast wirklich keinerlei Verdacht?«, wandte Frank sich an Jana.

»Nicht den leisesten Funken.« Sie breitete die Arme aus. »Ich bin das hier, schau dich um. Die leicht übergeschnappte Künstlerin, die an Elfen glaubt und zu allen Menschen nett ist. Und trotzdem hasst mich anscheinend jemand.«

»Vielleicht nicht trotzdem«, wandte Frank nachdenklich

ein, »sondern gerade deswegen. Wenn es niemanden gibt, dem du mal ordentlich auf die Zehen getreten bist, handelt es sich vielleicht um einen Neider. Habt ihr schon mal in diese Richtung gedacht?«

»Hundertmal reicht nicht.« Jana ließ die Schultern hängen. »Natürlich gibt es auch Neider, aber die brechen doch nicht in meine Werkstatt ein und zerdeppern dort alles.«

»Warum nicht?« Frank sah Oliver eindringlich an. »In der Richtung würde ich unbedingt ermitteln.«

»Schon geschehen.« Als Janas Kopf sich ruckartig hob, bedachte Oliver sie mit einem vielsagenden Blick. »Glaubst du, ich wäre die vergangenen beiden Wochen nur um dein Haus herumgeschlichen und hätte in der Zwischenzeit Däumchen gedreht?«

»Nein, natürlich nicht.« Sie biss sich auf die Unterlippe. »Aber wie …«

»Es gibt viele Möglichkeiten, etwas über Menschen herauszufinden, ohne sie aktiv auszufragen«, erklärte Oliver. »Außerdem lebst du mit deiner Website, deinem Blog und den Präsenzen in den sozialen Netzwerken ein ziemlich öffentliches Leben. Schon allein über diese Kanäle konnte ich eine Menge herausfinden.« Auf ihren erschrockenen Blick hin setzte er hinzu: »Eine konkrete Spur hat das aber nicht ergeben. Leider.«

»Nein, zum Glück.« Jana senkte den Kopf wieder. »Ich will mir gar nicht vorstellen müssen, dass jemand von meinen Freunden oder Fans für all das verantwortlich ist.«

»Irgendjemand muss es aber sein.« Frank berührte sie leicht am Arm. »Kopf hoch! Mit Oliver zusammen wirst du die Angelegenheit schon aufklären. Und falls du uns brauchen solltest: Der Sternbach-Clan steht vollständig hinter dir. Apropos, haben du und Viola nicht in Kürze Klassentreffen? Sie erwähnte so etwas.«

»Ja, am 16. Dezember. Darauf freue ich mich schon.«

»Viola ebenfalls. Bei mir steht erst in zwei Jahren wieder eins an.« Frank lachte. »Das wird bestimmt witzig zu sehen, was aus allen geworden ist.« Nach einem kurzen Blick auf seine Armbanduhr hüstelte er. »Jetzt musst du mir aber unbedingt noch den ultimativen Tipp geben, was ich Ricarda dieses Jahr in den Nikolausstiefel stecken könnte. Klein, edel und bloß nicht verspielt oder in Rosa, sonst stopft sie es mir postwendend in den Rachen.«

12. Kapitel

»Was ist denn das hier wieder für ein infernalischer Lärm? Da wird man ja taub«, beschwerte die Frau des Weihnachtsmannes sich, als sie das Büro ihres Gatten betrat. Stirnrunzelnd sah sie sich um, da Santa Claus gar nicht hier war. Auch Elfe-Sieben war nirgends zu sehen. Dafür schrillte das Gefühlsradar in der Zimmerecke so sehr, das es Santas Frau geradezu Zahnschmerzen verursachte. Mit wenigen Schritten war sie bei dem Gerät und drehte die Lautstärke auf ein erträgliches Minimum zurück. »Ah, viel besser«, seufzte sie erleichtert und atmete auf.

Nun war allerdings ihre Neugier geweckt, denn wenn das Gefühlsradar anschlug, noch dazu so heftig, bedeutete das so gut wie immer, dass es ein Problem bei einem der Wunscherfüllungsprojekte gab. Also sah sie sich die Ausschläge des Radars genauer an und glich sie mit den Informationen ab, die das Gerät auf den Computer des Weihnachtsmannes sandte. »Oh, oh«, war ihre erste, besorgte Reaktion. »Was haben wir denn da? Das sieht aber seltsam aus.« Ahnungsvoll ging sie zur Videowand, justierte den Empfang und sah sich eine ganze Weile an, was bei Jana geschah. Sie spulte sogar stichprobenartig die Aufnahmen der letzten Tage zurück, um ganz sicherzugehen, dass sie alles richtig erkannt hatte. Dann setzte sie sich erneut an den Computer und rief den Ordner auf, in dem sich nicht nur Santas Notizen zu dem Fall befanden, sondern auch ein Scan von Janas Wunschzettel aus Kindertagen. Zwischendurch sah sie immer wieder auf die Uhr. Santa Claus war bestimmt mal wieder auf einer Sitzung mit der Elfenbrigade, das konnte dauern. Auf der Erde, dort, wo Jana lebte, war es bereits später Abend.

Nach erneuter Durchsicht der Notizen ihres Mannes seufzte sie aus tiefstem Herzen. Wie sollte sie ihm nur erklären, dass sie zu gänzlich anderen Schlüssen kam als er? Sie fürchtete sogar, dass er Jana mit dem Versuch, ihren Kindheitswunsch zu erfüllen, einen Bärendienst erweisen könnte. Zumindest, wenn er an seinem momentanen Plan nicht schleunigst etwas änderte.

Rasch schnappte sie sich einen Schreibblock und einen Stift und begann ihre Gedanken zum Fall Jana Weißmüller in Worte zu fassen. Sie hatte sich gerade in diese Arbeit vertieft, als das Gefühlsradar erneut losschrillte. Im selben Moment zeigte ein vernehmliches »Pling« an, dass eine Nachricht im Postfach des Weihnachtsmannes eingegangen war. Allerdings nicht im Mailpostfach, sondern in dem des Weihnachtswunschempfängers. Dieser war eine Erfindung der Elfen und fing sogar gedankliche Weihnachtswünsche der Menschen auf, auch wenn diese gar nicht niedergeschrieben wurden. Bis sich ein solcher gedachter Wunsch aber über den Wunschempfänger zu einer konkreten Nachricht manifestierte, so wie jetzt, musste er entweder sehr oft wiederholt werden oder von besonderer emotionaler Intensität sein.

Rasch schaltete Santas Frau das Schrillen des Gefühlsradars stumm, dann öffnete sie neugierig das zum Weihnachtswunschempfänger gehörende Programm auf dem Computer, gab die Zugangsdaten ein und klickte auf die gerade empfangene Wunschnachricht. Zum Glück kannte sie sich mit der Technik gut aus, denn sie hatte ihrem Mann jahrelang assistiert, bis Elfe-Sieben zu seiner Bürohilfe und offiziellen Assistentin berufen worden war. Und auch jetzt noch half Santas Frau ab und zu noch aus, wenn die Zeiten besonders hektisch waren, und auch an allen Fortbildungen nahm sie nach Möglichkeit teil, um stets auf dem neuesten Stand der Technik zu bleiben, ob nun hier im Büro oder in der Geschenkefabrik oder wo immer sonst für den Weihnachtsmann gearbeitet wurde.

Was sie nun allerdings in der sich öffnenden Nachricht las, veranlasste sie, sich entsetzt die Haare zu raufen. »Als hätte ich es geahnt!«, klagte sie und las den manifestierten Weihnachtswunsch sicherheitshalber noch einmal ganz langsam und aufmerksam durch. An seinem Inhalt änderte sich dadurch allerdings rein gar nichts.

»Santa, Santa, was machen wir denn jetzt? Und du bist nicht einmal hier!« Sie druckte die Nachricht aus und legte sie zusammen mit ihren Notizen so auf die Tastatur, dass ihr Mann beides gleich als Erstes sehen musste, wenn er sich an den Schreibtisch setzte. Dann verließ sie das Büro, denn auch hier über dem Nordpol war es schon reichlich spät, und sie wollte ins Bett gehen. Morgen wollte sie gleich ganz früh anfangen, die ersten Lebkuchen und Plätzchen zu backen und, wie immer, auch ein paar neue Rezepte aus aller Welt auszuprobieren, um herauszufinden, ob sie sie zukünftig regelmäßig backen wollte. Die Elfen und die Rentiere waren stets ihre Vorkoster und durften über die besten Rezepte mitentscheiden.

Nachdem sie sich ins Schlafzimmer zurückgezogen hatte, bemerkte sie nicht, dass Elf-Zwei und Elfe-Acht, die beiden Kundschafterelfen, von einem Ausflug zur Erde zurückkehrten und einen Stapel Fotos sowie einen USB-Stick mit Tonaufnahmen und Berichten ins Büro des Weihnachtsmannes brachten. Dabei entstand durch die geöffnete Tür und das gekippte Fenster Durchzug, der sämtliche Papiere auf Santas Schreibtisch durcheinanderwirbelte.

»Pass doch auf!«, schimpfte Elfe-Acht leise. »So ein Mist, sieh dir nur mal das Durcheinander an!«

»Dafür kann ich doch nichts«, raunte Elf-Zwei. »Das war der Wind!«

»Ja, ja, das himmlische Kind, was?« Elfe-Acht bedachte ihren Bruder mit einem spöttischen Blick. »Und wer räumt das alles wieder auf? Auch der Wind?«

»Das müssen wir wohl tun.« Seufzend bückte Elf-Zwei sich und begann, die Papiere einzusammeln. »Mach am besten das Fenster zu, dann kann so etwas gar nicht erst passieren. Santa Claus wollte bestimmt nur kurz lüften und hat das offen stehende Fenster dann vergessen.«

»Schon erledigt.« Elfe-Acht sprang vom Fensterbrett herunter und half Elf-Zwei, das Chaos zu beseitigen. Alle eingesammelten Papiere legten sie in säuberlichen Stapeln neben die Fotos, die sie auf der Erde geschossen und später in ihrer Zentrale ausgedruckt hatten. Nach einem letzten zufriedenen Blick auf den nun wieder ordentlichen Schreibtisch verließen sie das Büro auf Zehenspitzen.

13. Kapitel

Nach einigen weiteren Tagen, an denen Oliver mit Scottie rund um das Verkaufszelt Wache gehalten hatte und hin und wieder nach Köln gependelt war, weil sein Urlaub nun beendet war und er sich um seine langwierigen noch laufenden Ermittlungen kümmern und mit potenziellen neuen Klienten oder Klientinnen sprechen musste, richtete Jana sich mental darauf ein, das aktuelle Arrangement mit ihm zu beenden. Wirklich erfolgreich war es ja nicht gewesen, sah man einmal von dem Gefühl der Sicherheit ab, das Olivers und Scotties Anwesenheit ihr vermittelte. Seit Tagen war wieder nichts Außergewöhnliches geschehen, was erneut die Hoffnung in ihr aufkeimen ließ, dass der Spuk vorbei sein könnte. Sie ahnte jedoch, dass das Gegenteil der Fall war. Wie Oliver schon gesagt hatte: Diese Person spielte mit ihr. Auf perfide Weise wiegte sie Jana in Sicherheit, um dann wieder ganz hinterhältig zuzuschlagen.

Es war dennoch nicht sinnvoll, sich dauerhaft von Oliver bewachen zu lassen. Ganz abgesehen davon, dass es sehr teuer werden würde, hatte er ja auch noch etwas anderes zu tun. Also würde sie sich auf die frisch installierte Videoüberwachung sowie die Alarmanlage verlassen – und auf Lennart, der nun wieder regulär beim Zelt nach dem Rechten sah.

So würde sie es mit Oliver besprechen, beschloss sie am Freitag vor dem Totensonntag, an dem der Weihnachtsmarkt erneut kurzzeitig seine Pforten schließen würde. Am kommenden Montag wollte sie endgültig wieder zur Normalität zurückkehren.

Es war bereits halb neun abends, als sie endlich die Tagesabrechnung hinter sich gebracht und das Zelt aufgeräumt hatte. Oliver und Scottie warteten draußen auf sie, Oliver unterhielt sich mit Lennart, der eben eingetroffen war und sich offenbar erkundigt hatte, ob die neuen Sicherheitsanlagen ordnungsgemäß funktionierten. Jana überlegte, ob sie Oliver gleich über ihre Entscheidung informieren sollte, entschied sich dann aber dagegen. Morgen früh war auch noch rechtzeitig genug. »Hast du Lust, noch eine Runde über den Weihnachtsmarkt zu gehen?« Jana löschte das Licht im Zelt und schloss ab. »Einfach mal nur so, privat?«

Wau, ja, also ich hätte schon Lust. Am liebsten würde ich dahinten hingehen, wo es so gut nach Bratwurst riecht.

Erstaunt blickte Oliver auf Scottie hinab, der ein leises Wuffen ausgestoßen hatte. »Hey, dich hat sie nicht gefragt.«

Na und? Deshalb kann ich doch trotzdem antworten.

»Ich glaube, er hat Hunger.« Jana kraulte den Hund hinter den Ohren.

Ganz genau!

Sie lächelte über Scotties Schnauben, bei dem sein Kopf sich heftig auf und ab bewegte, sodass es aussah, als würde er zustimmend nicken.

»Geht mir ähnlich, Scottie.« Lächelnd suchte sie Olivers Blick. »Also?«

»Mir scheint, ich wurde gerade überstimmt. Also schließe ich mich der Mehrheit an.« Er grinste schief. »Auch wenn ich *Last Christmas* mittlerweile rückwärts singen kann.«

»Das will ich hören!« Spontan ergriff sie seine Hand und zog ihn mit sich in Richtung der Imbissbuden und Foodtrucks. »Was möchtet ihr essen? Ich lade euch ein.«

Bratwurst! Auf geht's.

»Hey!« Beinahe wäre Oliver gestrauchelt, weil Scottie einen wilden Satz vorwärts machte. »Nicht so eilig, du Untier.«

Bedächtig nahm er die Leine kürzer, was Scottie protestierend winseln ließ.

Wieso denn? Ich will ganz schnell da hin und eine leckere Bratwurst. Das ist gemein!

»Du bleibst schön hier an meiner Seite, sonst rennst du mit deiner Tapsigkeit noch jemanden um.«

Was kann ich dafür, dass manche Menschen nicht so standfest sind? Aber na gut, wenn du es unbedingt so haben willst. Scottie legte die Ohren an.

Jana gluckste. »Du meine Güte, jetzt sieht er aber beleidigt aus.« Sie ging vor Scottie in die Hocke und nahm seinen Kopf sanft zwischen die Hände. »Du wirst doch wohl jetzt nicht rumzicken, oder? So ein lieber Hund wie du. Wenn du ganz lieb und brav bist, kriegst du von mir eine Bratwurst. Was meinst du, haben wir einen Deal?«

Jau, wau, Bratwurst! Du bist meine lieblingsbeste Freundin, Jana. Lass dich knutschen! Mit einem freudigen Laut drängte Scottie sich an sie und versuchte seinen großen Kopf unter ihrem Arm durchzuschieben.

»Huch!« Jana verlor das Gleichgewicht und landete unsanft auf ihrem Hinterteil. »Scottie!«

Jahaaa! Hach, knuddeln ist wunderbar! Ohne Rücksicht auf Verluste versuchte Scottie auf sie zu klettern und ihr Gesicht zu erreichen, um es abzulecken. Einige Passanten blieben stehen und lachten.

»Nicht! Ich bin doch sauber. Du musst mich nicht waschen.« Japsend versuchte Jana, wieder auf die Füße zu kommen. »Würdest du mir vielleicht mal helfen?«, verlangte sie von Oliver, der sich das Schauspiel feixend ansah.

»Klar.« Er ergriff ihre Hand und zog sie mit einem Ruck auf die Füße.

Och, menno, es war doch gerade so lustig. Prustend drängte Scottie sich an Janas Beine.

»Da habt ihr aber einen stürmischen Tollpatsch!« Ein grauhaariger Mann etwa Mitte sechzig blieb mit amüsierter Miene neben Jana stehen. »Wie gut, dass das Wetter noch so trocken ist, sonst wären deine Sachen jetzt ganz schmutzig.«

»Hallo, Klaus!« Sicherheitshalber klopfte Jana trotzdem an ihrem Mantel und ihrer Hose herum. »Scottie ist ein bisschen wild, wenn er seine Zuneigung zeigen will. Man gewöhnt sich daran.«

Klaus lachte. »Na, hoffentlich macht er das nicht in der Nähe deiner Glaskunstwerke.«

»Doch, überall.« Kichernd wuschelte Jana Scottie durchs Fell. »Zum Glück ist im Zelt alles gut gesichert. Zu Hause habe ich inzwischen so einige Stücke auf höheren Positionen in Sicherheit gebracht, damit er sie nicht versehentlich umwirft.« Sie wandte sich an Oliver. »Das ist Klaus, vielleicht hast du ihn schon mal gesehen. Ihm gehört das alte Karussell links vom Eingang zum Marktgelände. Klaus, das ist Oliver Jones, mein Sicherheitsmann.«

»Erfreut.« – »Freut mich.« Die beiden Männer sprachen gleichzeitig und schüttelten einander die Hände.

»Ich habe Sie in den vergangenen Tagen schon häufig über den Platz gehen sehen«, sprach Klaus Oliver an. »Es ist gut, dass Sie für Jana die Augen offen halten. Ich habe von dem Einbruch gehört. Scheußlich so etwas, und erst recht die Sache mit dem Zelt.«

»Das wissen Sie auch schon?« Jana seufzte. »Die Buschtrommeln funktionieren bei uns einwandfrei.«

»Das ist auch gut so.« Klaus tätschelte väterlich ihren Arm. »Auf diese Weise wissen alle Bescheid und können besser gegenseitig aufeinander aufpassen – und auf dich ganz besonders, Jana. Du kannst sicher sein, dass alle Standbetreiber Augen und Ohren offen halten, damit so etwas nicht noch einmal passiert. Wir sind hier doch eine eingeschworene Gemeinschaft, und du gehörst selbstverständlich dazu. Ein Weihnachtsmarkt ohne deine wunderbaren Glaskunstwerke ist gar nicht mehr vorstellbar.«

»Das ist lieb.« Jana legte ihre Hand über die von Klaus. »Wie läuft denn dein Geschäft? Veranstaltest du immer noch abends die Extrarunden für Pärchen?«

»Aber sicher doch!« Klaus grinste breit. »Inzwischen sind die Erwachsenen fast noch erpichter darauf, eine Runde auf dem alten Mädchen zu drehen, als die Kinder.« An Oliver gewandt, erklärte er: »Vor einigen Jahren habe ich, mehr aus Jux, mal abends Extrafahrten für verliebte Pärchen angeboten. Tja, und was soll ich sagen? Das ist eingeschlagen wie eine Bombe. Jetzt rennen mir die Paare jeden Abend die Bude ein. Aber mir soll es recht sein. Immerhin trage ich damit ja auch ein wenig dazu bei, die Produktion der nächsten Generation Fahrgäste in Gang zu setzen. Sozusagen.« In seinen Augen blitzte es schalkhaft. »Ich sehe schon an Ihrer Miene: Sie sind nicht so der Karussellfahrer, Herr Jones.«

Oliver hatte die Stirn gerunzelt und zuckte nun mit den Achseln. »Das kann man so nicht sagen. Als Kind bin ich wohl auch auf Karussells gefahren. Mir wäre nur nie in den Sinn gekommen, dass Erwachsene das auch noch tun könnten – also, außer zusammen mit ihren Kindern.«

»Weißt du, was, Jana.« Klaus zog zwei grüne Kärtchen aus der Jackentasche und drückte sie ihr in die Hand. »Bring deinen jungen Mann bei Gelegenheit mal mit, dann dürft ihr eine Freirunde drehen.«

»Danke.« Jana warf einen Blick auf die Freikarte. »Aber Oliver ist nicht mein … Freund. Also Freunde sind wir schon, aber …«

»Nicht so!«, fügte Oliver rasch hinzu.

»So?« Klaus musterte sie überrascht. »Wie man sich täuschen kann. Aber auch nur Freunde sind herzlich zu einer gemeinsamen Freifahrt eingeladen.«

»Ich glaube nicht, dass das etwas für mich ist«, wehrte Oliver ab. »Wir sind ja, wie gesagt, kein Paar, und ich will auch nicht …«

»Ach was«, unterbrach Klaus ihn mit einem feinen Lächeln. »Ob es etwas für Sie ist oder nicht, stellen Sie erst fest, wenn Sie es ausprobieren. Und was kann wohl schlimmstenfalls passieren?« Er zwinkerte vergnügt. »Ich muss weiter. Mein Sohn hat bis eben am Karussell ausgeholfen, und jetzt bin ich bis Marktschluss wieder an der Reihe. Also, Jana, Oliver, man sieht sich!« Er strich Scottie sachte über den Kopf. »Wir zwei natürlich auch, nicht wahr? Du lässt dein Herrchen und Jana doch bestimmt gerne mal Karussell fahren, nicht wahr?«

Äh, klar. Ich weiß zwar nicht, was das ist, aber du bist nett. Ich mag dich. Scottie wedelte eifrig mit der Rute.

»Also, macht's gut, ihr drei!« Zum Abschied hob Klaus noch einmal kurz die Hand, dann war er auch schon im Gewühl verschwunden.

»Karussell fahren? Wirklich?« Oliver schüttelte den Kopf. »Ist das so ein Kleinstadtding?«

»Warum nicht?« Jana ergriff wieder seine Hand. »Du kommst schon noch auf den Geschmack.«

»Ich bezweifle es. Wollten wir nicht etwas essen?«

Ja, Bratwurst!

»Warten wir es ab.« Jana zog Oliver und Scottie mit sich an den nächstgelegenen Imbissstand und bestellte dreimal Bratwurst und zwei Portionen Pommes sowie zwei Flaschen Biolimonade.

Während des Essens erzählte Oliver ihr ganz allgemein von den neuen Klienten, die um Termine bei ihm gebeten hatten, und von seinen weiteren Recherchen zu dem blauen Mercedes, den er neulich vor ihrem Haus gesehen hatte. »Dem Kennzeichen nach handelt es sich um einen Mietwagen, das konnte ich inzwischen herausfinden.« Er lächelte grimmig. »Ich musste ein paar Gefallen einfordern, um endlich den Halter des Fahrzeugs herauszubekommen. Natürlich kommen wir an dieser Stelle auch nicht weiter, denn die Mietwagenfirma wird den Teufel tun und mir die Daten ihrer Kundschaft zur Verfügung stellen. Zumindest können wir jetzt aber sehr stark davon ausgehen, dass die Person, die am Steuer saß, etwas mit unserem Fall zu tun hat. Alles andere wäre doch ein sehr großer Zufall.«

»Und was bringt uns das jetzt?« Jana verfütterte eine der Bratwürste in kleinen Stückchen an Scottie, der sie dafür regelrecht anhimmelte. »Sie oder er wird doch garantiert nicht noch mal vor meinem Haus auftauchen.«

»Nicht in diesem Wagen«, stimmte Oliver zu. »Aber er oder sie war vielleicht ungeduldig und hat sich deshalb so weit aus der Deckung gewagt. Es kann sehr gut sein, dass das bald noch einmal geschieht. Es gab schon länger keinen Vorfall mehr. So wie ich es sehe, wird sich ganz bald wieder etwas tun.«

»Ich weiß nicht, ob ich das so gut finden soll«, gab Jana zu.

»Das brauchst du auch nicht, aber du kannst dich wappnen.«

»Das versuche ich ja, aber dann trifft es mich doch wieder ganz unvorbereitet.« Sie schüttelte sich. »Es schmerzt sehr, meine schönen Skulpturen in Scherben in so einem Umschlag wiederzufinden. Das ist jedes Mal, als ginge ein Teil von mir selbst kaputt. Ich weiß nicht, ob du das wirklich verstehen kannst.«

»Ich beginne es zu begreifen.« Oliver suchte ihren Blick. »Aus Stein bin ich ja nun nicht, und ein bisschen Erfahrung mit Künstlerseelen habe ich ebenfalls. Meine Mutter ist Malerin.«

»Wirklich? Das wusste ich noch gar nicht. Ist sie bekannt?«

»Sie ist zumindest nicht unbekannt. Wenn du dich für futuristischen Konstruktivismus interessierst oder meinetwegen auch für konstruktivistischen Futurismus, ist dir ihr Name ganz bestimmt schon mal begegnet. Maria Keller.«

»Konstruktivistischer was?« Verständnislos sah sie ihn über den Stehtisch hinweg an. »Entschuldige, aber das ist so gar nicht mein Spielfeld.«

»Meins auch nicht.« Lächelnd winkte Oliver ab. »Sie ist recht erfolgreich in London und Paris, wo sie die meiste Zeit auch lebt.«

»Kommst du gut mit ihr aus?«

Sein Lächeln vertiefte sich. »Sehr, aber nur, wenn wir uns nicht mehr als dreimal pro Jahr persönlich sehen. Ein- bis zweimal pro Monat skypen wir, mehr halten wir beide nicht aus. Sie ist mir zu sehr abgehoben und mit dem Kopf in den Wolken, und ich bin ihr zu fest mit beiden Füßen auf dem Boden der Tatsachen verankert.«

»Also ein bisschen so wie bei uns beiden.« Jana lachte auf. »Das muss ja für dich wie ein Déjà-vu sein.«

»Ja, das heißt nein.« Er legte sein Bambusbesteck auf den leeren Teller und griff nach seiner Limonadenflasche. »Du bist auch irgendwie … abgehoben.«

»Ich weiß. Für jemanden wie dich bestimmt total anstrengend.«

»Lass mich bitte ausreden«, bat er. »Es ist bei dir ganz anders. Anfangs dachte ich auch, dass ich es kaum zwei, drei Tage in deiner Gesellschaft aushalten würde, weil ich immer an die Anwandlungen denken musste, die meine Mutter zuweilen hat. Aber dann habe ich bemerkt, dass du ganz anders bist. Lebensfähig.«

»Was?« Verblüfft starrte Jana ihn an.

»Ich weiß, es klingt fies, aber genau das ist meine Mutter nicht oder nur sehr eingeschränkt, wenn sie allein auf sich gestellt ist.«

Überrascht runzelte Jana die Stirn. »Ganz schön harte Worte!«

»Ich weiß, aber sie wäre die Erste, die dir bestätigen würde, dass sie der Wahrheit entsprechen. Sie umgibt sich rund um die Uhr mit ihrer Agentin, ihren beiden Assistenten und einer sogenannten Gesellschafterin, die alles Alltägliche für sie regeln oder erledigen oder sie zumindest daran erinnern, wenn sie etwas selbst tun muss. Es ist ein Wunder, dass ihr die Scheidung von meinem Vater geglückt ist, ohne dass er sie dabei über den Tisch gezogen hat. Ihre Anwältin hatte ein gutes Händchen und jede Menge Verstand und Fingerspitzengefühl.«

»Ist dein Vater so …« Sie zögerte. »Schlimm?«

»Das nicht einmal.« Wieder zuckte Oliver mit den Achseln. »Er besitzt eine Kette von Kunstgalerien in mehreren US-Bundesstaaten, hauptsächlich an der Ostküste, aber einige auch im Mittleren Westen und eine in San Francisco. Sie hat bei ihm ausgestellt, so haben sie sich kennengelernt und recht bald geheiratet. Meine Schwester wurde nur ein Jahr später geboren, ich acht Jahre danach. Zu der Zeit war die Ehe schon zerrüttet. Ich sollte wohl als Kitt dienen, aber nach zehn weiteren holprigen Jahren war der Ofen aus. Nach der Scheidung ging sie zurück nach Deutschland, denn sie stammt von hier, und nahm mich mit. Meine Schwester studierte zu dem Zeitpunkt schon und hatte sich abgenabelt.«

»Woran lag die Zerrüttung denn, oder ist das zu persönlich?«

Oliver trank ein paar Schlucke, bevor er bedächtig antwortete: »Sie gingen sich einfach gegenseitig auf den Geist, wohl von Beginn an. Dad ist zwar Kunstliebhaber, aber gleichzeitig ein knallharter Geschäftsmann, der mit großen Gefühlsausbrüchen oder dem schwärmerischen Getue meiner Mutter nichts anfangen kann. Er hat allerdings auch nie versucht, sie besser zu verstehen. Für ihn gab und gibt es immer nur den nächsten großen Deal, den nächsten Künstler, der groß rauskommen soll, die nächste Tour durch seine Galerien. Meine

Mutter war sicherlich auch oft einsam und hat dann durch ihre aufsehenerregenden Szenen, die sie geradezu perfektioniert hat, seine Aufmerksamkeit zu erlangen versucht. Das hat aber nicht funktioniert. Je mehr sie sich aufgespielt hat, desto genervter wurde er und desto länger blieb er fort.«

»Das klingt nicht nach einer angenehmen Kindheit für dich«, befand Jana und hätte am liebsten seine Hand ergriffen. Zu ihrer Überraschung schüttelte er jedoch den Kopf.

»Mich und meine Schwester haben sie die Querelen nie spüren lassen. Klar, mitbekommen haben wir natürlich so einiges, aber es hat uns nie an Zuwendung von beiden gemangelt. Dad war vermutlich froh, dass weder Jennifer noch ich vom Wesen her sehr unserer Mutter glichen. Aber selbst wenn es so gewesen wäre – er liebt uns und hätte es irgendwie verkraftet. Er hat immer versucht, so gut es ging, für uns da zu sein. Meine Mutter ebenso. Die Ehe meiner Eltern war jedoch von Beginn an zum Scheitern verurteilt, das geben sie heute beide zu. So extrem ungleiche Geister reiben sich nur aneinander auf, wenn es überhaupt kein bisschen gemeinsame Basis gibt. Sie haben für Jen und mich recht lange durchgehalten, aber am Ende war es für alle Beteiligten besser, als das Scheidungsurteil endlich gesprochen war. Es war einvernehmlich, aber nicht einfach.«

»Und trotzdem hat dein Vater versucht, deine Mutter bei der Scheidung über den Tisch zu ziehen?«

Oliver lachte trocken. »Eine Frusttat wahrscheinlich, zumindest teilweise. Hauptsächlich aber wohl, weil er einfach nicht anders kann. Geld und Geschäfte stehen bei ihm immer an erster Stelle.«

»Das stört dich«, folgerte sie. »Du bist nicht so.«

»Niemand ist so wie Dad.« Er verdrehte die Augen. »Wie ich schon sagte: Zu einer Scheidung gehören immer zwei. Er hat ebenso viele Fehler gemacht wie Mom. Ob ich mir manchmal wünsche, dass meine Eltern noch zusammen wären? Ganz klar nein. Sie kamen noch nie so gut miteinander aus wie seit ihrer Scheidung.«

***

Obwohl es schon nach zehn war, als sie wieder bei Jana eintrafen, schien sie alles andere als erschöpft zu sein. Sie bat ihn sogar, ihr beim Herauftragen mehrerer Kisten voller Weihnachtsschmuck aus dem Keller zu helfen.

»Ich möchte dieses Wochenende das Haus schmücken«, erklärte sie ihm mit blitzenden Augen. Ihre Miene erinnerte ihn an die eines aufgeregten kleinen Mädchens, das sich auf den Weihnachtsmann freut.

»Dieses Wochenende?« Er stellte eine der Kisten auf dem Esstisch ab. »Ist das nicht eigentlich eine Woche zu früh?«

»Fragt der Mann, der in einem Land geboren ist, in dem die Weihnachtszeit praktisch gleich nach Halloween losgeht«, frotzelte sie. »Ich schmücke immer am Wochenende vor dem ersten Advent, weil mir sonst nicht mehr viel Zeit dazu bleibt. Der Weihnachtsmarkt läuft ja über alle vier Adventswochenenden hinweg. Dass er dieses Jahr schon früher angefangen hat, erschwert die Sache noch. Normalerweise backe ich am Totensonntag auch die ersten Plätzchen, aber das wird knapp. Immerhin muss ich ab morgen Nachmittag im Zelt sein und vormittags auch noch einkaufen. Aber ohne meinen Weihnachtsschmuck geht es einfach nicht. Den brauche ich um mich, sonst ist es kein richtiger Advent.« Sie musterte ihn neugierig. »Du schmückst deine Wohnung vermutlich nicht, oder?«

»Doch.« Er deutete schmunzelnd auf die Kisten. »Nicht ganz so ausufernd wie du, aber ein paar Lichterketten dürfen es schon sein, und einen Weihnachtsbaum stelle ich ebenfalls auf.«

»Wirklich? Ist dir das nicht zu kitschig?«, staunte Jana. »Übrigens sind das noch lange nicht alle meine Sachen. Unten stehen noch mehr Kisten. Vor einigen Jahren durfte ich mir mal ausrangierten Weihnachtsschmuck aus dem Stadthotel Sternbach und aus dem Wellnessresort aussuchen. Viola geht jedes Jahr mit ihrer Mutter shoppen, und bei der Gelegenheit tauschen sie einige Sachen aus. Manches spenden sie an die Sozialstation, anderes verschenken sie. Ich konnte mich damals kaum beherrschen und brauche seitdem kaum noch etwas neu zu kaufen, außer vielleicht mal eine Lichterkette, wenn eine von meinen kaputtgeht.«

»Wie praktisch.« Er lachte. »Wo willst du die ganze Deko denn anbringen?«

»Na, überall, was sonst?«

»Das dürfte dann tatsächlich in Kitsch ausarten«, folgerte er erheitert. »Ein bisschen muss zu Weihnachten sein. Ich habe fast allen Weihnachtsschmuck aus meiner Kindheit von meiner Mutter übernommen. Sie wollte sich neue Sachen kaufen, die mehr ihrem Stil entsprechen.« Er räusperte sich. »Ihr Stil ändert sich jährlich, zumindest wenn es um Kleidung und Deko geht. Vergangenes Jahr war sie im Federrausch.«

»Was bitte?« Fragend runzelte sie die Stirn. »Warum Federn? Zu Weihnachten?«

»Ja. Federlichterketten in allen Regenbogenfarben, Kugeln mit Federn drauf oder dran, Federbaumschmuck und einiges mehr an Scheußlichkeiten«, zählte er auf. »Sie steht nicht so auf Traditionelles. Zum Glück musste ich das alles nur via Skype bewundern, und selbst davon hätte ich beinahe einen Niesanfall bekommen. Ich bin allergisch gegen Gänse- und Entenfedern«, fügte er erklärend hinzu. »Aber was soll ich sagen? Sie hat es geliebt. Das ist wohl die Hauptsache. Man darf gespannt sein, was es dieses Jahr wird. Bei ihr sieht der Weihnachtsschmuck nie an zwei aufeinanderfolgenden Jahren gleich aus.« Er stockte und erschrak fast ein bisschen, als Jana auf ihn zutrat und ihn auf die Wange küsste. »Wofür war das denn?« Er versuchte sich nicht anmerken zu lassen, dass sein Puls bei der kurzen Berührung ganz bedenklich in die Höhe geschnellt war.

»Einfach so.« Sie war schon wieder auf dem Weg zur Kellertreppe. »Weil du ganz offensichtlich ein guter Sohn bist, deine Mom liebhast, obwohl du nicht viel mit ihr gemeinsam hast, und weil du einen Weihnachtsbaum mit Schmuck aus deiner Kindheit aufstellst. Den würde ich gerne mal sehen.«

In seiner Magengrube bildete sich ein Knoten. »Du willst meinen Weihnachtsbaum sehen? In meiner Wohnung?« Langsam folgte er ihr und wäre an der Kellertür beinahe mit ihr zusammengestoßen, weil sie offenbar noch einmal kehrtgemacht hatte.

»Du könntest mir ein Foto schicken.« Sie lächelte so verständnisvoll, dass der Knoten auf Fußballgröße anschwoll. Wie konnte es sein, dass sie ihn so leicht durchschaute? »Oder hast du vielleicht eins vom vergangenen Jahr auf dem Handy?«

»Da müsste ich suchen.« Erleichterung rang in ihm mit Verlegenheit. »Wenn es dich so sehr interessiert.«

»Unbedingt! Falls es dir noch nicht aufgefallen sein sollte, ich liebe Weihnachtsschmuck.« Sie lachte ihn vollkommen arglos an. »Und nun komm, da unten stehen noch ein paar Kisten mit Deko. Wenn du Lust hast, kannst du mir morgen früh beim Schmücken helfen.« Schon war sie wieder die Treppe hinab verschwunden.

Oliver atmete zweimal tief durch, bevor er die Verfolgung aufnahm.

14. Kapitel

Jana fühlte sich redlich erschöpft, als sie am Samstagabend zu Hause ankam. Der Tag war anstrengend gewesen, aber auch sehr erfüllend. Den Morgen hatte sie mit dem Schmücken des Hauses zugebracht. Oliver war mit Scottie währenddessen zum Weihnachtsmarkt gefahren, wo Melissa im Verkaufszelt die Frühschicht von halb zehn bis vierzehn Uhr übernommen hatte. Später hatte Jana sich noch auf den Weg zum Supermarkt gemacht und ihre Wocheneinkäufe erledigt sowie einige Backzutaten erstanden, damit sie den Sonntag für ihre Weihnachtsbäckerei nutzen konnte.

Inzwischen war es bereits wieder kurz nach neun. Diesmal hatte sie kein Essen vom Imbisswagen mitgebracht, weil Oliver angeboten hatte, etwas zu kochen.

Insgeheim fragte sie sich, wie sie wohl je wieder ohne ihn auskommen würde, was verrückt war, weil sie sich doch erst seit wenigen Wochen kannten. Sie hatte das Gespräch über ihre geplante Rückkehr zur Normalität bislang erfolgreich aufgeschoben, war sich jedoch bewusst, dass sie nun nicht mehr lange damit warten durfte.

Scottie begrüßte sie wie immer, als hätte er sie mindestens einen Monat nicht gesehen, dabei waren er und Oliver nur eine knappe Stunde vor ihr vom Weihnachtsmarkt aufgebrochen. Sie tat der quirligen Bordeauxdogge den Gefallen und kraulte ausgiebig das gesamte Fell von den Ohren bis zur Rute, bevor sie sich auf den Weg in die Küche machte, aus der es bereits verführerisch duftete.

»Was brutzelst du denn da Gutes?« Neugierig warf sie einen Blick in die Pfanne. »Steaks?«

»Mit Folienkartoffeln und einem großen gemischten Salat«, bestätigte Oliver. »Wenn du den Tisch deckst, können wir in drei Minuten essen.«

»Habe ich dir schon mal gesagt, dass ich den Boden anbete, auf dem du wandelst?« Rasch holte Jana Teller, Gläser und Besteck und trug alles zum Esstisch. »Du bist der perfekte Hausgast. Sogar die Kartons hast du weggeräumt«, fügte sie nach einem Blick ins Wohnzimmer hinzu. »Das wollte ich später oder morgen erledigen. Das Schmücken hat länger gedauert, als ich dachte, und dann musste ich unbedingt noch einkaufen …«

»Ist doch kein Problem.« Oliver legte auf jeden Teller ein Steak. »Ich hoffe, du magst es medium und nicht gut durch.«

»Schuhsohle, meinst du?« Sie grinste. »Bloß nicht. Medium ist perfekt. Anscheinend haben wir doch hier und da etwas gemeinsam.«

»Den gleichen Geschmack, was Steaks angeht?« Er trug die Pfanne zurück zum Herd und kam mit der Salatschüssel und einer Platte mit Folienkartoffeln zurück.

»Ja, und du hast noch kein Wort über meine Weihnachtsdeko verloren, also nehme ich an, sie ist in deinen Augen genehmigt.« Sie nahm Platz, sprang aber gleich wieder auf, um etwas zu trinken zu holen.

»Bleib sitzen.« Oliver war schon beim Kühlschrank. »Wie immer?«

»Aber sicher.« Lächelnd nahm sie ihre Radlerflasche entgegen, während er diesmal ein Bier gewählt hatte, ebenfalls alkoholfrei, denn immerhin war er nach wie vor im Dienst. Dieser Gedanke ließ sie wieder ernst werden. »Oliver?«

»Hm?« Er hatte sich gesetzt und öffnete erst ihre, dann seine Flasche. »Was ist, du siehst so ernst aus.« Seine Haltung straffte sich unvermittelt. »Ist etwas vorgefallen?«

»Nein.« Um ihre Hände zu beschäftigen, nahm sie sich eine Kartoffel und wickelte sie vorsichtig aus.

»Sorry, der Kräuterdip fehlt noch.« Oliver sprang auf und holte die Schüssel aus dem Kühlschrank.

Jana wartete, bis er wieder saß, bevor sie weitersprach. »Es ist jetzt schon seit Tagen nichts mehr passiert. Ich weiß, das bedeutet nicht, dass ich ab sofort meine Ruhe habe. Sicher bin ich erst, wenn wir wissen, wer hinter alldem steckt, und ihn oder sie zur Rechenschaft gezogen haben.« Sie holte tief Luft. »Ich bin dir so dankbar, dass du dich nicht nur als Detektiv, sondern auch als Wachmann zur Verfügung gestellt hast. Das ist nicht selbstverständlich und sicherlich größtenteils deiner Freundschaft mit Frank und Ricarda geschuldet.«

Er neigte den Kopf ein wenig zur Seite. »Du willst mich wieder loswerden.«

»Nein!« Sie hüstelte verlegen. »Also, ja. Nein, ich will dich nicht rauswerfen, versteh mich nicht falsch. Aber du hast auch noch etwas anderes zu tun, und dieses Arrangement hier … Wir können es nicht ewig aufrechterhalten. Inzwischen habe ich ja auch die Alarmanlage und die Videoüberwachung und so und …« Sie zog die Salatschüssel zu sich heran. »Ich sollte allmählich wieder in meinen normalen Alltag zurückfinden und du ebenso.«

»Okay.« Nach Jana nahm auch Oliver sich von dem Salat. »Wenn du dich sicher genug fühlst, spricht nichts dagegen, dass ich meine Zelte hier abbreche. Für ewig war die Sache ja sowieso nicht gedacht. Ermittlungen kann ich bei Bedarf auch von Köln aus durchführen.« Er hielt kurz inne. »Ohne weitere Anhaltspunkte werde ich nur leider nicht großartig weiterkommen.«

»Vielleicht wartet derjenige auch nur darauf, dass du ausziehst, und traut sich dann erst wieder aus der Deckung«, schlug sie vor.

Oliver stieß einen ungehaltenen Laut aus. »Genau diese Befürchtung habe ich mittlerweile.« Forschend musterte er sie.

»Fühlst du dich wirklich sicher genug und alldem auch allein gewachsen?«

Sie zögerte, wollte schon Nein sagen, doch das hätte das Hauptproblem, den Abschied von Oliver und Scottie, nur hinausgezögert. Deshalb nickte sie entschlossen. »Das wird schon gut gehen. Ich bin schließlich erwachsen und lebe seit über zehn Jahren allein. Ich bin ein großes Mädchen«, witzelte sie, »und komme schon zurecht. Mir ist ja bewusst, dass ich mit allem rechnen muss. Wie du schon sagtest, ich muss mich einfach wappnen. Im Notfall habe ich noch André und Eva in der Nähe und Andrés Eltern und seine Schwester Daniela mit Mann und Kindern. Und meine Eltern wohnen keine zehn Minuten von hier …« Sie kam sich bei dieser Aufzählung dumm vor und so, als müsste sie nicht ihn, sondern sich selbst überzeugen. Vermutlich entsprach das sogar der Wahrheit. »Alles andere wäre unvernünftig«, fügte sie schließlich hinzu. »Und für mich auf Dauer auch unerschwinglich. Außerdem musst du zu deinen anderen Klienten zurück. Ich kann dich nicht für unbestimmte Zeit exklusiv beschäftigen. Ich weiß sowieso nicht, wie ich dir danken soll, dass du für mich deinen Urlaub verschoben hast.«

»Na, also so stressig war der Job hier nicht, das geht schon fast als Urlaub durch. Mach dir deswegen keine Gedanken. Wenn du es so haben willst, packe ich morgen meine Sachen und Scottie ein und trolle mich.«

Wie? Was ist mit mir? Scottie kam an den Tisch. *Kriege ich ein Stück Steak? Hm, sieht leider nicht so aus. Schade.*

Wenn sie es so haben wollte. Jana senkte ihren Blick auf den Teller vor ihr. Sie wollte inzwischen ganz andere Dinge. Schweigend nickte sie.

»Okay.« Olivers Stimme vibrierte dunkel zwischen ihnen. Nach einigen Atemzügen räusperte er sich. »Mit Einhörnern hattest du es anscheinend schon immer, was? Oder wie ist diese Lichterkette im Küchenfenster zu erklären?«

Dankbar für den Themenwechsel hob Jana den Blick wieder und richtete ihn auf die besagte Lichterkette, die aus zehn blauen und silbernen Glaseinhörnern und doppelt so vielen silbernen und weißen Schneekristallen bestand. Wie immer, wenn sie sie ansah, musste sie lächeln. »Diese Liebe besteht schon, seit ich als Kind den Film *Das letzte Einhorn* gesehen habe. Ich muss heute noch jedes Mal Rotz und Wasser heulen, wenn ich ihn sehe oder auch nur die Titelmusik höre. Kennst du den Film?«

»Sicher, wer nicht?« Oliver grinste schief. »Meine Mutter hat ihn mit mir angesehen, als ich sechs oder sieben Jahre alt war. Seitdem habe ich ihn mir nicht mehr angeschaut. Nicht ganz mein Beuteschema – und eigentlich für Kinder viel zu viele schwierige Themen.«

»Kann sein!«, stimmte sie zu. »Tod, Verlust, aber auch das Entdecken von Liebe. Das hat mich als Kind schon immer gepackt. Diese Melancholie am Ende, weil dieses eine Einhorn das einzige unter allen Einhörnern ist, das Liebe, aber auch den Schmerz des Verlusts derselben kennengelernt hat. Und alles nur, weil sie und der Prinz aus verschiedenen Welten stammen und es keine Möglichkeit für die beiden gibt, zusammenzubleiben.« Sie schniefte ein wenig und blinzelte mehrmals. »Siehst du, ein ganz zuverlässiger Tränendrüsendrücker, selbst wenn ich bloß darüber rede.«

»Ich wollte keine Tränensturzbäche hervorrufen, sorry!« Beschwichtigend hob Oliver die Hände.

Jana lachte. »Keine Sorge, ist schon wieder gut. Ich glaube, wegen dieses Films versuche ich jedem Einhorn, das ich erschaffe, besonders viel Liebe einzuhauchen, weil ich insgeheim hoffe, dass das letzte Einhorn dadurch mit seinen Gefühlen nicht mehr so allein ist. Klingt das verrückt für dich?«

»Ein bisschen«, gab er schmunzelnd zu, wurde aber gleich wieder ernst. »Hauptsächlich aber sehr liebenswert.« Eine kurze, verlegene Stille breitete sich zwischen ihnen aus, die er schließlich mit einer weiteren Frage durchbrach: »Und diese Schnee-Einhörner-Lichterkette? Was genau ist deren Geschichte?«

»Die habe ich während meiner Ausbildung erschaffen. Ich war zusammen mit einer Freundin auf einem viermonatigen Praktikum in einer Glashütte in Verona. Dort haben wir erstmals gelernt, diffizile Formen wie Schneeflocken und Eiskristalle zu kreieren, ebenso wie Gesichter. Wenn du genau hinsiehst, wirst du sehen, dass jedes Einhorn einen eigenen Gesichtsausdruck hat. Die Lichterkette war meine Abschlussarbeit bei diesem Praktikum. Ich habe dafür achtzig von hundert Punkten bekommen.«

»Nur achtzig?« Oliver runzelte die Stirn. »Warum nicht mehr?«

Jana gluckste. »Weil die Figuren nicht perfekt sind. Sie haben ein paar Schönheitsfehler, was ganz normal ist, denn damals war ich ja noch blutige Anfängerin in dieser Technik. Aber falls es dich beruhigt: Bisher hat wohl noch nie jemand die hundert Punkte erreicht. Soweit ich weiß, war siebenundachtzig die höchste Punktzahl, die jemals erreicht wurde. Meine Freundin Frauke hat sogar nur achtundsechzig Punkte erreicht, war aber trotzdem sehr zufrieden, weil sie damit bestanden hatte.« Sie seufzte unterdrückt. »Das ist schon so lange her! Gut zehn Jahre.«

»Seitdem hat sich viel getan«, bestätigte Oliver. »Damals war ich noch in der Polizeiausbildung. Nach dem Abschluss habe ich aber entschieden, dass der Staatsdienst doch nicht so ganz das Richtige für mich ist.«

»Also bist du stattdessen Privatdetektiv geworden.«

»Manch einer würde jetzt entgeistert fragen, warum ich den

sicheren Beamtenstatus für die Selbstständigkeit aufgegeben oder vielmehr gar nicht erst angetreten habe.«

»Entgeistert bin ich nicht.« Sie nahm sich noch eine Kartoffel. »Das ist doch ganz deine Sache. Wenn dir die Arbeit bei der Polizei nicht so richtig entspricht, ist es doch völlig legitim, stattdessen etwas anderes zu machen. Es ist immerhin dein Leben, und du musst damit glücklich werden. Da hat sich niemand sonst einzumischen und erst recht nicht zu urteilen. Außerdem bist du doch als Detektiv erfolgreich, oder etwa nicht?«

»Größtenteils«, bestätigte er, verzog dann aber ein wenig die Lippen. »Was deinen Fall angeht, der ist leider nicht ganz als Aushängeschild geeignet. Es fehlen einfach Anhaltspunkte oder Verdächtige.«

»Du ärgerst dich, dass du den Fall bisher nicht lösen konntest«, schloss sie. »Dafür kannst du aber nichts. Wenn überhaupt, dann ist es meine Schuld, weil ich dir leider keine Verdächtigen nennen kann. Ich kann mir einfach niemanden vorstellen, der mich tatsächlich als seinen Feind sieht.«

»Schon gut, deine Schuld ist es ganz sicher nicht«, wehrte Oliver ab. »Vielleicht haben wir es einfach mit jemandem zu tun, der oder die geistig verwirrt ist oder an einer psychischen Erkrankung leidet. In dem Fall ist es müßig, nach einem plausiblen Motiv suchen zu wollen. Wir können im Grunde nur abwarten und Tee trinken.«

»Und hoffen, dass nichts Schlimmeres mehr passiert«, fügte sie leise hinzu. »Aber warten kann ich hier auch allein. Du solltest in der Zwischenzeit auch noch anderen Klienten helfen.«

Sie nickten einander zu und beendeten das Essen schweigend. Nachdem sie gemeinsam den Tisch abgeräumt, das Geschirr in die Spülmaschine gepackt und Töpfe und Pfannen abgewaschen hatten, zog Jana sich in ihr Schlafzimmer zurück.

Sie hörte von unten noch eine Weile den Fernseher, offenbar sah Oliver sich die Spätnachrichten an, doch danach wurde es still im Haus. Da sie zu aufgewühlt zum Schlafen war, suchte sie sich auf ihrem Tablet einen Streamingdienst, bei dem *Das letzte Einhorn* verfügbar war, und wählte zum ersten Mal die englische Tonspur, weil sie wissen wollte, wie Oliver den Film als kleiner Junge erlebt hatte.

Wie immer vergoss sie jede Menge Tränen, obwohl sie sich nicht ganz sicher war, ob es diesmal wirklich nur am Film lag. Während des Abspanns schlief sie dann doch endlich ein.

***

Als Oliver erwachte, war es noch dunkel. Ein Blick auf die Leuchtziffern des Weckers verriet ihm, dass es erst kurz nach halb sieben war. Neben ihm auf dem Bett lag der Thriller, den er am Abend zuvor gelesen hatte, um seine Gedanken von Jana abzulenken. Irgendwann war er über der Lektüre eingeschlafen und das Buch zur Seite gerutscht. Er hatte vergessen, die Lichterkette und den beleuchteten Strohstern im Fenster auszuschalten, deshalb lag das Zimmer in einem diffusen Zwielicht, das durch die Vorhänge, die er zugezogen hatte, gedämpft wurde. Es reichte aber, um die Reisetasche zu erkennen, die er gestern Abend noch gepackt und neben der Zimmertür abgestellt hatte.

Jana hatte natürlich recht, sie mussten zur Normalität zurückkehren. Auf Dauer war dieses Arrangement für sie beide nicht haltbar und auch vollkommen übertrieben. Dennoch machte er sich Sorgen. Natürlich würde Jana auch ohne ihn auskommen, doch der Gedanke, sie mit ihren Problemen und dieser unterschwelligen Bedrohung durch eine unbekannte Person allein zu lassen, gefiel ihm überhaupt nicht. Da jedoch sein Urlaub vorbei war und in Köln jede Menge Arbeit auf ihn wartete, würde er am besten gleich nach dem Frühstück aufbrechen.

Ein Knistern ließ ihn seinen Blick auf das Fenster richten, durch das wegen der zugezogenen Vorhänge natürlich nichts zu erkennen war. Zugleich war aber auch das Rauschen und Heulen eines Sturms zu hören, der offenbar Graupel gegen die Fensterscheibe wehte. Kein angenehmes Wetter, beschloss Oliver und schloss die Augen. Zum Aufstehen war es auch noch zu früh, also machte er es sich einfach noch ein wenig bequem. Scottie schnarchte auf seinem Hundekissen und lullte Oliver recht bald mit seinen monotonen Atemgeräuschen wieder ein.

Wie lange er erneut weggeduselt war, konnte Oliver nicht bestimmen, als plötzlich die Tür zum Gästezimmer aufflog. Das Deckenlicht flammte auf, und ein Wirbelwind im sexy rosa Seidenpyjama kam hereingefegt und warf sich praktisch auf ihn. »Ich weiß es! Ich weiß es endlich!« Jana saß rittlings auf ihm und rüttelte an seinem Arm. »Wach auf, Oliver! Ich weiß endlich, was das für eine Schrift ist.«

»Hä?« Schlaftrunken versuchte er sich aufzurichten, was aber nicht glückte, weil ihre Sitzposition ihn auf die Matratze drückte. Das grelle Licht blendete ihn.

Wuff? Was ist denn jetzt los? Was macht Jana denn da? Scottie war ebenso erschrocken wie Oliver und aufgesprungen. Nun stand er auf seinem Schlafkissen und beäugte neugierig, was sich auf dem Bett abspielte.

»Die Schrift aus den Botschaften, die du noch nicht identifizieren konntest. Die, die nicht aus dem *Weltschritte*-Magazin stammt.« Jetzt wippte Jana auch noch leicht auf und ab.

Oliver ächzte. »Himmel noch mal, Jana, immer mit der Ruhe! Lass mich erst mal wach werden.«

»Schon gut, schon gut.« Das Wippen hörte auf, doch Jana schien nicht daran zu denken, von ihm herunterzuklettern.

Sie rückte jedoch ein wenig nach hinten, sodass er sich halb aufsetzen konnte. »Es ist mir eben gerade beim Aufwachen eingefallen. Kann auch sein, dass ich davon geträumt habe. Die Schrift stammt aus dem Magazin *Kunstschritte*.«

»*Kunstschritte?*« Ordnend fuhr er sich mit den Fingern durchs Haar. »Dieses Künstlermagazin der *B-Media-Group*? Das hatte ich doch überprüft. Die Schriften stimmen nicht überein.«

»Doch, tun sie wohl!« Nun wippte Jana doch wieder etwas auf und ab. Dass ihre Brüste unter dem dünnen tief ausgeschnittenen Pyjamatop dabei genau in seinem Blickfeld waren, ließ seinen Blutdruck in ungesunde Höhen schnellen. Hastig fasste er sie mit beiden Händen an den Hüften. »Ganz ruhig, Jana.« Er musste sich räuspern, weil seine Stimme zu versagen drohte. »Wie kommst du darauf?«

Jana hielt wieder still. »Diese Schriftart wird heute nicht mehr benutzt. Das wurde vor sechs oder sieben Jahren geändert. Ich hatte mich schon die ganze Zeit gefragt, wo ich diese geschwungene Schrift schon mal gesehen habe. Wahrscheinlich hat unser Gespräch gestern Abend mein Unterbewusstsein aufgeweckt oder mein Gedächtnis oder beides. Wie auch immer. Auf jeden Fall bin ich vorhin aufgewacht und wusste es wieder. Auf dem Dachboden habe ich wahrscheinlich sogar noch ein paar alte Ausgaben. Ich habe das Magazin schon als Schülerin abonniert, weil es das einzige ist, in dem auch regelmäßig über Glaskunst geschrieben wird, nicht nur über Malerei, Bildhauerei und Bühnenkunst.«

»Okay.« Ohne weiter darüber nachzudenken, ließ Oliver seine Hände auf Janas Hüften liegen. »Das ist doch endlich mal eine Spur. Wenn die ausgeschnittenen Wörter aus so alten Ausgaben dieser Zeitschrift stammen, dann bedeutet das, dass die betreffende Person im Besitz derselben sein muss, also vermutlich auch ein Abo hat oder zumindest damals hatte, und sich von den Heften bis heute nicht getrennt hat.« Er nickte vor sich hin. »Das ist zumindest ein Hinweis, dass wir in Künstlerkreisen suchen sollten. Denn eine solche Fachzeitschrift lesen vermutlich nur wenige, die nicht selbst mit Kunst zu tun haben.«

»Während meiner Ausbildung hatten ganz viele ein Abo.« Jana zupfte an ihrem Top herum, was seinen Blick unweigerlich erneut auf die Wölbung ihrer Brüste lenkte. Rasch suchte er sich einen Punkt weiter oben, den er fixieren konnte. Sein Körper hatte allerdings längst ein Eigenleben entwickelt. Zu der einigermaßen üblichen morgendlichen Reaktion gesellte sich ein erhöhter Puls und ein Blutkreislauf, dessen Temperatur sich allmählich der von flüssiger Lava annäherte. Und ihre Hüften fühlten sich unter seinen Fingern so verdammt gut an!

Reflexartig verstärkte er seinen Griff, was dazu führte, dass Janas Blick zu seiner rechten Hand hinabwanderte. Anscheinend begriff sie erst jetzt, welche Wirkung sie auf ihn hatte. Ein rosiger Schimmer breitete sich auf ihren Wangen aus. »Ich, also …« Sie legte ihre Hände auf seine, jedoch offenbar nicht, um sie fortzuschieben. »Wir … sollten … Ich muss noch …«

Also jetzt wird es mir doch allmählich zu bunt. Was treiben die zwei denn da? Ich will mitmachen! Scottie, der die ganze Zeit aufgeregt um das Bett herumscharwenzelt war, stieß ein aufforderndes Bellen aus. *Ich weiß, ich darf das eigentlich nicht, aber was sein muss, muss sein. Achtung, ich komme rauf!* Mit Anlauf sprang er aufs Bett und schnüffelte heftig wedelnd und laut schnaufend an Jana und Oliver.

»Hey, nicht! Hör auf, du Verrückter!« Lachend versuchte Jana, der feuchten Hundenase auszuweichen.

»Runter vom Bett!« Fluchend versuchte auch Oliver, sich

vor dem aufgeregten Hund in Sicherheit zu bringen. Dabei verhedderten er und Jana sich immer mehr in der Bettdecke.

»Halt, Stopp! Schluss!« Japsend wischte sich Jana die Lachtränen von den Wangen. »Alle halten jetzt sofort still.«

Nö, warum denn? Ich tobe doch so gerne mit euch. Das ist sooo spaßig. Wiff!

»Du auch, Scottie!« Nach einigen vergeblichen Versuchen schaffte Jana es, Scotties Halsband zu erreichen, und hielt ihn daran fest.

Hey, das ist unfair!

»So.« Triumphierend lächelte sie. »Und jetzt eins nach dem anderen. Scottie, runter vom Bett.«

Menno, wie blöd. Na gut, wenn du so streng schaust, gehorche ich halt. Scottie hüpfte vom Bett und setzte sich auf sein Kissen. *Und was jetzt? Ich müsste mal raus, merke ich gerade.*

»Und jetzt wir.« Jana musterte das Durcheinander auf dem Bett, dann zog sie ihr Bein unter der Decke hervor, in die sie sich irgendwie verwickelt hatte. »Du musst meinen Arm loslassen«, wandte sie sich an Oliver.

Er gehorchte sofort und drehte sich zur Seite, damit Jana sich ganz aus der Decke befreien konnte.

»Gut.« Rasch stand sie auf und zupfte ihren Pyjama zurecht. Ihr Blick suchte seinen. »Am besten gehe ich jetzt erst mal rauf und dusche und mache danach das Frühstück.«

»Mhm, ja.« Er vermied es, ihren wundervollen Körper auch nur mit einem Blick zu streifen. »Ja. Ich denke, ich gehe auch erst mal duschen.«

Nee, wau, erst mal gehen wir raus! Ich muss mal.

Auf Scotties ungehaltenes Brummeln hin grinste Oliver schief. »Erst Hunderunde, dann duschen. Frühstück kann ich aber auch machen.«

»Wer zuerst fertig ist«, schlug Jana vor. Sie war bereits an der Tür. »Bis später dann!«

Kaum hatte sich die Tür hinter ihr geschlossen, da stieß Oliver heftig die Luft aus und raufte sich die Haare. Diese Frau machte ihn fertig, das stand fest. Wahrscheinlich war es das Beste, wenn er sich noch vor dem Frühstück aus dem Staub machte.

15. Kapitel

Nach einigem Überlegen unter dem warmen Wasserstrahl ihrer Dusche entschied Jana sich für eine ihrer geliebten Haremshosen, pink mit weißen Rosenblüten, und ein einfaches weißes Top mit V-Ausschnitt. Ob dieses Outfit angesichts der unverkennbaren Spannung zwischen ihr und Oliver klug war, wusste sie nicht, aber immerhin wollte, nein, musste er bald fort, und sie hatte vor, ihre Weihnachtsbäckerei in Angriff zu nehmen. Das wiederum tat sie grundsätzlich in bequemen Klamotten.

Ihr Haar ließ sie einfach an der Luft trocknen, wie fast immer. Auf diese Weise wellte es sich immer recht nett, plusterte sich aber nicht durch die warme Haartrocknerluft auf.

Sehr lange hatte die Hunderunde offenbar nicht gedauert, denn als sie die Küche betrat, steckte Scottie bereits seine Nase in den Futternapf und schmatzte geräuschvoll. Die Kaffeemaschine brodelte ebenfalls schon vor sich hin.

»Na, Scottie, das war aber ein kurzer Abstecher nach draußen. Hat das Wetter euch nicht gefallen?« Ein Blick aus dem Fenster ließ sie schaudern.

Nee, echt nicht. So eiskaltes Schnee- und Hagelzeugs, dazu dieser eklige Sturm. Darauf kann ich wirklich gut verzichten. Glatt ist es auch, dass sogar ich auf vier Pfoten ins Schlittern gerate. So schnell habe ich noch nie mein Geschäft verrichtet und die strategisch wichtigen Ecken meines Territoriums markiert. Bei aller Liebe, aber da verkrieche ich mich lieber in ein warmes Eckchen und schlafe noch ein bisschen.

»Wir waren postwendend wieder im Haus«, erklang hinter

Jana Olivers dunkle Stimme. Er trat dicht hinter sie und sah über ihre Schulter durchs Fenster auf den anbrechenden Morgen. »Irgendwer hat ziemlich scheußliches Wetter bei Petrus bestellt.«

Jana gluckste, obwohl ihr Körper sich anspannte und ihre Nackenhärchen sich aufstellten. »Es sieht zumindest so aus. Bei dem Wetter solltest du vielleicht besser nicht mit dem Auto fahren.«

»Sollte ich nicht?« Das dunkle Timbre seiner Stimme verursachte ihr Herzklopfen.

»Sicherer wäre es hierzubleiben.«

»So?« Seine Hände legten sich auf ihre Hüften. »Inwiefern wäre das sicherer?«

In ihrer Magengrube kribbelte es; ihr wurde warm. »Zumindest kannst du dann keinen Unfall bauen.«

»Aha.« Wie zufällig wanderten seine Hände ein wenig aufwärts, schoben sich seine Finger unter den Rand ihres Tops. In ihrer Körpermitte begann es zu prickeln. Seine Fingerspitzen streichelten sachte über ihre Haut. »Und was soll ich deiner Meinung nach tun, bis das Wetter sich gebessert hat?«

Sie drehte sich zu ihm um und blickte zu ihm auf. »Wir könnten …«

»Ja?« Aufmerksam studierte er ihr Gesicht und brachte damit ihren Puls gänzlich durcheinander.

»Frühstücken«, schlug sie etwas krächzend vor.

»Frühstücken«, wiederholte er leise. »Okay.«

Sie tastete nach seinen Händen und führte sie zurück an ihre Hüften. »Wir könnten auch backen.«

»Backen?« Ein konfuser Ausdruck erschien auf seinem Gesicht und brachte sie zum Lächeln.

»Plätzchen. Das war mein Plan für heute.«

»Ich weiß nicht, ob ich ein guter Bäcker bin«, wandte er ein. »Das habe ich seit Kindertagen nicht mehr gemacht.«

»Versuch macht klug.« Sie führte seine Hände wieder etwas unter ihr Top. »Wir könnten uns aber auch etwas anderes überlegen.«

»Spielst du mal wieder mit dem Feuer?« Diesmal zog er sie energisch an sich. »Wo soll das hinführen?«

Sie schob ihrerseits ihre Hände unter das schwarze T-Shirt, das er zu seinen Jeans trug. Er erschauerte leicht, als sie mit den Fingerspitzen über die feste, glatte Haut an seinem unteren Rücken streichelte. »Was glaubst du denn, wohin das führen könnte?«

Seine Finger glitten abwärts, stahlen sich unter den weichen dehnbaren Bund ihrer Haremshose. »Eine Frage mit einer Gegenfrage zu beantworten, ist nicht sehr höflich.«

Sie lächelte leicht. »Die Gegenfrage nicht zu beantworten, ist auch nicht so nett.« Sie sog scharf die Luft ein, denn seine Finger waren bis an den Rand ihres Slips gewandert und streichelten nun dort entlang. Das Prickeln in ihrem Inneren verstärkte sich.

»Ich schätze, wir wissen beide, wo das enden wird.« Sein Blick war dunkel und verlangend auf sie gerichtet. »Ich glaube nur nicht, dass es eine gute Idee ist. Du machst mich verrückt, Jana.«

Ihr Herz vollführte einen Satz. »Das ist nicht gut?«

Er schluckte. »Das verkompliziert alles. Und … ich …« Diesmal sog er scharf die Luft ein, weil sie sich fest an ihn schmiegte. »Ich … muss … erst … Himmel, Jana, ich muss dir etwas sagen. Wegen … wegen …«

»Weswegen?« Sie hatte sich mit dem Mund seinen Lippen genähert und spürte nun seinen warmen, unsteten Atem auf ihrem Gesicht. »Du bist doch wohl nicht verheiratet, oder?«

»Was?« Entsetzt starrte er sie an. »Herrgott, nein!«

»Liiert?«

»Nein!«

»Was dann? Ist es, weil du für mich arbeitest?«

»Ich … Nein, also nicht direkt. Es ist nur … Verdammt, Jana, ich kann nicht denken, wenn du das tust!«

Sie lächelte erfreut. »Wenn ich was mache? Das hier?« Sachte strich sie mit den Händen über seinen Rücken. »Oder das hier?« Sie schob ihr Becken gegen seins, sodass sie sehr deutlich seine Erregung zu spüren bekam. Das Prickeln steigerte sich, ihr wurde heiß. »Oder das hier?« Nun reckte sie sich etwas und strich mit den Lippen über seine.

»Ja, verdammt. Dreimal ja.« Er zog seine Hände unter dem Bund ihrer Hose hervor und umfasste ihr Hinterteil. Energischer noch als zuvor zog er sie an sich, seine Finger gruben sich in ihr Fleisch.

»Lass uns später reden«, bat sie und küsste ihn.

Oliver stieß einen Laut aus, der irgendwo zwischen einem Fluch und Resignation lag, und erwiderte den Kuss so gierig, dass sie beide einen Moment ins Taumeln gerieten. Sie prallten gegen die Anrichte, Jana schlang ihr rechtes Bein um Olivers linkes und ihre Arme um seinen Hals.

***

Das hier hätte nicht passieren dürfen, dachte Oliver, während er begierig Janas weiches, rundes Hinterteil knetete. Er hatte sich geschworen, diesen Fehler nicht zu begehen – oder doch zumindest nicht, bevor er ihr nicht reinen Wein eingeschenkt hatte. Ob es dann noch so weit gekommen wäre, war allerdings fraglich. Nach allem, was er über Jana gelernt hatte, wäre die Sache durch sein Geständnis vermutlich erledigt gewesen. Doch nun konnte er nicht mehr zurück. Sie fühlte sich so unsagbar gut an, schmeckte nach Frau, nach mehr, nach Jana. Er konnte nicht mehr aufhören, sie zu küssen. Schon trafen ihre Zungen aufeinander. Stromstößen gleich zuckten Stiche durch seinen Körper, seine Erektion drückte hart und unmissverständlich gegen den Stoff seiner Jeans. Er wollte nur noch, wollte sie. Jetzt.

»Komm mit.« Jana griff nach seiner Hand und zog ihn mit sich ins Gästezimmer.

Er lachte überrascht. »Hier?«

»Mein Schlafzimmer ist zu weit weg.« Ehe er sich versah, schob sie bereits sein T-Shirt hoch und half ihm, es auszuziehen.

Er revanchierte sich, indem er ihr half, sich von ihrem Top zu befreien. Gleich darauf hakte sie selbst den weißen Spitzen-BH auf und streifte ihn ab.

Beim Anblick ihrer wohlgerundeten Brüste durchzuckte ihn erneut ein schmerzlicher Stich. Als sie auf ihn zutrat, zog er sie fest in seine Arme, küsste sie hungrig, suchte und fand ihre Zunge. Hitze breitete sich zwischen ihnen aus und benebelte seine Sinne.

***

Am liebsten hätte Jana die störenden Jeans sofort entfernt, doch Oliver hielt sie davon ab, indem er sie mit leidenschaftlichen Küssen ablenkte. Sein Mund wanderte mal fest, mal sachte über ihren, dann über ihr Kinn, ihren Hals hinab und wieder hinauf bis zu ihrem Ohr. Als er warm in ihre Ohrmuschel atmete, stieß sie unwillkürlich ein Stöhnen aus. Die Knie wurden ihr weich.

»Das ist ziemlich gefährlich«, keuchte sie, als ein zweiter Atemhauch ihr Ohr streifte.

»Ah ja?« Versuchsweise strich er mit der Zunge über ihr Ohr.

Jana sah Sternchen, in ihrer Mitte begann es wild zu pulsieren. »Ja, sehr, sehr … gefährlich.«

»Schön auch?« Wieder strich seine Zunge über ihr Ohr, drang sogar ein wenig ein.

Jana keuchte und krallte sich an ihm fest. »Ja, großer Gott. Mehr als schön!«

»Gut zu wissen.« Er ließ vorerst von ihrem Ohr ab und widmete sich wieder ihrem Mund.

Jana seufzte, enttäuscht und erleichtert zugleich. Von dieser besonders empfindlichen erogenen Zone hatte sie noch nicht vielen Männern erzählt. Inzwischen hatte sie sie selbst beinahe vergessen. Dass Oliver sie jetzt so rasch entdeckt hatte, brachte sie ein wenig aus dem Gleichgewicht, denn sie ahnte, dass er sie damit noch quälen würde. Eine süße Qual, für die es aber viel Vertrauen brauchte, denn sie wusste, sie konnte darüber durchaus sämtliche Kontrolle über sich verlieren. Das riskierte sie nicht mehr, seit, ja, seit damals. Seit sie vertraut hatte und dann so grausam auf dem Boden der Tatsachen gelandet war. Doch daran wollte sie jetzt nicht denken. Sie wollte einfach nur fühlen. Im Augenblick hinderte sie jedoch eine Sache ganz genau daran. Deshalb griff sie entschlossen nach dem obersten Knopf von Olivers Jeans und öffnete ihn. Dann den nächsten und den übernächsten.

»Wer von uns lebt jetzt gefährlich?« Er schob zwar ihre Finger beiseite, jedoch nur, um selbst den letzten Knopf zu öffnen und die Jeans samt seiner Socken abzustreifen. Die grauen Boxershorts behielt er an, doch das hinderte Jana nicht daran, nach seinem aufgerichteten Glied zu tasten. »Jana!« Er atmete hörbar ein und umfasste ihre rechte Brust. Mit der anderen Hand griff er in ihr Haar, zog ihren Kopf sanft, aber bestimmt zurück und machte sich erneut über ihre Lippen her. »Das ist eindeutig gefährlich!«

In Janas Innerem pulsierte das Blut inzwischen heiß und drängend. Sie umfasste Olivers Erektion und hörte, wie er rau stöhnte. Sie wollte, wollte ihn so sehr spüren, genoss es, wie er begehrlich ihre Brust knetete, gerade fest genug, dass es noch überaus angenehm war. Seine andere Hand ließ von ihrem Haar ab und wanderte hinab zu ihrem Hintern, griff zu, knetete auch dort.

In stummem Einverständnis begaben sie sich zum Bett. Jana ergriff die Initiative und setzte sich, wie vorhin schon einmal, rittlings auf ihn, froh, dass diesmal keine Bettdecke als Barriere fungierte. Sie genoss seine bewundernden Blicke, die Art, wie er beide Hände erhob und nach ihr griff, sie zu sich hinabzog. Ihre Münder trafen aufeinander, ihre Zungen umtanzten einander mal wild, mal träge, mal forschend.

Wieder glitten Olivers Hände zu ihrem Po, griffen begehrlich zu. Sein Blick suchte den ihren. »Wir sollten … Ich habe Kondome in der Reisetasche.«

»Ach ja?« Sie gluckste, amüsiert und erfreut zugleich. »Obwohl du eigentlich nichts mit mir anfangen wolltest?«

Anstelle einer Antwort keuchte er unterdrückt, weil sie sich aufreizend an seiner Erektion rieb. »Mach dich auch noch lustig! Ich hatte das wirklich nicht vor. So etwas habe ich bisher nie getan, und das … soll … auch in … Zukunft … nicht zur Gewohnheit werden. Verflucht, Jana, das bringt mich um!«

»Nicht doch«, raunte sie nun wieder ganz dicht an seinem Mund. »Warum also hast du die Kondome dabei?«

»Weil …« Sein Atem ging unstet, seine Hände hatten an ihrem Gesäß ein absolut köstliches Eigenleben entwickelt. »Ich hielt es für eine angebrachte Vorsichtsmaßnahme. Immerhin hatte ich es noch nie mit einer Frau zu tun, die hexen kann.«

»Hexen?« Sie lächelte geschmeichelt. »Ich nenne es zwar lieber zaubern, aber trotzdem: danke!«

»Ich weiß nicht, ob ich meinerseits dankbar sein soll, dass du …« Er verdrehte die Augen, als sie mit dem Mund in verschlungenen Pfaden über seinen Brustkorb und den Bauch abwärts wanderte. »Du raubst mir verdammt noch mal den Verstand.«

»Ist das so schlimm?« Mit der Zunge umkreiste sie ganz sachte seinen Bauchnabel und beobachtete seinen sich verändernden Gesichtsausdruck.

»Schlimm genug.«

»Und dennoch warst du verantwortungsbewusst genug, an die Verhütung zu denken.« Grinsend zog sie seine Boxershorts nach unten.

»Einer muss es ja sein.« Mit einem Laut, der einem Knurren ähnelte, entledigte er sich der Shorts und verhinderte, dass sie die Forschungsreise mit dem Mund fortsetzte, indem er sie energisch zu sich hochzog und sich gleichzeitig mit ihr drehte, sodass sie auf dem Rücken und er halb auf ihr landete.

***

Diese Frau war einfach nur … Wahnsinn. Ein anderes Wort fiel seinem von Leidenschaft vernebelten Verstand nicht ein. Sie kicherte doch tatsächlich, als er sie mit seinem Gewicht in die Kissen drückte.

»Was heißt hier, einer muss es sein?« Ihre Augen funkelten vergnügt. »Ich habe längst vorgesorgt und eine Packung Kondome in den Nachttisch geschmuggelt.« Sie deutete auf den linken Nachttisch, den er nicht benutzt hatte.

Halb fasziniert, halb entgeistert blickte er auf sie hinab. »Dann hast du das hier eiskalt geplant?«

Ihr Blick wurde schlagartig ernst. »Nein. Nicht geplant, schon gar nicht eiskalt. Aber gehofft. Ich habe es mir gewünscht«, präzisierte sie und umfasste sein Gesicht mit beiden Händen. »Wünschen hilft. Das solltest du auch mal versuchen. Das Universum ist nur allzu gerne bereit, dir alle deine Wünsche zu erfüllen.«

»Alle Wünsche?« Skeptisch verzog er den Mund.

»Aber ja, man muss nur sehr genau visualisieren, was man sich wünscht. Immer wieder und möglichst detailliert.« Das Funkeln kehrte in ihre Augen und das Lächeln auf ihre Lippen zurück. »Bei mir hat das schon immer funktioniert. Na ja, fast immer. Das mit meiner Berühmtheit lässt ja noch auf sich warten. Aber vielleicht war ich in der Hinsicht auch nicht konkret genug. Deshalb habe ich, was das angeht, die Visualisierung kürzlich neu begonnen.« Sie zog sanft seinen Kopf zu sich herab, bis ihre Lippen sich berührten.

»Du bist verrückt, weißt du das?«, murmelte er gegen ihre Lippen. Heiße Wellen des Begehrens durchtosten ihn. Warum nur war er nicht imstande, sich auch nur ansatzweise gegen den Zauber zur Wehr zu setzen, der diese Frau umgab? Er hatte es, weiß Gott, versucht, doch nun konnte er nur noch kapitulieren.

Es war unglaublich, wie schön sie war, wie perfekt in seinen Augen. Er wollte, nein, brauchte sie. Jetzt. Doch er ließ sich Zeit. Während er mit den Augen jedes Detail, jede Rundung, jedes Geheimnis in sich aufnahm, streichelte er mit der Hand sachte über ihre Arme, ihre Schulter, hinab zu den wundervollen Brüsten, die sich weich und üppig in seine Handfläche schmiegten. Weiter hinab über die sanfte Wölbung ihres Bauches, bis der Bund ihrer leichten Hose ihn aufhielt. Entschlossen zog er sie ihr mitsamt dem Slip aus und warf beides achtlos beiseite.

Ihr Anblick raubte ihm ebenso den Atem wie ihre Reaktion, als er mit der Hand über ihre Hüfte und ihren Oberschenkel strich. Sie rückte näher an ihn heran, nahm die Schenkel einladend, aber zunächst nur ein wenig auseinander. Gleichzeitig griff sie nach ihm, umfasste sanft, aber bestimmt seine aufgerichtete Härte.

»Meine Güte, Jana!« Er sah Sternchen. In seinem Unterleib pulsierte das Blut drängend, heiß. Er ließ seine Hand zwischen ihre Schenkel gleiten. Sie war warm und feucht. Ein lustvoller Stich durchzuckte ihn, der sich zur Qual auswuchs, als sie mit ihrer Hand kräftig und gleichzeitig so voller Gefühl an seinem Schaft auf und ab strich. »Du bringst mich wirklich gleich um!«

»Nichts liegt mir ferner!« Ihr Blick verschleierte sich ein wenig; sie bäumte sich auf, denn er hatte ihre empfindliche Knospe gefunden und reizte sie sanft, kreisend, beharrlich. Sie atmete schneller. »Das ist …«

»Ja?«

»Unfair.« Sie ließ von ihm ab und krallte sich stattdessen in die Bettdecke, auf der sie lagen. »Hör ja nicht auf.«

»Ganz sicher nicht?« Das Blut rauschte ihm in den Ohren und durch seine Adern. Er wollte sie sofort, doch noch war nicht der richtige Zeitpunkt.

»Nein. Ja!« Sie lachte verzweifelt. »Nicht aufhören.«

»Okay …« Er veränderte seine Position so, dass er an ihr Ohr herankam und hauchte einen Kuss darauf.

Jana erschauerte und drängte sich an ihn.

Ermutigt strich er mit der Zunge über die Ohrmuschel, hörte sie unterdrückt stöhnen. Ihr Becken zuckte und begann in dem Rhythmus zu kreisen, den er ihr vorgab. Als er die Liebkosung ihres Ohrs intensivierte, immer wieder mit der Zunge sanft hineinstieß, entrang sich ihrer Kehle ein unartikulierter Laut, der sich wiederholte, als er die zärtliche Tortur fortsetzte.

Fasziniert beobachtete er, wie sie immer flacher und hektischer atmete, sich mit beiden Händen in der Decke festkrallte. Ihr Becken drängte sich seinen streichelnden Fingern begierig entgegen, mehr heiße Feuchtigkeit pulsierte dort, wohin es ihn mit immer mehr Macht zog. Er konnte kaum noch klar denken, so sehr begehrte er sie. Und dennoch hörte er nicht auf, sie zu erregen. Er wollte sehen, wie sie aufgab, sich ihm hingab – diese wundervolle, selbstbewusste Frau, die ihn gänzlich in ihren Bann geschlagen hatte.

»Jetzt, bitte …« Ihre Stimme klang gepresst. »Bitte, jetzt, Oliver!« Sie stöhnte hilflos, als er, anstatt ihrer Forderung zu gehorchen, weiter ihr Ohr mit seiner Zunge und warmem Atem quälte und eine ähnliche Folter an ihrer Klitoris fortsetzte. Sie keuchte, spannte sich immer mehr an, ebenso wie er. So etwas hatte er noch nie erlebt. Sie schien nicht mehr ansprechbar zu sein, sondern stieß immer wieder gequälte und zugleich lustvolle Laute aus, dann einen Schrei. Ihr Körper zuckte heftig, sie riss die Augen weit auf, erschrocken, nein, entsetzt und beglückt zugleich.

In Olivers Unterleib stach und pochte die Lust, die sich beim Anblick von Janas Höhepunkt zur reinen Gier steigerte. Er ließ von ihr ab, kroch über sie hinweg und riss erst die oberste, dann die unterste Schublade des Nachttischs auf. »Wo, verdammt?« Endlich hatte er die Packung mit den Kondomen gefunden. In Windeseile riss er eines der Tütchen auf und streifte sich das Präservativ über. Als er sich Jana wieder zuwandte, erschrak er ein wenig über ihren dunklen, intensiven Blick. Besorgt legte er ihr eine Hand an die Wange. »Alles in Ordnung, Jana? Stimmt etwas nicht?«

Plötzlich lächelte sie dieses verteufelte Lächeln, das ihm vom ersten Tag an den Boden unter den Füßen weggezogen hatte. »Komm.« Sie streckte die Arme nach ihm aus, zog ihn an sich, auf sich, öffnete einladend ihre Schenkel. »Jetzt.« Sie kam ihm entgegen, als er der Bitte nachkam und in sie eindrang.

***

Jana erschauerte wohlig, als sie ihn endlich, endlich in sich spürte. Als er sie gänzlich ausfüllte, hielt er zunächst inne, wohl um ihr Gelegenheit zu geben, sich an ihn zu gewöhnen. Doch das war nicht notwendig. Er passte geradezu beängstigend perfekt zu ihr. Deshalb umschloss sie ihn mit den Muskeln in ihrem Inneren und drängte sich ihm auffordernd entgegen. Sie war noch immer berauscht von dem ersten, geradezu brutalen Höhepunkt, den er ihr verschafft hatte. Sie hatte geahnt, dass er dazu fähig sein würde, wenn sie ihm vertraute. Doch nun wollte sie mehr. Viel mehr. Mit ihm gemeinsam. Auch das war etwas, was sie lange verdrängt hatte. Wenn sie sich einmal auf diese besondere Weise hingab, war der Höhepunkt nur ein Tor, dass sich für sie öffnete und hinter dem sich weitere Lust und Leidenschaft verbarg. Und noch mehr, wenn sie es zuließ. Sie würde ihr Herz verlieren, wusste aber nicht, ob Oliver bereit sein würde, es anzunehmen. Wahrscheinlich nicht. Doch im Augenblick war sie nicht fähig, sich den ungefilterten Emotionen zu verschließen, die ihre Vereinigung in ihr auslöste.

Oliver stöhnte, da ihre Reaktion auf ihn offensichtlich eine Herausforderung für seine Selbstbeherrschung war. »Verfluchte Hexe«, raunte er und küsste sie gleich darauf gierig, saugte ihre Zunge geradezu ein und begann sich in ihr zu bewegen. Erst zurückhaltend, doch das hielt er nicht lange durch. Schon bald gaben sie sich ganz dem lustvollen Rausch hin, rollten auf dem Bett hin und her, wechselten begierig die Positionen und die Führung. Hitze waberte zwischen ihnen, Schweiß mischte sich mit Schweiß.

Jana wusste nicht mehr, wie viel Zeit vergangen war, alles Zeitgefühl, alle Gedanken flohen aus ihrem Verstand. Als sie ein weiteres Mal über das Bett rollten und er sich auf und in sie schob, öffnete sie die Augen und begegnete seinem unverhüllten dunklen, leidenschaftlichen Blick. Ein schmerzlich schöner Stich durchfuhr sie. »Oliver.« Ihre Stimme gehorchte ihr kaum.

»Jana.« Auch seine Stimme klang belegt. »Du bist … unglaublich.« Er küsste sie. »Wunderschön.«

Sie wollte etwas antworten, doch da glitten seine Lippen erneut zu ihrem Ohr. Eine Gänsehaut rieselte über ihren Körper, sie keuchte, spürte seine Zunge, die sie erneut zu liebkosen, zu quälen begann. Zugleich stieß er schneller, gieriger in sie, bis sie erneut jede Selbstbeherrschung verlor. Und diesmal folgte er ihr willig in den Wirbel aus unbeherrschbarer ursprünglicher Lust.

16. Kapitel

»And may all your Christmases be white«, trällerte Santa Claus fröhlich den Weihnachtsklassiker *White Christmas* von Bing Crosby mit, der aus seiner Stereoanlage dudelte. Er war ausgesprochen guter Dinge an diesem Montagnachmittag, denn obwohl der Advent noch gar nicht begonnen hatte, waren eine Reihe von Weihnachtsswünschen bereits so weit erfüllt, dass er sie bald als abgeschlossen abhaken konnte. Die Materialien, mit denen die Kundschafterelfen, allen voran Elf-Zwei und Elfe-Acht, ihn versorgten, machten es ihm wirklich leicht. Überhaupt war dieses Jahr alles ganz erstaunlich ruhig. Größere Probleme zeichneten sich nicht ab, sodass er, wenn alles so weiterging, endlich einmal wieder eine Vorweihnachtszeit ohne Stress und Drama erleben durfte. Das hatte er sich aber auch wirklich verdient! In der Vergangenheit hatte es Jahre gegeben, in denen er nicht gewusst hatte, wo ihm der Kopf stand, und nicht selten hatte sogar die Erfüllung großer Wünsche auf der Kippe gestanden.

Doch nicht in diesem Jahr. Zwar hatte er das eine oder andere Projekt noch nicht zu Ende gebracht, aber es war ja auch noch ein bisschen Zeit bis Weihnachten, und große Wünsche brauchten nun mal ihre Zeit, um in Erfüllung zu gehen. Am besten sah er sich heute Nachmittag einmal genauer an, wie weit sich alles entwickelt hatte, was er vor Wochen bereits höchst klug angestoßen und ins Rollen gebracht hatte. Da weder das Gefühlsradar noch sonstige Warninstallationen sich in letzter Zeit gemeldet hatten, ging er davon aus, dass alles seinen geplanten Lauf nahm.

Zuerst wollte er aber rasch noch die neu eingetroffenen Wunschzettel durchsehen, die Elfe-Sieben ihm auf den Schreibtisch gelegt hatte, bevor sie hinüber in die Geschenkefabrik gegangen war, um sich die Berichte der Inspektorelfe geben zu lassen. Alle zwei Jahre hatte Elfe-Dreißig die Aufgabe, alle Vorgänge und Abläufe in der Fabrik und den dazugehörenden Lieferketten auf Effektivität zu prüfen und Vorschläge zur Verbesserung zu unterbreiten. Ganz sicher hatte sie auch dieses Jahr wieder viele gute Ideen.

Er hatte sich gerade in den ersten Wunschzettel vertieft, als das leise Hüsteln seiner Frau ihn ablenkte. »Na, mein Lieber, schwer beschäftigt?« Sie trat ein, in der Hand einen Teller mit duftenden Plätzchen. »Ich hoffe, ich störe dich nicht gerade. Ich wollte dir nur eine Kostprobe meiner ersten Backrunde vorbeibringen.«

»Du störst mich doch nie, mein Schatz.« Mit strahlender Miene nahm er ihr den Teller ab und stellte ihn in Griffweite neben seiner Tastatur ab. »Schon gar nicht, wenn du mir so wunderbares Gebäck bringst.«

»Ich dachte, ein bisschen Nervennahrung kann nicht schaden.« Santas Frau setzte sich auf die Schreibtischkante. »Du hast ja immer so viel um die Ohren, und seit ich mit dem Backen angefangen habe, kommen wir ja kaum noch dazu, uns mal zu unterhalten. Ich hoffe, der Stress ist dieses Jahr nicht zu arg.«

»Überhaupt nicht!« Der Weihnachtsmann lachte vergnügt. »Dass ich so schweigsam war, liegt hauptsächlich daran, dass ich dich nicht stören wollte. Ich weiß doch, wie wichtig es dir ist, deine neuen Rezepte ganz in Ruhe auszuprobieren. Abgesehen davon gibt es auch kaum etwas zu erzählen, weil es dieses Jahr keinerlei aufsehenerregende Komplikationen zu geben scheint. Hoffentlich bleibt es so. Eine ruhige Adventszeit wäre zur Abwechslung doch mal ganz schön, nicht wahr?«

»Es gibt keine Komplikationen?« Seine Frau sah ihn überrascht an. »Auch nicht wegen Janas Wunsch? Ich hätte gedacht, dass dir das mehr Kopfzerbrechen bereitet.«

»Janas Wunsch?« Verblüfft ließ der Weihnachtsmann den Keks, den er sich gerade genommen hatte, zurück auf den Teller fallen. »Was soll denn damit sein? Er ist zwar noch nicht erfüllt, aber mein sorgfältig ausgearbeiteter Plan scheint doch nach und nach aufzugehen.« Er lachte. »Ein bisschen dauert es natürlich noch. Weltberühmt wird man ja in der Regel nicht über Nacht, auch wenn es manchmal den Anschein hat.«

»Was?« Erschrocken sprang seine Frau auf. »Doch nicht dieser Wunsch! Ich meine den anderen, viel mehr den neuen. Den, der praktisch den alten Wunsch ersetzt.«

Nun runzelte Santa Claus verwirrt die Stirn. »Wovon redest du denn da, mein Schatz?«

»Na, von dem Wunsch, den der Weihnachtswunschempfänger vor ein paar Tagen aufgefangen hat!« Suchend sah sie sich um. »Ich hatte dir doch einen Zettel auf die Tastatur gelegt. Der Wunsch kam gerade herein, als du unterwegs warst.«

»Ich habe keinen Zettel von dir gesehen.« Nun sah auch der Weihnachtsmann sich suchend um. »Bist du ganz sicher, dass du das nicht geträumt hast?«

»Geträumt? Also wirklich.« Empört schob sie ihn samt seinem Schreibtischstuhl zur Seite, sodass er beinahe gegen die Wand gerollt wäre. Mit flinken Fingern tippte sie etwas auf der Tastatur, und gleich darauf öffnete sich die Meldung des Weihnachtswunschempfängers. »Da, bitte sehr.«

Santa Claus rollte wieder näher und sah sich die Meldung an. Ein Schreck durchfuhr ihn. »Ach du liebe Güte! Das ist ja unglaublich! Jana hat ja ihren ursprünglichen Wunsch praktisch widerrufen.«

»Genau«, bestätigte seine Frau. »Jetzt wünscht sie sich etwas ganz anderes.« Sie begann in den Papieren auf dem

Schreibtisch zu wühlen. »Ich verstehe nicht, wo meine Nachricht an dich abgeblieben sein soll. Ich weiß genau, dass ich sie so hingelegt habe, dass du sie sofort hättest sehen müssen.« Sie hielt inne. »Moment mal! Der neue Wunsch bringt doch jede Menge emotionales Konfliktpotenzial mit sich. Warum hat das Gefühlsradar nicht schon längst angeschlagen?«

»Das ist in der Tat merkwürdig.« Der Weihnachtsmann ging zum Gefühlsradar und prüfte die Einstellungen »Ach herrje!«, rief er erschrocken. »Ich fürchte, ich habe versehentlich den Ton ganz abgeschaltet und auch die optischen Signale. Hm.« Er rieb sich übers Kinn. »Ich weiß nur nicht, wann ich das gemacht haben soll.«

»Oh, oh.« Seine Frau trat neben ihn. »Ich glaube, es könnte sein, dass ich das war. Aber bestimmt nicht mit Absicht. Es war schon spät und ich ziemlich müde. Das Radar war sehr laut, du weißt ja, wie schrill es loskreischen kann. Womöglich habe ich aus Versehen alles abgeschaltet, anstatt es nur vorübergehend leiser zu stellen. Wie dumm von mir!«

»Ach was, das ist mir auch schon passiert. Die Bedienung müsste mal verbessert werden.« Der Weihnachtsmann schaltete alle Funktionen wieder ein und zuckte zusammen, als sogleich ein kreischender Warnton erklang und sämtliche Lämpchen zu blinken begannen. »Du meine liebe Güte!« Eilends regelte er die Lautstärke herunter. »Also das hätte ich bestimmt nicht überhört.« Er sah sich die Meldungen an, die das Gefühlsradar ausspuckte, während seine Frau an die Videowand trat und den Empfang an dem Bildschirm justierte, mit dem Janas Wunsch überwacht wurde.

»Oje, das ist ja schrecklich!« Hastig blätterte sie sich durch die Zusammenfassung der letzten Tage. »Sieh dir das nur mal an! Das reinste Chaos. Und den Übeltäter haben sie auch noch nicht gefunden.« Verzweifelt rang sie die Hände. »Was machen wir denn jetzt? Kannst du deine Pläne überhaupt noch rückgängig machen? Und wie sollen wir den neuen Wunsch in der kurzen Zeit bis Weihnachten noch erfüllen? Soweit ich sehe, ist in dieser Hinsicht ja schon so gut wie alles schiefgegangen, was nur schiefgehen kann. Und ausgerechnet wegen deines ursprünglichen Plans!«

»Dafür kann ich aber nun wirklich nichts«, verteidigte Santa Claus sich mit erhobenen Händen. »Woher hätte ich denn wissen sollen, dass Jana und Oliver … Nein, also das hätte absolut niemand vorhersagen können. Die beiden sind so verschieden. Das hat mir ja gerade so gut in den Kram gepasst. Nach meinen Plänen hätte alles perfekt aufgehen müssen. Ein Hund als Eisbrecher war auch vorhanden, für den Fall, dass die beiden sich so gar nicht vertragen hätten. Und nun das!«

»Ja, nun das«, bestätigte seine Frau betroffen. »Und du weißt, wie kompliziert die Menschen sind. Das ist jetzt nicht mehr so leicht geradezubiegen. Schon gar nicht in nur noch fünf Wochen.«

»Hm, hm, hm …« Nachdenklich sah nun auch Santa Claus sich an, was sich auf dem Bildschirm tat. Er stellte die Ansicht auf ganz aktuell ein und stieß gleich darauf einen erschrockenen Laut aus. »Heiliger Bimbam, schau dir das an! Das ist ja …«

»Fürchterlich, ich weiß. Es wird immer schlimmer.« Seine Frau schlug die Hände vors Gesicht. »Ich kann gar nicht hinsehen.«

»Nein«, widersprach der Weihnachtsmann erfreut. »Das ist perfekt! Damit kann ich arbeiten.«

»Was sagst du da?« Santas Frau sah ihn durch ihre gespreizten Finger irritiert an. »Was soll an diesem geballten Unglück perfekt sein?«

»Das wirst du schon sehen.« Santa Claus rieb tatendurstig die Handflächen aneinander. »In mir reift gerade der genialste Plan überhaupt.«

»Oh, oh …«

»Du brauchst gar nicht so skeptisch zu schauen, mein Schatz«, schalt er seine Frau vergnügt. »Du wirst schon sehen, ich kriege das hin. Allerdings muss ich mich jetzt sehr beeilen.« Er ging zum Schreibtisch und betätigte den Knopf der Gegensprechanlage zur Geschenkefabrik. »Elf-Vierzehn?«

»Nein, hier ist Elf-Eins«, kam umgehend die Antwort. »Elf-Vierzehn ist gerade beschäftigt. Kann ich dir helfen?«

»Ja. Bitte such Elfe-Sieben. Sie müsste mit Elfe-Dreißig unterwegs sein. Sag ihr, ich brauche sie ganz dringend im Büro. Wir müssen so schnell wie nur möglich eine Krisensitzung der Elfenbrigade einberufen. Jede Minute zählt.« Er ließ den Knopf los und wandte sich seiner Frau zu. »So, und nun stör mich bitte nicht länger. Ich habe jede Menge zu tun.«

»Ich dachte, ich störe dich nie«, erwiderte sie mit mildem Spott.

»Ach, mein Schatz, du weißt doch, wie das gemeint war.« Er gab ihr einen raschen Kuss. »Ich muss jetzt aber wirklich arbeiten. Es ist eine Menge in die Wege zu leiten.«

»Bin schon weg.« Lachend ging seine Frau zur Tür.

»Bring uns doch bitte noch mehr von den Plätzchen!«, rief er ihr nach, den Blick bereits auf den Computerbildschirm geheftet. »Die Nervennahrung können wir jetzt wohl doch alle dringend gebrauchen.«

17. Kapitel

Den gesamten Sonntag verbrachten Jana und Oliver in einem an- und abschwellenden Rausch. Immer wieder schliefen sie miteinander oder genossen einfach nur die körperliche Nähe des anderen. Und obgleich Jana es wirklich versuchte, blieben ihre Bemühungen, ihre Weihnachtsbäckerei anzugehen, einigermaßen fruchtlos. Das Einzige, was sie am Abend vorzuweisen hatte, war ungebackener Plätzchenteig für Vanillekipferl, den sie im Kühlschrank deponiert hatte. Doch das war ihr vollkommen gleich. Sie hatte sich schon seit einer Ewigkeit nicht mehr so gut gefühlt – und noch nie so glücklich.

Auch Oliver machte einen zufriedenen Eindruck auf sie. Ob er glücklich war, konnte sie allerdings nicht einschätzen, denn auf dieser Ebene verschloss er sich nach wie vor. Was ihr Sorge bereitete, war der ernste Ausdruck, der in seine Augen zurückkehrte, je weiter der Abend voranschritt. Sie traute sich jedoch nicht, ihn zu fragen, was ihn beschäftigte. Das war so gar nicht ihre Art, doch tief in ihrem Herzen ahnte sie, dass seine Antwort, falls sie ihn doch fragte, ihr das Herz brechen könnte. Deshalb drang sie nicht in ihn, sondern nahm die wunderschönen Stunden mit ihm als das, was sie waren und vielleicht für immer bleiben würden: einzigartig.

Nachdem sie sich am späten Abend nach einem improvisierten Imbiss aus Brot, Butter und Rührei noch einmal geliebt hatten, schlief sie, diesmal in ihrem Bett, in seinen Armen ein.

***

Oliver fühlte sich so mies wie nie zuvor in seinem Leben. Viel geschlafen hatte er in dieser Nacht nicht, zu viele unangenehme Gedanken und Selbstvorwürfe quälten ihn. Er konnte mit Fug und Recht behaupten, dass er ein mieses Arschloch war. Die unglaublich schönen Stunden, die er mit Jana verbracht hatte, würden ihm zu seiner ganz persönlichen Hölle werden. Er hatte sie nicht verdient, hätte seinem Verlangen niemals nachgeben dürfen. Zumindest nicht so. Nicht ohne Jana vorher die ganze Wahrheit zu sagen. Hatte sie ihm nicht erst kürzlich von einem miesen Betrug erzählt, der ihr einst das Herz gebrochen hatte? Warum hatte er es trotzdem so weit kommen lassen?

Zwar hatte er ihr von Beginn an jegliche Hoffnung genommen, aus ihnen könne etwas Ernstes werden. Das zumindest konnte er sich nicht vorwerfen. In dieser Hinsicht war er brutal ehrlich gewesen. Er verliebte sich nicht. Niemals. Eine genetische Veranlagung möglicherweise, die er von seinem Vater geerbt hatte. Im Grunde war dies nie ein Problem für ihn gewesen. Im Gegenteil, es machte sein Leben in vielerlei Hinsicht einfacher. Zumindest, solange er sein Umfeld und insbesondere die Frauen, mit denen er zusammentraf, von Beginn an über diese unumstößliche Tatsache aufklärte. Dieser Pflicht war er Jana gegenüber so früh und deutlich wie nur möglich nachgekommen, und er war sich einigermaßen sicher, dass sie es auch sowohl begriffen als auch akzeptiert hatte. Jedenfalls hatte er nicht den Eindruck gewonnen, dass sie ihm ihr Herz schenken wollte oder dergleichen. Jegliche Form von Liebesgesäusel hatte sie unterlassen, was das Zusammensein mit ihr so leicht, so einfach, so unbeschwert und schön gemacht hatte.

Die Unbeschwertheit war nun aber vorbei. Denn selbst wenn keine Liebe im Spiel war, hatte er sie doch belogen und, ja, betrogen. Er war nicht viel besser als jener Kerl, von dem sie ihm erzählt hatte, der sie mit falschen Versprechen und Sex zu etwas hatte bewegen wollen, was sie nicht wollte.

Dabei hatte er gedacht, es würde alles ganz einfach werden, problemlos. Andernfalls hätte er das Anliegen seiner Schwester ganz sicher zurückgewiesen. Es wäre nicht einfach geworden, denn Jennifer war eine starke Persönlichkeit, der man nur mit viel Erfahrung widerstehen konnte. Doch wenn er geahnt hätte, dass er eine liebenswerte, unglaublich sexy und in jeder Hinsicht gleichermaßen verwirrende wie wunderbare Frau damit zutiefst verletzen würde, hätte er sich strikt geweigert.

Dass allein sein selbstsüchtiges Begehren zu der bevorstehenden Verletzung führen würde, bereitete ihm geradezu körperliche Schmerzen. Aber was sollte er anderes tun, als ehrlich mit Jana zu sein? Zu spät zwar, aber das tat nichts zur Sache. Zumindest war ihm das eine Lehre. Zukünftig würde er nicht nur nie wieder seinem Vorsatz untreu werden, unter keinen Umständen etwas mit einer Klientin anzufangen, sondern auch seiner Schwester rundheraus sagen, dass sie sich für ihre Winkelzüge jemand anderen suchen musste. Er stand dafür nicht mehr zur Verfügung.

»Bist du schon wach?« Janas verschlafene Stimme dicht an seinem Ohr riss ihn aus seinen düsteren Gedanken. »Du fühlst dich so angespannt an.« Sie kuschelte sich an ihn. »Stimmt etwas nicht?« Sie hob ein wenig den Kopf, um einen Blick auf die Leuchtziffern des Weckers zu werfen. »Kurz nach sechs. Der Wecker geht erst um sieben.«

»Ja, also … nein.« Wozu noch warten? »Es stimmt nicht alles.« Er setzte sich ein wenig auf, und prompt tat sie es ihm gleich und schaltete die Nachttischlampe ein.

»Was ist denn los?« Aufmerksam musterte sie ihn.

Er musste sehr an sich halten, ihr nicht die zauberhaft verstrubbelten Haare aus dem Gesicht zu streichen. »Ich muss dir etwas sagen. Das wollte ich gestern schon, aber …«

»Ich erinnere mich.« Auf ihren Lippen zeichnete sich ein kleines Lächeln ab. »Ich habe dich davon abgehalten.«

Ihm wurde übel. »Die Sache ist die … Ich hätte mich nicht abhalten lassen dürfen. Hätte ich dir gestern bereits alles gesagt, wäre es vielleicht nicht zu … dem … unserem … Wir hätten vermutlich keinen Sex gehabt.« Er atmete unstet ein und wieder aus. »Wahrscheinlich hättest du mich rausgeworfen, schlechtes Wetter hin oder her.«

Ihre Miene wurde wieder ernst, und er konnte sehen, wie sie den Rand der Bettdecke nervös zu kneten begann. »Dann sag es jetzt.«

»Das hatte ich vor.« Wie gerne wäre er jetzt mindestens eine Million Kilometer weit weg! »Ich bin nicht … Nein, ich muss es anders anfangen.« Ihr erwartungsvoller Blick bereitete ihm weitere Übelkeit, weil er eine Spur Furcht darin zu erkennen glaubte. »Ich hatte dir doch mal erzählt, dass meine Schwester ein großer Fan deiner Kunstwerke ist.«

Jana runzelte die Stirn, nickte dann langsam. »Ja, kann sein.«

»Also, das war vielleicht ein bisschen … untertrieben. Jen ist nicht einfach nur ein Fan.«

»Jen?«

»Jennifer.« Er wartete auf eine Reaktion, doch als keine kam, präzisierte er: »Jennifer Jones.«

Immer noch sah Jana ihn abwartend an, doch dann weiteten sich ihre Augen. »Jennifer Jones? Jennifer Jones, die Galeristin? Die Kunstgalerien in London, Paris, Rom und Nizza betreibt?«

»In New York und Chicago ebenfalls.«

»Heiliger Bimbam!«

Fast hätte er gelacht, wenn er sich nicht so obermies gefühlt hätte. »Ich hatte gedacht, du kommst vielleicht selbst darauf, weil ich dir von meinem Vater erzählt habe.«

»Der ebenfalls Galerien besitzt.« Sie schüttelte den Kopf. »Seinen Namen hast du mir nicht genannt; nur den deiner Mutter. Und Jones ist jetzt kein sehr seltener Nachname in den USA.«

»Alexander Jones.« Nun sah er sie abwartend an.

Jana hob die Schultern. »Ja, kann sein, dass mir der Name schon begegnet ist. Aber mit der Kunstwelt in Übersee habe ich mich noch nie intensiv befasst. Den Namen deiner Schwester kenne ich aber sehr wohl.« Ihre Miene verfinsterte sich. »Sie hat mich mal vor zwei Jahren angeschrieben und mir ein ziemlich offensives Angebot gemacht.«

»Das du abgelehnt hast.«

»Ich habe dir doch erzählt, warum«, fuhr sie auf. »Einen Exklusivvertrag mit allen Knebelparagrafen will ich nicht. Das habe ich ihr auch sehr deutlich mitgeteilt.« Sie schnaubte erbost. »Daraufhin hat sie mich übers Telefon terrorisiert.«

»Was?« Verdutzt starrte er sie an. »Jen ist zwar ziemlich hartnäckig und kann durchaus penetrant werden, wenn sie etwas will, aber terrorisiert hat sie meines Wissens noch niemanden. Das wäre wohl auch nicht sehr geschäftsfördernd.«

»Sie hat mehrmals angerufen und wollte mir diesen verfluchten Exklusivvertrag schmackhaft machen. Immer höhere Geldbeträge hat sie in den Ring geworfen, damit ich ihr meine Seele überschreibe.« Janas Augen blitzten wütend. »Irgendwann bin ich nicht mehr ans Telefon gegangen und habe ihre Mails ungelesen gelöscht.«

Unbehaglich räusperte Oliver sich. »An dieser Stelle komme ich ins Spiel. Als sie erfuhr, dass ich für dich arbeite, hat sie mich ebenfalls engagiert. Infiltrierung nennt sie das.«

Jana sah ihn ungläubig an. »Du arbeitest für sie?«

»Ich habe das früher manchmal gemacht, wenn sie an einen Künstler heranwollte, der aus irgendeinem Grund entweder nicht auffindbar war oder sich zierte. Der Plan ist dabei ganz einfach: Ich schließe mit der betreffenden Person Freundschaft, komme bei passender Gelegenheit auf die Kunstwerke zu sprechen und beginne dann nach und nach, alle Widerstände gegen Jens Ansinnen, den Künstler oder die Künstlerin unter Vertrag zunehmen, abzubauen. Zuletzt präsentiere ich ihn oder sie meiner Schwester quasi auf dem Silbertablett.« Sein Magen rebellierte bei dieser nüchternen Zusammenfassung seiner Tätigkeit.

Jana war blass geworden. »Du machst das also professionell?«

»Wie man's nimmt. Eine gewisse Übung kommt natürlich mit der Zeit. Allerdings liegt mein letzter Auftrag schon ein paar Jahre zurück. Jen hat mich wohl anfangs auch deshalb immer mal wieder engagiert, weil sie mir über die schwierige erste Zeit der Selbstständigkeit hinweghelfen wollte. Jetzt hat es sich einfach angeboten. Ich wollte erst nicht, aber Jen hat so etwas an sich … Sie ist wie eine Urgewalt, der man kaum entkommen kann. Na ja, und da ich zu dem Zeitpunkt keinen Schaden darin sah, habe ich mich breitschlagen lassen, auf ihren Plan einzugehen.«

»Das bedeutet also, dass das alles hier, deine Hilfsbereitschaft und unsere … Freundschaft nur gespielt war?« Ihre Stimme bebte ganz leicht, ihre Hände kneteten immer noch die Decke.

»Nein. Ja … Also anfangs schon. Ich habe dir nicht umsonst von Anfang an gesagt, dass es mit uns nicht mehr werden kann. So etwas verstößt gegen mein Berufsethos.«

»Also hast du nicht schon früher im Zuge deiner … Überredungskünste mit einer Frau – einer Künstlerin – geschlafen?«

»Nein.«

»Aber du hättest es getan, wenn es nötig gewesen wäre.«

»Nein. Jana, das gestern war …«

»Ein Fehler?« Sie presste die Lippen zusammen.

»In vielerlei Hinsicht: Ja. Es war ein Fehler. Insbesondere weil ich dir alles viel früher hätte sagen müssen.«

»Warum hast du es nicht getan? Du hast wochenlang unter meinem Dach gelebt und so getan, als ob … als ob du mich nett finden würdest. Wir haben uns gut verstanden, obwohl wir so verschieden sind. Jetzt erzählst du mir, es sei alles nur gespielt gewesen?«

»Nein.« Die Schärfe, die ihre Worte angenommen hatten, schmerzte, doch das hatte er absolut verdient. »Ich finde dich wirklich …« Nein, nett würde er jetzt nicht sagen, dann würde sie ihn vermutlich schlagen. »Du bist toll, Jana. Glaub mir, ich habe dir nicht vorgespielt, dass wir uns gut verstehen. Ich hatte es vor, doch mit dir lief alles wie von selbst. Ich habe das nicht mit Widerwillen gemacht. Das Geld – ja, Jen bezahlt mich dafür – hat für unser Zusammensein keine Rolle gespielt. Aber letztlich ist das auch nicht wichtig. Sie ist eine versierte Kunstkennerin, Jana. Mit einem Blick kann sie erkennen, welches Kunstwerk das Potenzial hat, weltberühmt zu werden. Sie geht vielleicht manchmal mit moralisch fragwürdigen Mitteln vor, aber bisher hat sie noch immer Erfolg gehabt und auch die betreffenden Künstler oder Künstlerinnen überzeugen können.«

»Ach, fängst du jetzt damit an, mir ihr Ansinnen, wie du es nennst, schmackhaft zu machen?« Abrupt rückte Jana ein gutes Stück von ihm weg. »Warum hast du denn so lange damit gewartet? Warum hast du erst mit mir geschlafen und dann die Bombe platzen lassen? Du weißt ganz genau, wie schäbig das ist.«

»Ja, das weiß ich.«

»Also? Warum hast du in den vergangenen Tagen und Wochen kein Sterbenswörtchen verlauten lassen?«

»Weil …« Er kam in die Hölle, nein, er befand sich bereits darin und begab sich nun auf den heißesten aller Grillroste des Teufels. »Ich musste dich doch erst einmal kennenlernen, um herauszufinden …«

»Wo meine Schwächen liegen?«, fauchte sie.

»Und deine Stärken. Jana, es geht nicht darum, dich zu übervorteilen. Ich sollte meiner Schwester so genau wie möglich schildern, wie du tickst. Welche Vorstellungen, Wünsche und Vorbehalte du hast, damit sie sich darauf einstellen kann. Sie hätte ihre Strategie daran angepasst und mir wiederum entsprechende Argumente geliefert, mit denen …«

»Mit denen du mich dann weichgekocht hättest?« Jana starrte ihn ungläubig an. »Ich fasse es nicht.«

»Wenn es dich irgendwie beruhigt: Ich wollte Jen mitteilen, dass sie ihre üblichen Verträge bei dir vergessen kann. Dass du kein Interesse an einer Exklusivvertretung hast. Wenn sie mit dir zusammenarbeiten will, muss sie sich etwas anderes ausdenken. Das hat sie übrigens durchaus schon getan, wenn ein Künstler es gewünscht hat. Sie ist da flexibel, denn sie kennt sich ja schließlich gut in ihrem Metier aus und weiß, dass jede Künstlerin anders tickt. Soweit ich weiß, hat sich noch keiner ihrer Schützlinge je beschwert, und sie ist mit wirklich vielen im Geschäft. Ben Brungsdahl zum Beispiel. Seine Skulpturen werden für fünf- bis sechsstellige Summen gehandelt, aber auch er hat sich ausbedungen, nicht ganz exklusiv vermarktet zu werden. Er gibt zum Beispiel immer mal wieder Sachen an die kleine Kunsthandlung in Lichterhaven, das ist der Ort, in dem er mit seiner Familie lebt. Das ist mit Jennifer alles verhandelbar.«

»Nein, Oliver, das beruhigt mich kein bisschen.« Jana senkte ihren Blick auf die Bettdecke, hob ihn aber im nächsten Moment wieder ruckartig. »Das alles muss ich erst mal verarbeiten. Es ist wohl besser, wenn du jetzt gehst. Das war ja sowieso der Plan. Wir kehren zur Normalität zurück.« Ihr Blick verhüllte sich. »Du kannst natürlich weiterhin für mich ermitteln. Es wäre wohl sinnlos, jetzt eine andere Detektei zu engagieren. Immerhin bist du bereits mit allen Fakten vertraut. Ich gebe dir telefonisch oder per Mail Bescheid, wenn sich hier etwas tun sollte.« Sie ging zur Tür, hielt dort aber noch einmal inne und warf ihm über die Schulter einen vielsagenden Blick zu. »Es war auch zu seltsam, dass wir zwei ungleichen Geister uns so gut verstehen. Ich hätte gleich wissen sollen, dass das nicht mit rechten Dingen zugehen kann.« Damit riss sie die Tür auf und erschrak, als Scottie ihr entgegengepurzelt kam. Er hatte offenbar gleich hinter der Tür geschlafen.

Huch, hey, wuff, was ist denn jetzt los? Scottie rappelte sich wieder auf und schüttelte sich. *Erst sperrt ihr mich die ganze Nacht aus, und jetzt schmeißt du mich auch noch um, Jana. Das ist nicht nett. Nein, überhaupt nicht. Trotzdem freue ich mich, dich zu sehen. Und Oliver-Herrchen. Wo ist er? Ah, er sitzt auf dem Bett, gut.*

»Oh, entschuldige bitte, Scottie!« Erschrocken beugte Jana sich zu dem Hund hinab und streichelte ihn. »Ich wusste nicht, dass du vor der Tür liegst.« Langsam richtete sie sich wieder auf. »Geh zu deinem Herrchen, ja? Er nimmt dich nachher mit nach Hause.« Damit verließ sie das Schlafzimmer. Augenblicke später klappte die Badezimmertür.

***

Sie würde nicht weinen, das kam überhaupt nicht infrage. Erstens hatte sie von Anfang an gewusst, dass Oliver keine Beziehung wollte, und auf eigene Gefahr mit ihm geschlafen, und zweitens war es vollkommen sinnlos. Natürlich war sie entsetzt über das, was er ihr erzählt hatte. Sie hatte einfach nicht damit gerechnet, dass er eine geheime Agenda verfolgt hatte. Doch letztlich war er ja nicht wirklich unehrlich zu ihr gewesen. Er hatte ihr etwas Wichtiges verschwiegen, aber er hatte ihr nichts vorgespielt. Nicht so, wie es damals gewesen war. Sie hatte sich keinerlei Hoffnungen romantischer Natur gemacht. Zumindest keine, die man mit ein bisschen gesundem Menschenverstand nicht wieder in den Griff bekommen oder vielmehr in den Orbit befördern konnte. Denn dorthin gehörten sie nun mal. Er hatte ihr nichts versprochen, was er nicht halten konnte, nicht so getan, als würde er sie lieben. Das hielt sie ihm zugute. Sie hatte gewusst, woran sie war, zumindest in weiten Teilen. Dass er für seine Schwester den Türöffner hätte spielen sollen … Nein, schön war der Gedanke nicht. Wirklich wütend war sie aber seltsamerweise auch nicht.

Seine Schwester hatte allerdings schon Nerven! Fast schon wieder bewundernswert. »Aber egal«, sagte sie zu ihrem Spiegelbild über dem Waschbecken. »So kriegt sie mich schon mal nicht.« Und Oliver würde gleich ihr Haus verlassen. Das war gut so, denn mit der neuen Situation musste sie erst einmal klarkommen und sich überlegen, welche Konsequenzen sie daraus zukünftig zu ziehen hatte.

Sie hörte Olivers Schritte, erst auf der Treppe, dann im Erdgeschoss. Im Gästebad plätscherte Wasser. Dann wieder Schritte, seine Stimme, Scotties Hecheln und das Geräusch seiner Pfoten auf den Holzdielen. Ihr Herz wurde schwer. Sie würde Scottie vermissen und – verdammt! – Oliver auch.

Während sie in Jeans und einen warmen roten Wollpulli schlüpfte, hörte sie die Haustür gehen. Offenbar brachte Oliver seine Sachen und die von Scottie schon zum Auto. Zum Glück hatte sich der Sturm inzwischen gelegt, und die Temperaturen waren wieder über null gestiegen, sodass auch das Schnee-Graupel-Gemisch auf den Straßen verschwunden war.

Als sie Oliver laut fluchen hörte, horchte sie auf.

»Jana?« Er klang aufgebracht – und hochgradig besorgt.

»Was ist denn?« Hastig verließ sie das Bad und eilte ins Erdgeschoss.

Oliver stand mit finsterer Miene in der Haustür. »Komm mit. Sieh dir das an!« Er ging wieder nach draußen.

Sie folgte ihm und schauderte, weil es ungemütlich kalt war. Olivers Wagen parkte auf der gepflasterten Fläche vor der

Garage. Sie hatte ihm angeboten, den zweiten Stellplatz in der Garage für ihn freizuräumen. Dort lagerten momentan noch viele Utensilien für den Garten, den sie nächstes Jahr anlegen wollte, doch er hatte abgelehnt. Schaudernd sah sie sich um. »Warum geht das Licht nicht an?«

»Hier.« Oliver winkte sie zu sich. »Jemand hat den Bewegungsmelder abgerissen.«

»Was?« Entgeistert starrte sie auf das schwarze Elektronikteil, das an der Ecke der Garage befestigt gewesen war und nun nutzlos am Boden lag.

»Und als wäre das nicht Vandalismus genug ...« Er zog sie am Arm zu seinem Auto und leuchtete mit der Taschenlampe seines Handys, sodass sie erkennen konnte, was ihm wohl vorhin den saftigen Fluch entlockt hatte. Seine Reifen waren zerstochen. Nicht nur einer, sondern alle vier. Und über alle Türen sowie die Motorhaube zogen sich hässliche, tiefe Kratzer.

»Oh, Scheiße!«, entfuhr es ihr. »Das ist ja ...« Ihr wurde übel. »Oliver, das tut mir so leid! Ich weiß gar nicht, was ich sagen soll. Ich rufe die Polizei.«

»Das erledige ich schon. Geh bitte mit Scottie um die vier Ecken, aber pass gut auf. Nicht dass der Täter hier noch herumlungert. Und achte darauf, ob du Spuren siehst oder ob noch etwas beschädigt wurde.«

»Vielleicht ist derjenige von der Überwachungskamera eingefangen und aufgezeichnet worden.« Sie blickte zu der Kamera, die ebenfalls an der Garage angebracht worden war, und erschrak erneut.

Oliver nickte grimmig. »Die am Haus haben sie auch kaputtgemacht. Die SD-Karten sind zwar noch da, aber ich bin nicht sicher, ob sie noch funktionieren. Je nachdem, wie lange sie im Regen gelegen haben, könnten sie beschädigt sein, dann wären die Aufnahmen unbrauchbar.«

»Wie kann das sein? Wir haben nichts mitbekommen.« Ihre Übelkeit steigerte sich noch. »Nicht mal Scottie hat etwas gehört, sonst hätte er doch angeschlagen.«

»In der ersten Nachthälfte war der Sturm ziemlich laut.« Oliver hob die Schultern. »Ich konnte nicht schlafen. Bei dem Heulen und Pfeifen konnte man nichts mitbekommen.« Er schaltete die Taschenlampenfunktion an seinem Smartphone aus und rief die Polizei an. Jana kehrte eilends ins Haus zurück, um sich eine Jacke anzuziehen und Scottie seine Morgenrunde zu verschaffen.

***

Am liebsten hätte Jana ihr Verkaufszelt für heute geschlossen, doch sie unterließ es und stellte sich tapfer ihrer Kundschaft. Vormittags war sie, nachdem die Polizei den Schaden aufgenommen und ein Abschleppwagen Olivers Auto mitgenommen hatte, in ihre Werkstatt gegangen und hatte ein wenig an neuen Weihnachtskugeln gearbeitet. Melissa übernahm nun jeden Tag dic Frühschicht im Zelt, fuhr aber vorher noch in den Laden, um nachzusehen, ob es Bestellungen über den Onlineshop gab, die bearbeitet werden mussten. Eine volle Stelle konnte Jana ihr noch nicht bezahlen, aber zumindest reichte es für diese Halbtagsanstellung, durch die Melissa sich einigermaßen über Wasser halten konnte. Sie hatte keine abgeschlossene Ausbildung und einen kleinen Sohn von fünfeinhalb Jahren, für den sie allein sorgen musste, weil der Kindsvater sich auf Nimmerwiedersehen aus dem Staub gemacht hatte.

Auf persönlicher Ebene kannte Jana ihre Angestellte selbst nach einem halben Jahr noch nicht sonderlich gut. Melissa verschloss sich oft, blieb zurückhaltend und distanziert, doch wenn es nottat, half sie ganz selbstverständlich aus. Vielleicht, so überlegte Jana, während sie eine Vase in eine stabile, gepolsterte Pappschachtel packte, damit die Kundin sie sicher nach Hause transportieren konnte, sollte sie endlich versuchen, sich ein wenig mehr mit Melissa anzufreunden. Sie könnte sie zum Beispiel fragen, ob sie nicht einmal Lust hätte, ins Kino zu gehen oder so etwas. Möglicherweise sogar nachmittags und in einen Kinderfilm, damit der kleine Andy auch mitkommen konnte. Oder sie lud Melissa zu einem Spiele- oder Filmabend zu sich nach Hause ein.

»Hier, bitte sehr, Frau Aspari.« Sie überreichte der Kundin die Schachtel in einer Papptüte. »Ich wünsche Ihnen viel Freude mit der Vase.«

»Danke.« Die Frau strahlte sie an. »Ich muss einfach jedes Jahr einmal herkommen und mir selbst etwas von Ihnen schenken. Inzwischen habe ich schon eine ganze Sammlung beisammen.« Ihre Miene wurde wieder ernst. »Sie hatten in Ihrem Blog vor einiger Zeit von einem Einbruch in Ihren Laden und die Werkstatt geschrieben. Ich hoffe, die Täter sind inzwischen gefasst worden.«

»Leider noch nicht, aber die Polizei tut, was sie kann.« Bedauernd hoch Jana die Schultern.

»Das tut mir so leid für Sie. Ich hoffe sehr, dass man die Missetäter bald schnappt und dass Sie unserem Weihnachtsmarkt noch ganz viele Jahre erhalten bleiben!«

»Davon gehe ich aus. Von beidem, meine ich. Die Täter werden wir irgendwann ausfindig machen, ganz bestimmt.« Jana erwiderte ihr Lächeln. »Und ich liebe den Weihnachtsmarkt und den Kontakt zu meiner Kundschaft, der hier immer besonders schön ist.«

»Aber irgendwann werden Sie mal ganz schrecklich berühmt, da bin ich sicher, und dann haben Sie bestimmt keine Zeit mehr für das gemeine Fußvolk.« Es war wohl scherzhaft gemeint, aber Jana verspürte trotzdem einen unangenehmen Stich.

»Das wird nicht passieren«, versprach sie und wusste mit absoluter Sicherheit, dass sie die Wahrheit sagte. »Ich bleibe dem Weihnachtsmarkt treu. Abgesehen davon, fände ich es sehr traurig, wenn ein solcher Erfolg dazu führen würde, dass ich allem, was mir lieb und teuer ist, den Rücken kehren müsste.«

»Sie sind ein wunderbarer Mensch.« Die Kundin berührte sie kurz am Arm. »Bleiben Sie bitte so, wie Sie sind. Schreiben Sie auch bald wieder einen Blogartikel? Hoffentlich diesmal wieder einen erfreulicheren? Ich habe Ihren Blog abonniert und freue mich immer sehr über Ihre Beiträge und Geschichten.«

»Sobald ich wieder etwas Luft habe«, bestätigte Jana. »Im Moment ist alles etwas hektisch.«

»Im Dezember ist es ja immer etwas stiller in Ihrem Blog. Ist ja auch klar, wann sollen Sie wohl auch noch etwas schreiben, wenn Sie den ganzen Tag hier auf dem Weihnachtsmarkt stehen?« Die Kundin lachte. »Ich muss los, sonst setzt mein Mann noch eine Vermisstenmeldung ab. Ich wünsche Ihnen alles Gute, Frau Weißmüller!«

Jana sah der freundlichen Mittfünfzigerin mit einem warmen Gefühl im Herzen nach. Menschen wie diese erinnerten sie daran, weshalb sie tat, was sie tat, und warum genau das ihr Herz mit Freude und Glück erfüllte. Kein noch so großer Weltruhm kam dagegen an, da war sie sich sicher. Sie liebte es einfach, Menschen glücklich zu sehen, zu erleben, wie jemand eines ihrer Kunstwerke für sich entdeckte und sein Herz daran verlor. Manchmal ganz von selbst, oft half sie auch ein wenig nach, indem sie mit den Menschen sprach, um herauszufinden, was sie bewegte, was sie sich wünschten, wie sie tickten. Mithilfe dieser Informationen konnte sie diese Menschen dann zielgerichtet beraten und sie mit genau dem richtigen Kunstwerk zusammenbringen. Hin und wieder kam jemand zu ihr, der eine Vase kaufen wollte und mit einem Ring von dannen zog. Und wer einen Ring kaufen wollte, entschied sich womöglich am Ende für eine abstrakte Skulptur. Sie wusste einfach, dass jedes ihrer Werke, egal wie klein oder groß, bunt, schrill oder unscheinbar, für einen ganz bestimmten Menschen bestimmt war. Es beglückte sie wie nichts anderes, Mensch und Kunstwerk zusammenzubringen und dabei zuzusehen, wie daraus so etwas wie eine Beziehung entstand.

Vielleicht würde sie genau darüber bald bloggen. Zwischen den Jahren wäre eine gute Zeit für solche tiefschürfenden Gedanken. Aber bis dahin war es ganz bestimmt auch eine gute Idee, eine Artikelreihe mit Fotos vom Weihnachtsmarkt zusammenzustellen. Viele Bilder, nur kurze Texte, das könnte sie immer morgens zusammenstellen, bevor sie in die Werkstatt ging.

Innerlich seufzte sie. Das waren selbstverständlich alles Versuche, sich abzulenken. Sie würde irgendwie die Lücke füllen müssen, die Oliver und Scottie hinterlassen hatten, und irgendwie musste sie auch herausfinden, wie sie damit umgehen sollte, was sie heute erfahren hatte.

Ganz zu schweigen davon, dass sie ja weiterhin mit Oliver in Verbindung bleiben musste. Nach den heutigen Vorfällen war das erst recht wichtig. Insbesondere weil nun ihr Videoüberwachungssystem nicht mehr funktionierte. Es würde ein paar Tage dauern, bis alles erneuert war und die Versicherung den Schaden beglichen hatte. Doch auch das würde sie alles meistern und überstehen. Sie musste einfach! Aufgeben stand nicht zur Diskussion.

»Hallo, mein Schatz, da bist du ja.« Die warme, liebevolle Stimme ihrer Mutter riss sie aus den Gedanken. »Ich dachte, ich sehe mal nach dir, während Ellie die Stellung im Salon hält.« Sabine trat auf Jana zu und küsste sie auf beide Wangen, dann musterte sie sie eingehend. »Du siehst nicht so richtig glücklich aus. Viel zu ernst. Aber das ist wohl auch kein Wunder nach allem, was du Papa heute Morgen am Telefon erzählt hast. So eine Unverfrorenheit, deine Sicherheitskameras kaputtzumachen. Von Herrn Jones' Auto ganz zu schweigen.« Sie sah sich suchend um. »Ist er heute nicht mit Scottie auf seinem Posten?«

»Nein.« Jana trat an einen der Schautische, klappte die Glasscheibe hoch und ordnete die ausgestellten weihnachtlichen Lichterketten und Christbaumkugeln neu. »Die beiden sind wieder in Köln. Lennart müsste aber irgendwo draußen sein.«

»Was? Warum sind sie in Köln? Ausgerechnet jetzt?« Ihre Mutter ergriff bestürzt ihre Hand. »Ist zwischen euch etwas vorgefallen?«

»Olivers Urlaub ist um, und er hat noch mehr Klienten außer mir.«

Ihre Mutter sah sie kritisch von der Seite an. »Und? Kommt da noch etwas?«

»Es ist besser so.« Jana schloss die Glasplatte wieder und begann Ketten in einer der Vitrinen neu anzuordnen.

»Ach. Soso.« Wie ein Schatten folgte ihre Mutter ihr. »Herr Jones, Oliver, ist ein attraktiver Mann. Nicht klassisch schön, aber er hat was, nicht wahr? Wir fanden ihn sehr sympathisch.« Nach einem Atemzug fügte sie hinzu: »Du auch?

Es war sinnlos, vor ihrer Mutter etwas verbergen zu wollen. »Ja, sehr.«

»Aber er fand das umgekehrt nicht?«

Jana zögerte. »Doch, ich denke schon.«

»Alles andere hätte mich auch gewundert.« Ihre Mutter zupfte an einer der Ketten. »Uns ist gleich aufgefallen, wie er dich angesehen hat.«

Verblüfft wandte Jana sich ihr zu. »Wann denn?«

»Na, deinem Vater gleich am ersten Abend und uns beiden dann später auch jedes Mal, wenn wir ihm oder vielmehr euch begegnet sind. Aber es hat trotzdem nicht richtig gefunkt? Oder gibt es ein anderes Problem?«

»Einige.« Seufzend wandte Jana sich der nächsten Vitrine zu, in der sie ihre geliebten Elfenfiguren ausstellte. »Er will nichts Festes.«

»Grundsätzlich oder nur mit dir?«

»Grundsätzlich. Und schon gar nicht mit einer Klientin. Und außerdem …« Jana stockte, rang sich dann aber doch durch, ihrer Mutter alles zu erzählen.

Sabine hörte ihr aufmerksam und ernst zu und nahm sie schließlich liebevoll in die Arme. »Ach, ach«, murmelte sie. »Dass wir Menschen es uns aber auch immer so schwer machen müssen, was? Und dann kommt das Schicksal daher und setzt noch einen drauf. Dass er aber auch auf solch einen Vorschlag seiner Schwester eingegangen ist! Das passt so gar nicht zu ihm. Oder womöglich doch, denn immerhin scheint er ein bisschen wie ein einsamer Wolf zu sein, der nirgendwo so richtig dazugehört. Wahrscheinlich hat er nicht damit gerechnet, dass er dich wirklich mögen könnte, und gedacht, dass das ein ganz normaler Job für ihn wird.« Sie schob Jana ein wenig von sich, um ihr ins Gesicht sehen zu können. »Also, wenn du mich fragst, ist in dieser Sache noch nicht das letzte Wort gesprochen. Weder ich noch dein Vater sind blind, und wir wissen, was wir gesehen haben. Und falls wir uns doch getäuscht haben sollten, weißt du ja: Andere Mütter haben auch schöne Söhne. Der Richtige taucht schon noch auf. Womöglich steht er sogar schon bald genau dort in der Tür.« Sie wies auf den Eingang und stieß fast gleichzeitig einen überraschten Laut aus, als ein braunes Wirbelwindgeschoss hereingesaust kam.

Hey, hallo, Jana, da bin ich wieder! Hach, wie schön, dich zu sehen! Und wer bist du? Ach ja, Sabine. Du bist lieb, also auch ein dickes Hallo-Wuff an dich. Wild wedelnd umkreiste

Scottie die beiden Frauen. Dabei klatschte seine Rute immer wieder gegen die Beine der Frauen oder gegen die Vitrinen.

»Scottie! Wo kommst du denn her?« Janas Herz hatte beim Anblick des Hundes einen wilden Satz gemacht. »Hey, immer mit der Ruhe, du bist ja total aufgedreht.«

»Pass auf, dass er die Vitrine nicht kaputtmacht«, warnte Sabine halb lachend, halb besorgt.

»Die ist aus Panzerglas, da passiert nichts.« Jana hatte es geschafft, Scottie durch Streicheln etwas zu beruhigen.

»Das nützt dir auch nichts, wenn er sie umwirft«, unkte ihre Mutter.

»So etwas machst du nicht, Scottie. Oder?« Zärtlich kraulte Jana die Bordeauxdogge hinter den Ohren.

Nee, wenn du mich so schön kraulst, mache ich gar nichts. Nur genießen! Hach, tut das gut!

»Wo steckt denn dein Herrchen?«, wollte Sabine wissen.

»Sorry, er ist mir auf dem Parkplatz ausgebüxt, bevor ich ihm die Leine anlegen konnte.« Olivers Stimme sorgte dafür, dass Janas Herz gemeinsam mit ihrem Magen diesmal einen regelrechten Salto vollführte. So ein Mist. Das gehörte ganz sicher nicht zu ihrem Plan, ihn zu vergessen. Er kam auf sie zu und hakte den Karabinerhaken der Hundeleine am Geschirr des Hundes ein. »Zum Glück musste ich nicht lange überlegen, wohin er wollte.«. Sein Lächeln erreichte nicht seine Augen. »Ich hoffe, wir stören nicht.« Er warf Janas Mutter einen kurzen Blick zu. »Guten Tag, Frau Weißmüller. Ich muss mit Jana reden. Es ist sehr wichtig.«

»Aber natürlich, nur zu!« Sabine wandte sich zum Ausgang. »Ich wollte sowieso nur nachsehen, wie es meiner Tochter geht, und gleich wieder in den Salon zurückkehren. Also, Jana …« Sie brach ab, weil in diesem Moment ein Paketbote das Zelt betrat und sich suchend umsah. »Weißmüller, Jana – ist die hier?«

»Das bin ich.« Jana ging auf den jungen Mann zu.

»Ein Paket für Sie.« Er überreichte ihr ein würfelförmiges, ziemlich großes Paket. »Etwas schwer«, warnte er.

Jana nahm das Paket und stellte es auf dem nächstgelegenen Schautisch ab. »Danke sehr. Ich habe aber gar nichts bestellt. Schon gar nicht hierher.«

»Bitte noch eine Unterschrift.« Der Bote hielt ihr einen Scanner und einen Plastikstift hin.

Jana warf erst einen Blick auf den Absender. Der Name Balduin Boeseke sagte ihr überhaupt nichts. Zögernd unterschrieb sie auf dem Scanner, und der Paketbote eilte mit einem kurzen Abschiedsgruß wieder hinaus.

»Shit«, murmelte Oliver, der ebenfalls einen Blick auf den Absender geworfen hatte. »Kennst du jemanden mit diesem Namen?«

»Nein.« Jana wandte sich an ihre Mutter. »Kennst du einen Balduin Boeseke aus Köln?«

Sabine kam wieder näher. »Nie gehört. Ist das Paket von ihm?«

»Schwerlich«, antwortete Oliver an Janas Stelle. »Es gibt laut meinen Nachforschungen gar keinen Balduin Boeseke, weder in Köln noch sonst irgendwo. Oder falls doch, dann lebt er unterhalb des Radars. Die Adresse ist auch falsch. Sie existiert nicht.«

»Du hast ihn recherchiert?« Verständnislos starrte Jana ihn an. »Aber … wie denn? Woher wusstest du von dem Paket?«

»Davon wusste ich gar nichts«, erklärte er. Mit grimmiger Miene zog er einen Brief unter seinem Wintermantel hervor und reichte ihn ihr. »Den hier hatte ich heute Vormittag im Briefkasten, als ich nach Hause kam. Deshalb bin ich hier.«

Mit einem mulmigen Gefühl öffnete Jana den schlichten braunen Umschlag, auf dem derselbe Absender wie auf dem Paket stand, und zog ein einzelnes Blatt Papier heraus, auf dem eine Botschaft aus ausgeschnittenen Wörtern stand:

Lass deine Finger von Jana. Sie soll genauso allein sein wie ich.

Ihr wurde eiskalt. »Und was jetzt?« Unsicher trat sie an den Schautisch, auf dem das Paket stand. »Ich will fast nicht wissen, was da drin ist.«

Oliver schob sie ein wenig beiseite. »Ich mache es auf, nimm mal Scotties Leine.«

»Nein.« Entschlossen schüttelte Jana den Kopf. »Das Paket ist für mich; ich öffne es auch.«

»Vielleicht sollten wir die Polizei rufen«, wandte ihre Mutter ein. »Wer weiß, was da drin ist.«

Oliver hob das Paket ein wenig an und schüttelte es. Ein leises Klirren war zu vernehmen. »Ich denke, wir wissen, was wir darin vorfinden werden.« Seine Miene war zornig verzogen. »Willst du das wirklich selbst …?«

»Ja.« Jana war bereits hinter ihren Verkaufstresen getreten und hatte eine Schere geholt. Mit ihr ritzte sie vorsichtig in die Klebebänder und klappte schließlich den Karton auf. Jede Menge alte Zeitungen quollen ihr entgegen. Darunter verbarg sich ein weiterer Karton. Als sie den Deckel vorsichtig hob, erschrak sie, obwohl auch sie schon geahnt hatte, was sie erwartete. Jede Menge Glasscherben. So viele, dass es sich fast um den gesamten Rest der gestohlenen Kunstwerke aus ihrem Laden handeln musste. Ihr Herz verkrampfte sich, sie ließ den Deckel des Kartons einfach neben das Paket fallen.

»O Gott, mein armer Schatz!« Sogleich war ihre Mutter bei ihr und nahm sie in den Arm. »Wie scheußlich und hinterhältig. Wer tut denn so etwas bloß? Wie war noch mal dieser Name?«

»Balduin Boeseke. Ein Fantasiename, weil das Paket ebenso wie der Brief an mich diesmal mit der Post versendet wurden. So kann man den Absender nicht nachverfolgen.« Oliver wühlte in dem Karton und zog schließlich einen weiteren braunen Umschlag hervor. »Wollen doch mal sehen, was er dir diesmal zu sagen hat.«

Jana löste sich von ihrer Mutter. Sie hätte gerne geweint, doch dazu war sie zu erstarrt. Schweigend beobachtete sie, wie Oliver ein Blatt aus dem Umschlag hervorzog. Die Botschaft darauf jagte ihr einen Schauder über den Rücken:

Du verdienst es nicht, glücklich zu sein. Dein Leben soll genauso in Scherben liegen wie meins.

»Das ist ja ungeheuerlich!« Empört riss Janas Mutter Oliver das Blatt aus der Hand. »Jetzt reicht es aber wirklich. Kann man diesem Verrückten nicht irgendwie beikommen? So kann das doch nicht weitergehen.«

Oliver hatte inzwischen sein Smartphone aus der Hosentasche gezogen und machte Fotos vom Paket, dessen Inhalt und zuletzt auch von dem Brief samt Umschlag. »Wir leiten das an die Polizei weiter, vielleicht können die mehr über den Absender herausfinden. Ich bezweifle es aber, weil die Adresse, wie gesagt, gar nicht existiert. Aber einen Versuch ist es wert.«

»Entschuldigung?« Ein junges Pärchen hatte das Zelt betreten. »Dürfen wir uns ein bisschen umsehen?«

Jana atmete tief durch und setzte ein, wie sie hoffte, gleichmütiges und professionelles Lächeln auf. »Selbstverständlich. Kommen Sie nur herein. Augenblick, das Paket bringe ich weg, dann können Sie sich auch meine neuen Lichterketten und die Baumschmucksets ansehen.« Sie raffte den Brief an sich, warf ihn in den Karton und trug diesen hinter den Verkaufstresen. Noch während sie zu Oliver, Scottie und ihrer Mutter zurückkehrte, kam weitere Kundschaft herein. Sie wandte sich mit gesenkter Stimme an Oliver. »Ich habe hier zu tun.«

»Klar.« Er blickte auf seine Armbanduhr. »Wir sollten trotzdem reden.«

»Kannst du heute nicht ausnahmsweise früher schließen?«, schlug Sabine vor. »Montags ist doch sowieso nicht so viel auf dem Weihnachtsmarkt los. Papa und ich kommen heute Abend bei dir vorbei.« Sie sah Oliver fragend an. »So gegen neunzehn Uhr. Würde Ihnen das auch passen?«

»Das kann ich einrichten«, stimmte er zu. »Ich kümmere mich um die Meldung bei der Polizei. Wenn irgendetwas sein sollte, ruf mich an, Jana. Ich gebe gleich auch noch Lennart ein Update.«

»Okay.« Jana war ihm dankbar, fühlte sich zugleich aber hin- und hergerissen. Sie wusste absolut nicht, wie sie mit der Situation umgehen sollte.

»Frau Weißmüller?« Eine ältere Frau trat auf sie zu. »Sie sind doch Frau Weißmüller, die Künstlerin selbst?«

»Ja, die bin ich.« Jana versuchte sich erneut an einem Lächeln. »Wie kann ich Ihnen weiterhelfen?«

»Ach, wissen Sie, ich suche nach einem Geschenk für meinen Sohn und seinen Lebensgefährten. Die beiden sind gerade frisch zusammengezogen und werden ihr erstes gemeinsames Weihnachtsfest feiern. Dazu haben sie die ganze Familie eingeladen. Ich habe ja gesagt, dass das total verrückt ist, weil wir so viele sind und sie sich nicht so viel Arbeit machen sollen, aber sie bestehen darauf. Na ja, da dachte ich, ich suche ihnen etwas ganz Besonderes aus. Mein Mann und ich haben zwar schon etwas für die Wohnung gefunden, aber das ist etwas Praktisches. Jetzt will ich auch noch etwas, was einfach nur schön ist. Die beiden sind sehr begeistert von Kunst. Mein Schwiegersohn in spe hat sogar schon eine Skulptur von Ihnen. So eine Fontäne mit Drachengesicht, ganz apart. Vielleicht können Sie mich ein bisschen beraten?«

»Das mache ich sehr gerne.« Jana warf ihrer Mutter und

Oliver einen kurzen Blick zu, wandte sich aber gleich wieder an die Kundin. »Erzählen Sie mir ein bisschen mehr über die beiden, damit ich mir noch ein besseres Bild von ihnen machen kann. Ich bin sicher, wir finden gemeinsam das perfekte Geschenk.«

***

»Sie macht das einfach wunderbar, nicht wahr?« Mit mütterlichem Stolz sah Sabine ihrer Tochter nach, die die Kundin hinüber zu den Vitrinen mit den Skulpturen geleitete. »Sie hat einfach ein Gespür, nicht nur für ihre Kunst, sondern auch für Menschen.«

Auch Oliver war Jana unwillkürlich mit Blicken gefolgt, riss sich nun aber von ihrem Anblick los, weil er ihm alles andere als guttat. Sie trug ein rotbraunes knielanges Wollkleid über dunkelbraunen Thermostrumpfhosen und dazu halbhohe Lederstiefel. Durch den breiten dunkelbraunen Ledergürtel wurde ihre wundervolle kurvige Gestalt perfekt betont. Ihr Haar hatte sie aufgesteckt, sodass die silbernen Kreolen an ihren Ohren, die mit Glasornamenten verziert waren, besonders zur Geltung kamen. Sie trug auch mindestens fünf oder sechs passende Armreife und mehrere lange Halsketten im gleichen Stil und war damit das personifizierte Aushängeschild für ihren Schmuck. Eigentlich so gar nicht das, was er modemäßig an einer Frau gut fand. Viel zu bunt und zu esoterisch. Aber es war Jana, und Jana war nun mal so. Etwas Außergewöhnliches. Etwas Besonderes. Es passte zu ihr und wirkte an ihr keineswegs übertrieben.

Er hatte Abstand von ihr gewinnen wollen, um, wie sie es genannt hatte, wieder zur Normalität zurückzufinden. Anscheinend sollte ihm dies vorerst nicht glücken. Wenn er an Schicksal oder dergleichen glauben würde, dann hätte er durchaus denken können, dass da jemand im Hintergrund die Strippen zog. Jemand, der ihn offenbar ordentlich quälen wollte.

»Sie ist sehr talentiert«, antwortete Oliver mit etwas Verspätung, weil er den Eindruck gewann, dass Janas Mutter auf eine Reaktion seinerseits wartete.

»Und Sie hatten vor, ihr Talent zu fördern, indem Sie sie ausspionieren, um sie dann mit Ihrer Schwester zusammenzubringen. Beruflich.« Sabine Weißmüller musterte ihn mit undefinierbarer Miene.

Überrascht und nicht wenig verlegen räusperte er sich. »Sie hat es Ihnen erzählt.«

»Hätte sie es verschweigen sollen?« Zu seiner Überraschung lächelte Sabine Weißmüller, wenn auch verhalten. »Sie haben offenbar nicht das beste Timing an den Tag gelegt.«

»Nein, wohl nicht.« Er wünschte sich weit, weit fort.

»Ich kann Ihr Verhalten nicht gutheißen, Oliver. Ich darf doch Oliver sagen? Sie haben meine Tochter verletzt.«

»Ich weiß. Wenn ich es rückgängig machen könnte …«

»Was dann?«, unterbrach sie ihn. »Meiner Erfahrung nach bringt es nichts, die Zeit zurückdrehen zu wollen. Was mich mehr interessiert, ist, weshalb Sie Jana nicht von Anfang an reinen Wein eingeschenkt haben.«

»Das gehörte nicht zum Plan.«

»Aha. Und warum haben sie nicht rechtzeitig die Notbremse gezogen, bevor sie und Jana … Sie wissen schon?«

Himmel, diese Frau wusste alles! Ihm wurde übel vor Verlegenheit. »Ich weiß, dass ich es hätte tun müssen, Frau Weißmüller.«

»Sabine.« Sie maß ihn mit mütterlich strenger Miene, und er hatte das ungute Gefühl, dass sie ihm bis in die Seele blicken konnte, ihrer Tochter nicht ganz unähnlich. »Das war keine Antwort auf meine Frage. Vielleicht denken Sie mal darüber nach, und wenn Sie so weit sind, geben Sie mir diese Antwort. Aber bis dahin möchte ich gerne etwas anderes von Ihnen wissen.«

Seine Kehle verengte sich. »Was wollen Sie wissen?«

Sabine trat nah an ihn heran. »Sie werden doch Jana in dieser prekären Lage, in der sie sich gerade befindet, nicht alleinlassen, oder?«

Er schluckte. »Ich bin nach wie vor für sie als Detektiv tätig, falls Sie das meinen. Da ich ebenfalls Ziel der Übergriffe durch diese Person geworden bin, habe ich nun ein doppeltes Interesse daran, diese Angelegenheit aufzuklären.«

»Gut.« Sabine nickte ihm zu und wandte sich zum Gehen. Nach einem Schritt in Richtung Ausgang wandte sie sich noch einmal um. »Sie braucht jetzt nicht nur einen Detektiv, Oliver. Ich hoffe, das ist Ihnen bewusst.« Sie bückte sich und strich Scottie über den Kopf, der sehr brav die ganze Zeit an Olivers Seite geblieben war. »Du weißt das auch, nicht wahr, du Süßer?«

Was soll ich wissen? Neugierig hob Scottie den Kopf.

»Wir sehen uns heute Abend.« Damit ließ Sabine Oliver und Scottie einfach stehen.

18. Kapitel

Jana war erst zehn Minuten zu Hause, als ihre Eltern und Ellie eintrafen. Oliver erschien mit Scottie nur wenige Minuten später. Das Wetter hatte sich wieder verschlechtert. Es regnete, und der Wetterbericht kündigte an, dass es glatt werden und der Regen in der Nacht in Schnee übergehen würde. Sie hatte Kaffee gekocht, weil sie wusste, dass Oliver ihn selbst abends noch trank, und für sich und ihre Familie Früchtetee.

Ihre Mutter hatte frisches selbst gebackenes Brot und Nudel- und Kartoffelsalat mitgebracht. »Weil Essen die Gemüter beruhigt«, erklärte sie und deckte mit ihrem Mann zusammen den großen Esstisch in der Küche.

»Das wäre nicht nötig gewesen.« Jana lachte etwas hilflos. »Ich habe Spießbraten für alle mitgebracht und Brötchen zum Aufbacken«

»Dann frier sie ein.« Sabine kicherte. »Da hatten wir wohl den gleichen Gedanken. Was soll's, der Spießbraten passt ja zu den Salaten.« Sie blickte auf Scottie, der mit erhobener Nase um den Tisch herumstrolchte. »Ich hoffe, ihr habt auch etwas für den Hund.«

Braten bitte, der riecht sooo lecker. Ich nehme aber auch ein Stück Brot und das da in den Schüsseln.

»Ich habe noch Kauknochen hier.« Jana holte ein Päckchen aus dem Küchenschrank, in dem sie bis heute früh Scotties Futter aufbewahrt hatte. »Die lagen noch im Wohnzimmer.« Rasch gab sie Scottie einen von den Knochen. »Die magst du, nicht wahr?«

Nicht so gerne wie Braten, aber okay, besser als nix. Hoch erhobenen Hauptes trabte Scottie zu dem Läufer im Eingangsbereich, den er vom ersten Tag an okkupiert hatte, und ließ sich schnaufend darauf nieder. *Okay, hier habe ich alles im Blick.* Genüsslich begann er, an dem Knochen herumzukauen.

»Der Hund fühlt sich hier ja schon ganz zu Hause, was?«, konstatierte Helge amüsiert.

»Er hat ja auch wochenlang hier gewohnt«, wandte Ellie ein. »Ist doch kein Wunder, dass er sich jetzt hier heimisch fühlt. Bestimmt ist es verwirrend für ihn, dass er jetzt wieder woanders leben soll.«

»Ach was.« Sabine winkte hastig ab. »Wenn man mit einem Hund in Urlaub fährt, wird er ja auch nicht verwirrt. Wichtig ist doch, dass er bei Herrchen oder Frauchen ist.«

Jana blickte unwillkürlich zu Oliver. Ihr Herz zuckte, als ihre Blicke sich trafen. Rasch sah sie wieder weg. »Ich hole schnell noch die Kaffee- und Teekannen, dann können wir …« Sie zögerte. »Was auch immer.«

»Essen und reden«, half ihr Vater aus. »Möglichst nicht beides gleichzeitig. Können Sie wirklich um diese Zeit noch Kaffee trinken, Herr Jones? Ich könnte die ganze Nacht nicht schlafen.«

»Ich trinke so viel Kaffee, dass das Koffein wahrscheinlich einfach aufgegeben hat, bei mir wirken zu wollen.« Oliver nahm Jana die Kannen ab und stellte sie auf den Tisch.

»Warum sprechen wir uns nicht alle mit Vornamen und du an?«, schlug Sabine vor. »Das Gesieze ist doch viel zu umständlich. Wir waren ja sowieso schon beim Vornamen, nicht wahr? Mein Mann heißt Helge und Janas Schwester Ellie.«

Alle nickten sich schweigend zu, dann ergriff Helge das Wort: »Sabine hat mich und Ellie über die jüngsten Entwicklungen in Kenntnis gesetzt. Das alles ist, gelinde gesagt, sehr unerfreulich. Und, nicht gelinde gesagt, möchte ich der verantwortlichen Person am liebsten den Hals dafür umdrehen, dass sie meiner Jana das Leben so schwermacht. So etwas ist hochgradig kriminell und gefährlich obendrein, denn wer weiß, was diesem kranken Hirn, anders kann man es wohl nicht nennen, noch einfallen wird.«

»Ja, und dass die Polizei nicht aus dem Quark kommt, ist noch schlimmer«, fügte Ellie erbost und weniger gewählt hinzu.

Jana, die direkt neben ihrer Schwester saß, legte ihr eine Hand auf den Arm. »Was sollen sie denn machen? Wegen ein paar Glasscherben und einem zerschnittenen Zelt werden sie keine Sonderkommission ins Leben rufen.«

»Und was ist mit dem Einbruch?«, begehrte Ellie auf. »Und Olivers Auto wurde ja auch schwer beschädigt. Von deiner nagelneuen Videoüberwachungsanlage ganz zu schweigen. Und dem Psychoterror mit diesen Botschaften. Wie war das? Du sollst nie mehr glücklich sein? Und Oliver soll sich von dir fernhalten? Das ist doch krank!«

»Aber nicht Grund genug, sich ein Bein auszureißen.« Jana seufzte. »Glaub mir, ich finde das auch nicht gut, aber es gibt ja nicht einmal einen Verdächtigen, geschweige denn verwertbare Spuren.«

»Womit wir beim Thema wären«, mischte Oliver sich ein. »Ich habe die SD-Karten aus den beiden Überwachungskameras zu Hause mit meinem Equipment überprüft und mich vorhin auch noch mit Herrn Overbeck von *Securifant* getroffen, der Spezialwerkzeug für solche Fälle besitzt. Die eine Karte ist durch den Regen leider zerstört worden, die andere funktioniert zwar noch, aber ebenfalls durch den Regen sind die Aufnahmen sehr verschwommen. Wir versuchen jetzt, sie etwas schärfer zu bekommen, aber soweit wir sehen konnten, war die Person, die sich an den Kameras zu schaffen gemacht hatte, mit Schal und Kapuze vermummt. Es ist fraglich, ob wir sie auch mit schärferen Aufnahmen identifizieren könnten.«

»Mist.« Jana seufzte. »Das wäre wohl zu einfach gewesen.«

Oliver nickte bedauernd. »Dumm ist diese Person nicht, das steht fest. So, wie sich die neuesten Botschaften lesen, dürfte es meiner Meinung nach sehr wahrscheinlich sein, dass ein Ex-Freund oder ehemaliger Liebhaber dahintersteckt. Oder ein Mann, den du irgendwann einmal zurückgewiesen hast. Wir sollten in dieser Richtung weiter forschen. Fällt dir jemand ein?«

»Nehmt euch derweil von dem guten Essen«, forderte Sabine auf. »Der Braten ist sogar noch warm.«

Jana hob die Schultern. »Darüber habe ich schon oft nachgedacht, aber so viele Ex-Freunde – oder Liebhaber – gibt es in meinem Leben nicht. Ernst war es mit keinem von ihnen. Von den letzten beiden habe ich dir ja erzählt. Der eine wollte mich als Vorzeigehausfrau, der andere hat mich nur für seine Kunst ausnutzen wollen. Keiner von beiden steckt wahrscheinlich dahinter. Der eine ist inzwischen verheiratet und hat, was er wollte, und der andere ist nur mit seiner Kunst und seinem Harem beschäftigt und derzeit gar nicht im Land, sondern auf Tour in Südeuropa.«

»Bist du sicher?«, hakte er nach. »Nach allem, was du erzählt hast, könnte er ja durchaus wütend sein, weil du nicht auf sein … Angebot eingegangen bist.«

»Deshalb ist er höchstens beleidigt gewesen, ein wenig in seinem Stolz verletzt«, entgegnete sie. »Unglücklich bestimmt nicht. Er war ja nicht in mich verliebt.« Sie seufzte unterdrückt. »Das ist wohl mein Schicksal. Kein Mann hat sich je wirklich in mich verliebt. Deshalb gibt es auch keine ernsthaften Kandidaten für einen Verdächtigen.«

»Jana, Schatz …« Ihre Mutter wollte etwas Tröstendes sagen, doch Jana schüttelte nur den Kopf.

»Es ist nun mal so. Männer verlieben sich nicht in mich.«

»Das halte ich für ein Gerücht«, murmelte Oliver.

Ruckartig wandte sie sich ihm zu. »Was war das?«

»Er hat recht!«, rief Ellie. »Das ist Bullshit, Jana. Natürlich verlieben sich Männer in dich. Hunderte wahrscheinlich sogar. Du bist so ein toller Mensch – und unglaublich hübsch obendrein.«

»Dann finden Sie mich attraktiv und interessant«, lenkte Jana ein. »Aber das hat mit Liebe nichts zu tun. Ich bin den meisten Männern wohl zu seltsam. Zu verrückt, zu esoterisch, zu … was auch immer. Damit muss ich leben. Ich bin nun mal so, wie ich bin. Ich liebe Einhörner.« Sie warf Oliver einen vielsagenden Blick zu. »Rosafarbene. Und ich glaube an ihre Macht und an die der Elfen natürlich auch.«

»Okay«, gab Ellie kichernd zu. »Das ist schon ein bisschen schräg. Aber …«

»Können wir zum Thema zurückkehren?«, bat Helge.

Oliver nickte zustimmend. »Schreib mir eine Liste mit allen Männern, die infrage kommen, Jana.«

Verärgert musterte sie ihn. »Die Liste ist nicht lang. Und ehrlich gesagt glaube ich auch nicht, dass einer dieser Männer etwas damit zu tun hat. Dazu liegt alles schon viel zu lange zurück. Die sind bestimmt alle längst glücklich verheiratet.«

»Trotzdem«, beharrte er. »Irgendwo müssen wir anfangen. Was ist mit Männern, denen du mal einen Korb gegeben hast?«

»Da war doch mal dieser Gregor«, schlug Ellie vor. »Der dauernd in deinen Laden kam, um mit dir zu flirten.«

Jana überlegte. »Das ist schon drei Jahre her!«

»Egal.« Oliver beugte sich ein wenig vor. »Voller Name?«

»Gregor.« Jana seufzte. »Ich habe ihn nie nach seinem Nachnamen gefragt. Er war mir zu suspekt. Offenbar reich, ziemlich eingebildet und von sich eingenommen. Als ich ihm sagte, dass ich kein Interesse habe, hat er es noch zweimal versucht und dann aufgegeben.« Sie runzelte die Stirn. »Er fuhr einen Porsche 911 in Knallrot mit Bonner Kennzeichen. Mehr weiß ich nicht mehr.«

Oliver hatte sein Smartphone zur Hand genommen und tippte ihre Angaben in eine App. »Nicht viel, aber immerhin etwas. Noch jemand?«

»Die meisten Typen, denen man einen Korb gibt, lernt man ja gar nicht erst kennen«, warf Ellie ein, als Jana nur die Schultern hob. »Weil man sie auf den ersten Blick nicht ausstehen kann. Meist kennt man nicht mal ihren Namen. Aber so einer verfolgt einen doch nicht ewig später auf diese Weise.«

»In der nahen Vergangenheit gab es niemanden?«, beharrte Oliver auf dem Thema.

»Nein.« Giftig erwiderte Jana seinen Blick. »Außer dir niemanden. Und das war ja auch nichts Ernstes. Oder bist du jetzt selbst verdächtig?«

Olivers Miene verfinsterte sich. »Das ist lächerlich.«

»Na also.« Jana verschränkte die Arme auf dem Tisch vor ihrem Teller. »Du darfst gerne noch zehnmal fragen. Ich kann trotzdem keinen Verdächtigen aus dem Hut zaubern. Was kann ich dafür, dass ich alle Männer in die Flucht schlage, weil ich ihnen zu abgehoben und merkwürdig bin?« Sie lachte trocken. »Okay, dafür kann ich wohl alles, aber so ist es nun mal. Irgendwo da draußen wird schon noch der Richtige warten.«

»Aber sicher wird er das.« Sabine fasste über den Tisch nach ihrer Hand. »Davon bin ich überzeugt. Und du bist nicht merkwürdig oder abgehoben, sondern etwas ganz Besonderes. Jeder Mann, der das nicht sieht, ist blind und es nicht wert, auch nur einen Gedanken an ihn zu verschwenden.«

Da ihre Mutter bei diesen Worten Oliver ansah, nahm Jana an, dass sie ihm damit eine Nachricht übermitteln wollte. Vielleicht war es doch keine so gute Idee gewesen, ihrer Mutter haarklein zu erzählen, was vorgefallen war. Sabine meinte es bestimmt nur gut, doch ihre Kämpfe, speziell wenn sie ihr Liebesleben betrafen, focht Jana lieber selbst aus.

»Wenn es also keinen unmittelbaren Verdächtigen gibt«, wechselte Jana das Thema. »Wie sollen wir dann vorgehen?«

Zunächst herrschte Schweigen rings um den Tisch. Doch schließlich ergriff Ellie das Wort. »In allen Krimis, die ich gesehen habe, würden sie jetzt versuchen, den Täter aus der Reserve zu locken!«

»Kind.« Helge schüttelte den Kopf. »Wir sind hier nicht in einem Krimi, sondern in der Realität.«

»Die Idee ist trotzdem nicht von der Hand zu weisen«, befand Sabine. »Wir sollten uns überlegen, wie wir ihn so weit provozieren können, dass er sich zu erkennen gibt oder einen Fehler macht, der Rückschlüsse auf seine Identität liefert.«

»Das könnte aber auch gefährlich werden«, wandte Janas Vater ein. »Derjenige ist meiner Meinung nach nicht ganz richtig im Kopf, und mit solchen Leuten muss man vorsichtig sein.«

»Das ist richtig«, stimmte Oliver zu. »Wir müssen damit rechnen, dass die Sache eskaliert, wenn wir nicht sehr vorsichtig vorgehen.«

»Nur abwarten und Tee trinken, bringt es aber auch nicht.« Ellie wandte sich an Jana. »Ihr müsst aktiv werden, sonst geht das noch eine Ewigkeit so weiter. Oder dem Täter wird langweilig, und dann könnte er auch eskalieren. Immerhin hat er dir mit dem Päckchen heute vermutlich die restlichen Stücke seiner Beute geschickt und damit vorerst all sein Pulver verschossen. Was wird er sich als Nächstes einfallen lassen? Lieber ein Ende mit Schrecken als ein Schrecken ohne Ende.«

»So hart es auch klingt, aber der Meinung bin ich auch.« Mit entschlossener Miene blickte Sabine in die Runde. »So, wie ich es verstanden habe, will diese Person, dass Jana unglücklich ist und dass Oliver sich von ihr fernhält. Wobei jetzt nicht ganz klar ist, ob damit die private oder die berufliche Ebene gemeint ist.«

»Auf jeden Fall scheint er die beiden beobachtet zu haben.« Ellie schüttelte sich. »Das ist ziemlich unheimlich.«

»Aber etwas, was wir ausnutzen können.« Sabine nahm sich von dem Nudelsalat und vom Spießbraten. »Vergesst bitte das Essen nicht.« Sie kostete vom Braten und nickte zustimmend. »Sehr gut.« Dann fasste sie Oliver ins Auge. »Zunächst einmal halte ich es für absolut inakzeptabel, dass du Jana ausgerechnet jetzt hier allein lässt. Ich finde, du solltest noch für eine Weile hier wohnen, damit sie sich sicherer fühlt und damit im Bedarfsfall jemand bei ihr im Haus ist.«

»Ich könnte auch für eine Weile hier einziehen«, warf Ellie ein, doch Sabine schüttelte den Kopf.

»Normalerweise würde ich dir zustimmen, aber in diesem Fall wäre es besser, wenn Oliver das übernimmt. Erstens, weil er ja bereits als Wachmann etabliert ist. Er weiß, was zu tun ist, wenn etwas vorfällt, und hat Scottie an seiner Seite. Auch er ist mit seiner Wachsamkeit ein zusätzlicher Pluspunkt. Und zweitens, weil Oliver bei der Gelegenheit auch gleich eine weitere Rolle spielen kann.«

»Eine weitere Rolle?« Fragend musterte Helge seine Frau. »Was denkst du dir denn da gerade aus?«

»Lass mich ausreden, dann erfährst du es.« Sabine lächelte ihm liebevoll zu. »Wie gesagt, dieser Mensch hat es offenbar darauf abgesehen, Janas Glück zu zerstören. Also sollte sie genau das nicht zulassen, und zwar demonstrativ.« Eindringliche Blicke trafen erst Jana, dann Oliver.

Jana knabberte nervös an ihrer Unterlippe. Sie begann zu begreifen, worauf ihre Mutter hinauswollte. »Wir sollen so tun, als ob wir ein Paar wären.«

Oliver hob sogleich beide Hände in Abwehr. »Das ist keine gute Idee.«

»Warum nicht?« Sabine maß ihn mit einem bezeichnenden Blick. »Hast du eine bessere?«

»Nein, aber … Wir sind kein … waren nie ein Paar.« Er fuhr sich mit einer kantigen Bewegung durchs Haar. »Außerdem kennen wir uns noch nicht so lange, dass es glaubhaft wäre, wenn ich gleich hier einziehe.«

»Du hast doch bereits hier gewohnt«, widersprach Sabine. »Aber gut, wenn euch das zu viel ist, dann trefft euch eben mehrmals in der Woche, und am Wochenende kannst du dann hier übernachten. Obwohl Janas Vater und ich schon nach drei Wochen Bekanntschaft zusammengezogen sind, aber das ist eine andere Geschichte und gehört jetzt nicht hierher. Mir geht es darum, dass Jana möglichst selten allein hier ist. Ob dir die Pendelei nach Köln zu viel ist oder nicht, musst du wissen, Oliver.«

Jana nahm sich nun auch von dem Essen, obgleich sie nicht sicher war, ob sie etwas hinunterbringen würde. »Du vergisst aber dabei, dass Oliver auch noch andere Klienten hat. Ich kann nicht von ihm verlangen, dass er sich ausschließlich auf meinen Fall konzentriert. Außerdem könnte ich mir das gar nicht leisten.«

»Ich bezahle das Honorar, falls es nötig sein sollte«, wischte Sabine diesen Einwand vom Tisch. »Also gut, ein wenig Pendelei wird es also doch geben. Aber ich halte es trotzdem für die beste Idee, dieser Person zu zeigen, dass Jana sich nicht von diesen Botschaften und Gemeinheiten beeindrucken lässt. Vielleicht provoziert das eine Reaktion oder einen Fehler.«

Wieder senkte sich Schweigen über die Runde. Alle begannen nun mehr oder weniger zögerlich zu essen.

»Ich könnte einen Teil meiner Arbeit von hier aus erledigen«, ergriff Oliver schließlich doch wieder das Wort. »Vieles ist Recherche, die ich mit dem Laptop und einem Internetanschluss erledigen kann.« Skeptisch sah er Jana an. »Ich bin nur nicht sicher, ob das wirklich so eine gute Idee ist. Jana, willst du das überhaupt? Ich meine, ich könnte es verstehen, wenn du mich lieber nicht in deiner Nähe haben willst. Schon gar nicht, um so zu tun, als wären wir … ein Paar.«

Sie hörte ihm an, dass ihm selbst nicht wohl dabei war, und fragte sich, warum er wohl nicht rundheraus sagte, dass er solch ein Arrangement nicht wolle. »Was ist denn mit dir?«, stellte sie deshalb eine Gegenfrage. »Bist du sicher, dass du das hinbekommst? Immerhin müsstest du tage- oder vielleicht sogar wochenlang so tun, als ob wir eine Beziehung hätten. Du hast doch nie feste Bindungen.«

»Es wäre aber doch bloß gespielt«, warf Ellie ein.

Jana schüttelte den Kopf und versuchte gleichzeitig zu nicken. »Es muss aber echt aussehen, sonst glaubt es ja niemand. Wir müssten uns also schon ziemlich ins Zeug legen. Für jemanden, der Beziehungen grundsätzlich ablehnt, dürfte das doch eine ziemliche Herausforderung sein. Das muss er sich gut überlegen, denn wenn wir nicht glaubhaft rüberkommen, können wir es auch gleich sein lassen.«

»Ich kriege das schon hin«, knurrte Oliver gereizt. »Wir haben ja anscheinend bisher auch schon echt gewirkt, und das ganz ohne dass wir es darauf angelegt haben.«

»Dann wäre das also abgemacht.« Sabine lächelte hochzufrieden. »Am besten legt ihr gleich los.« Sie blickte zum Fenster und gluckste. »Das Wetter scheint in dieser Hinsicht auf unserer Seite zu sein. Seht nur, wie heftig es schneit! Nach Hause fahren solltest du heute nicht mehr, Oliver. Das ist viel zu gefährlich.«

***

Mit einem breiten Grinsen überreichte Santa Claus Petrus in dessen Wetterstation eine Schachtel mit Lebkuchen, Anisplätzchen und weiterem duftendem Weihnachtsgebäck. »Ausgezeichnet, mein Freund, ganz ausgezeichnet, dieses Wetter. Hier, die sind für deine Mühen.«

Petrus nahm die Schachtel mit einem huldvollen Lächeln entgegen. »Solange es nur ein einfacher Schneesturm ist und ich nicht gleich die globale Wetterlage verändern muss, bin ich stets gern zu Diensten. Insbesondere wenn mir ein solch köstlicher Lohn winkt.«

»Meine Frau lässt dich herzlich grüßen.« Der Weihnachtsmann nickte Petrus noch einmal zu. »Entschuldige mich, ich habe es eilig. Wir sehen uns.«

Petrus lachte. »Davon gehe ich aus. Du immer mit deinen verrückten Ideen. Ich hoffe, du bist damit erfolgreich.«

»Das hoffe ich auch.« Zum Abschied hob der Weihnachtsmann die Hand und machte sich wieder auf den Weg zurück zu seinem Haus über dem Nordpol.

***

»Macht es dir wirklich nichts aus, wenn wir heute hier übernachten?« Oliver war hinter Jana an die Terrassentür getreten, durch die sie hinaus auf das dichte Schneetreiben in der Dunkelheit blickte. »Du hast mich oder vielmehr uns ja nicht umsonst heute Morgen hinausgeworfen.« Er hätte sie gerne an den Schultern berührt, unterließ es aber tunlichst, um sie nicht noch mehr gegen sich aufzubringen.

»Ich habe euch nicht hinausgeworfen.« Sie sprach, ohne sich zu bewegen. »Du hattest mir gerade eröffnet, dass du mich im Auftrag deiner Schwester hintergangen hast. Ich brauche ein bisschen Zeit, um das zu verarbeiten. In dieses Unwetter schicke ich euch aber ganz sicher nicht hinaus. Außerdem hat Mama recht. Wenn wir das durchziehen wollen, fangen wir am besten sofort damit an.« Sie stockte kurz. »Glaubst du, er beobachtet uns? Von da draußen irgendwo?«

Oliver blickte über ihre Schulter in den Garten. Viel war in der Finsternis und durch die Wand, die der dichte Schneefall bildete, nicht zu erkennen. »Bei dem Wetter eher unwahrscheinlich.«

»Aber nicht ausgeschlossen. Gestern Nacht war er schließlich auch hier, und da sah es vor dem Fenster nicht viel besser aus.«

Der Gedanke bereitete ihm Unbehagen. »Da hast du recht, aber er müsste praktisch direkt an eines der Fenster kommen, um bei dem Schneetreiben mehr zu erkennen als ein paar Schatten in einem erleuchteten Quadrat. Das wird er vielleicht doch nicht riskieren.«

»Wir sollten uns einen Plan überlegen, wie wir vorgehen.«

»Einen Plan?« Erneut war er versucht, sie zu berühren.

»Ja. Wie sollen wir das machen? Gehen wir abends aus, zum Essen, ins Kino oder was auch immer, damit man uns in der Öffentlichkeit zusammen sieht?«

»Das wäre eine Möglichkeit.« Wohl war ihm bei der Aussicht allerdings nicht. Sie würden nicht nur den Täter täuschen, sondern alle Leute, denen sie begegneten, und dazu gehörten viele Freunde und Bekannte von Jana. »Wir müssen es aber auch nicht übertreiben. Du hast mit dem Verkauf auf dem Weihnachtsmarkt ja genug zu tun. Da erwartet wohl niemand, dass du dir jeden Abend um die Ohren schlägst, nur weil du jemanden kennengelernt hast. Es wissen bereits alle, dass ich ohnehin die ganze Zeit in deiner Nähe bin. Wir müssen nur etwas eindeutiger miteinander umgehen, und wir können, wenn dir das lieber ist, nur die Wochenenden nutzen, um etwas zu unternehmen.«

»Ich fühle mich sicherer, wenn ihr hier seid.« Abrupt drehte sie sich zu ihm um. Sie lächelte, wenn auch kläglich. »Das ist so ein scheußliches Klischee! Als ob ich ohne den großen starken Mann nicht bestehen könnte. Schmeichelt euch Männern das eigentlich, wenn ihr eine holde Maid in Nöten beschützen dürft und sie euch dafür dankbar zu Füßen kriecht?«

Ihre vergrätzte Miene erheiterte ihn. »Es schmeichelt uns exorbitant, allerdings nur, wenn die holde Maid uns nicht am liebsten den Garaus machen würde. In dem Fall nehmen wir lieber Reißaus.« Nun hob er doch, ganz gegen alle Vernunft, die Hand und strich ihr eine Haarsträhne hinters Ohr. »Kriechen sehe ich dich übrigens nicht. Im Gegenteil. Unter den gegebenen Voraussetzungen stehst du erstaunlich aufrecht. Ich glaube nicht, dass es viele Menschen gibt, denen das so gelingen würde. Du bist stark!«

»Also wirst du Reißaus nehmen?«

»Nein.«

Sie blickte zu Boden. »Aber du würdest gerne.«

Unbestritten. In seinem Magen bildete sich ein unangenehmer Knoten. »Ich werde es nicht tun. Wenn du dich sicherer fühlst, solange wir da sind, halten wir die Stellung. Ich werde dich nicht allein lassen, wenn du mich brauchst. Das wird schon irgendwie funktionieren. Als Wachmann und Wachhund haben wir ja zumindest schon Erfahrung.«

Er zuckte zusammen, als in diesem Moment ein lang gezogenes Schnarchen hinter ihnen ertönte. Sie drehten sich gleichzeitig zu dem Unruhestifter um. Jana schlug die Hände vor den Mund, doch ihr Glucksen war dennoch deutlich zu vernehmen.

Scottie lag im Eingangsbereich auf dem bunten Läufer platt auf dem Rücken und streckte, wie so oft, alle vier Beine weit von sich. Bei jedem Atemzug bebten und flatterten seine Lefzen, was den knatternden Schnarchton noch verstärkte.

Oliver presste vergeblich die Lippen zusammen. Ein reichlich unattraktives Grunzen entfuhr ihm trotzdem. Jana neben ihm krümmte sich inzwischen vor Lachen, das sie bewusst lautlos zu halten versuchte, was allerdings dazu führte, dass es sie noch mehr schüttelte.

Er hustete unterdrückt. »Das mit dem Wachhund revidiere ich.« Dann brach auch er in haltloses Gelächter aus, das noch heftiger ausfiel, als Scottie erwachte und, ohne sich weiter zu bewegen, vollkommen arglos zu ihnen herüberschielte.

Was'n los? Hab ich was verpasst, oder warum lacht ihr so? Ach, mir doch egal. Bin müde. Lacht doch, über wen oder was ihr wollt. Schon klappten seine Augen wieder zu, und nur Augenblicke später zog erneut ein lang gezogenes Schnarchen durch den Raum.

»O mein Gott, ich kann nicht mehr!« Jana krümmte sich erneut, hielt sich den Bauch und blinzelte erfolglos gegen die Lachtränen an, die ihr über die Wangen liefen. »Ich ... kriege ... keine Luft ... mehr.«

Auch Oliver rang nach Atem. »Ich auch nicht. Komm!« Er nahm sie bei der Hand und zog sie mit sich zur Couch.

»Ich ... kann ... nicht ...« Japsend ließ sie sich auf die Sitzfläche fallen. Als erneut ein Schnarchen ertönte, quietschte sie unterdrückt und trommelte mit geballten Fäusten auf ein Sofakissen ein. »Hilf ... Hilf mir doch!«

»Kann nicht.« Auch Oliver hatte sich auf die Couch geworfen und kämpfte gegen den Lachkrampf an, was diesen aber noch verstärkte. Himmel, wann hatte er zuletzt so gelacht?

Nun zuckte Scottie auch noch mit den Füßen, als ob er im Traum einer Katze hinterherlaufen würde.

Wieder boxte Jana auf das Kissen ein. »Auf... Aufhören. Ich kann echt nicht mehr.« Verzweifelt atmete sie tief ein und wieder aus – und bekam einen Schluckauf. »O nein!« Erbost, aber immer noch lachend, gestikulierte sie wild mit den Händen. »Ich – *hicks* – muss etwas trinken, sonst – *hicks* – geht das nicht mehr weg. – *Hicks* – Aber ich kann nicht auf... *hicks* ...stehen.« Keuchend versuchte sie sich wieder unter Kontrolle zu bekommen.

»Ich hole dir was.« Obwohl er selbst immer noch nicht wieder richtig zu Atem gekommen war, erhob Oliver sich umständlich und torkelte unelegant zum Kühlschrank. »Wasser? Coke oder Radler?«

»Egal – *hicks*.« Jana hatte sich so weit vornübergebeugt, dass ihr Kopf zwischen ihren Beinen beinahe den Boden berührte. »Beeil dich – *hicks* – bitte.«

»Was machst du denn da?« Er hatte bereits bemerkt, dass sie ziemlich gelenkig war. Diese Stellung wirkte aber alles andere als bequem.

»Schluck… – *hicks* – Schluckaufyoga.« Sie schnaufte. »*Hicks* – Schluckauf gegen – *hicks* – Nein, verdammt! – *Hicks* – Yoga – *hicks* – *hicks* – gegen Schluckauf. Hab ich gerade erfun… *hicks* …den.«

»Hilft es?« Er griff rasch nach einer Flasche Wasser und nahm zusätzlich die Zuckerdose aus dem Vorratsschrank und einen Löffel mit.

»Sieht es – *hicks* – so aus, als würde es helf… *hicks* …en?«

»Hier, trink etwas.« Nachdem sie sich wieder aufgerichtet hatte, reichte er ihr die geöffnete Wasserflasche.

Sie trank ein paar Schlucke. »Danke. – *Hicks* – Mist.«

»Nimm einen Löffel Zucker. Den lässt du ganz langsam auf der Zunge zergehen.«

»Okay.« Sie tauchte den Löffel in den Zucker. »Das ist aus *Schlaflos in Seattle* – *hicks* –, oder?« Sie nahm den Zucker in den Mund.

»Was meinst du?« Irritiert musterte er sie, erhielt aber erst einmal keine Antwort.

Erst nachdem Jana den Zucker hinuntergeschluckt hatte, ging sie darauf ein. »In dem Film sagt Sams Sohn Jonah das mit dem Zucker.«

»Ach ja?« Er grinste schief. »Ich weiß nicht mal, ob ich den Film schon mal gesehen habe. Wenn, dann ist es schon ewig her. Das mit dem Zucker habe ich von meiner Mom.«

»Dann kennt sie den Film vielleicht.« Sie atmete tief durch. »Es scheint zu wirken.«

»Gut.« Er verschloss die Zuckerdose und stellte sie auf den

Couchtisch. »Ich glaube, das mit dem Zucker ist allgemein verbreitet.«

»Kann sein. Ich glaube, im Film heißt es, man muss den Löffel verkehrt herum im Mund behalten.« Sie lehnte sich sichtlich erleichtert auf der Couch zurück. »Danke.«

»Doch nicht dafür.« Er stand auf. »Ich bringe den Zucker zurück in die Küche.«

»Nein, bleib hier. Der Zucker ist doch egal. Und ich meine nicht die Schluckaufhilfe.« Sie zog die Füße unter den Po. »Danke für den Lachkrampf. Wenn ihr nicht hier wärt, hätte ich heute Abend Trübsal geblasen. Und ängstlich in die Dunkelheit vor den Fenstern gestarrt.« Diesmal war ihr Lächeln wieder so strahlend, dass es Oliver mitten ins Herz traf. »Lachen ist so viel besser.«

»Na ja …« Er räusperte sich unbehaglich. »Scottie war ja dafür verantwortlich.«

»Aber du hast mitgelacht.« Sie griff nach der Wasserflasche und trank erneut ein paar Schlucke. »Allein zu lachen, ist nur halb so schön – und hilfreich.«

»Glad to be of service«, murmelte er, weil ihm seltsamerweise die deutschen Worte nicht einfallen wollten.

»Hm.« Jana richtete sich wieder ein wenig auf. »Das fällt mir erst jetzt auf. Ich habe dich bisher fast nie Englisch reden gehört. Dabei ist das doch deine Muttersprache. Einen Akzent hast du auch nicht.«

»Es ist eher meine Vatersprache. Mom hat schon immer Deutsch mit mir geredet. Ich bin zweisprachig aufgewachsen und lebe seit meinem elften Lebensjahr in Deutschland. Das ist lange genug, um jeden Akzent wegzuschleifen, falls ich je einen hatte.«

»Ich …« Sie zögerte, bevor sie weitersprach. »Ich mag es, wie es klingt, wenn du Englisch sprichst.«

Er tat ihr den Gefallen. *»Really?«*

»*Well, yes.*« Sie kicherte. »*It sounds sexy*. Das solltest du mal versuchen, wenn du eine Frau rumkriegen willst. Viele von uns stehen auf einen Akzent.«

»*Is that so? That's pretty interesting.*« Er hatte seine Stimme ein wenig gesenkt. »Und was, wenn die betreffende Frau gar kein Englisch versteht?«

»Das ist heutzutage eher unwahrscheinlich, oder? Also, ich würde es an deiner Stelle versuchen. Der Erfolg ist dir zu neunundneunzig Prozent gewiss.«

»Also doch nicht zu hundert Prozent?«

»Ein bisschen Schwund ist immer.«

Grinsend lehnte auch er sich zurück. »Ich werde es mir merken.«

»Tu das.« Unvermittelt sprang sie auf. »Dein Bett ist noch gar nicht frisch bezogen. Ich habe die Bettwäsche heute Morgen abgezogen, aber noch nicht wieder neue …«

»Warte!« Er folgte ihr, da sie bereits auf dem Weg zum Gästezimmer war. »Das kann ich selbst machen, wenn du mir sagst, wo ich frische Bezüge finde.«

»Im Wandschrank im Flur zwischen dem Gästezimmer und dem Bad.« Sie blieb stehen und drehte sich zu ihm um. »Okay, also … Am besten gehe ich jetzt schlafen. Es ist schon spät und morgen ein langer Tag.«

Oliver nickte zustimmend. »Morgen früh beraten wir, wie wir unsere … Scharade … am besten aufziehen.« Nach einem Atemzug setzte er hinzu: »Schlaf gut, Jana.«

»Mhm. Du auch«, murmelte sie und es wirkte ein wenig, als wollte sie die Flucht ergreifen, als sie eilig der Treppe zustrebte.

Oliver konnte es ihr nachfühlen. Ihm war sehr danach, die Beine in die Hand zu nehmen und so schnell und weit zu rennen, wie er nur konnte. Worauf hatten sie sich da nur eingelassen? Und warum in drei Teufels Namen hatte er sich überhaupt dazu breitschlagen lassen? Ganz sicher gab es auch noch einen anderen Weg, den Unbekannten zu entlarven, der es auf Jana abgesehen hatte. Vorhin, in Gesellschaft von Janas Familie, hatte ihm Sabines Vorschlag noch eingeleuchtet, doch inzwischen bekam er kaum noch Luft, wenn er an die kommenden Tage und – Himmel noch mal! – Wochen dachte. Wie um alles in der Welt sollte er über diese unbestimmte Zeitspanne hinweg in Janas Nähe verweilen und gleichzeitig bei klarem Verstand bleiben? Es war schließlich nicht so, dass er sie nicht leiden konnte. Allein die Sache mit Scottie und dem Lachanfall zeigte, wie leicht sie zu einer angenehmen Kameradschaft fanden, wie viel Spaß sie trotz oder wegen ihrer Verschiedenheit haben konnten. Das änderte nur leider nichts daran, dass er Jana belogen hatte und dass zwischen ihnen nichts Ernstes war. Genau das aber mussten sie jetzt vortäuschen. Liebe Zeit, was wusste er denn davon, wie eine feste Beziehung funktionierte? Er hatte ja noch nie eine gehabt. Zudem war es gefährlich, Jana nun doch wieder nahezukommen. Denn auch wenn er vielleicht hinsichtlich fester Beziehungen eine Niete war, wusste er doch sehr genau, dass er Jana begehrte. So sehr, dass es ihn auf Dauer den Verstand kosten würde, wenn er ihr nicht ausweichen konnte.

Er durfte dieser Sehnsucht jedoch nicht nachgeben, nicht noch einmal. Was sie heute erzählt hatte, dass Männer sich nie ernsthaft in sie verliebten, hatte ihn betroffen gemacht und ihm vor Augen geführt, dass er sich nicht in die mehr oder weniger namenlose Gruppe dieser Idioten einreihen durfte, denn damit würde er Jana nur verletzen. Sie verdiente einfach Besseres. Einen Mann, der es ernst mit ihr meinte und ihr genau das gab, was sie sich wünschte, was immer das auch war.

»Komm, Scottie, wir beziehen unser Quartier.« Er gab seinem Hund ein Zeichen, der daraufhin jedoch erst einmal zur Haustür sauste.

Super, gehen wir raus? Ich muss nämlich noch mal.

»Okay, Kumpel.« Lachend zog Oliver sich seinen Mantel an und nahm sich den Hausschlüssel aus der Glasschale. »Aber auf deine Verantwortung. Draußen wütet das Schneemonster.«

Hä? Schneemonster? Keine Ahnung, was du meinst. Scottie hielt halbherzig still, während Oliver ihm das Geschirr anlegte. *Bist du bald fertig? Endlich. Und jetzt die Tür auf, hopp, hopp! Ich muss ...* Wie angewurzelt blieb Scottie stehen, als er das Schneetreiben erblickte. *Was ist das denn? Das ist nicht dein Ernst, Herrchen! Da willst du mich rausschicken? Nö, also ... Ich glaube, ich muss überhaupt nicht mehr.*

»Ich hab's ja gesagt.« Grinsend scheuchte Oliver die widerstrebende Bordeauxdogge vor die Tür. »Na los, wir beeilen uns auch.«

Beeilen ist gar kein Ausdruck! Ich bleibe keine Sekunde länger als unbedingt notwendig hier draußen. Es ist kalt, nass und ekelhaft!

»Wenn wir schon dabei sind, können wir auch gleich noch einen Kontrollgang über das Grundstück machen«, beschloss Oliver und seufzte innerlich. »Damit Jana sich absolut sicher fühlen kann.«

19. Kapitel

Die Woche verflog nur so. Weder Jana noch Oliver kamen dazu, ihr Arrangement infrage zu stellen oder auch nur darüber nachzudenken. Melissas kleiner Sohn hatte sich erkältet, sodass Melissa bei ihm zu Hause bleiben musste und Jana gezwungen war, entweder erst nachmittags das Zelt zu öffnen oder die Frühschicht ebenfalls zu übernehmen. Auch um die Bestellungen über ihren Onlineshop musste sie sich nun allein kümmern. Sie entschied sich für einen Kompromiss. An zwei Tagen öffnete sie vormittags, an den anderen beiden arbeitete sie in ihrer Werkstatt, um weitere Glaskunstwerke zu erschaffen.

Auch Oliver war sehr eingespannt, denn er musste sich ja um seine Klienten kümmern. Er brachte eine Reihe von Materialien, zwei Laptops, ein Tablet und weiteres Equipment aus seinem Büro mit, um in Janas Haus arbeiten zu können, doch mehrmals pendeln musste er trotzdem.

Somit kamen sie beide noch nicht einmal dazu, einen konkreten Plan auszuarbeiten, verfielen aber gleichzeitig schnell wieder in den Rhythmus, den sie sich in den vergangenen drei Wochen angewöhnt hatten. Jana kam erst wieder etwas zu Atem, als Melissa am Samstag, dem Tag vor dem ersten Advent, wieder ihren Posten antreten konnte, weil Eva sich bereit erklärt hatte, für ein paar Stunden auf Andy achtzugeben, der glücklicherweise schon wieder einigermaßen gesund war und so auch mit Evas und Andrés kleinem Sohn spielen konnte.

Jana nutzte den freien Vormittag, um zu ihrer Friseurin zu gehen, was dringend nötig war, wie sie fand, um einzukaufen und sich um die Mittagszeit ein Entspannungsbad zu gönnen, bevor sie sich wieder auf den Weg zum Weihnachtsmarkt machte.

***

Oliver war am Samstagmorgen mit Scottie nach Köln gefahren, um in seiner Wohnung nach dem Rechten zu schauen. Halb erwartete er bereits, eine neue Botschaft in seinem Briefkasten vorzufinden, doch der Unbekannte schwieg sich wieder mal aus. Wollte er Jana mürbemachen, indem er immer wieder Ruhepausen einbaute? Aber zu welchem Zweck? Oliver war geneigt, die Einschätzung zu teilen, die Janas Vater abgegeben hatte. Dieser Mensch schien nicht ganz richtig im Kopf zu sein. Leider hatte die Überprüfung der Namen von Janas Ex-Freunden nicht viel ergeben, sodass sie immer noch im Dunklen fischten, und das wurde allmählich bedenklich, denn so gut konnte dieser Mensch doch wirklich nicht sein. Irgendeinen Fehler musste er früher oder später machen.

Etwas anderes gab ihm jedoch noch mehr zu denken: Er fühlte sich in seiner eigenen Wohnung fast schon fremd, dabei wohnte er nun schon mehr als drei Jahre hier. Er kannte die direkten Nachbarn, grüßte die alte Frau Willigheim, die den Vorgarten des Mehrfamilienhauses pflegte, und mit Karim, dem Inhaber des Zeitungskiosks schräg gegenüber, hielt er regelmäßig einen Schwatz.

Doch als er sich an diesem Samstagvormittag in seiner Zweizimmerwohnung umsah, die er ordentlich aufgeräumt zurückgelassen hatte, fehlte ihm plötzlich etwas, und ihm war auch klar, was das war. Seine Wohnung besaß keine Seele. Er hatte schlichte Möbel für seine Einrichtung gewählt, für all seine Sachen einen passenden Platz, und sauber und aufgeräumt war sowieso alles. Doch es gab keine Fotos an den

Wänden wie bei Jana, sondern nur ein paar Bilder seiner Mutter sowie Kunstdrucke. Er hatte zwar immer mal überlegt, Familien- und Urlaubsfotos einzurahmen und aufzuhängen, war jedoch nie dazu gekommen. Dabei besaß er viele Fotos. Wahrscheinlich würde er sich gar nicht entscheiden können, welche er aufhängen sollte und welche nicht.

Es gab auch keine Staubfänger oder irgendwelche Deko. Dabei hatte er zumindest den Weihnachtsschmuck herausholen und anbringen und einen Baum aufstellen wollen. Seine Gardinen waren schmucklos und hauptsächlich praktisch. Sie sollten die Blicke aus den anderen Häusern ringsum abhalten. Es gab keine bunten, zusammengewürfelten Farben, keine überschüssigen Sofakissen, keine herumliegenden Zeitschriften oder vergessene Kleidungsstücke.

War er wirklich so pedantisch, oder hatte er es sich nur so einfach wie möglich gemacht, um sich ganz auf seinen Job konzentrieren zu können?

Nicht einmal Scotties Hundekissen änderte an der Tristesse etwas, die Oliver empfand. Das Hundespielzeug hatte er fast vollständig wieder zu Jana mitgenommen, aber selbst wenn es hier gewesen wäre, hätte es den Gesamteindruck kaum verbessert. Eines stand fest: Er würde, sobald er wieder ganz hier wohnte, ein paar Veränderungen vornehmen. Vielleicht endlich die Fotos aufhängen. Und gegen einen Staubfänger, vielleicht eine Skulptur von Jana, war wohl auch nichts einzuwenden.

Zunächst einmal warf er aber seine Klamotten in die Waschmaschine, erledigte etwas Schreibkram, bis der Trockner seine Arbeit getan hatte, und packte seine Reisetasche neu.

Auf dem Rückweg besorgte er sich noch neues Duschgel, Deo und ein paar andere Kleinigkeiten. An dem Regal mit den Kondomen ging er stur vorbei. Noch einmal würde er diesen Fehler nicht begehen.

Kaum saß er endlich in seinem Wagen, piepste sein Handy. Jana hatte ihm eine Textnachricht gesendet. Dass sein Herz allein bei dem Signalton zuckte, war natürlich inakzeptabel, aber ändern konnte er es ebenso wenig wie die Freude, die ihn unwillkürlich ergriff. Sie hatte ihm wohl kaum verziehen, aber immerhin kamen sie wieder gut miteinander aus.

Jana: Sollen wir heute Abend einen Versuch wagen? Irgendwann müssen wir uns ja mal in der Öffentlichkeit zeigen.

Oliver: Klar, wann und wo?

Jana: Kurz nach acht vor dem Zelt? Ich will Weihnachtseinkäufe erledigen. Das würde doch ganz gut passen, oder? Essen können wir auch was.

Oliver: Willst du wirklich den Abend auf dem Weihnachtsmarkt verbringen? Du bist doch schon den ganzen Tag dort. Wird dir das nicht irgendwann zu viel?

Jana: Machst du Witze? Vom Weihnachtsmarkt kann man gar nicht zu viel kriegen. Gerade am Abend ist er so toll. Du wirst schon sehen.

Oliver: Das fürchte ich auch. Mir sausen jetzt schon die Ohren.

Jana: Du bist echt ein Grinch. Ich dachte, du magst Weihnachten.

Oliver: Ich bin kein Grinch!

Jana: O doch, und wie!

Oliver: Okay, challenge accepted. Aber ich fahre nicht mit diesem Karussell.

Jana antwortete mit mehreren Lachsmileys.

Jana: Das werden wir ja sehen.

Oliver: Und wie wir das sehen werden.

Jana: Dann sind wir uns ja einig. Zieh dich warm an! Bis heute Abend.

Misstrauisch beäugte Oliver den vorletzten Satz. Hatte sie ihn wörtlich gemeint oder im übertragenen Sinn? Verflixte Hexe! Schon wieder drohte sie ihm den Verstand zu rauben – mit einer simplen Textnachricht. Ihm standen harte Zeiten bevor, das stand fest.

***

Pünktlich um acht schloss Jana das Zelt ab und gab Lennart Bescheid, dass sie nun Feierabend machen wolle. Sie sah Oliver und Scottie über den Platz auf sich zukommen und ging ihnen lächelnd entgegen. Allerdings fühlte sie sich nun etwas seltsam. Den Nachmittag über hatte sie ihre Idee noch schlüssig und einfach gefunden. Doch als sich ihr Puls bei Olivers Anblick drastisch beschleunigte, wurde ihr klar, dass der Abend nicht ganz einfach werden würde. Natürlich mussten sie allmählich ihre angebliche Beziehung öffentlich zur Schau stellen, andernfalls wäre der ganze Plan hinfällig, doch ein wenig mulmig war ihr dennoch bei der Sache. Sie war noch sauer auf Oliver, womöglich auch verletzt, weil er ihr seine Beweggründe nicht von Anfang an verraten hatte. Andererseits war er auch nie unehrlich zu ihr gewesen, und an der grundsätzlichen Situation und Abmachung zwischen ihnen änderte sich nichts.

Rein theoretisch könnten sie sogar wieder Sex haben, sobald sie ihren Unmut über seine Lügen überwunden hatte, was vermutlich schneller der Fall sein würde, als für sie beide gut war. Sie war sich nur nicht schlüssig, ob sie dieses Risiko eingehen sollte, denn auch wenn sie seine Einstellung akzeptierte, war ihr mittlerweile klar, dass sie ihr Herz aufs Spiel setzte. Wenn er das wüsste, würde er vermutlich erst recht auf Abstand gehen und womöglich die ganze Aktion abblasen, weil er natürlich nicht wollte, dass sie verletzt wurde.

Verfluchter Oliver! Er mochte sie belogen oder ihr vielmehr wichtige Informationen verschwiegen haben, aber er war trotzdem immer noch der feinfühligste und ehrlichste Mann, dem sie je begegnet war. Und der verständnisvollste. Genau deshalb pochte ihr Herz nun noch schneller, und in ihrem Bauch stob ein Schwarm Schmetterlinge auf, als sie auf ihn zutrat.

»Hallo, Oliver, hallo, Scottie!« Um sich nichts anmerken zu lassen, konzentrierte sie sich ganz darauf, die ungestüme Bordeauxdogge zu begrüßen und gleichzeitig zu vermeiden, umgeworfen zu werden.

Hallo, Jana! Yay, ist das schön, dich zu sehen. Seit heute Morgen ist sooo arg viel Zeit vergangen. Lass dich mal beschnüffeln. Ja, der typische Jana-Geruch. Scottie schnupperte prustend an ihren Beinen und Händen und versuchte an ihr hochzuspringen. *Und jetzt abschlecken, komm schon!*

»Halt, stopp!« Lachend wich sie den schneenassen Pfoten aus. »Nicht mit den Matschpfoten!«

Doch, komm knutschen!

»Ich will auch keinen Hundekuss!«

Menno! Dann wenigstens die Hände.

»Okay, okay.« Amüsiert ließ sie sich den Handrücken ablecken. »Wenn du nicht so groß und tapsig wärst, könntest du glatt als Gentleman durchgehen.«

»Das hast du nun von eurem Begrüßungsritual. Wir können üben, so viel wir wollen.« Sorgsam nahm Oliver die Leine kürzer. »Wenn er dich sieht, ist alles gute Benehmen vergessen.«

»Wie schmeichelhaft.« Sie richtete sich auf und erschrak ein wenig über Olivers intensiven Blick. Rasch sah sie wieder zu Scottie hinab. »Du bist schon manchmal ungezogen, aber trotzdem irgendwie süß.«

Ich bin nun mal süß! Aber ungezogen? Echt? Ich freue mich doch bloß. Ganz arg. Weil ich dich so lieb hab. Wuff.

»Dir antwortet er sogar.« Nun klang Oliver amüsiert, sodass sie doch wieder einen Blick in sein Gesicht wagte. Er grinste. »Wie ist das so, wenn man angebetet wird?«

»Angebetet?« Um ihre Hände zu beschäftigen, löste sie ihren bunten Wollschal und schlang ihn frisch drapiert erneut um den Hals. »Ist das nicht ein bisschen übertrieben?«

»Nein.« Er räusperte sich. »Aus Scotties Sicht ganz bestimmt nicht.« Vage gestikulierte er in Richtung der Bühne im Zentrum des Weihnachtsmarktes. »Der Gospelchor hat eben mit einem Konzert begonnen. Sollen wir hingehen? Mehr Öffentlichkeit finden wir wohl kaum.«

»Ja, klar.« Unsicher blickte sie ebenfalls zur Bühne. Als sie sich Oliver wieder zuwandte, hatte er seine Hand ausgestreckt.

»Es soll doch echt wirken, oder?« Er wackelte leicht mit den Fingern.

»Mhm, ja, natürlich.« Sie ergriff seine Hand, lächelte so ungezwungen, wie sie nur konnte, und versuchte das Kribbeln, das die Berührung in ihrer Handfläche auslöste, ebenso zu ignorieren wie das Schmetterlingsheer, dass erneut in ihrem Bauch herumflatterte.

»Guck nicht so, das war nicht meine Idee.« Mit einem Ruck zog er sie zu sich heran, sodass sie gegen ihn stieß, und brachte sie damit zum Lachen.

»Schon gut, schon gut. Gehen wir rüber zur Bühne.« Sie übernahm die Führung und zog ihn und Scottie mit sich. Etwas seitlich des Chors fanden sie einen Platz, von dem aus sie das Konzert gut verfolgen und gleichzeitig von vielen Menschen gesehen werden konnten. Unwillkürlich musterte sie die Zuhörerinnen und Zuhörer ringsum und versuchte herauszufinden, ob jemand unter ihnen sie vielleicht beobachtete.

»Nicht so auffällig.« Olivers warmer Atem kitzelte ihr Ohr und verursachte eine Welle überaus heißer Erinnerungen in ihr. »Es soll doch niemand bemerken, dass wir hier die lebenden Köder spielen.«

»Klar.« Sie schluckte, und als sie den Kopf in seine Richtung drehte, vergaß sie einen Moment zu atmen. Er war ihr so nah, viel zu nah! Nur wenige Zentimeter lagen zwischen ihrem Mund und seinem. Und seine Augen … Warum sah er sie so unglaublich intensiv an? Ohne es bewusst zu steuern, näherten sich ihre Lippen den seinen. Und er wich nicht aus. Verdammt, natürlich tat er das nicht. Es sollte ja echt wirken.

Was sie anging, blieb es nicht nur bei der Außenwirkung. Ihr Herz raste, die Schmetterlinge überschlugen sich, sie bekam überhaupt keine Luft mehr!

***

»Ach, wen haben wir denn da?« Franks erheiterte Stimme ließ Oliver heftig zusammen- und zurückzucken. »Wenn das nicht mein bester Detektiv ist, der mit seiner Klientin herumturtelt, dann weiß ich es auch nicht. Ricarda, sieh mal, du hattest recht, die zwei halten Händchen.« Bedeutungsvoll blickte Frank auf ihre miteinander verschränkten Hände. Gleichzeitig legte er seiner Frau einen Arm um die Schultern und zog sie fest an sich.

»Hab ich doch gesagt.« Ricarda grinste fast ebenso frech wie ihr Mann. »Für so was habe ich ein Auge.«

»Ausgerechnet du?« Viola tauchte neben ihr auf, im Schlepptau ihren Mann Lukas. »Dabei beharrst du doch immer darauf, dass so ein Romantikkitsch nichts für dich ist.«

»Was hat das denn mit Romantik zu tun?« Ricarda hob abwehrend beide Hände. »Doch gerade *weil* ich nichts mit rosa Tütü und Heideldei am Hut habe, bemerke ich gleich überall das Wesentliche. Zum Beispiel Jana und Oliver, die Hand in Hand über den Weihnachtsmarkt schlendern.«

»Mein Schatz, man könnte es auch anders auslegen.« Frank schmunzelte. »Zum Beispiel so, dass der Überschuss an Glückshormonen, den wir seit ungefähr einem Jahr produzieren, dich weich und anfällig für besagte Romantik gemacht hat, sodass du nun mit geschärftem Blick überall verliebte Paare siehst.«

»Ich gebe dir gleich einen geschärften Blick!« Empört funkelte Ricarda Frank an. »Oder vielmehr werde ich ihn dir nehmen, wenn ich dir die Augen auskratze.«

»Das, mein Liebling, steht aber allem entgegen, was du mir vor wenigen Monaten vor dem Altar geschworen hast.«

»Hieß es da nicht auch *bis dass der Tod uns scheidet*?«

Frank lachte auf. »Das solltest du dir doch lieber noch einmal überlegen. Wäge die kurze Genugtuung, die ein Mord im Affekt auslösen würde, gegen ein ganzes Leben mit Glückshormonüberschuss ab.« Mutig küsste er seine Frau so lange, bis sie zu zappeln begann. Doch auch sie lachte.

»Habe ich schon erwähnt, wie ermüdend es ist, mit einem Anwalt verheiratet zu sein? Immer will er recht haben.«

»Ich habe immer recht!«

»Nicht immer.« Diesmal küsste sie ihn. »Aber diesmal schon.«

»Du gibst also zu, dass du der Romantik verfallen bist?« Erfreut hob Frank den Kopf.

»Nein!« Ricarda stöhnte und gluckste gleichzeitig. »Ich meinte … Ach, vergiss es. Mein Gehirn ist noch ganz musig von dem Plätzchenbackdunst und dem vielen Zucker, den ich heute verarbeitet und leider auch konsumiert habe.« Sie wandte sich Jana und Oliver zu. »Wir hatten heute unseren traditionellen Plätzchenmarathon-Backtag der Familie Sternbach. Wie viele Sorten haben wir gebacken?« Fragend sah sie Viola an, die aber nur mit den Achseln zuckte.

»Bei zwanzig habe ich aufgehört zu zählen.«

»Das muss man sich mal vorstellen«, übernahm Lukas das Wort. »Eine ganze Großfamilie von Oma und Opa bis zu den Urenkeln flippt einen Tag lang komplett aus und befördert sich in so eine Art Backrausch. Das war jetzt mein drittes Mal, und ich begreife immer noch nicht, wie das funktioniert, ohne dass wir uns gegenseitig erschlagen.«

»Wir haben eben alle einen Heidenspaß daran.« Patrick, Ricardas Zwillingsbruder, war zu ihnen getreten. »Was ist, kommt ihr mal langsam zum Glühweinstand? Frieda und Alfred haben schon für alle, die wollen und dürfen, Nikolausschmaus mit Mütze vorbereitet. Alle anderen kriegen alkoholfreien Punsch oder Glühwein.« Sein Blick fiel auf Oliver. »Hi!« Dann auf Jana. »Wie geht's?« Dann sah auch er auf ihre verschränkten Hände hinab. »Oh. Klasse! Kommt ihr auch mit? Je mehr, desto lustiger. Und seit du letztes Jahr zu Heiligabend bei uns zu Gast warst, Oliver, haben wir dich sowieso praktisch adoptiert.«

»Was meinst du?« Fragend blickte Oliver Jana an, die daraufhin nickte.

»Warum nicht?« Sie lachte. »Allerdings habe ich noch nichts gegessen, also ist das mit dem Alkohol vielleicht keine so gute Idee.«

»Unsere Meute ist schon abgefüttert.« Kichernd deutete Viola auf den Rest der Sternbach-Familie, der sich ein Stück rechts von ihnen postiert hatte. Laura und Angelique, Violas Schwägerinnen, winkten ihnen energisch zu. »Holt euch doch was auf die Hand. Die Reibekuchen sind dieses Jahr besonders gut.«

Nach einem weiteren kurzen Blicktausch schlossen Oliver und Jana sich den Sternbachs an. Sie befolgten Violas Rat und erstanden zwei Portionen Reibekuchen und eine Siedewurst für Scottie und fanden sich wenig später inmitten einer fröhlichen und ausgelassenen Runde wieder. Es wurde gescherzt und gelacht, und nach einer Weile drängten die Frauen Jana ein wenig ab, wohl um sie über ihren veränderten Beziehungsstatus auszuquetschen.

Oliver ging es in der sich daraus ergebenden Männerrunde nicht anders. Frank nahm wie immer kein Blatt vor den Mund, kaum dass die Frauen Jana dicht umringt hatten. »Da hast du dir aber den schönsten Goldfisch im Teich geangelt, Kumpel. Wie war das noch mal? Du lässt dich grundsätzlich nicht mit Klientinnen ein? Und zwischen euch ist nichts?«

»Wahrscheinlich hatte er bisher noch keine wie diese«, frotzelte Patrick.

»Wenn Amors Pfeil trifft, fragt er nicht großartig vorher, ob es dir gerade in den Kram passt oder nicht«, fügte Justus hinzu. Er war der älteste der vier Sternbach-Geschwister und hatte sich vor einigen Jahren in die gerade frisch für die beiden Sternbach-Hotels eingestellte Marketingchefin verliebt und sie mehr oder weniger vom Fleck weg geheiratet. Er wusste also, wovon er sprach, wenn es um Romanzen am Arbeitsplatz ging.

Oliver fühlte sich bei dem gutmütigen Gelächter unwohl, machte aber gute Miene zum bösen Spiel. »Geangelt ist wohl nicht der richtige Ausdruck. Diese Sache war so nicht geplant.«

»Wann würde man so etwas wohl auch planen?« Patrick lachte. »Und vor allem: wie?«

»Genau.« Frank klopfte Oliver auf die Schulter »So etwas zu planen, würde der Sache doch auch den Spaß und die Aufregung nehmen.«

»Spaß und Aufregung?« Skeptisch runzelte Oliver die Stirn.

»Na, also Spaß werdet ihr doch wohl hoffentlich jede Menge haben. Wozu ist man denn sonst mit einer schönen Frau zusammen?« Patrick grinste anzüglich. »Ernst wird es noch früh genug.« Er knuffte Oliver ebenfalls gegen die Schulter. »Keine Sorge, mit der richtigen Frau macht auch der Ernst des Lebens Spaß.«

»Nun verschreck ihn doch nicht so!« Justus lachte. »Er sieht schon ganz entsetzt aus. Die beiden sind doch erst seit Kurzem zusammen, Patrick. Du kannst nicht von ihnen erwarten, dass sie so schnell Nägel mit Köpfen machen, wie es im Sternbach-Clan üblich ist.«

»Wenn man weiß, dass es die Richtige ist, muss man nicht lange warten.« Patrick sah überaus zufrieden zu Angelique hinüber, die seinen Blick bemerkte und ihm zulächelte, sich aber sofort wieder auf das Gespräch der Frauen konzentrierte.

»Das sagt der Richtige.« Justus lachte laut auf. »Wenn ich mich recht entsinne, war das mit Angelique und dir alles andere als einfach.«

Patricks Grinsen schwand und machte einem leisen Lächeln Platz. »Mag sein, aber als der Groschen endlich gefallen war, hab ich nicht eine Sekunde mehr gezögert.« Er beugte sich ein wenig in Olivers Richtung. »Und, wie sieht es bei euch aus? Ist sie die Richtige?«

Oliver hätte gerne geflucht oder wahlweise die Flucht ergriffen, doch beides war im Augenblick keine passende Option. »Ich verweigere die Aussage.«

»Kluge Antwort.« Wieder klopfte Frank ihm auf die Schulter.

»Wie hältst du es mit denen nur aus?«, ging Oliver in die Offensive und deutete anklagend auf Patrick, Lukas und Justus.

Frank hob die Schultern. »Lebenslange Übung. Als Freund der Familie und Lover von Violas guter Schulfreundin wirst du zukünftig jede Menge Gelegenheit haben, dich daran zu gewöhnen. Am besten fängst du gleich heute damit an.« Frank deutete auf Olivers leeres Punschglas. »Trinkst du noch einen mit?« Er blickte in die Runde. »Ihr auch?«

***

»Du und der Detektiv Schrägstrich Securitymann, ja?« Viola hatte Jana bei erster Gelegenheit beiseitegezogen und den anderen Frauen ein Zeichen gegeben. Augenblicke später war Jana vollständig umringt und von Oliver abgeschirmt. Sie blickte zu ihm hinüber und begriff, dass die Sternbachs sie mit voller Absicht getrennt hatten, um sie separat in die Mangel zu nehmen. Damit hätte sie rechnen und Oliver warnen müssen. Andererseits kannte er die Familie ja ebenfalls, wenn auch nicht so lange wie sie, sodass er hoffentlich nicht zu sehr überrumpelt worden war.

»Hat es dir die Sprache verschlagen?« Mit einem anzüglichen Kichern stieß Viola ihr den Ellenbogen in die Seite. »Keine Sorge, wir entführen ihn dir nicht, und die Männer werden genug von ihm übrig lassen, dass du ihn heute noch gebrauchen kannst.«

»Gebrauchen?« Jana hustete in ihr Glas. »Was glaubst du denn, was ich mit ihm vorhabe?«

Laura, Justus' Frau, prustete. »Na, also wenn du klug bist, und davon gehe ich aus, wirst du dir eine hübsche lange Liste gemacht haben, die du Punkt für Punkt mit ihm abarbeitest.«

»Oder an ihm«, fügte Angelique grinsend hinzu.

»Himmel, Angie, du bist ja schon fast so schlimm wie Patrick!« Laura wischte sich eine Lachträne aus dem Augenwinkel.

»Ich lebe mit ihm zusammen«, verteidigte Angelique sich. »Da färbt halt schon mal was vom einen auf den anderen ab. Geht euch das nicht so?«

»Wie auch immer«, unterbrach Viola ihre Schwägerinnen. »Ich will jetzt wissen, wie das vor sich gegangen ist.«

»Na, wie wohl?« Ricarda wedelte lässig mit den Händen. »Mädchen trifft Junge. Mädchen findet Jungen toll. Umgekehrt auch. Küsschen, Küsschen. Ende der Geschichte.«

Wieder prustete Laura los. »Nee, klar, genauso ist es bei dir und Frank auch gelaufen, oder? Vor allen Dingen so unsagbar einfach und problemlos.«

»Hey, von mir war hier doch gar keine Rede.« Wieder wedelte Ricarda mit den Händen. »Sondern von Jana und Oliver, und da die beiden von uns beim verliebten Turteln mitten auf dem Weihnachtsmarkt erwischt wurden, in aller Öffentlichkeit also, scheint doch alles okay zu sein.« Sie wandte sich an Jana. »Oder gibt es irgendwelche Probleme zwischen euch?«

»Also …« Jana schluckte.

»Es gibt welche?« Viola schnappte sich ihren Arm. »Haut mal bitte ab, ihr drei«, befahl sie Laura, Ricarda und Angelique. »Ich muss mit Jana allein reden.«

»Nein, nein«, wehrte Jana erschrocken ab. »Das ist nicht nötig. Es ist alles okay.«

»Bestimmt?« Misstrauisch beäugte Viola sie. »Warum bist du dann so blass geworden?«

»Ich bin nicht blass.« Jana atmete tief durch. »Mir ist nur ein bisschen kalt.«

»Ich hole neue Getränke. Darf ich mal?« Laura nahm Jana die leere Tasse ab. »Noch ein Nikolausschmaus?«

»Für mich, ja.« Viola reichte ihr ihre Tasse.

»Besser nicht, das Zeug ist ziemlich stark.« Jana bemühte sich um Ruhe. »Ein alkoholfreier Glühwein wäre mir lieber.«

»Kommt sofort.« Laura ging zum Glühweinstand hinüber.

»Ist es wegen dieser ... Sache?«, hakte Ricarda nach. »Derentwegen Oliver überhaupt erst für dich arbeitet?« Sie sah sich vorsichtig um, als wollte sie sicherstellen, dass niemand Unbefugtes sie belauschte. »Habt ihr immer noch nicht herausgefunden, wer dahintersteckt?«

»Nein, leider nicht.« Jana überlegte fieberhaft, wie viel sie ihren Freundinnen verraten durfte. »Wir haben herausgefunden, aus welchen Zeitschriften die Wörter ausgeschnitten wurden, die derjenige verwendet hat, um mir diese gemeinen Botschaften zu schicken.« Sie sah Viola an. »Davon hatte ich dir ja neulich mal am Telefon erzählt.«

Viola nickte, nun wieder ernst. »Das ist aber nicht viel.«

»Leider nicht. Derjenige geht sehr geschickt vor«, bestätigte Jana. »Es wäre alles einfacher, wenn ich irgendeinen konkreten Verdacht hätte.«

»Du sagst *derjenige*«, mischte Ricarda sich ein. »Bedeutet das, ihr glaubt, dass es sich um einen Mann handelt?«

Jana nickte. »Es ist sehr wahrscheinlich, nach den letzten Ereignissen.« Sie berichtete, als Laura zurück war, was zuletzt geschehen war.

Die vier Frauen schwiegen betroffen.

»Da muss aber einer echt böse auf dich sein«, befand Viola schließlich. »Normalerweise erinnert man sich doch, wenn man jemanden derart vor den Kopf gestoßen hat.«

»Sollte man meinen, nicht wahr?«, stimmte Jana zu. »Mir fällt aber kein Mann ein, dem ich je so übel mitgespielt hätte.

Vor allem deshalb nicht, weil sich ja doch keiner von ihnen je ernsthaft in mich verliebt hat.«

»Na, na, das stimmt doch nicht!«, protestierte Laura. »Du bist so wundervoll.«

»Und absonderlich.« Jana grinste schief. »Glaub es mir ruhig. Ich konnte noch keinem Mann solche ernsthaften, tiefen Gefühle entlocken. Sie sind mir alle zu schnell abhandengekommen. Geflohen«, fügte sie seufzend hinzu. »Verletzt wurde dabei, wenn überhaupt, eher ich.«

»Hm.« Ricarda runzelte nachdenklich die Stirn. »Deine Theorie sei mal dahingestellt, das kannst wohl nur du einschätzen – oder die betreffenden Männer. Aber es können sich ja nicht nur Männer in Frauen verlieben. Schon mal überlegt, ob es in deiner Vergangenheit eine Frau gibt, die du abgewiesen hast?«

»Eine Frau?« Verblüfft starrte Jana sie an. Daran hatte sie tatsächlich noch nicht gedacht. »Nein, also …« Sie schüttelte den Kopf und überlegte einen Moment. »Nein. Da fällt mir auch niemand ein. Oder diejenige hat sich mir gegenüber nie offenbart.«

»Was uns leider auch nicht weiterbringt«, schloss Viola und nahm einen Schluck von ihrem Punsch. »Also ist mit euch beiden alles okay«, kam sie auf das ursprüngliche Thema zurück. »Ihr seid ein schönes Paar oder vielmehr Trio. Scottie ist einfach nur Zucker, oder? Ein bisschen wild und tollpatschig, aber richtig zum Verlieben. Genau wie sein Herrchen, was?«

Jana lachte. »Als tollpatschig würde ich Oliver nun nicht gerade bezeichnen.«

Die Frauen pfiffen und johlten vergnügt. Ricarda stieß Jana grinsend an. »Soso, kein Tollpatsch also? Na, da hast du ja Glück. Sagt mal, was haltet ihr davon, wenn wir uns die Männer krallen, eine Runde über den Markt drehen und uns dann auf das Karussell stürzen, um unsere traditionelle Fahrt zu absolvieren?«

»Ein historischer Moment!« Viola klatschte in die Hände. »Mist, Frank hat ihn verpasst. Frank, komm sofort her. Ricarda, du wiederholst jetzt sofort, was du eben gesagt hast.«

Ricarda tat unschuldig. »Ich weiß gar nicht, was du meinst.«

»Was ist los? Braucht jemand einen Anwalt?« Mit einem heiteren Lächeln trat Frank an die Frauenrunde heran.

»Ein Notar wäre besser, um diesen Moment zu beglaubigen.« Kichernd kniff Viola ihrer Schwester in die Seite. »Ricarda hat soeben vor Zeuginnen gesagt, dass sie mit dem Karussell fahren will.«

Ricarda wand sich. »Also, genau genommen habe ich das nicht gesagt.«

»O doch.« Viola feixte. »Du wolltest dich sogar darauf stürzen. Hat sie doch gesagt, oder?« Sie blickte erwartungsvoll in die Runde.

Laura, Angelique und Jana nickten eifrig.

»Siehst du?« Triumphierend wandte Viola sich an Frank. »Ein historischer Moment.«

Frank ging zu seiner Frau, nahm sie in den Arm und küsste sie. »Ich sag doch, sie wird weich ... und gaaanz anschmiegsam.«

»Pass bloß auf, sonst schmiegt sich gleich meine Faust in dein Gesicht«, knurrte Ricarda, erschauerte aber wohlig, als Frank ihr etwas ins Ohr raunte. »Okay, darauf würde ich mich einlassen.«

Die Frauen lächelten verständnisvoll.

»Also, dann mal los!«, rief Frank und winkte die anderen Männer herbei. »Auf zum Karussell!«

»Halt, nicht so schnell«, rief Viola. »Erst gehen wir über den Markt. Ich muss noch ein paar Geschenke finden.«

***

»Und jetzt müssen wir alle noch Lose kaufen«, bestimmte Ricarda etwas mehr als eine Stunde später, nachdem sie alle ausgiebig jeden einzelnen Stand, der noch geöffnet war, inspiziert hatten. Sie hatten die angebotenen Waren bestaunt, bekrittelt, darüber gescherzt und alles Mögliche und Unmögliche gekauft. Nun standen sie vor der Losbude, deren Inhaber beharrlich verkündete, dass man bei ihm nicht verlieren könne und jedes Los ein Gewinn sei.

»Na klar, wie letztes Jahr«, maulte Laura. »Da habe ich einen Gummibaum gewonnen.« Erklärend wandte sie sich an Jana und Oliver. »Einen Baum aus Gummi, damit wir uns richtig verstehen. Etwa so groß. Sie deutete die Länge ihres Daumens an. »Ich musste ihn entsorgen, nachdem Lizzy ihn fast gefressen hätte.«

»Wo habt ihr eigentlich alle eure Hunde gelassen?«, wollte Jana wissen. »Ihr bringt sie doch sonst mit.«

»Sie sind bei Joel und Jessica«, erklärte Patrick. »Die beiden wollten eine Pyjama-Hunde-Party veranstalten und haben dazu ein paar Freunde und Freundinnen eingeladen.«

»Margit und Hans haben sich als Gastgeber und Aufseher angeboten«, fügte Angelique hinzu. »Auch um unseren kompletten Nachwuchs kümmern sie sich, damit wir mal alle einen draufmachen können. Dafür gebührt ihnen ein Orden.«

»Vor allem nach dem langen Backtag«, fügte Lukas hinzu.

»Dafür gehen wir morgen Nachmittag noch mal mit ihnen auf den Weihnachtsmarkt.« Angelique kicherte. »Mit den Kids. Margit und Hans werden bestimmt den ganzen Tag im Bett bleiben.«

»Lalala!« Justus hielt sich die Ohren zu. »Sag doch so was nicht. Jedenfalls nicht über meine Eltern.«

»Um zu schlafen.« Angelique verdrehte die Augen. »Was du immer gleich denkst.« Auf ihren Lippen erschien ein hinterhältiges Lächeln. »Aber mal im Ernst: Wie genau sind die beiden zu dir und Viola gekommen? Ich meine, Patrick und Ricarda sind ja adoptiert, aber soweit mir bekannt ist, seid ihr beide Hans' und Margits leibliche Kinder. Wie, glaubst du, wurdet ihr gezeugt? Im Reagenzglas?«

»Lalala«, wiederholte Justus, die Hände immer noch auf den Ohren.

»Es sei ihnen gegönnt«, befand Laura schmunzelnd, »ob sie nun schlafen oder … miteinander schlafen.«

»O Gott, du nicht auch noch!« Justus rang theatralisch die Hände. »Ich werde dieses Bild nie wieder von der Netzhaut bekommen. Hat jemand Essig, damit ich mir die Augen auswaschen kann?«

»Aber, aber!« Laura hakte sich bei ihm unter. »Da weiß ich was Besseres.« Sie flüsterte ihm etwas ins Ohr.

Sogleich hellte Justus' Miene sich auf. »Das könnte funktionieren.«

Ringsum erklang Gelächter.

»Jetzt lasst uns endlich die Lose kaufen!« Angelique klatschte energisch in die Hände. »Ich will diesen Kerzenhalter da gewinnen. Den, der aussieht wie ein Elefant.«

»Warum?« Irritiert beäugte Patrick den Kerzenhalter.

»Keine Ahnung.« Achselzuckend stellte Angelique sich an der Kasse an. »Hauptsache nichts, was mit Styroporkügelchen gefüllt ist wie vor zwei Jahren.«

»Gott bewahre!« Patrick faltete die Hände und blickte flehentlich gen Himmel. »Das Zeug finde ich beim Staubsaugen heute noch in irgendwelchen Ritzen.«

»Sag ich doch.« Bekräftigend nickte Angelique. »Was glaubst du, weshalb ich den Staubsauger so gerne dir überlasse? Dieses Zeug verfolgt uns, seit Oskar diese fürchterliche Schlange praktisch geschlachtet hat. Da kann man so gründlich putzen, wie man will, diese Kügelchen verstecken sich einfach und tauchen dann Jahre später woanders wieder auf.«

Sie machte übertrieben große Augen. »Vielleicht vermehren sie sich auch heimlich!«

Laura kicherte. »Um was zu tun? Die Weltherrschaft an sich zu reißen?«

»Weiß man es?« Auch Angelique kicherte. »Zehn Lose, bitte«, wandte sie sich an den Verkäufer.

Unter Gelächter und Gewitzel kauften sich auch alle anderen ein paar Lose. Jana hatte am Ende genügend Punkte, um für Scottie einen quietschenden Gummihahn zu erstehen. »Den letzten hat er versehentlich zerlegt«, erklärte sie. »Weil er meinte, damit Tauziehen spielen zu müssen. Nicht wahr, Scottie?«

Tja, klar, Tauziehen ist großartig. Kann ich das Spieldings da gleich haben? Schnaufend und prustend hüpfte Scottie an ihr hoch und versuchte das Spielzeug zu erhaschen. *Gib schon her, das ist doch sowieso für mich!*

»Nichts da, das ist für zu Hause!« Eilig verstaute Jana den Gummihahn in ihrer leichten Umhängetasche.

Och … wie blöd. Na gut, dann eben nicht. Mit beleidigter Miene ließ Scottie sich auf sein Hinterteil plumpsen.

***

»Bei mir scheint es gerade für so einen Kugelschreiber zu reichen.« Amüsiert reichte Oliver seine zehn Lose an den Losverkäufer weiter. »Ich nehme den grünen, und wehe, der schreibt nicht!«

»Exzellente Wahl, der Herr!«, verkündete der Losverkäufer, ein Mann um die siebzig mit langem gepflegtem weißem Bart und Ledermantel mit dem Aufdruck einer Heavy-Metal-Band. »Diese Kugelschreiber schreiben nicht nur gut, sondern auch ewig. Aber was sehe ich denn da? Sie haben ein Jokerlos dabei!«

»Ach? Wo?« Verwundert betrachtete Oliver die Lose in der Hand des Mannes.

»Na, hier ist doch der Joker aufgedruckt.« Der Mann lachte krächzend. »Der aus *Batman*.«

»Ich dachte, das sei Deko.«

»Nein, das ist ein echter Joker. Sie dürfen noch ein Los kostenlos ziehen.«

»Oh, wow, das wird bestimmt der Hauptgewinn«, alberte Viola. »Na los, nimm noch ein Los.«

»Na gut, wenn es sein muss.« Amüsiert griff Oliver noch einmal in den Lostopf. Im selben Moment schrillte am Nachbarstand überlaut *Jingle Bells* los. Oliver zuckte zusammen, ebenso wie alle anderen Umstehenden, und sah zu dem Stand hinüber. Die Musik wurde bereits wieder leiser.

»Entschuldigung!«, rief die Inhaberin, eine Frau mittleren Alters, die Honig und Honigprodukte feilbot. »Da stimmte was mit meiner Stereoanlage nicht.« Die beiden grinsenden Weihnachtselfen, die sich hastig hinter ihren Stand zurückgezogen hatten, bemerkte sie nicht, ebenso wenig wie alle übrigen die dritte Elfe sahen, die wie ein kleiner Blitz einmal über den Lostopf hinweg sauste und dann ebenfalls hinter einem der Stände verschwand.

»Schreck, lass nach!« Erheitert klopfte Viola sich auf die Herzgegend. »Na, was ist nun mit deinem Hauptgewinn, Oliver? Reicht es für einen Knackfrosch?«

Oliver griff erneut, ohne hinzusehen, in den Lostopf. »Was soll ich mit einem Knackfrosch?«

»Knacken?«, schlug Frank vor.

»Ha, ha. Wenn es wenigstens … Oh.« Verblüfft starrte er auf das Los, das er inzwischen aufgerollt hatte.

»Was *oh*?« Jana lehnte sich an ihn, um den Aufdruck auf dem winzigen Papier erkennen zu können. »Oh!«, rief nun auch sie entzückt.

»Was ist es denn?« Ricarda riss ihm das Los einfach aus der Hand. Dann lachte sie los. »Da steht *Hauptgewinn* drauf!«

»Ist nicht wahr!« Viola nahm ihr das Los ab. »Tatsächlich. *Hauptgewinn*. Wie cool ist das denn?«

»Ich würde den Olivenbaum nehmen.« Angelique deutete auf das etwa sechzig Zentimeter hohe Bäumchen, das hinter dem Losverkäufer auf einem Tisch stand und, wie einige weitere größere Preise, mit einem kleinen Fähnchen mit dem Aufdruck *Hauptgewinn* markiert war.

»Na, da hat Ihnen der Joker ja Glück gebracht.« Der Losverkäufer griff nach seinem Mikrofon und drückte zugleich auf einen Knopf an seiner Musikanlage. Die Fischer Chöre, die gerade *Morgen, Kinder, wird's was geben* gesungen hatten, verstummten, und eine Fanfare erklang. »Wieder ein Hauptgewinn, meine Damen und Herren! Ein Hauptgewinn für diesen sympathischen jungen Mann«, verkündete er in bester Schaustellermanier. »Kommen Sie, staunen Sie, gewinnen Sie! Holen Sie sich Ihr Glückslos! Jedes Los ein Gewinn, verlieren können Sie bei mir nicht!« Er legte das Mikrofon lächelnd beiseite und schaltete erneut die Fischer Chöre ein, die nun *O du fröhliche* schmetterten. »Na, junger Mann, was darf es sein? Ein Bäumchen? Diese internetfähige Stereoanlage? Oder ein Blumenabo für drei Monate für Ihre Liebste?« Er warf einen bedeutsamen Blick auf Jana. »Die Blumen kommen zweimal wöchentlich frisch aus Tessa Winkmanns Blumenladen in der Annastraße.«

Fast wollte Oliver auf den Vorschlag mit dem Blumenabo eingehen. Was sollte er wohl auch sonst mit einem albernen Losbudenhauptgewinn anstellen? Doch als sein Blick auf Jana fiel, bemerkte er, dass sie fast andächtig zu dem Regal hinter der Kasse hochblickte, auf dem weitere größere Preise und Hauptgewinne ausgestellt waren. Er folgte ihrem Blick – und wollte gleichzeitig laut lachen und entsetzt aufstöhnen. Doch ob er wollte oder nicht, die Entscheidung war gefallen. Er trat an den Losverkäufer heran und flüsterte ihm etwas ins Ohr.

»Puh, du machst es aber spannend«, beschwerte Ricarda sich glucksend.

»Hervorragende Wahl!« Strahlend ging der Losverkäufer zum Regal und holte das in eine durchsichtige Schutzhülle verpackte etwa siebzig Zentimeter große weiße Plüscheinhorn der Firma Steiff herunter. Mit einem breiten Lächeln drückte er es der verblüfften Jana in die Arme und griff gleichzeitig wieder nach dem Mikrofon. »Das ist wahre Liebe, meine Damen, meine Herren! Ein Einhorn für die Herzensdame. Da kommen selbst mir die Tränen der Rührung. Wollen auch Sie gewinnen und mit dem Hauptpreis Ihren Lieblingsmenschen glücklich machen? Dann treten Sie näher. Jedes Los gewinnt! Verlieren können Sie bei mir nicht.«

»Oliver!« Mit großen verzückten Augen sah Jana ihn über das Einhorn hinweg an. »Das ist … Danke!«

Verlegen räusperte er sich. Ihm war ganz warm geworden, und ihr glückliches Lächeln versetzte seinem Herzen einen erschreckend schmerzlichen Stich. »Es ist leider nicht rosa«, raunte er.

»Es ist perfekt!« Sie drückte der lachenden Viola das Einhorn in die Arme und fiel ihm um den Hals. »Danke, danke, danke. So eins wollte ich schon immer haben!«

»Also, das ist mal was.« Frank grinste breit. »Kuss!«

»Ja, genau!«, stimmten alle Sternbachs lautstark zu und klatschten in die Hände. »Kuss, Kuss, Kuss, Kuss.«

Ihm schwante Schreckliches, doch da sie ja noch immer das verliebte Pärchen mimten, grinste er Jana halb hilflos, halb resigniert an. »Hättest du dich mal nicht ganz so wild gefreut«, flüsterte er so leise, dass nur sie es verstehen konnte.

Ihre Augen weiteten sich ein wenig, doch als er seine Lippen den ihren näherte, kam sie ihm, ohne zu zögern, entgegen.

Ein weiterer schmerzlicher Stich durchzuckte ihn, als er Janas Mund auf seinem spürte. Automatisch zog er sie fest in seine Arme, ließ seine Lippen erst sachte, dann aber immer begehrlicher über die ihren wandern. Lediglich das begeisterte Johlen und Klatschen um ihn herum hielt ihn davon ab, den Kuss noch zu vertiefen.

Als er sich schließlich widerstrebend von ihr löste, war sein Herzschlag außer Kontrolle und sein Magen seltsam verknotet. »Pass bloß gut auf das Vieh auf«, versuchte er die prickelnde Spannung zwischen ihnen durch einen Scherz zu entschärfen. »Wenn Scottie es in die Fänge bekommt, wird es bald aussehen wie ein gerupftes Huhn.«

»Also, ich weiß nicht, was ihr jetzt noch vorhabt«, wechselte Lukas das Thema, »aber ich werde meine Frau jetzt zu einer romantischen Fahrt auf dem Karussell einladen.«

Allgemeine Zustimmung wurde bekundet.

»Was ist?« Viola gab Jana das Einhorn zurück. »Kommt ihr auch mit? Für Frischverliebte ist das ein absolutes Muss.«

»Ich glaube nicht, dass das etwas für mich ist.« Oliver schüttelte den Kopf. Der Kuss hatte vollkommen ausgereicht, um seine Hormone in Alarmbereitschaft zu versetzen. Auf Tuchfühlung in einer engen Gondel wollte er lieber nicht auch noch gehen.

»Ach, komm schon!« Frank schob ihn einfach vor sich her in Richtung des Karussells. »Sei kein Frosch. Selbst Ricarda ist dem Zauber dieser fast schon antiken Schönheit verfallen.«

»Ich habe noch immer die Freikarten von Klaus«, erinnerte Jana ihn leise. Ihre Wangen waren leicht gerötet, doch ob der Kuss der Grund dafür war oder die Freude über das Einhorn, konnte er nicht mit Sicherheit sagen. »Sollen wir die nicht einfach nutzen? Das wäre doch …«

»Eine gute Gelegenheit, ich weiß.« Seufzend ergab er sich.

»Gelegenheit wofür?«, wollte Frank mit hochgezogenen Augenbrauen wissen.

»Um mir zu beweisen, dass er kein Grinch ist«, antwortete Jana rasch. »Ich habe Oliver nämlich vorhin so bezeichnet.«

»Und ich habe ihr gesagt, dass ich kein Grinch bin«, nahm Oliver den Faden sofort auf.

»Na, dann mal los.« Angelique übernahm die Führung. »Auf ins Vergnügen!«

20. Kapitel

»Ach, wie schön, die Sternbach-Bande!« Mit einem vergnügten Gesichtsausdruck begrüßte Klaus seine neuen Fahrgäste. Dann entdeckte er Jana und Oliver und grinste breit. »Na, ihr beiden, traut ihr euch nun doch? So als *Freunde*?« Er zwinkerte ihnen schalkhaft zu und malte gleichzeitig Anführungszeichen in die Luft. »Soll ich den Hund solange übernehmen? Darin bin ich inzwischen Spezialist.«

Oliver blickte auf die Bordeauxdogge hinab, die Klaus neugierig beschnüffelte und dabei so heftig mit der Rute wedelte, dass das gesamte Hinterteil in Bewegung geriet. »Was meinst du, Scottie, kann ich dich für ein paar Minuten bei dem netten Mann lassen, ohne dass du ein Chaos anrichtest?«

Ich richte doch kein Chaos an. Außer wenn mir langweilig ist, natürlich. Scottie blickte hechelnd zu ihm auf, und es sah fast so aus, als würde er schelmisch grinsen.

»Hier kann er eigentlich nichts anstellen.« Klaus nahm ihm die Leine ab. »Ich gebe schon gut auf ihn acht. Na, Kumpel, bleibst du so lange bei mir, während dein Herrchen und Frauchen eine Runde auf dem Karussell fahren?«

Klar, du bist nett. Aber Moment mal! Herrchen und Frauchen? Scottie wedelte noch begeisterter. *Ist Jana denn jetzt mein Frauchen? Wie toll ist das denn?*

»Viel Spaß.« Klaus zwinkerte ihnen noch einmal vielsagend zu. »Wir sehen uns in einer knappen Viertelstunde wieder.«

Oliver stutzte. »Eine Viertelstunde?«

Klaus nickte schmunzelnd. »Eine Fahrt für Paare dauert stets so lange wie drei bis vier Lieder, je nach Liedlänge.«

Resigniert verdrehte Oliver die Augen, ließ sich jedoch widerstandslos von Jana zu einer der Gondeln ziehen, die, wie er feststellte, erstaunlich geräumig und bequem waren. Sogar warme Wolldecken und Kissen lagen auf den Sitzen, damit die Fahrgäste sich einkuscheln konnten.

Schicksalsergeben breitete er die Decken über ihnen aus und legte schließlich auch noch seinen Arm um Janas Schultern. Immerhin wollten sie der Welt ja ein glückliches Paar vorspielen, da gehörte dieser Firlefanz mit dem Karussell wohl dazu. Auch wenn Janas Nähe ihm gerade alles andere als guttat oder womöglich auch zu gut. Er hatte schon wieder das Bedürfnis, sie zu küssen. Das gehörte so gar nicht zum Plan. Oder eigentlich doch, aber nicht … *so*! Es sollte doch alles nur gespielt sein und sich nicht so verflucht echt anfühlen.

Zumindest war die Musik erträglich. Bing Crosbys *White Christmas* passte immer; er mochte den Song schon seit seiner frühen Kindheit.

Das Karussell setzte sich mit einem sanften Ruck in Bewegung, der Jana leicht gegen ihn stoßen ließ.

»Mit diesem Karussell bin ich zuletzt in meiner Kindheit gefahren«, ergriff sie das Wort. »Ich erinnere mich noch daran, dass ich mit Ellie zusammen in einer Gondel saß, als sie eigentlich noch zu klein dafür war. Aber sie wollte immer überallhin mit und alles machen, was ich auch gemacht habe.«

»Also warst du die perfekte große Schwester und hast sie mitgenommen.«

»Hat deine Schwester das nie mit dir gemacht?«

»Doch, klar. Aber unser Altersunterschied ist größer. Sie ist acht Jahre älter als ich. Irgendwann war ihr das als Teenager wahrscheinlich zu peinlich. Und als ich mit elf zusammen mit Mom nach Deutschland ging, war sie bereits auf dem College.«

»Aber ihr habt ein gutes Verhältnis zueinander?«

»Ja.« Er zögerte. »Sie ist eine Naturgewalt.«

»Ich glaube, so etwas in der Art sagtest du schon einmal.«

»Weil es wahr ist. Man kann ihr nur schwer widerstehen, aber sie meint es nicht böse. Sie weiß nur einfach sehr genau, was sie will, und setzt dann alle Hebel in Bewegung, um es zu bekommen.«

»Ohne Rücksicht auf Verluste?«

»So kann man das nicht sagen. Sie geht geschäftlich gern auf volles Risiko, aber auch nur, wenn es ihr die Sache oder Person wirklich wert ist.« Er zögerte einen Moment. »Ich denke, in deinem Fall ist das so, sonst hätte sie mich gar nicht erst engagiert.«

»Aha.« Mehr schien Jana nicht dazu sagen zu wollen. Sie rutschte ein wenig auf der Sitzbank hin und her, seufzte schließlich und lehnte ihren Kopf gegen seine Schulter. »Ich mag dieses Lied. Komischerweise kann man sich daran nie satthören, ganz gleich, wie oft man es auch hört.«

Überrascht, weil sie exakt seine Meinung zu *White Christmas* ausgesprochen hatte, sah er sie an. »Ich verbinde damit die schönsten Kindheitserinnerungen. Mom ließ das Lied immer laufen, wenn wir den Baum geschmückt haben, und meist lief es auch am Weihnachtsmorgen, wenn ich meine Geschenke ausgepackt habe. Danach gab es immer Waffeln und Pancakes zum Frühstück. Letzteres gönne ich mir heute noch.«

»Wir haben unsere Bescherung traditionell am Heiligen Abend«, erzählte Jana. »Da lief das Lied auch schon oft, meist zu Beginn. Später haben wir dann die klassischen deutschen Chöre gehört und bis vor der Christmette dann das Weihnachtsoratorium oder den *Nussknacker*.«

»Der *Nussknacker* war bei uns auch Standard.« Als die Musik wechselte, verdrehte er die Augen. Noch mehr Einhörner!

»Oh, wie wunderbar!« Jana strahlte, als die ersten Klänge von *The Last Unicorn* aus den Lautsprechern tönten. »Das Lied ist so schön!« Zärtlich streichelte sie über das sicher in

Folie verpackte Plüscheinhorn, das sie neben sich auf die Bank gequetscht hatte.

Nun musste er doch schmunzeln. Jana war so süß, wenn sie sich wie ein kleines Mädchen freute. Gänzlich ungekünstelt und echt. Jana eben. Seine … Großer Gott! Er zuckte innerlich zusammen. Hatte er da gerade *seine* Jana denken wollen? War er irre geworden? Sie gehörte ihm nicht. Sie gehörte niemandem.

Er war wohl auch äußerlich zusammengezuckt, denn Jana sah ihn fragend an. »Stimmt etwas nicht?«

»Nein, doch.« Er schüttelte den Kopf über sich. »Alles okay. Ich bin wohl nur so viele Einhörner auf einmal nicht gewohnt.«

Jana lachte und ergriff seine Hand. »Du wirst es überleben. Es war unglaublich lieb von dir, mir das Einhorn zu schenken.« Mit leuchtenden Augen suchte sie seinen Blick.

Er schluckte. »Gern geschehen.«

»Warum?«

»Was?« Irritiert runzelte er die Stirn.

»Warum hast du es mir geschenkt? Du hättest dir auch etwas für dich aussuchen können. Es war dein Hauptgewinn und bis zweihundertfünfzig Euro wert. Das stand auf dem Los.«

Ihre Frage warf ihn aus der Bahn. »Also … einfach so.«

»Einfach so?« Ihre Augenbrauen hoben sich neugierig.

»Ja …« Ihm wurde heiß. »Ich hab es gesehen …« Und vor allem ihren Blick! »Und ich dachte, es könnte dir gefallen, wo du doch so ein Einhornfan bist. Es ist halt nicht rosa.«

Um ihre Mundwinkel zuckte es. »Es muss nicht rosa sein. Genau genommen sind das die wenigsten Einhörner. Sie sind die Exoten unter ihresgleichen.

Nun musste er doch lachen. »Ich dachte, Einhörner seien per se Exoten.«

»O nein, auch unter ihnen gibt es solche und solche«, belehrte sie ihn mit einer derart ernsten Miene, dass sich sein Magen erneut verknotete. Er wollte sie küssen. Jetzt sofort, und das nicht, weil jemand zusah.

»Na, so was!« Überrascht merkte Jana auf, als die Musik erneut wechselte. »Da hatte Klaus aber ein glückliches Händchen bei der Musikauswahl. Ich liebe Johnny Cash.«

Verblüfft hob auch er den Kopf. Tatsächlich sang der Countrystar gerade *A thing called love.* »Du magst Johnny Cash?«

»Und wie!« Eifrig nickte sie. »Ich habe alle Alben von ihm auf CD und eine ellenlange Playlist mit seinen Songs im Streaming.« Sie neigte den Kopf ein wenig zur Seite. »Jetzt sag bloß, du magst ihn auch.«

»Ziemlich, ja.« Geräuschvoll stieß er die Luft aus. »Ich habe als Junge mal zufällig eine Fernsehserie gesehen, in der er ein paar Gastauftritte hatte und auch manchmal zur Gitarre gesungen hat. Ich glaube, er hat einen ehemaligen Revolverhelden oder so etwas Ähnliches gespielt. Mir hat die Musik so gut gefallen, dass ich mir eine CD von ihm gekauft habe. Der Rest ist … nun ja, Geschichte, wie man so schön sagt.«

Jana stieß ein undamenhaftes Prusten aus. »Das gibt es doch nicht! Die Serie hieß nicht zufällig *Dr. Quinn – Ärztin aus Leidenschaft*?«

»Äh …« Verlegen hob er die Schultern. »Kann sein.«

»Ich habe die Serie total gerne geschaut und bin genau wie du auf Johnny Cash aufmerksam geworden.«

»Ach.« Das war nun wirklich unerwartet. »Zufälle gibt es.«

»Vielleicht will uns das Universum auch mitteilen, dass wir gar nicht so komplett verschieden sind, wie wir zu Anfang dachten«, sagte sie leise und ernst.

»Das Universum?«

»Das Schicksal?«, schlug sie jetzt wieder grinsend vor.

»Von wegen.« Abwehrend hob er die Hand. »So etwas wie das Schicksal gibt es nicht.«

»Behauptest du.«

»Nein, das weiß ich.« Er wusste, es war fruchtlos, mit ihr darüber zu diskutieren, aber es machte ihm einen Heidenspaß.

»Aber das Universum gibt es sehr wohl«, führte sie ein nicht von der Hand zu weisendes Argument an.

Bereitwillig konterte er: »Das Universum ist aber kein alter Mann mit Bart, der irgendwelche Wünsche erfüllt und unsere Geschicke lenkt.«

»Das habe ich ja auch nicht behauptet.« Kichernd lehnte sie sich an ihn. »Was du da beschreibst, ist der Weihnachtsmann.«

»Glaubst du an den etwa auch?«

Lächelnd sah sie zu ihm auf. »Selbstverständlich. Du etwa nicht?«

»Als Kind zuletzt.«

Zu seiner Überraschung legte sie ihm die flache Hand auf die Herzgegend. »Ist dieses Kind denn nicht noch irgendwo tief dort drinnen verborgen?«

Einen Moment machte ihn ihre Frage sprachlos. Ihr Blick verwob sich mit seinem. Sein Puls stieg rapide an.

»Egal wer oder was dafür verantwortlich ist«, sagte sie leise, »er, sie oder es hat einen wundervollen Musikgeschmack.«

Erst jetzt bemerkte er, dass Johnny Cash verstummt war und stattdessen Foreigner den Klassiker *I want to know what love is* auf sie niederrieseln ließ.

Sein Magen sank gefühlt um einige Meter ab und bildete erneut einen festen Knoten. Er konnte Janas Blick nicht mehr ausweichen. *I want to know what love is!*, forderte der Sänger eindringlich. *I want you to show me!*

Ehe er auch nur einen zusammenhängenden Gedanken fassen konnte, lagen seine Lippen bereits auf Janas. Wärme durchfloss ihn. Wohlige Wärme, unter der noch viel mehr verborgen war. Gefahr und … Nein, das war alles nicht richtig, nicht logisch. Er wollte sie nicht verletzen. Doch das würde er unweigerlich tun, wenn er dies hier weitertrieb. Sie war keine Frau für eine unverbindliche Affäre. Auch wenn sie seine Einstellung akzeptierte und bereit war, nach seinen Regeln zu spielen. Es war falsch. Sie hatte mehr verdient! Aber er konnte einfach nicht aufhören, sie zu küssen.

It looks like love has finally found me, nahm er die Stimme des Sängers wie aus weiter Ferne wahr. Nein! So ein Unsinn! Seine Hormone drehten durch, das war alles. Er wollte Jana, ganz unbestritten, aber doch nicht so! Das war vollkommen verrückt, lächerlich und unmöglich.

Zu seiner Erleichterung verstummte die Musik, und das Karussell hielt mit einem sanften Ruck an. Etwas atemlos löste er sich von Jana. »Ich, äh, glaube, das war als Vorstellung für heute ausreichend, oder?«

Sie lächelte leicht. »Ja, das glaube ich auch.«

***

»Ich liebe es, wenn ein Plan funktioniert!« Elf-Zwei ließ fröhlich die Beine über den Rand des mit Tannengrün und Lichterketten geschmückten Zauns baumeln, der den Weihnachtsmarkt umgab.

»Ich auch«, stimmte Elfe-Acht ihm zu, und die beiden gaben sich grinsend ein High five.

»Das hat Santa Claus wirklich klug eingefädelt«, stimmte Elf-Siebzehn ihnen zu, der als Verstärkung mit ihnen zur Erde gekommen war und ebenfalls auf dem Zaun saß.

Wer hat etwas eingefädelt? Und wer seid ihr? Scottie, der die ganze Zeit neben Klaus gesessen hatte, war ihm nun in Richtung Zaun gefolgt, wo Klaus sich mit einer älteren Frau unterhielt. Nun hatte Scottie die Elfen entdeckt und ihr Gespräch mitbekommen. Neugierig tappte er auf die Elfen zu.

Elf-Siebzehn, der die Sprache der Tiere am besten verstand und sprach, hüpfte vom Zaun herunter. »Hallo, Scottie! Wir haben gerade von deinem Herrchen und Jana gesprochen. Wir sind Weihnachtselfen, weißt du, und helfen dem Weihnachtsmann, die Weihnachtswünsche der Menschen zu erfüllen.«

Aha. Scottie legte den Kopf schräg. *Ich kapiere gar nichts. Von Weihnachten habe ich schon gehört. Wir sind ja hier auch auf dem Weihnachtsmarkt. Aber Elfen und der Weihnachtsmann?*

»Er wird unter anderem auch Santa Claus genannt«, erklärte Elf-Siebzehn, »und ist ein Glücksbringer und Wunscherfüller für die Menschen. Im Augenblick arbeitet er daran, Jana einen Weihnachtswunsch zu erfüllen. Wir sind hier, um ihm dabei zu helfen.«

Das ist ja spannend. Scottie wedelte mit der Rute. *Was für ein Wunsch ist das denn?*

»Das erkläre ich dir gerne.« Elf-Siebzehn kraulte Scottie hinter den Ohren. »Vielleicht kannst auch du mithelfen, dass ihr Wunsch sich erfüllt.«

Au ja! Ich mag Jana so sehr. Wenn ich euch helfen kann, tue ich das gerne. Scottie wedelte so freudig, dass seine Rute gegen Klaus' Bein klopfte.

Klaus blickte überrascht auf ihn hinab. »Nanu, warum bist du denn plötzlich so aufgeregt?«

Elf-Siebzehn hatte sich rasch hinter einem bunt geschmückten Weihnachtsbaum versteckt und legte mahnend einen Finger an die Lippen.

Scottie begriff und setzte sich wieder brav neben Klaus, als wäre nichts geschehen.

Klaus lächelte. »Wartest du schon so darauf, dass dein Herrchen und Jana zurückkommen? Keine Sorge, die Karussellrunde ist gleich vorbei. Seltsam nur«, wandte er sich an seine

Gesprächspartnerin, »dass es schon wieder meine Playlist zerschossen hat. Das passiert mir mindestens einmal jedes Jahr. Fast so, als würde jemand meinen Computer manipulieren.«

»Na, wer weiß, vielleicht ist das ja so.« Die alte Dame lächelte vielsagend. »Vielleicht schleichen hier ja ein paar Weihnachtselfen herum. Zu dieser Jahreszeit ist alles möglich.«

Klaus lachte. »Ja, das kann natürlich sein. Aber einen merkwürdigen Musikgeschmack haben sie zuweilen schon.«

»Ist doch egal.« Die Frau lachte. »Solange sich die Fahrgäste nicht beschweren.«

»Das ist tatsächlich noch nie vorgekommen«, gab er zu. »Eher sogar im Gegenteil. Manchmal habe ich den Eindruck, es ist immer gerade die richtige Musik für ein ganz bestimmtes Pärchen.« Er blickte wieder auf Scottie hinab. »Vielleicht diesmal für Jana und Oliver.«

Wuff! Klar, wenn du es sagst, wird es so sein.

Elf-Siebzehn schlich sich halb aus seinem Versteck. »Wir reden später weiter, Scottie«, flüsterte er. »Am besten kommen wir dich mal besuchen. Wir wissen ja, wo du momentan wohnst.« Er zwinkerte verschwörerisch. »Bis später!«

Ja, klar. Bis dann. Oh, wir gehen zu dem großen Drehdings zurück. Dann kommen Herrchen und Frauchen wohl gleich wieder. Herrchen und Frauchen … Das klingt wirklich schön!

***

»Das war ein zauberhafter Abend.« Jana gähnte herzhaft hinter vorgehaltener Hand, als sie aus dem Auto ausstieg. »Zum Glück kann ich morgen ausschlafen. Es ist ja doch ziemlich spät geworden.«

»Eine Mütze voll Schlaf wäre jetzt nicht übel«, stimmte Oliver ihr zu. »So ein Weihnachtsmarkt kann ganz schön anstrengend sein.«

»Wem sagst du das.« Sie reckte sich ein wenig und strebte der Haustür zu. Auf halbem Weg blieb sie stocksteif stehen. »O nein. Nicht schon wieder.«

»Was ist?« Oliver hatte Scottie aus dem Auto lassen wollen, war aber sofort an ihrer Seite. Als er den Scherbenhaufen vor der Haustür sah, hielt er sie energisch am Arm zurück. »Bleib hier. Ich will mir das erst ansehen.«

»Von wegen.« Seinen Protest ignorierend, trat sie entschlossen auf die Scherben zu. Diesmal schienen es keine von ihren Skulpturen zu sein, denn die waren ja schon alle beim letzten Mal bei ihr gelandet.

»Was ist das denn?« Aufmerksam betrachtete Oliver die Glasscherben. »Geht ihm die passende Munition aus? Das sind ganz normale Glasflaschen aus dem Getränkemarkt. Die hätte er mal lieber zurückgebracht und das Pfand genommen.« Mit der Fußspitze tippte er gegen einen abgebrochenen Flaschenboden. »Siehst du irgendwo eine Nachricht?«

»Nein.« Sie ließ ihren Blick über die Umgebung schweifen. »Vielleicht im Briefkasten.«

»Ja, aber sei vorsichtig.« Oliver hatte kehrtgemacht und ging zu einem Busch auf der anderen Straßenseite.

»Wo willst du hin?« Sie folgte ihm mit Blicken, zog aber gleichzeitig ihren Schlüsselbund aus der Manteltasche und öffnete den Briefkasten. Darin lag inmitten weiterer Scherben ein brauner Umschlag. Jana nahm ihn vorsichtig mit Daumen und Zeigefinger heraus. »Oliver! Sieh dir das mal an.« Sie schüttelte sich in einer Mischung aus Entsetzen und Ekel. »Ist das Blut?«

»Was?« Mit großen Schritten kehrte er zurück und zog sie am Arm vom Briefkasten weg. »Scheiße!« Entgeistert starrte er auf die roten Flecken auf dem Umschlag. »Das sieht wirklich wie Blut aus.«

»Was hast du da?« Sie deutete auf ein etwa handspannenlanges Kästchen in Tarnfarben.

»Eine Wildkamera«, erklärte er. »Darauf hätten wir viel früher kommen sollen. Die Aufnahmen sind nicht so scharf wie bei richtigen Überwachungskameras, aber vielleicht erkennen wir trotzdem etwas darauf. Du hast leider auf deinem Grundstück noch keine Büsche oder Bäume, die sich zum Verstecken der Kamera eignen würden, deshalb musste ich sie auf der anderen Straßenseite anbringen. Damit filmt sie streng genommen öffentlichen Raum, und ein gewiefter Anwalt könnte versuchen, die Nutzung der Aufnahmen verbieten zu lassen. Aber wir können ein berechtigtes Interesse anführen, weil du ja erwiesenermaßen von jemandem terrorisiert wirst.«

»Also ist derjenige jetzt da drauf?« Hoffnungsvoll beäugte Jana die Wildkamera.

»Das werden wir gleich herausfinden.« Er deutete auf die Tür. »Lass uns erst einmal ins Haus gehen.«

Er holte Scottie aus dem Wagen, führte ihn vorsichtig um die Scherben herum ins Haus und holte seinen Laptop in die Küche. Jana wollte die Scherben entsorgen, doch Oliver fotografierte erst alles, auch den Umschlag und den Briefkasten. Danach bestand er darauf, das Chaos selbst zu beseitigen.

Jana gab Scottie inzwischen frisches Wasser und noch eine Handvoll Leckerchen, dann setzte sie sich auf die Eckbank und wartete, bis Oliver sich zu ihr gesellte. Es war seltsam. Sie hatte sich zwar beim Anblick der Glasscherben vor ihrer Haustür erschreckt, aber sie fühlte sich kaum noch emotional betroffen. Stattdessen überwog ein Gefühl des Ärgers und der Genervtheit. Verlor diese Person nicht allmählich die Lust daran, sie zu schikanieren?

Sie zuckte ein wenig zusammen, als ihr Handy klingelte. Verwundert zog sie es aus der Gesäßtasche. »Ja, Viola? Was gibt es denn?«

»Entschuldige bitte, dass ich dich so spät noch störe. Oder vielmehr euch.« Die Freundin klang sehr ernst. »Aber ich dachte, es ist besser, wenn ich dir gleich Bescheid sage. Du musst mal auf deine Website schauen oder vielmehr in den Blog. Da hat jemand ziemlich verstörende Hasskommentare gepostet. Mir ist das nur eben aufgefallen, weil ich bei einem deiner Blogartikel selbst kommentiert und die nachfolgenden Kommentare abonniert habe. Eben wollte ich mein Handy aufladen und habe gesehen, dass meine Mailbox zehn neue Nachrichten anzeigt. Neun davon sind aus deinem Blog. Ist das dieser Mensch, der es auf dich abgesehen hat? Dann kann man die Kommentare doch vielleicht zurückverfolgen.«

Jana schaltete hastig Olivers Laptop ein. »Ja, äh, danke, Viola, ich schaue gleich mal nach. Mist.«

»Was ist Mist?«, wollte Viola alarmiert wissen.

Jana seufzte. »Nichts. Olivers Laptop ist passwortgeschützt.«

Viola gluckst. »Also ist er bei dir?«

»Ja. Wir hatten schon wieder Scherben vor der Haustür.«

»Shit! Hoffentlich kriegt ihr diesen Irren bald. Am besten lasse ich euch jetzt mal in Ruhe. Gib mir aber sofort Bescheid, wenn ihr etwas herausfindet oder wenn ich euch helfen kann.«

»Das mache ich. Danke, Viola.«

»Nicht dafür. Halt die Ohren steif, würde Lukas jetzt sagen.« Schon hatte Viola aufgelegt.

»Wer war das?« Endlich setzte Oliver sich zu Jana an den Tisch und lächelte leicht, als er bemerkte, dass Jana den Laptop schon eingeschaltet hatte. »Vorname, Nachname, Straße, Hausnummer, Raute, alles rückwärts und jeder Wortanfangsbuchstabe großgeschrieben.«

»Wie bitte?« Verständnislos sah sie ihn an.

»Das Passwort für die Kiste hier.« Er war bereits dabei, es einzugeben.

»Warum verrätst du es mir?«

Er hob die Schultern. »Damit du das Ding öffnen kannst, was sonst? Ich gehe davon aus, dass ich dir vertrauen kann. Abgesehen davon hat jedes meiner Geräte ein anderes Passwort, und das hier ist mein Privatlaptop. Da sind keine Klientendaten drauf, die du dem Meistbietenden verscherbeln könntest.«

»So etwas würde ich nie tun!«

»Ich weiß. Also, was wolltest du denn tun?« Er schob ihr den Laptop hin.

Sie hatte inzwischen auf dem Smartphone nachgesehen und fast dreißig Nachrichten in ihrem Mailprogramm entdeckt. Als sie eine davon aufrief, schauderte sie. »Er spammt meinen Blog mit Hassnachrichten zu.«

»Lass sehen!« Oliver nahm ihr das Smartphone aus der Hand und klickte sich stirnrunzelnd durch die Kommentare.

Jana öffnete den Webbrowser und loggte sich in ihre Website ein. »Das eben war Viola. Sie hat mich darauf aufmerksam gemacht. Sie meinte, man kann die Kommentare vielleicht zurückverfolgen!«

»Wenn die IP mitgespeichert wurde, ist das möglich«, bestätigte Oliver und rückte dicht neben sie. »Oder die Mailadresse, obwohl er natürlich auch eine falsche angegeben haben kann.«

»Ich speichere die IPs verkürzt, wegen des Datenschutzes.« Jana seufzte. »Nach dreißig Tagen werden sie immer ganz gelöscht.« Sie rief das entsprechende Plugin auf. »Nützt uns das überhaupt etwas?«

Oliver sah sich die Daten an und rief noch ein paar andere Funktionen auf, die Jana gar nicht kannte. Ganz offensichtlich machte er das nicht zum ersten Mal.

»Mit den IPs hättest du auch ungekürzt Pech gehabt.« Er deutete auf die Daten auf dem Bildschirm. »Hier, siehst du das? Jede IP ist anders und, soweit ich es beurteilen kann, aus einem anderen Land. Wahrscheinlich benutzt er ein VPN, um unerkannt zu bleiben. Wir können den Datensalat zwar morgen an die Polizei weitergeben, aber die werden auch nicht so wahnsinnig viel damit anfangen können.« Nun öffnete er die Wildkamera und entnahm ihr eine SD-Karte. »Mal sehen, ob das hier mehr bringt.«

Die Kamera hatte jede Menge Fotos aufgenommen, die leider erwartungsgemäß nicht sehr hochaufgelöst waren. Tatsächlich war am späteren Abend ein Auto zu sehen, das vor dem Haus hielt.

»Mist, der Wagen versperrt die halbe Sicht«, knurrte Oliver, klickte sich aber weiter durch die Fotos. »Hier.« Er stieß Jana sanft an. »Nur von hinten, aber man kann die Größe und Statur schätzen. Etwa eins achtzig, schlank. Langer Mantel. Warte mal, mit etwas Glück …« Er klickte rasch weiter. »Mist, er hat die Kapuze tief ins Gesicht gezogen. Aber so wirklich gut hätte man ihn sowieso nicht erkannt. Aha«, unterbrach er sich. »Hier wendet er den Wagen. Das Kennzeichen ist gut zu erkennen. Das geben wir auf jeden Fall der Polizei weiter.«

Jana zog sich den Laptop heran und klickte selbst noch einmal durch die Fotos. »Als ob er wüsste, dass er gefilmt wird«, murmelte sie.

»Gut möglich, dass er damit gerechnet hat.« Oliver nahm vorsichtig den Umschlag an sich und öffnete ihn. »An den Uhrzeiten der Kommentare kann man allerdings erkennen, dass sie alle innerhalb der vergangenen drei Stunden eingegangen sind. Er hat also erst gepostet und ist dann hierhergekommen und hat die Scherben abgeladen. Entweder hat er mobil gepostet, oder er wohnt nicht allzu weit von hier weg. Das Kennzeichen ist wieder aus Köln, der Wagen ein dunkler sechser Golf Sportsvan. Vielleicht wieder ein Leihwagen.«

»Was schreibt er denn diesmal?« Nun doch wieder mit einem mulmigen Gefühl beäugte sie das Blatt, das er aus dem

Umschlag zog. Der Anblick der roten Flecken machte sie nervös, insbesondere weil auch die Nachricht selbst welche aufwies. »Sind das Fingerabdrücke?«

»Sieht so aus, aber zu verschmiert, als dass sie eine echte Spur wären.« Grimmig studierte er die Botschaft, die diesmal etwas länger ausfiel. »Anscheinend haben wir einen Nerv getroffen. Und die Zeitungsausschnitte sind ihm auch ausgegangen. Das hier ist ganz einfach mit einem Computer geschrieben. Schriftart Arial, zwölf Punkt, würde ich sagen.«

»Nun sag schon, was steht da?« Energisch riss sie ihm das Blatt aus der Hand. Ihr Magen verkrampfte sich.

»Bleib ganz ruhig, Jana«, mahnte er.

Eine unangenehme Gänsehaut rieselte ihr das Rückgrat hinab, als sie halblaut vorlas:

Du bist an allem schuld. Du bist schuld, dass ich blute. Dass mein Herz blutet. Ich will, dass du weißt, was du getan hast. Du hast mich zerstört, und jetzt machst du dich über mich lustig mit deinem tollen neuen Freund.
Du kannst so was von gemein sein. Wenn du so weitermachst, werde ich noch mehr bluten, und alles ist nur deine Schuld.

Verstört hob Jana den Kopf und suchte Olivers Blick.

Schweigend legte er ihr den Arm um die Schultern und zog sie an sich. »Du bist an gar nichts schuld, Jana. Dieser Typ ist komplett durchgeknallt.«

»Du kannst so was von gemein sein«, murmelte sie. Ihre Nackenhärchen stellten sich auf.

»Was?« Oliver drückte ihre Schulter. »Hör auf damit. Du bist nicht gemein, und selbst wenn du jemandem auf den Schlips getreten …«

»Nein.« Sie umfasste das Blatt an einer Seite so fest, dass es zerknitterte. »*Du kannst so was von gemein sein.* Das habe ich schon mal gehört.« Ihr wurde eiskalt. »Ich glaube … möglicherweise …«

»Was glaubst du?« Sanft drehte Oliver sie zu sich herum, bis sie ihm ins Gesicht blickte. »Rede mit mir!«

Sie warf das Blatt auf den Tisch. »Die ausgeschnittenen Wörter aus den Zeitschriften.«

»*Weltschritte* und *Kunstschritte*«, half Oliver aus. »Was ist damit?«

»Ich … glaube, ich weiß jetzt, wer dahintersteckt.« Ihre Augen stachen. Ihr Herz verkrampfte sich. »Aber das kann doch nicht … sein. Ich habe nie … wollte nie …«

»Wer? Jana!« Er schüttelte sie leicht. »Von wem redest du?«

»Frauke.«

»Wer ist Frauke?«

»Frauke Birkhoff. Meine beste Freundin während der Ausbildung. Wir hatten eine Wohnung zusammen und haben alle Praktika, auch im Ausland, gemeinsam absolviert. Sie hat meine Zeitschriftenabos mitbenutzt und die Hefte akribisch gesammelt. Sie fand es schlimm, dass ich die ausgelesenen Ausgaben immer gleich wegwerfen wollte.« Jana verbarg ihr Gesicht in den Händen. »Wenn wir uns gestritten haben, was nur selten vorkam, hat sie oft gesagt: *Du kannst so was von gemein sein.*«

»Jana, schon gut, ganz ruhig.« Oliver zog ihre Hände herunter. »Du …«

»Nein, ich bin nicht ganz ruhig. Wie könnte ich auch? Sie war es. Meine beste Freundin. Damals zumindest.«

»Welchen Grund sollte sie haben, dich zu terrorisieren?«

»Ich weiß es nicht.« Jana blinzelte mehrmals. »Wir haben uns seit Jahren nicht mehr gesehen.«

»Warum nicht?«

»Weil …« Sie blickte auf das Blatt Papier mit der garstigen Botschaft und fühlte sich scheußlich dabei. »Wir wollten verschiedene Dinge. Sie war talentiert, aber sie traute sich zu wenig zu. Ich wusste schon früh, wie ich meine Kunst leben und den Menschen verfügbar machen wollte. Und das habe ich getan. Ich habe mich ganz darauf konzentriert. Für …« Sie musste hart schlucken. »Für Frauke war irgendwann kein Platz mehr in meinem Leben. Sie verstand nicht, was mich antreibt. Irgendwann waren wir uns einig, dass wir uns auseinandergelebt hatten und es keinen Sinn hätte, krampfhaft eine Freundschaft aufrechtzuerhalten, die keine Substanz hat.«

»Einig wart ihr euch?« Sorgsam schob Oliver das Papier zurück in den Umschlag. »Für mich sieht das aber anders aus. Wenn sie wirklich dahintersteckt, scheint sie ein ordentliches Problem mit euch zu haben – oder mit dieser Trennung. Wart …« Er räusperte sich. »Wart ihr ein Paar?«

»Nein.« Energisch schüttelte Jana den Kopf, hielt dann aber inne. »Wir waren Freundinnen. Sie ist nicht lesbisch – zumindest wäre mir das neu. Sie war immer mit Männern zusammen.« Sie ließ ihre Gedanken in die Vergangenheit wandern, Erinnerungen in sich aufsteigen. »Wir sind uns zum ersten Mal am ersten Tag an der Glasfachschule begegnet und haben so eine Art Zweckgemeinschaft gegründet. Zwei Neue, die sich gegenseitig unterstützten. Dann gab es ein Feuer in ihrer Wohnung, und damit sie nicht auf der Straße schlafen musste, habe ich sie zu mir eingeladen. Irgendwann ist sie dann der Einfachheit halber ganz bei mir eingezogen. Wir haben uns Miete und Nebenkosten geteilt und von da an praktisch alles zusammen gemacht.«

»Ein Feuer?«, hakte Oliver nach. »Wie ist das passiert?«

»Irgendwas mit der Elektrik. Sie konnte sich rechtzeitig retten, und einige ihrer Sachen blieben auch unversehrt, aber bewohnbar war die Wohnung wochenlang nicht. Als sie wieder hätte umsiedeln können, hatten wir uns so sehr an das Zusammenleben gewöhnt, dass ich ihr vorgeschlagen habe, dabei zu bleiben.«

»Hast du es ihr vorgeschlagen, oder war es ihre Idee?« Oliver klang nachdenklich.

Jana ließ erneut die Vergangenheit Revue passieren. »Ich habe den Vorschlag gemacht.«

»Hat sie sich geziert?«

»Nein, weshalb hätte sie das tun sollen?«

Oliver hob die Schultern. »Ihr kanntet euch noch nicht sehr lange, wurdet aber sehr schnell unzertrennliche Freundinnen.«

»Na und? Dich kenne ich auch noch nicht sehr lange, und trotzdem verstehen wir uns gut. Und du wohnst hier«, erinnerte sie ihn.

»Nur dass ich keine Rachegelüste pflegen werde, wenn unsere Wege sich irgendwann wieder trennen. Kann es sein, dass sie sich mit Absicht in dein Leben gedrängt hat?«

»Mit Absicht?« Auf diesen Gedanken wäre sie nie gekommen. »Wie meinst du das?«

»Ich kann mich natürlich auch irren«, schränkte er ein. »Es war nur mein erster Gedanke nach allem, was du erzählt hast. Du sagtest, sie war eher der unsichere Typ.«

»Hinsichtlich ihrer Kunst, ja. Sie war nie so zielstrebig wie ich.« Wieder erschauderte Jana und bekam eine Gänsehaut. »Ich musste sie oft ermutigen, aber sie gab sich auch mit dem Mittelmaß zufrieden.«

»Es gibt Menschen, die sich an andere dranhängen, sich bei ihnen einschmeicheln, damit diese sie unterstützen und ihnen ihre ganze Aufmerksamkeit widmen; ihnen helfen, ihr Leben zu meistern«, erklärte er. »Dadurch entwickeln sie eine Art Abhängigkeit. Vielleicht hat sie es deshalb nicht verkraftet, als du dich von ihr abgewandt hast. Wo arbeitet sie?« Mit ernster

Miene zog Oliver den Laptop wieder zu sich heran. »Und hast du ihre aktuelle Adresse?«

»Als ich sie das letzte Mal gesprochen habe, hat sie noch in derselben Wohnung gewohnt.«

»In eurer Wohnung?« Mit einem vielsagenden Ausdruck blickte er vom Bildschirm auf.

»Sie fand es praktisch, weil sie in Bonn bei *GlasTecArt* arbeitet. Die Fahrt ist nicht weit. Sie kann mit dem Zug hin- und zurückfahren. Also zumindest hat sie das vor fünf Jahren gemacht. Seither hatten wir keinen Kontakt mehr.« Sie stockte. »Das heißt … doch, vor anderthalb Jahren hat sie mir einen Job angeboten.«

Oliver hatte etwas auf der Tastatur eingegeben, hielt nun aber inne und sah sie erneut an. »In welcher Position?«

»Creative Director und Leiterin der Produktentwicklung. Sie schrieb mir, die Firma wolle sich stilistisch neu aufstellen und sie suche nun jemanden mit viel Talent, um das Ganze in die richtige Richtung zu führen. Ich habe natürlich abgelehnt.« Sie rieb sich über die Oberarme, weil sie zu frösteln begann. »So etwas wollte ich nie machen. Das hätte sie wissen müssen.«

»Aber trotzdem hat sie es versucht.« Oliver führte eine Websuche durch und stieß plötzlich laut die Luft aus. »*GlasTecArt* heißt die Firma, sagtest du?«

»Ja, genau. Ich sollte Fraukes Posten als Creative Director übernehmen, weil sie zur stellvertretenden Geschäftsführerin berufen worden war.«

»*GlasTecArt* ist seit drei Monaten insolvent.«

»Was?« Erschrocken lehnte sie sich an ihn, um besser auf den Bildschirm sehen zu können. »Das wusste ich nicht.«

»Es könnte aber einiges erklären.«

»Das ging nicht durch die Presse, sonst hätte ich es doch mitbekommen.« Sie starrte erschüttert auf die Internetseite, auf der Oliver die Information gefunden hatte. »Aber warum sollte Frauke glauben, dass das meine Schuld ist?« Sie brach ab, denn die Zusammenhänge dämmerten ihr bereits. Mit einem verzweifelten Laut irgendwo zwischen Stöhnen und Lachen presste sie ihre Stirn gegen Olivers Schulter. »Ich habe offenbar ein Talent, mir Mitbewohner auszusuchen, mit denen ich mir nur Ärger einhandle. Erst eine Psychopathin, dann einen … Undercover-Künstlerfänger!«

»Einen was?«

»Nun lach mich auch noch aus!«

»Ich lache dich nicht aus.« Doch in Olivers Stimme klang durchaus Erheiterung mit. »Das ist doch nicht miteinander vergleichbar. Außerdem bin ich weder hier, um dich zu terrorisieren noch um dich für meine persönlichen Zwecke oder mein Wohlbefinden auszunutzen. Ich dachte, als Jen mir den Auftrag gab, dass es am Ende auf eine Win-win-Situation für dich und sie hinauslaufen wird, nichts weiter.«

»Das hat Frauke wahrscheinlich auch gedacht.«

»Nein.« Zu ihrer Überraschung schüttelte Oliver vehement den Kopf und suchte ihren Blick. »So wie ich das sehe, hatte sie vermutlich vom ersten Tag an nur eines im Sinn: sich selbst. Du warst und bist Mittel zum Zweck. Vermutlich ist daraus über die Jahre, ohne dass du es bemerkt hast, tatsächlich eine Abhängigkeit von ihrer Seite erwachsen. So etwas kommt gar nicht mal so selten vor. Wahrscheinlich hat sie es nicht verkraftet, dass du dich von ihr abgenabelt hast und dann auch noch aus eigener Kraft, ohne sie, erfolgreich und glücklich geworden bist.«

»Das private Glück ist aber nur gespielt«, warf sie ein.

»Davon weiß sie aber nichts.«

»Warum erst jetzt? Jahre später?«

Oliver nahm sie sanft in die Arme. »So eine Abhängigkeit ist wie eine Sucht. Man kann sie durchaus über lange Zeit im Griff haben und sogar sicher sein, dass man sie überwunden hat. Aber es können immer Umstände eintreten, Schicksalsschläge zum Beispiel oder der drohende Verlust des Arbeitsplatzes oder Ähnliches, die die Sucht erneut triggern. Selbst charakterlich und seelisch gefestigte Menschen können unter solchen Vorzeichen rückfällig werden, insbesondere wenn sie sich keine Hilfe holen oder womöglich gar nicht wahrhaben wollen, dass ihr Verhalten krankhaft ist oder werden kann. Das Jobangebot vor anderthalb Jahren war vielleicht ein Hilferuf. Wahrscheinlich ging es der Firma damals schon nicht gut. Eine Insolvenz passiert selten über Nacht. Wenn man sie damals zur stellvertretenden Geschäftsführerin berufen hat, stand vielleicht die Hoffnung dahinter, dass sie das Ruder herumreißen würde.«

»Und das wollte sie mit meiner Hilfe tun«, folgerte Jana. Traurig verbarg sie ihr Gesicht in Olivers Halsbeuge. Seine Nähe, sein Geruch gaben ihr ein Gefühl der Sicherheit und Geborgenheit, das beinahe wehtat, weil es ein Ausmaß annahm, das er so ganz sicher nicht beabsichtigte. Doch im Augenblick konnte sie sich dieser Empfindungen nicht erwehren, also ließ sie sie zu, auch wenn es nicht vernünftig war.

»Als du abgelehnt und dein Leben fortgesetzt hast, ohne nach ihr zu fragen, wurdest du wahrscheinlich für sie zur Wurzel allen Übels in ihrem Leben.« Er schwieg einen langen Moment. »So viel zur Theorie. Jetzt müssen wir das alles nur noch beweisen.«

»Und ihr Leben ganz zerstören.« Tränen stiegen ihr in die Augen.

»Jana, nicht!« Sanft schob er sie ein wenig von sich, um ihr ins Gesicht blicken zu können. Seine Miene war sehr ernst. »Sie braucht Hilfe. Wenn man ihre letzte Botschaft anschaut, dann sogar möglichst schnell.«

Jana erschrak. »Das Blut. Glaubst du, sie will sich etwas antun?«

»Und dir dafür die Schuld in die Schuhe schieben, falls du nicht doch noch tust, was sie will?« Er hob die Schultern. »Ausgeschlossen ist es nicht. Das Blut ist schon ein starkes Stück.«

»Was machen wir denn jetzt?« Verzagt rieb sie sich über die Augen und schniefte.

»Ich werde sie ab morgen früh observieren und so viele Informationen über sie sammeln wie nur möglich«, erklärte er. »Du machst mit allem so weiter, wie du es immer tust. Wir bleiben bei unserem Plan. Entweder lösen wir bei ihr damit noch eine unbedachte Handlung aus, die sie überführt, oder wir finden einen anderen Weg, ihre Schuld zu beweisen. Sie ist verzweifelt, wie man daran erkennen kann.« Er deutete auf den braunen Umschlag mit den roten Flecken. Wahrscheinlich dauert es nicht mehr lange, bis sie einen Fehler macht.«

»Sollte ich nicht vielleicht besser mit ihr reden?«, schlug Jana vor. »Ich könnte versuchen, sie davon zu überzeugen, dass sie Hilfe braucht.«

»Unter den gegebenen Voraussetzungen rate ich dir davon dringend ab.« Streng musterte er sie. »Halt dich von ihr fern. Sie wird vermutlich alle Register ziehen, von Verleugnen bis zu schlimmsten Schuldvorwürfen. Das tut sie jetzt schon. Wenn du dich dem noch mehr aussetzt, schadest du nur dir selbst.« Er lächelte leicht. »Tu stattdessen das, was du am besten kannst.«

Überrascht merkte sie auf. »Und was ist das?«

Sein Blick wurde so intensiv, dass ihr Herzschlag sich beschleunigte. »Verzaubere die Menschen.« Er schluckte. »Mit deiner Kunst, meine ich.«

»Ah, okay.« Auch sie schluckte. »Das … klingt plausibel.«

»Wir sollten jetzt ins Bett gehen.« Als hätte er sich an ihr verbrannt, fuhr er zurück und schaltete sehr geschäftig den

Laptop aus und klappte ihn zu. »Etwas Schlaf wird uns guttun, und heute Nacht können wir sowieso nichts mehr tun.«

»Mhm, ja, du hast wahrscheinlich recht.« Sie rutschte auf der Eckbank zur Seite und erhob sich. »Mein Einhorn liegt noch im Kofferraum. Ich hole es rasch herein. Es soll die Nacht nicht draußen allein in der Kälte verbringen.«

Oliver schmunzelte. »Es ist ein Plüschtier.«

»Na und? Auch Plüscheinhörner wollen nachts nicht frieren. Besonders dieses nicht, weil es jetzt meine Freundin ist. Starly heißt sie übrigens, das steht auf der Verpackung.«

»Okay, okay, ich hole es oder vielmehr *sie* herein.« Er war bereits auf dem Weg zur Tür. »Ich bringe sie dir nach oben.«

»Danke.« Mit einem seltsamen Prickeln, das sich von ihrer Herzgegend bis in ihre Fingerspitzen ausbreitete, trat sie den Weg ins Obergeschoss an. Während sie sich auszog und in einen kuscheligen silbernen Samtpyjama schlüpfte, hörte sie, wie die Haustür klappte, dann Olivers leise Stimme, dann noch ein Klappen. Offenbar ließ er Scottie noch mal kurz nach draußen.

Ein drittes Klappen der Tür, während sie sich abschminkte, verriet, dass der Ausflug ins Freie extrem kurz gewesen war. Sie putzte sich rasch die Zähne und hörte unten im Gästebad ebenfalls Wasser plätschern. Ihr Puls geriet zunehmend außer Kontrolle. War sie verrückt geworden?

Als sie wenige Minuten später das Bad verließ, traf sie auf Oliver, der inzwischen nur noch mit dunkelroten Boxershorts und einem schwarzen T-Shirt bekleidet war und ihr das Einhorn reichte. »Hier, bitte sehr, nun muss Starly nicht mehr frieren.« Schon wollte er sich wieder abwenden, doch sie hielt ihn am Handgelenk fest. Hitze und Nervosität stiegen in ihr hoch.

»Warte.«

Oliver blieb ganz still stehen. »Worauf?«

»Nein, ich meine …« Sie war verrückt, ganz eindeutig. Aber egal. »Geh nicht.«

»Jana …«

»Nein, ich meine …« Verflixt, war sie nervös! »Nicht … so. Ich, also, nicht wegen Sex.« Sie lachte kläglich. »Das … wäre im Moment nicht so gut, weil ich gerade, na ja, meine Tage habe.« Sie sah, wie es in seinen Augen erheitert blitzte. »Ich … brauche heute Nacht einen … Freund.«

»Ich dachte, das da ist deine neue Freundin.« Er deutete auf das Einhorn.

»Ein Freund aus Fleisch und Blut wäre in dem Fall besser.« Sie ließ ihn wieder los. »Entschuldige, das ist zu viel verlangt.« Rasch betrat sie ihr Schlafzimmer, legte das Einhorn auf dem Bett ab. »Vergiss bitte, dass ich etwas gesagt habe.« Fahrig begann sie die Schutzverpackung um das Plüschtier zu öffnen.

»Jana!« Plötzlich stand er ganz dicht hinter ihr, nahm das Einhorn und legte es auf ihren Frisiertisch. Dann schlang er ihr von hinten die Arme um die Taille. »Bist du sicher, dass das klug ist?« Seine Stimme vibrierte dunkel und warm neben ihrem Ohr.

»Nein.« Sie konnte ein Erschauern nicht verhindern. »Wahrscheinlich ist es absolut dumm, und es wird auch nicht klüger, je öfter du mich das fragst. Aber ich will jetzt einfach nicht allein sein. Wenn mich das schwach und kindisch macht, kann ich es auch nicht ändern.«

»Du bist nicht schwach.« Seine Lippen streiften sachte ihr Ohr, was dazu führte, dass sich die Härchen auf ihrem Körper allesamt aufstellten. »Und kindisch … *childish* … schon gar nicht.« Sanft strich er über ihre Hüften, schmiegte sich an sie, sodass sie spüren konnte, dass er erregt war.

Ihr Puls schoss in ungeahnte Höhen. »Ich komme mir aber so vor«, murmelte sie.

»Dann muss ich dich auf andere Gedanken bringen.« Er nahm sie bei der Hand und schlug zugleich die Bettdecke zurück. »Als Freund ist es wohl meine Pflicht, dich aufzuheitern, schätze ich.«

»Aufzuheitern?« Das Prickeln nahm enorme Ausmaße an. Rasch schob sie sich unter die Decke.

Oliver gesellte sich zu ihr. »Oder abzulenken, wie auch immer du es nennen willst. Hab ich dir schon erzählt, dass auch ich ein paar Zauberkräfte besitze?«

»Du?« Sie sah ihn überrascht an. »Nein, das hast du bislang nicht erwähnt. Ich dachte, du hast mit Zauberei nichts am Hut.«

»Dann nenn es verborgene Talente.« Er rückte ganz dicht an sie heran, sodass sie erneut seine Erektion zu spüren bekam.

»Oliver … Ich sagte doch …« Sie erschauerte wieder, weil er seine Hand unter ihr Pyjamaoberteil geschoben hatte und ganz leicht mit den Fingerspitzen über ihre Brüste zu streicheln begann. Eine Welle erregender Empfindungen durchrieselte sie. »Sex ist gerade nicht so … gut.«

»Wer hat etwas von Sex gesagt?«, raunte er grinsend. Im nächsten Moment strich er mit der Zunge über ihre Ohrmuschel.

Ein scharfer Strahl der Lust durchschoss sie. Erschrocken sog sie den Atem ein. »Was hast du vor?«

»Das wirst du schon sehen.« Er führte seine Liebkosungen fort. »Entspann dich einfach.«

Das war allerdings nicht möglich, denn je intensiver sich seine Zunge mit ihrem Ohr befasste, desto mehr spannte sie sich an, begann sich zu winden, doch er hielt sie geschickt mit seinem Gewicht und seinen Armen an Ort und Stelle. Heiße und kalte Schauer wechselten sich in ihr mit feinen Nadelstichen der Lust ab. Sternchen rieselten hinter ihren geschlossenen Augenlidern herab.

Hilflos krallte sie sich in die Decke, das Spannbetttuch, sein T-Shirt. Ungekannte Dinge geschahen mit ihr, während er sie beharrlich weiter und weiter reizte.

***

Die Sache begann ihm Spaß zu machen. Er war hochgradig erregt, doch er vernachlässigte diesen Zustand weitgehend, denn es war ihm, warum auch immer, ein Bedürfnis, Jana von all den schwer zu ertragenden Gedanken und Ereignissen abzulenken und ihr Freude zu bereiten. Es war spannend, wie sehr nur dieser eine Punkt in ihrem Ohr sie völlig aus der Fassung brachte, im besten Sinne des Wortes. Er begann zu erahnen, was sie brauchte, und brauchte es gerade ebenso.

Es fühlte sich so gut an, sie so nah bei sich zu haben, so unglaublich richtig, so als würde der Rest der Welt zu vollkommener Bedeutungslosigkeit schrumpfen. War das verrückt? Unvernünftig? Falls dem so sein sollte, dann wollte er hier und jetzt beides sein.

»Was … hast … du mit mir … vor?« Janas Stimme war zwischen ihrem flachen, hektischen Atem kaum zu verstehen. Sie hatte die Augen geöffnet und suchte etwas unstet seinen Blick.

»Wonach fühlt es sich denn an?« Mit voller Absicht atmete er so aus, dass sein Atem warm ihre Wange streifte.

Prompt spürte er sie erschauern. »Ich dachte, es sei unhöflich, eine Frage mit einer Gegenfrage zu beantworten«, hauchte sie tonlos.

»Also gut, du hast recht«, gab er grinsend zu. »Mir schwebt vor, dich zu verwöhnen, bis dir Hören und Sehen vergeht.« Er sprach selten seine Wünsche oder Pläne so präzise aus, doch ihm gefiel ihre Reaktion darauf. Ihre Augen weiteten sich, der rosige Hauch auf ihren Wangen vertiefte sich und – Himmel!

»Was wird das?«, keuchte er, als er ihre Hand an seiner Erektion spürte.

»Du hast nichts davon gesagt, dass ich nicht auch mitspielen darf.« Ihre Augen funkelten vergnügt, als sie ihn mitsamt dem Stoff seiner Boxershorts umfasste.

»Kleine Hexe«, schalt er und küsste sie hungrig, suchte und fand ihre Zunge, ließ aber bald schon wieder von ihrem Mund ab, um sich erneut ihrem Ohr zu widmen. Allerdings wurde es immer schwieriger für ihn, sich zu konzentrieren, denn nicht nur stahl sich ihre Hand nun unter den Stoff der Shorts, sondern wusste sich dort auch höchst kenntnisreich zu beschäftigen.

Bald schon ging sein Atem ähnlich unstet und stoßweise wie der ihre. In seinem Unterleib pochte das Blut heiß und unmissverständlich. Druck baute sich auf, der beinahe schmerzhaft nach Erlösung schrie.

»Hexe!«, wiederholte er rau. Mit der Zunge stieß er zielgerichtet gegen diesen ganz besonderen Punkt in ihrem Ohr, drückte sie dagegen, ließ sie kurz dort verweilen, seinen Atem über die feuchte Haut streifen. Gleichzeitig reizte er ihre rechte Brustwarze mit dem Daumen.

Jana stieß einen kaum unterdrückten Schrei aus, ihr Griff um seinen Schaft verstärkte sich unwillkürlich, sodass er Sternchen sah und keuchend nach Luft rang. Als er die süße Tortur wiederholte, bäumte Jana sich stöhnend auf, seinen Namen kaum hörbar auf den Lippen.

Er konnte sehen und spüren, wie sie von ihrem Höhepunkt übermannt wurde, ungebremst, faszinierend. Zugleich aber wurde ihr Griff um ihn fest wie ein Schraubstock. Er kämpfte mit sich, vergeblich, und folgte ihr nur einen Atemzug später in den lustvollen Taumel.

»Das war unfair«, raunte er, als er allmählich wieder zu Sinnen kam.

»Inwiefern?« Jana lächelte ihn träge an. »Gleiches Recht für alle.«

Er musste über diese Wortwahl lachen. »Nur dass ich mir jetzt neue Shorts anziehen muss.« Vorsichtig löste er sich von ihr und stand auf.

»Vergiss nicht zurückzukommen.« Ihr Blick folgte ihm bis zur Tür.

Wie ertappt blieb er stehen und warf ihr über die Schulter ein schiefes Grinsen zu. »Dauert nicht lange.«

***

Als Jana irgendwann in der Nacht erwachte und sich fest in Olivers Armen geborgen wiederfand, durchströmte sie ein unsagbares Glücksgefühl. Sie wusste, es würde nicht lange bestehen. Nicht wenn Oliver bei seiner Einstellung blieb, was er, wie sie ahnte, unbedingt vorhatte. Doch diesen kostbaren Moment wollte sie auskosten. Diese Stunden zwischen Träumen und Wachen, in denen die Welt stillzustehen schien. Bevor sie wieder einschlummerte, sandte sie noch einmal einen innigen Wunsch ins Universum – und weil heute der erste Advent war, schloss sie in die Liste der Empfänger auch den Weihnachtsmann mit ein.

21. Kapitel

»Da hast du dich aber mächtig ins Zeug gelegt.« Staunenden Blickes stand die Frau des Weihnachtsmannes vor der Videowand und beobachtete, was sich bei Jana tat. »Hui!« Als Jana und Oliver auf Tuchfühlung gingen, schaltete sie den Bildschirm hastig ab. »Also, das müssen wir nun nicht mitansehen.«

Santa Claus schmunzelte sichtlich zufrieden vor sich hin. »Du aber auch immer mit deiner Neugier.«

»Bist du denn sicher, dass jetzt alles gut wird?« Elfe-Sieben war neben die beiden getreten. »Das Gefühlsradar gibt immer noch ziemlich krude Signale, wenn man es auf die beiden ausrichtet. Ich mache mir Sorgen, dass bis Weihnachten doch noch etwas schiefgeht. Und was dann?«

»Wir haben ja noch ein bisschen Zeit«, versuchte Santa Claus die Elfe zu beruhigen. Doch auch er rieb sich gedankenvoll übers Kinn. »Ein wenig Arbeit steht mir noch bevor, das steht fest. Ich habe Elf-Siebzehn schon vorsichtshalber zu Scottie geschickt, damit er sich dessen Hilfe sichert, falls wir sie benötigen sollten.«

»Wie soll Scottie denn da vermitteln?« Elfe-Sieben machte ein verzagtes Gesicht. »Das Problem liegt doch hauptsächlich bei Oliver. Wenn er seine Einstellung nicht ändert, wird es keine glückliche Zukunft für die drei geben.«

»Nun warte doch erst einmal ab«, mahnte der Weihnachtsmann. »Ich kenne mich inzwischen gut mit den Irrungen und Wirrungen menschlicher Herzen aus. Und ich habe auch schon einen Plan für den Fall, dass sich nicht von selbst alles in Wohlgefallen auflösen sollte.«

Seine Frau runzelte die Stirn. »Wann, bitte, hätte es das jemals von selbst getan?«

Santa Claus nickte ihr zu. »Deshalb ja der Plan. Ihr dürft mir ruhig ein bisschen Vertrauen entgegenbringen.«

»Das tun wir doch.« Seufzend wandte seine Frau sich zum Gehen. »Wir wissen aber eben auch alle, wie kompliziert diese Irrungen und Wirrungen werden können. Hoffentlich geht diesmal auch wieder alles gut.«

»Lass mich nur machen.« Der Weihnachtsmann zog sich seinen roten Mantel über. »Aber nun entschuldigt mich. Elfe-Sechzehn möchte mit mir eine Probefahrt mit dem frisch überholten Schlitten machen.«

Seine Frau und Elfe-Sieben sahen ihm nach und einander schließlich halb amüsiert, halb besorgt an.

»Was er wohl vorhat?«, fragte die Elfe.

Eine Antwort hatten sie beide nicht darauf.

22. Kapitel

Die kommende Woche verbrachte Oliver damit, Frauke Birkhoff zu observieren und sich, soweit möglich, um seine anderen Klienten zu kümmern. Dass Jana entweder in ihrer Werkstatt oder auf dem Weihnachtsmarkt intensiv beschäftigt war, half ihm dabei, sein inneres Gleichgewicht wiederzufinden und den nötigen Abstand zu gewinnen, um wieder klar denken zu können. Wohl fühlte er sich dabei nicht, denn es kam ihm so vor, als würde er sehenden Auges in das größte Dilemma seines Lebens hineinlaufen. Er hätte sich auf die Nähe, um die Jana ihn gebeten hatte, nicht einlassen dürfen, doch widerstehen konnte er auch nicht. Wenn das so weiterging, würde er endgültig den Verstand verlieren und nicht nur Jana, sondern, das sah er inzwischen ein, auch sich selbst einen Schmerz zufügen, der vermeidbar gewesen wäre, wenn er seine ehernen Grundsätze nicht so willig über Bord geworfen hätte.

Über die Gründe für sein fahrlässiges Verhalten musste er über kurz oder lang reiflich nachdenken, doch im Augenblick war es wichtiger, Jana gegen ihre ehemalige Freundin beizustehen. Nach mehreren Observierungen war er inzwischen überzeugt davon, dass diese Frauke hinter allem steckte, was in den letzten Wochen geschehen war. Ob sie tatsächlich selbst in Janas Laden eingebrochen war, war ihm nicht ganz klar. Nach allem, was er inzwischen über sie wusste, war sie für so etwas eher nicht der Typ. Vielleicht hatte sie sich also irgendwo Hilfe organisiert, vielleicht schätzte er sie aber auch falsch ein.

Überdies hatte er sie bereits mehrmals in Gesellschaft eines Mannes beobachtet, mit dem sie offenbar ein Verhältnis hatte und den Jana auf Fotos eindeutig als den Kunden identifizieren konnte, der bei ihr auf dem Weihnachtsmarkt die Vase erstanden hatte. Nun versuchte Oliver, auch über diesen Mann mehr herauszufinden.

Da Frauke sich erneut unauffällig verhielt und sich mit ihrem nächsten Schritt Zeit ließ, erschien es Oliver angebracht, sie noch einmal zu provozieren, um sie zu einer womöglich unbedachten Reaktion zu animieren. Da er Fraukes Tagesablauf mittlerweile kannte, schlug er Jana eine Vorgehensweise vor, die ihm gleichermaßen zielführend wie ungefährlich erschien. Zwar war es grundsätzlich riskant, eine offenbar psychisch kranke Person offensiv zu konfrontieren, aber auch zu deren Schutz war es notwendig, dem Spuk bald ein Ende zu bereiten, um eine Eskalation, welcher Art auch immer, zu vermeiden.

Deshalb fuhren sie am folgenden Mittwochvormittag gemeinsam zu einem Café, das sich nicht weit vom Sitz der insolventen Firma *GlasTecArt* befand. Bevor sie das Café betraten, spazierten sie langsam an dem großen Firmengebäude vorbei.

»Glaubst du, sie sieht uns?« Jana bemühte sich sichtlich, nicht zu den Fenstern des Gebäudekomplexes hinaufzuschauen.

»Wenn sie wie jeden Tag hier ist, kann das durchaus sein«, antwortete Oliver und ergriff demonstrativ Janas Hand. »Sie scheint eng mit dem Insolvenzverwalter zusammenzuarbeiten. Meinen Informationen nach hat ein chinesischer Investor Interesse an der Firma bekundet.«

»Oje.« Jana seufzte. »Das wird ihr bestimmt nicht gefallen. Sie wollte sich gegen die ausländische, speziell die chinesische Konkurrenz beweisen, das weiß ich noch. Billig- und Massenproduktion ja, aber heimisch, sozusagen.«

»Vielleicht bieten die Chinesen ihr an, den Job zu behalten.«

»Das wird sie nicht wollen.«

»Aber vielleicht müssen, wenn sie nicht arbeitslos dastehen will.«

Jana atmete sichtlich auf, als sie das Café erreichten. »Und was nun?«

»Wir setzen uns an einen der Tische und warten«, erklärte er. »Sie kommt jeden Vormittag zwischen zehn und elf Uhr hierher. Das hier scheint der Treffpunkt unzähliger Angestellter der umliegenden Firmen in diesem Industriegebiet zu sein. Bestimmt ein lukratives Geschäft, vor allem wenn das Essen und der Kaffee hier deutlich besser sind als in den Firmenkantinen.«

»Vielleicht hätten wir Scottie mitnehmen sollen. Wenn er so lange im Auto warten muss, wird ihm bestimmt langweilig.« Nachdem sie sich in dem im Landhausstil eingerichteten Café umgesehen hatte, strebte Jana auf einen Tisch auf der rechten Seite zu, der vom Eingang aus gut zu sehen war.

»Er kann in seiner neuen Box nichts kaputtmachen.« Oliver folgte ihr. »Außerdem hat er einen Kauknochen. Vermutlich wird er aber schlafen, das hat er sich mittlerweile angewöhnt, wenn er im Auto warten muss. Für die warme Jahreszeit muss ich mir allerdings etwas einfallen lassen, denn dann kann ich ihn nicht mal für zehn Minuten im Wagen lassen. Aber vielleicht kann er bis dahin auch schon zwei, drei Stunden allein im Büro oder zu Hause bleiben, ohne ein Megachaos anzurichten.« Hüstelnd griff er nach der Menükarte auf dem Tisch. »Sorry noch mal wegen deines Toilettenpapiervorrats. Ich war so in meine Arbeit am Laptop vertieft, dass ich nicht mal bemerkt habe, wie oder wann er sich daran bedient hat.«

»Schon gut.« Kichernd nahm auch Jana sich eine Karte. »Die Deko hat doch zur Jahreszeit gepasst. Mit etwas Fantasie konnte man sie als Schneeflocken interpretieren.«

»Ich bringe dir später noch ein neues Paket mit, sobald ich

dazu komme, einen Abstecher in den Supermarkt oder eine Drogerie zu machen.« Da ein junger Kellner an den Tisch trat, brach er ab. »Was möchtest du nehmen?«

Jana überflog die Karte. »Erst mal nur eine große heiße Schokolade.«

»Mit Sahne?« Der Kellner notierte sich ihre Bestellung. »Dazu passen unsere Vanillecookies besonders gut. Geheimrezept unseres Chefs. Es gibt drei oder fünf Stück, je nach Hunger und Appetit.«

Lächelnd schob Jana die Karte von sich. »Sie führen mich in Versuchung. Okay, ja zu der Sahne und drei Cookies.« Sie warf Oliver einen strengen Blick zu. »Wehe, du isst nicht mindestens einen davon!«

»Zu Befehl, Hexe.« Schmunzelnd bestellte Oliver sich ein Kännchen Kaffee und drei Haselnusscookies. »Davon isst du aber auch einen.«

Stöhnend verdrehte sie die Augen. »So war das aber nicht gedacht.«

»Warum nicht?« Vielsagend zwinkerte er ihr zu. »Gleiches Recht für alle.«

Jana stutzte, dann lachte sie auf. »Touché.«

Es dauerte nur wenige Minuten, bis ihre Getränke und Cookies serviert wurden. Noch während Oliver Milch und Zucker in seinen Kaffee gab, tippte Jana ihn an. »Schau mal!« Sie wies auf einen Mann, der gerade hereingekommen war und, offenbar gewohnheitsmäßig, auf einen Tisch unweit von ihnen zusteuerte und sich setzte. »Das ist der Typ, der die Vase gekauft hat«, flüsterte sie.

Unauffällig musterte Oliver den Gast. Der Mann war Mitte oder Ende dreißig, dunkelblond und eher unauffällig. Er trug einen braunen Pullover zu Jeans und Sneakers und schien der Reaktion des Kellners nach ein Stammgast zu sein. »Wahrscheinlich ist er mit Frauke verabredet. Mich würde ja brennend interessieren, ob er weiß, was sie im Schilde führt, oder ob er von ihr auch manipuliert und benutzt wird.«

»So wie ich damals, meinst du.« Jana blickte auf ihre Cookies. »Warum habe ich das nie bemerkt?«

»Weil du ein zu guter Mensch bist, um mit so etwas zu rechnen.« Aus dem Bedürfnis heraus, sie zu trösten, ergriff er ihre Hand und drückte sie leicht.

»Ich habe immer so viel auf meine Menschenkenntnis gehalten. Wenn ich jemanden sehe und nur kurz kennenlerne, weiß ich meist sofort, welches meiner Kunstwerke zu ihr oder ihm passt. Aber dass Frauke mich jahrelang nur benutzt hat, war mir nicht klar.« Sie sprach, ohne ihn anzusehen, deshalb berührte er sie sanft am Kinn und brachte sie dazu, ihm in die Augen zu blicken.

»Das sind zwei vollkommen verschiedene Dinge, Jana. Mach dich deshalb nicht verrückt. Sie hat …« Er brach ab, als sich die Eingangstür erneut öffnete. »Da ist sie.«

Janas Haltung versteifte sich, als sie zur Tür hinübersah, und er hörte sie tief einatmen.

Frauke Birkhoff trug einen hellgrauen Wollmantel und einen langen roten Schal, den sie beim Eintreten von ihrem Hals löste. Sie sah sich kurz um und wollte offenbar den Tisch ansteuern, an dem ihr Freund saß und grüßend die Hand gehoben hatte. Dann erblickte sie Jana und blieb stocksteif stehen. Ihre Augen weiteten sich erst verblüfft, dann entsetzt. Ihre Finger krallten sich in den Schal. Im nächsten Augenblick machte sie auf dem Absatz kehrt und ergriff die Flucht.

Ihr Freund sprang auf. »Frauke?« Schon wollte er ihr nachlaufen, kam aber nicht weit, denn Oliver warf sich ihm geradezu in den Weg. »Warten Sie!« Er sah zu Jana hin, die sich ebenfalls erhoben hatte. »Du auch. Bitte setzt euch beide wieder.« Er wandte sich dem Mann zu. »Leisten Sie uns bitte kurz Gesellschaft, Herr Naumann.«

»Lassen Sie mich!« Der Mann starrte Oliver irritiert an. »Woher kennen Sie meinen Namen?«

»Der war nicht allzu schwer herauszufinden, nachdem wir Ihre Verbindung zu Frauke Birkhoff erkannt hatten.« Oliver deutete auf den freien Stuhl an ihrem Tisch. »Setzen Sie sich bitte.«

»Aber Frauke ... Ich muss nach ihr sehen. Etwas stimmt mit ihr nicht.«

»Sie ist längst über alle Berge.« Mit sanftem Nachdruck führte Oliver ihn zu dem Stuhl.

»Aber ... warum?« Verwirrt ließ Naumann sich auf den Stuhl sinken. Misstrauisch musterte er Jana, bis er sie erkannte. »Sie sind doch diese Glaskünstlerin, oder? Würden Sie mir bitte erklären, was hier los ist?«

»Ja, also ...« Unsicher wandte Jana sich an Oliver.

Sogleich übernahm er wieder das Wort. »Jana ist eine alte Freundin von Frauke.«

»Eine Freundin?« Erneut traf Jana Naumanns skeptischer Blick. »Warum ist Frauke dann weggelaufen?«

»Sie wird schon ihre Gründe haben«, blieb Oliver bewusst vage. »Sagen Sie, Herr Naumann, Sie haben doch vor einigen Wochen eine Vase bei Jana gekauft. Auf dem Weihnachtsmarkt, nicht wahr?«

»Ja.« Irritiert nickte Naumann. »Frauke hat sie sich gewünscht.« Er stutzte. »Sie hat nicht erwähnt, dass sie Frau Weißmüller persönlich kennt. Nur dass sie ein großer Fan der Glassachen ist. Wenn sie wirklich befreundet wären, hätte sie Sie doch wohl bestimmt selbst aufgesucht.«

»Wir sind nicht mehr befreundet.« Sichtlich nervös verschränkte Jana ihre Hände auf dem Tisch. »Das ist schon lange her.«

»Wissen Sie, was Frauke mit der Vase gemacht hat?«, übernahm Oliver wieder das Wort.

»Was sie damit gemacht hat?« Verständnislos starrte Naumann ihn an. »Wie soll ich das denn verstehen? Was macht man schon mit einer Vase?«

Oliver schloss aus dem Verhalten des Mannes, dass er von Fraukes Umtrieben nichts wusste. »Ich schlage vor, Sie suchen Frauke auf und fragen sie danach. Bei der Gelegenheit sollten Sie sie auch über den Einbruch befragen, der vor gut zwei Monaten in Janas Laden und Werkstatt stattgefunden hat.«

»Einbruch?« Naumanns Augen weiteten sich; nun war er ganz offensichtlich mehr als nur erschrocken.

Oliver kräuselte die Lippen. »Wir sind über Ihre Vergangenheit im Bilde, Herr Naumann. Sie wurden vor neun Jahren wegen Einbruchdiebstahls zu einer Freiheitsstrafe verurteilt.«

»Das ist lange her«, wehrte Naumann entgeistert ab. »Ich habe mein Leben geändert. Jetzt gehe ich einem ganz normalen legalen Job nach.«

»Als Disponent in einer Auftragsdreherei hier im Industriegebiet.« Oliver nickte. »Und vor etwa drei Monaten haben Sie Frauke kennengelernt und sind seitdem mit ihr zusammen.«

»Äh, ja …« Verunsichert nickte Naumann.

»Sie waren vermutlich geschmeichelt und glücklich, dass die stellvertretende Geschäftsführerin einer Firma wie *GlasTecArt* sich auf Sie eingelassen hat«, fuhr Oliver fort. »Und dass Ihre Vergangenheit sie gar nicht gestört hat.«

»Hören Sie.« Naumanns Stimme kippte leicht. »Ich bin kein schlechter Mensch. Ich habe in meiner Vergangenheit nur ein paar falsche Entscheidungen getroffen, das ist alles. Dafür habe ich meine Strafe abgesessen. Was wollen Sie von mir?«

»Nur ein paar Auskünfte.« Oliver wehrte mit der Hand ab, als der Kellner näher kam, wohl um nachzufragen, ob sie noch einen Wunsch hätten. »Sind Sie noch in Kontakt zu Ihren ehemaligen Komplizen?«

Naumann schüttelte heftig den Kopf. »Ich sagte doch, dass dieser Teil meines Lebens vorbei ist.«

»Haben Sie mit Frauke darüber geredet? Ihr Namen genannt oder sogar Adressen oder Telefonnummern?«

»Nein!« Wieder schüttelte Naumann den Kopf. »Also, keine Adressen oder so. Ich glaube auch kaum, dass einer von den Typen heute noch in derselben Wohnung lebt wie damals. Ein paar saßen ja wie ich im Gefängnis.«

»Aber nicht alle«, hakte Oliver nach.

»Nein, nicht alle. Also ... Hören Sie, natürlich habe ich Frauke von meiner Vergangenheit erzählt. Sie hat mich danach gefragt und war sehr verständnisvoll und, na ja, wohl auch stolz auf mich, dass ich es geschafft habe, diese Zeit hinter mir zu lassen.« Fahrig griff er sich an den Kopf. »Ich weiß immer noch nicht, was das alles soll.«

»Kennt sie die Namen Ihrer Komplizen?«, wiederholte Oliver seine Frage eindringlich.

»Ja, kann sein, dass ich sie erwähnt habe. Warum?«

»Wie wirkt Frauke auf sie?«, wechselte Oliver das Thema. »Ist sie oft niedergeschlagen?«

»Also ...« Naumann zuckte verwirrt mit den Achseln. »Ihre Firma ist insolvent, und ihre berufliche Zukunft steht auf dem Spiel. Wie würden Sie sich da fühlen?«

»Und Sie bauen sie wieder auf, wenn sie mal wieder down ist«, schloss Oliver.

»Ich tue mein Bestes«, bestätigte Naumann. »Frauke ist so eine wundervolle Frau, ein ganz wertvoller Mensch. Sie kann alles schaffen, das sage ich ihr jeden Tag. Was soll das Ganze hier? Ich weiß beim besten Willen nicht, was Sie von mir wollen!«

»Fragen Sie Frauke selbst, das empfehle ich Ihnen dringend.« Nun winkte Oliver dem Kellner doch wieder zu. »Wir möchten zahlen. Bringen Sie bitte eine Tüte oder Schachtel für die Cookies mit, die möchten wir mitnehmen.«

***

Jana haderte mit sich. War es wirklich richtig gewesen, Frauke zu konfrontieren, der nun ganz sicher klar war, dass sie über alles Bescheid wussten? Andererseits hatte sie ja selbst zunächst vorgeschlagen, mit Frauke zu reden. Doch dazu war es nicht gekommen. Frauke hatte die Flucht ergriffen, und niemand wusste, was als Nächstes kommen würde. Jetzt, einen Tag später, fühlte Jana sich zunehmend unruhig, weil sie nicht einschätzen konnte, wie Frauke reagieren würde. Nur der Umstand, dass Oliver sie weiterhin unauffällig observierte, war eine Beruhigung. Er hatte versprochen, Jana umgehend Bescheid zu geben, falls sich etwas Ungewöhnliches ereignen sollte.

»Hier, bitte sehr.« Zuvorkommend reichte Jana einem jungen Paar eine Tragetasche mit dem Baumschmuckset im orientalischen Stil, das sie erst vor einigen Tagen fertiggestellt hatte. »Ich wünsche Ihnen ganz viel Freude damit.«

»Die werden wir bestimmt haben.« Die junge Frau warf einen glückseligen Blick in die Tüte. »Wir sind jetzt bestimmt zehnmal hier gewesen, weil wir uns einfach nicht entschließen konnten. Ich hoffe, wir sind Ihnen nicht zu sehr auf den Wecker gefallen.«

»Aber nicht doch.« Jana lachte. »Sie dürfen so oft herkommen, wie Sie nur möchten. Manche Entscheidungen brauchen eben ein bisschen länger als andere.«

»Vor allem so kostspielige.« Der junge Mann grinste schief. »Ehe wir uns hinterher ewig ärgern und unsere Entscheidung bereuen …«

»Ich wünsche Ihnen noch eine ganz zauberhafte Adventszeit.« Jana steckte rasch noch ihr Visitenkärtchen in die Tragetasche. »Wenn Sie Lust haben, schicken Sie mir doch ein Foto vom fertig geschmückten Baum. Mit Ihrer Erlaubnis veröffentliche ich es gerne in der Galerie auf meiner Website.«

»O ja, das machen wir!« Der junge Mann nickte eifrig. »Auch Ihnen alles Gute und frohe Weihnachten.«

Nachdem die beiden das Zelt verlassen hatten, brachte Jana etwas Ordnung in die Vitrinen und Schautische. Es waren nur noch etwas mehr als zwei Wochen bis Heiligabend, und das machte sich bereits an der Menge an Kundschaft bemerkbar ebenso wie am Grad des Eifers – oder der Verzweiflung –, mit der die Menschen nach passenden Weihnachtsgeschenken suchten.

Ihr Handy klingelte, und als sie es aus der Gesäßtasche ihrer über und über mit Blüten bestickten Jeans zog, war auf dem Display eine fremde Nummer zu sehen. Stirnrunzelnd nahm sie das Gespräch an. »Hallo?«

»Jana, ich bin's, Oliver. Gib bitte auf dich acht, Frauke ist möglicherweise auf dem Weg zu dir. Sie hat mich bemerkt und mir zwei Typen auf den Hals geschickt, die mich aufmischen sollten.«

»Was?« Entgeistert riss sie die Augen auf. »Geht es dir gut?«

»Den Umständen entsprechend. Die beiden haben nicht damit gerechnet, dass ich Kampfsport betreibe. Ich musste mir allerdings ein Telefon suchen, weil meins im Eifer des Gefechts kaputtgegangen ist. Ich muss noch auf die Polizei warten, also pass bitte auf dich auf und gib Lennart Bescheid. Ich weiß nicht, ob sie jetzt zu dir will, aber es kann gut sein. Sobald ich hier wegkann, komme ich zu dir.«

»Okay.« Jana schauderte unwillkürlich. »Ist mit dir wirklich alles in …« Erschrocken brach sie ab, denn in diesem Moment betrat Frauke das Zelt. »Sie ist schon hier!«

»Scheiße. Ruf Lennart! Verflucht, wenn ich doch nur früher hätte anrufen können. Ich sage der Polizei, dass jemand zu dir fahren soll. Pass bitte auf dich auf«, wiederholte er, bevor er auflegte.

Nervös schob Jana das Smartphone zurück in die Hosentasche und trat einen Schritt auf Frauke zu, die im Eingang stehen geblieben war und sich mit zusammengezogenen

Brauen umsah. »Hallo, Frauke.« Janas Stimme wollte ihr nicht ganz gehorchen, also räusperte sie sich. »Was hast du mit …«

»Was fällt euch eigentlich ein, euch an Olaf ranzumachen?«, unterbrach Frauke sie mit schneidender Stimme. »Er ist mein Freund. *Meiner*, verstanden? Das machst du mir nicht auch noch kaputt. Er geht dich überhaupt nichts an!«

Jana erschrak über den harten und zugleich irgendwie weinerlichen Klang von Fraukes Stimme. So hatte sie sie ganz bestimmt nicht in Erinnerung. Auch sah Frauke, so aus der Nähe betrachtet, irgendwie verhärmt und verlebt aus, obgleich sie sogar ein halbes Jahr jünger war als Jana. Sie hatte sich zwar aufwendig geschminkt und ihr dunkelblondes Haar elegant hochgesteckt, dennoch war ihr anzusehen, dass es ihr nicht gut ging. Daran änderte auch das teure Designerkostüm unter dem Kaschmirmantel nichts.

Jana bemühte sich, ganz ruhig zu bleiben. »Doch, er geht mich sehr wohl etwas an, weil du ihn für deine abgedrehten Rachepläne benutzt hast. Was hast du dir nur dabei gedacht?«

»Abgedreht nennst du mich also jetzt, ja? Und ich dachte, wir wären Freundinnen.«

»Das waren wir mal«, antwortete Jana. »Aber das ist schon lange her, und ehrlich gesagt bin ich mir nicht mal sicher, ob wir es jemals waren. Du hast mich damals nur ausgenutzt, oder? Ich habe es bloß nie bemerkt.«

»Hat dir das dein sauberer neuer Detektivfreund eingeredet?« Frauke funkelte sie bösartig an. »Na, der muss es ja wissen. Kennt mich überhaupt nicht, macht mich aber schlecht. Ich muss schon sagen, du enttäuschst mich immer mehr. Früher wärst du auf solche Schleimer nicht reingefallen. Aber früher hättest du mich auch nicht so kaltherzig im Stich gelassen. Es wird allmählich mal Zeit, dass die Leute erfahren, was für eine miese, selbstsüchtige Ziege du bist.«

Jana schluckte ob dieser ungeheuerlichen Beschreibung ihres Charakters. »Wenn du mir vor anderthalb Jahren offen gesagt hättest, dass deine Firma Probleme hat …«

»Was dann?« Frauke lachte spöttisch. »Hättest du den Job dann aus Mitleid angenommen?«

»Nein.« Jana schüttelte entschieden den Kopf. »Du weißt genau, dass so ein Job nie das war, was mir für mein Leben vorschwebte. Ich brauche das Gefühl der Freiheit, wenn ich meine Kunst schaffen will. Aber ich hätte versucht, dir anderweitig zu helfen – als Freundin.«

»Dass ich nicht lache! Wie denn?«

»Ich hätte mein Netzwerk nutzen können, um das Jobangebot zu verbreiten.«

»Dein Netzwerk, wenn ich das schon höre! Ich wollte aber keinen billigen Ersatz, sondern dich. Nur mit dir wäre die Firma zu retten gewesen.«

»Das ist doch Unsinn, Frauke. Ich bin nicht mal richtig ausgebildet, um eine solche Stelle vernünftig und erfolgreich auszufüllen. Du steigerst dich da in etwas hinein.«

»Ich steigere mich hinein, ja?« Fraukes Blick verfinsterte sich schlagartig. »Ich steigere mich hinein? Du hast mich einfach im Stich gelassen. Schon immer! Schon als ich dir damals vorgeschlagen habe, deine Agentin zu werden.«

Verblüfft merkte Jana auf. »Das war doch nur eine Schnapsidee. Ich brauchte gar keine Agentin. Wir haben herumgealbert …«

»Ach ja? Schön, eine Schnapsidee. So ernst hast du mich also genommen.« Frauke machte einen Schritt auf sie zu, sodass Jana instinktiv etwas zurückwich. »Meine Idee mit der gemeinsamen Glashütte war dann auch nicht gut genug.«

Stirnrunzelnd versuchte Jana sich die Vergangenheit in Erinnerung zu rufen. »Du wolltest so was wie einen Souvenirladen aufmachen.«

»Ja, das wäre der Anfang gewesen«, bestätigte Frauke. »Und dann wären wir in Serie gegangen und hätten jede Menge Kohle gescheffelt.«

»Ich will keinen Ramschladen führen«, versuchte Jana ihren Standpunkt zu erklären. »Es geht mir nicht darum, möglichst viel Kohle zu scheffeln, wie du es nennst. Ich liebe das, was ich tue, und dabei geht es nicht allein ums Geld.«

»Nee, schon klar, deshalb ist das Zeug hier auch so spottbillig«, giftete Frauke sie an.

»Was ich hier verkaufe, sind alles Einzelstücke, in denen viel Zeit, Schweiß und Arbeit stecken. Sie sind ihren Preis wert und ganz bestimmt kein Ramsch.«

»Nein, weil du dir ja zu fein für das normale Fußvolk bist.«

Jana schüttelte traurig den Kopf. »Du weißt genau, dass das nicht wahr ist.«

»So, weiß ich das? Ich war dir auch nicht mehr gut genug. Und nicht mal, als ich dir die Chance auf einen richtig guten Job verschafft habe, hast du zugegriffen. Du hättest ja aus *GlasTecArt* eine weltweit bekannte Firma machen können. Mit deinen Designs hätten wir das geschafft. Aber die große, heilige Jana Weißmüller bloggt lieber über Zauberei und solchen Unfug und stellt sich mit ihrem erbärmlichen Zelt auf den Weihnachtsmarkt. Begibt sich gönnerhaft aus ihrem Künstlerschloss zum Fußvolk herab. Wenn du bei uns eingestiegen wärst, hättest du vielleicht längst dein eigenes Kaufhaus, in dem wir deine Einhörner und Skulpturen zu Hunderten oder übers Internet sogar zu Tausenden verscherbeln könnten. Natürlich nur die massentauglichen. Die schrägen hättest du ja trotzdem in der Kölner Galerie ausstellen können. Das wäre dein Privatvergnügen gewesen. Aber nein, du wolltest nicht. Weder den Job noch mich.«

»Du hast mich nie verstanden, oder?« Zu Janas Erleichterung erschien Lennart in der Eingangstür, doch sie tat, als bemerkte sie ihn nicht, um Frauke nicht auf ihn aufmerksam zu machen. »Ich wollte nie dasselbe wie du, aber ich habe dich immer ermutigt, deinen Weg zu gehen.«

»Ermutigt, pah!« Frauke machte noch einen Schritt auf sie zu. »Du wusstest doch genau, dass ich es allein nie schaffen würde.«

»Das ist nicht wahr, Frauke! Du hättest alles schaffen können, wenn du gewollt hättest. Unsere Talente sind vollkommen unterschiedlich, ein gemeinsames Unternehmen von uns beiden hätte niemals funktioniert. Ich habe immer versucht, dir die Kraft zu geben zu erkennen, wo deine Stärken liegen und dass du sie nur nutzen musst. Aber genau das ist der Punkt. *Du* musst sie nutzen und kannst nicht erwarten, dass andere Menschen alles für dich tun. Schon gar nicht, wenn sie deine Vorstellungen nicht teilen.« Sie atmete tief durch. »Du musst lernen, auf eigenen Füßen zu stehen und dein Leben selbst in die Hand zu nehmen, anstatt anderen die Schuld zu geben, wenn etwas schiefgeht. Ich kann nichts dafür, dass *GlasTecArt* Insolvenz anmelden musste, und im Stich gelassen habe ich dich auch nicht. Es macht mich traurig, dass du das so siehst. Aber noch schlimmer finde ich es, dass du zu solchen hinterhältigen Mitteln greifst, um mir wehzutun, erst recht, ohne jemals mit mir über deine Gedanken gesprochen zu haben. Was versprichst du dir davon?«

»Du sollst lernen, wie es ist, meinen Schmerz zu empfinden«, ereiferte Frauke sich.

Jana verschränkte die Arme vor der Brust. »Ist das jetzt nicht reichlich theatralisch?«

In Fraukes Augen blitzte der Zorn. »Da, siehst du, du machst dich auch noch über mich lustig. Ich will, dass du genauso unglücklich bist wie ich, weil alles Schöne in deinem Leben mutwillig kaputtgemacht wird. Weil deine *Freundin*«, sie betonte das Wort mit hartem Sarkasmus, »dir alles kaputtmacht, was du erschaffen hast. Und wenn es sein muss, mache ich auch mich selbst kaputt, damit du endlich kapierst, was für ein mieses Stück du bist und dass alles nur deine Schuld ist.«

Entgeistert wich Jana weiter zurück, bis sie mit der Hüfte gegen den Kassentresen stieß. Beschwichtigend hob sie die Hände. »Frauke, hörst du dir überhaupt zu? Das ist doch krank. Ich will nicht, dass du dir irgendetwas antust.« Ihr Herz raste, ihr Blick irrte zu Lennart, der sich sehr vorsichtig auf Frauke zubewegte.

»Nein? Das willst du nicht? Was würdest du denn dafür tun? Was würdest du für mich aufgeben? Was, Jana?« Fraukes Stimme wurde schrill. »Ich wollte alles mit dir zusammen machen, mein Leben mit meiner besten Freundin teilen. Aber du hast mich einfach im Stich gelassen.« Mit einer flinken Bewegung, die Jana nicht voraussehen konnte, stürzte Frauke sich auf sie und schubste sie zur Seite, sodass sie hart gegen eine der Schmuckvitrinen stolperte. Die Vitrine kippte um und riss eine zweite mit sich. Glas klirrte, Jana knallte hart auf den Boden und stieß mit der Schulter schmerzhaft gegen den Vitrinenfuß. Frauke wollte sich auf sie stürzen, doch Lennart packte sie rechtzeitig und hielt sie zurück.

Frauke schrie auf und trat wild um sich, doch Lennart war ein Bär von Mann und hielt sie gleichermaßen grimmig wie mühelos in Schach. Vor dem Eingang wurden aufgeregte Stimmen laut. Im nächsten Moment betraten zwei Polizistinnen das Zelt.

23. Kapitel

Oliver kochte vor Zorn. Wie ein gefangener Tiger streifte er durch seine Wohnung, von der Küche ins Wohn- und Arbeitszimmer, ins Bad, ins Schlafzimmer, wieder zurück in die Küche. Je öfter er seine Runden drehte, desto elender und zugleich aufgebrachter fühlte er sich. Seit über einer Woche war er wieder zu Hause, in seiner Wohnung, in seinem alten Leben. Seit über einer Woche hatte er nicht mehr mit Jana geredet. Seit über einer Woche war er kurz davor, wegen dieser Frau die Wände hochzugehen. Dabei hatte sie gar nichts getan, zumindest nichts, was nicht zu erwarten oder abgesprochen gewesen wäre.

Nicht einmal Scottie schaffte es, ihn aufzuheitern, obgleich der Hund sich für eine Weile redlich Mühe gegeben hatte. Nun lag auch er mit deprimierter Miene auf seinem Schlafkissen und folgte Oliver lediglich mit anklagenden Blicken auf seinem nicht enden wollenden Weg in den Irrsinn.

Angefangen hatte alles mit einem albernen, lächerlichen, unwichtigen Klassentreffen. Und nun ging es Tag für Tag, Stunde für Stunde, nein, sogar Minute für Minute abwärts mit ihm.

Als er wieder einmal im Wohnzimmer angekommen war, blieb er abrupt stehen und raufte sich die Haare. So ging es nicht weiter. »Scottie, auf mit dir! Wir machen einen Ausflug.«

Oh, wuff, endlich! Ich dachte schon, mit meinem Herrchen stimmt etwas nicht. Na ja, so ganz sicher, dass alles in Ordnung ist, bin ich immer noch nicht. Denn warum wir jetzt doch wie-

der hier wohnen, ist mir ein Rätsel. Bei Jana war es doch so schön, und es gab sogar einen Wald und Wiesen in der Nähe und, tja, eben auch Jana. Ich vermisse sie sehr, aber vielleicht besuchen wir sie ja jetzt.

»Na, na, halt doch mal still«, schimpfte Oliver halbherzig, »sonst kann ich dir das Geschirr nicht anlegen.«

Was brauchst du denn auch so lange? Hopp, hopp, auf zu Jana!

Obwohl es noch wahnsinniger war als das Herumtigern in seiner Wohnung, verfrachtete er Scottie ins Auto und machte sich auf den Weg zum Weihnachtsmarkt. So weit war es schon gekommen, dass er einer Frau nachlief, die ihn weggeschickt hatte.

Es schneite, und nicht zu knapp. Das Fahren war anstrengend und erforderte seine gesamte Aufmerksamkeit. Mehr als anderthalb Stunden, in denen er einmal nicht an diese Hexe von einer Frau denken musste. Sie hätte ihm ordentlich die Meinung gesagt, wenn sie gewusst hätte, dass er sich trotz des Wetters auf den Weg gemacht hatte. Zur Strafe brauchte er dafür nun mehr als doppelt so lang wie üblich.

Als er seinen Wagen auf dem Parkplatz vor dem Weihnachtsmarkt abstellte, war er exakt dreißig Sekunden lang erleichtert. Dann gewann der Zorn wieder die Oberhand. War er von allen guten Geistern verlassen? Was wollte er hier? Nach der Festnahme von Frauke hatte Jana ihn weggeschickt, auf ihre unnachahmliche, vernünftige, dreimal verfluchte sanfte Art. Widerspruch war zwecklos gewesen, deshalb hatte er sich gar nicht erst die Mühe gemacht, einen solchen zu formulieren. Stattdessen hatte er ihr ebenso ruhig und vernünftig beigepflichtet, hatte seine Siebensachen gepackt und war mit Scottie im Schlepptau gegangen.

Als er den großen, mit einer Tannengirlande, zahlreichen Kugeln und Lichterketten geschmückten Torbogen durchschritt, hörte der Schneefall auf. Eine bunte Mischung aus *Schneeflöckchen*, *Weißröckchen*, *O Tannenbaum* und *Have yourself a merry little Christmas* aus unterschiedlichen Lautsprechern schallte ihm entgegen, und der Geruch von frischen Waffeln, Lebkuchen, Bratwurst und heißen Maronen umwehte seine Nase. Familien mit Kindern tummelten sich ebenso zwischen den Ständen wie junge und ältere Paare und kleinere Grüppchen, die sich um die Imbiss- und Getränkestände drängten. Die fröhlichen Stimmen und das Gelächter vermochten seine Stimmung nicht zu heben. Er musste seinen Ärger loswerden, und zwar umgehend! Deshalb strebte er ohne Umweg Janas Verkaufszelt zu, dessen fröhliche Farbgebung und fantasievolle Außendekoration schon von Weitem ein Blickfang waren.

Jetzt hast du es aber eilig. Finde ich gut. Hocherhobenen Hauptes trabte Scottie neben Oliver her.

Wenige Schritte vor dem Zelteingang blieb Oliver stehen und versuchte seine Gedanken zu ordnen. Es gelang ihm nicht, also atmete er tief durch, trat ein … und blieb gleich wieder stehen.

»Hallo, Oliver, hallo, Scottie!« Melissa trat lächelnd auf ihn zu. »Was treibt euch denn hierher? Wollt ihr Jana besuchen?« Sie räusperte sich verlegen. »Jana meinte, das mit euch sei vorbei.«

Erneut stieg Zorn in ihm auf, doch er schaffte es, ruhig zu bleiben. »Ach ja? Das hat sie gesagt?«

Melissa schien seinen Unmut zu bemerken. »Also, genau genommen hat sie nicht viel gesagt. Nur erwähnt, dass du oder vielmehr ihr nicht mehr herkommt. Daraus habe ich geschlossen, dass … na ja … es zwischen euch aus ist.«

»Es war nie etwas zwischen uns. Nichts … Ernstes«, knurrte er und fragte sich insgeheim, warum ihm das plötzlich so übel aufstieß. Er hatte es doch nicht anders gewollt.

»Oh.« Melissa wirkte verwirrt. »Okay. Ich dachte …« Was sie gedacht hatte, sprach sie nicht aus. »Kann ich denn etwas für dich tun?«

»Wo ist sie?« Er merkte selbst, dass sein Ton zu barsch ausgefallen war, und fügte etwas freundlicher hinzu. »Ich muss etwas mit ihr bereden.«

»Sie hatte heute die Frühschicht, weil sie heute Nachmittag und Abend mit ein paar Freundinnen einen Wellnesstag im Sternbach-Resort verbringen wollte. Ich finde, das hat sie sich nach all der Aufregung wirklich verdient. Die Idee hatten sie wohl auf dem Klassentreffen am Freitag.«

Dieses vermaledeite Klassentreffen. Damit hatte alles angefangen. Irgendwie. Oder etwa nicht?

»Also ist sie den ganzen Tag unterwegs«, schloss er missvergnügt.

»Ja, so ist es geplant. Eva hat sich wieder angeboten, auf meinen Sohn aufzupassen. Sie hat ja selbst ein Kitakind und passt auch noch auf ein Mädchen aus derselben Kitagruppe auf, weil sie mit der Mutter befreundet ist. Sie nimmt die drei mit in die Sozialstation, wo sie arbeitet, das ist ganz praktisch. Deshalb kann ich hier heute die Stellung halten, genau wie am Freitag während des Klassentreffens.« Es war Melissa anzusehen, wie froh und erleichtert sie war, ihren kleinen Sohn in so guter Betreuung zu wissen. Als alleinerziehende Mutter hatte sie es ganz bestimmt nicht leicht.

»Na gut, dann gehe ich mal wieder.« Oliver versuchte sich an einem Lächeln, auch wenn es ihm schwerfiel. »Danke für die Auskunft und … gute Geschäfte noch.« Er trat beiseite, weil gerade ein älteres Paar hereinkam. »Bis dann.« Zum Abschied hob er kurz die Hand und machte, dass er wegkam. Er war so ein Idiot! Was hatte er sich nur dabei gedacht, einfach so hierherzukommen und sich lächerlich zu machen?

Der Gedanke an den Weihnachtsmarkt hatte ihn seit dem vergangenen Abend nicht losgelassen. Er hatte sich einen Actionfilm im Fernsehen angeschaut, war dabei aber eingeschlafen und irgendwann mitten in der Nacht wieder aufgewacht. Er hatte keine Lust gehabt, ins Bett zu gehen, und sich durch die Programme gezappt. Ausgerechnet bei *Das letzte Einhorn* war er hängen geblieben. Die Titelmelodie hatte ihn an die Fahrt auf dem Karussell erinnert und der Film selbst natürlich an Jana. Überhaupt schien sich das Universum gegen ihn verschworen zu haben, denn auch im Radio hatten sie heute früh dieses Lied gespielt.

Das Universum! Jetzt fing er auch schon an, daran zu glauben, dass da jemand im Hintergrund seine Geschicke lenkte. Aber seltsam war es schon irgendwie, denn auch wenn er sich nicht mehr genau daran erinnern konnte, hatte er das merkwürdige Gefühl, in der vergangenen Nacht von Einhörnern geträumt zu haben. Und vom Karussell auf dem Weihnachtsmarkt.

Und nun war er hier und machte sich komplett zum Narren!

Und was machen wir jetzt? Jana scheint gar nicht hier zu sein. Wie schade. Ich hätte sie so gerne wiedergesehen! Ein bisschen hat es in dem Zelt nach ihr gerochen, aber das ist natürlich nicht dasselbe, als wenn sie in echt da ist. Na, mal sehen, was Oliver-Herrchen jetzt vorhat.

Unschlüssig ließ Oliver den Blick über die Umgebung schweifen. Am besten machte er sich gleich auf den Heimweg. Andererseits hatte er noch nichts gegessen. Vielleicht genehmigte er sich und Scottie erst noch eine Bratwurst oder einen Burger. Falls es erneut zu schneien begann, hatten sie eine lange Fahrt vor sich. Also schlenderte er in Richtung der Imbissbuden, blieb dann aber bei der Bühne stehen, um dem Gospelchor zuzuhören, der gerade ein Medley aus amerikanischen Weihnachtsklassikern darbot.

Die Musik erinnerte ihn an seine Kindheit und daran, dass er seinem Vater noch ein Geschenk schicken musste. Nichts Aufwendiges, aber sie schenkten sich traditionell etwas zu Weihnachten und skypten, während sie die jeweiligen Geschenke auspackten. Im kommenden Sommer wollte sein Dad zudem nach Deutschland kommen, und Oliver überlegte bereits, ob er die Gelegenheit nicht nutzen sollte, das Weihnachtsgeschenk schon mal darauf auszulegen. Vielleicht Karten für ein besonderes kulturelles Event im Sommer. Das würde seinem Dad ganz sicher gefallen.

Was jetzt? Stehen wir hier nur herum? Okay, ich sitze, aber langweilig ist das schon irgendwie. Hey, Moment mal! Sind das da vorne nicht diese Weihnachtselfen von neulich? Sie haben mich ja besucht und mir erzählt, dass sie etwas mit Jana und meinem Herrchen vorhaben, damit sie glücklich werden. Nun ist Jana aber gar nicht hier. Allerdings könnte mein Herrchen eine Aufheiterung gebrauchen. Er guckt immer noch ganz ernst und unglücklich drein. Das gefällt mir gar nicht, weil mich das auch traurig macht. Hm … Mal sehen, der eine, das ist Elf-Siebzehn, winkt mir andauernd zu. Scottie spitzte die Ohren und setzte sich ganz aufrecht hin. *Was soll ich denn tun? Mitkommen? Leichter gesagt als getan. Ich bin doch angeleint. Oder soll ich Herrchen mitnehmen? Er mag es aber gar nicht, wenn ich ihn an der Leine hinter mir herzerre. Das hat er mir mit ganz viel Üben und Leckerchen abgewöhnt. Inzwischen mag ich es auch lieber, wenn die Leine immer locker hängt. Das ist viel angenehmer beim Laufen. Tja, aber Elf-Siebzehn gestikuliert schon sehr heftig. Was mache ich denn jetzt? Mir muss etwas einfallen!*

»Was ist denn mit dir los?« Verdutzt blickte Oliver auf Scottie hinab, der erst ein ungehaltenes Schnaufen, dann ein Winseln ausgestoßen hatte. »Gefällt dir die Musik nicht?«

Die ist mir egal. Aber gut, ich habe deine Aufmerksamkeit.

Dann mache ich mal so weiter. Noch einmal winselte Scottie, sprang auf und strebte in die Richtung, in die Elf-Siebzehn verschwunden war.

»Hey, Kumpel, geht es dir nicht gut?« Ratlos beäugte Oliver die aufgeregte Bordeauxdogge.

»Was hat er denn?«, wollte eine junge Frau neben ihm wissen. »Ist ihm schlecht oder so was?«

»Wenn ich das wüsste.« Oliver hatte Mühe, Scottie im Zaum zu halten, der jetzt laut jaulte und sich in die Leine stemmte.

»Oder hat er Angst?« Mitleidig musterte die Frau den Hund.

»Ich wüsste nicht, wovor.« Oliver gab ein wenig nach, und prompt bellte Scottie und zerrte ihn weiter. »Was hast du denn, Kumpel? Wohin willst du?«

Frag nicht, komm einfach mit! Wau!

Obwohl er wusste, dass es im Hinblick auf seine mühsam errungenen Erziehungserfolge nicht sehr sinnvoll war, ließ Oliver dem Hund schließlich seinen Willen und folgte ihm – unelegant im Laufschritt – quer über den Weihnachtsmarkt. »Du liebe Zeit, Scottie!« Etwas außer Atem blieb er stehen, als der Hund dicht vor dem Karussell anhielt. »Und was jetzt? Was willst du hier?«

Keine Ahnung, frag die Weihnachtselfen. Die sitzen dahinten auf dem Zaun neben dem Kassenhäuschen und zeigen mir Daumen hoch. Also scheine ich alles richtig gemacht zu haben.

»Nanu, ist das nicht Scottie?« Neben Oliver erschien Klaus. »Tatsächlich! Und dein Herrchen. Oliver, nicht wahr?« Er nickte Oliver erfreut zu. »Sagen Sie, stimmt es, was man sich erzählt? Dass man endlich die Person dingfest gemacht hat, die bei Jana eingebrochen ist und sie schikaniert hat? Ich wollte sie schon dauernd danach fragen, aber hier war in den letzten Tagen der Bär los. Deshalb habe ich mir jetzt Hilfe geholt.« Er wies auf einen Mann etwa Ende zwanzig, der an der Kasse

Tickets verkaufte und nebenbei das Schaltpult bediente. »Mein Sohn hat sich extra Urlaub genommen.«

»Die Täterin konnte ermittelt werden«, bestätigte Oliver. »Vielmehr hat sie sich selbst zu erkennen gegeben.«

»Gut, gut, was für eine Erleichterung! Ich habe mir große Sorgen deswegen gemacht. Weiß man denn schon, warum sie das alles getan hat?«

»Das hatte wohl persönliche Gründe.« Oliver blieb vage, weil er nicht wollte, dass sich zu viel Tratsch über Jana verbreitete.

»Auch das noch. Aber ich hatte es mir schon gedacht. Bitte richten Sie Jana ganz viele liebe Grüße von mir und meiner Familie aus. Sind Sie auf dem Weg zu ihr? Mir war so, als hätte ich sie heute Morgen bei ihrem Zelt gesehen.«

Oliver hob die Schultern. Ein Anflug seines Zorns war immer noch da, dicht unter der Oberfläche. »Sie ist heute Nachmittag und Abend nicht hier.«

»Und das ärgert Sie? Wollten Sie sie also besuchen?« Klaus lächelte väterlich. »Entschuldigen Sie, ich will mich nicht einmischen, aber Sie machen, mit Verlaub, gerade keinen allzu frohen Eindruck, junger Mann.«

»Mhm.« Innerlich fluchte Oliver. »Ich muss jetzt los. Es ist …« Er brach ab, als die ersten Klänge von *The Last Unicorn* aus den Lautsprechern tönten. »O nein, nicht schon wieder!«

»Was meinen Sie?« Klaus horchte auf, runzelte die Stirn, dann lachte er trocken. »Mein Computer macht sich schon wieder selbstständig. Ich weiß nicht, warum, aber manchmal schmuggelt er die seltsamsten Musikstücke in meine Playlists. Niklas!«, rief er seinem Sohn zu. »Sieh doch mal bitte nach, was mit der Playlist los ist. Eigentlich sollten jetzt klassische deutsche Weihnachtslieder laufen.«

Niklas signalisierte mit einer Geste, dass er sich darum kümmern würde, doch der Andrang an der Kasse war gerade so groß, dass er nicht dazu kam.

»Entschuldigen Sie mich bitte, ich muss mithelfen.« Klaus nickte ihm zu. »Machen Sie ein anderes Gesicht, Junge. Egal was es ist: Nichts wird so heiß gegessen, wie es gekocht wird.« Damit wandte er sich ab und strebte der Fahrgastschlange zu.

Oliver blickte ihm nach und dann auf das mittlerweile voll besetzte Karussell. Um diese Uhrzeit fuhren nur Kinder mit und ohne ihre Eltern mit. Dennoch stand ihm jener Abend noch ganz deutlich vor Augen. Er war beileibe nicht der romantische Typ, doch die Fahrt mit dem alten Karussell hatte irgendetwas mit ihm gemacht.

Das Karussell setzte sich in Bewegung, drehte sich erst langsam, dann in moderater Geschwindigkeit im Kreis. Die letzten Noten des Songs verklangen und gingen in Bing Crosbys *White Christmas* über. Natürlich, was sonst? Hatte sich das Universum tatsächlich verschworen, oder war die Musikauswahl doch nur Zufall? Ein Computerfehler, wie Klaus vermutete?

Die Musik driftete warm und wohlig über ihn hinweg und schaffte es tatsächlich, dass er etwas ruhiger wurde. Das beständige Drehen des Karussells hatte eine leicht hypnotische Wirkung. Vor seinem inneren Auge stiegen Bilder aus den vergangenen Wochen auf. Von seinem ersten Zusammentreffen mit Jana über die Zeit, die sie in ihrem Haus miteinander verbracht hatten, und ihre erste gemeinsame Nacht. Das alberne Plüscheinhorn kam ihm in den Sinn und seltsamerweise Janas Frage: »Warum hast du es mir geschenkt?«

Die Antwort darauf war eigentlich ganz einfach. Er hatte ihr eine Freude machen und sie zum Lächeln bringen wollen. Weil er ihr Lächeln so gerne sah. Es verzauberte ihn. So wie die ganze Frau ihn verzauberte, und das, obwohl sie so seltsame Ansichten und Marotten hatte und Einhörner liebte, von Elfen ganz zu schweigen. Obwohl sie ihm ins Herz blicken konnte und einen ausgesprochen gewöhnungsbedürftigen

Musikgeschmack hatte, Johnny Cash mal ausgenommen, und obwohl sie auf romantische Schnulzen stand, ans Schicksal, das Universum und den Weihnachtsmann glaubte. Dabei war sie gleichzeitig eine außergewöhnliche und bemerkenswerte Künstlerin und, noch erstaunlicher, eine kluge Geschäftsfrau, die mit beiden Füßen auf dem Boden der Tatsachen stand. Sie war gleichermaßen intelligent wie verrückt, geerdet und abgehoben – und schön. Verdammt, sie war einfach perfekt und er ein dämlicher Ochse!

»Hey, Patrick, schau mal, wen ich hier entdeckt habe«, ertönte Franks Stimme hinter ihm und riss ihn aus seinem tranceähnlichen Zustand. »Wenn das nicht unser Superdetektiv ist. Herrje, wie siehst du denn aus?« Frank tauchte neben ihm auf. »Das ist aber eine nette Schramme da an deiner Schläfe.«

Unwillkürlich fasste sich Oliver an die Stelle, an der eine kleine Platzwunde mit zwei Stichen genäht worden war. Ein Überbleibsel des Zusammentreffens mit den beiden Schlägern, die Frauke ihm auf den Hals gehetzt hatte. Fast wie im Film, hatte Jana gesagt. Im Moment kam er sich eher vor wie im *falschen* Film.

»Wo kommt ihr denn her?« Fragend musterte er Frank und Patrick, die, in warme Mäntel, Schals und Mützen verpackt, offenbar gerade den Weihnachtsmarkt betreten hatten und nun den fröhlich schwanzwedelnden Scottie begrüßten. »Habt ihr am dritten Advent nichts anderes zu tun, als euch auf dem Weihnachtsmarkt herumzutreiben?«

»Das könnten wir dich ebenso fragen«, entgegnete Frank. »Deine Zeit als Security für Jana ist doch nun schon eine Weile vorbei, und ich weiß aus zuverlässiger Quelle, dass sie heute auch nicht hier in ihrem Zelt ist.«

»Weil sie sich nämlich mit unseren Frauen und noch ein paar weiteren Freundinnen im Resort das komplette Wellnesspaket mit anschließendem Luxusdinner gönnt«, fügte Patrick hinzu. »Angelique sagte, dass hätte Viola sich auf dem Klassentreffen ausgedacht, weil sie Jana aufheitern wollte. Anscheinend war sie nach den Ereignissen der letzten Tage nicht so richtig gut drauf.«

»Genau«, pflichtete Frank ihm bei. »Wir Männer treffen uns zum Ausgleich noch mal hier und machen einen drauf. Du kannst gerne mitmachen. Lukas und Justus kommen auch noch und vielleicht Tim und Heiko aus Patricks und Lukas' Firma.«

»Meine Eltern haben sich als Babysitter zur Verfügung gestellt.« Patrick grinste. »So etwas muss man ausnutzen. Na ja, das wüsstest du, wenn du eine Familie hättest, Oliver. Aber was nicht ist, kann ja noch werden, wie? Sag mal, warum warst du eigentlich nicht mit Jana zusammen auf dem Klassentreffen? Ich meine, ihr seid doch ein Paar, da hättest du sie ruhig begleiten können. War ja mit Partnern.«

Dieses verflixte Klassentreffen! Sofort waren Unmut und Zorn wieder da. »Wir sind kein Paar«, brachte Oliver zwischen zusammengebissenen Zähnen hervor.

»Was?« Patrick und Frank starrten ihn perplex an.

»Sie wollte mich nicht dabeihaben.« Er warf dem Karussell einen bitteren Blick zu. »Ich muss jetzt gehen. Komm, Scottie!«

Huch, ja, klar, wenn du gehen willst. Scottie, der sich wieder brav neben Oliver gesetzt hatte, sprang auf.

Frank und Patrick sahen einander an – und griffen beide gleichzeitig je einen von Olivers Armen. »Nichts da, hiergeblieben«, befahl Frank. »Was soll das heißen, sie wollte dich nicht dabeihaben?«

»Und warum seid ihr kein Paar?«, wollte Patrick wissen. »Das sah neulich aber ganz anders aus.«

»Habt ihr euch gestritten?«, fragte Frank.

»Nein.« Missmutig blickte Oliver auf die beiden Hände an seinen Armen, sah aber ein, dass er gegen diese Übermacht nicht ankam. »Wir haben die Sache in beiderseitigem Einverständnis beendet.«

»Die *Sache*?«, echoten die beiden Männer unisono.

»Warum beendet?« Frank deutete hinter sich. »Lasst uns zum Glühweinstand gehen. Das schreit nach heißen Getränken.«

»Ich muss noch fahren«, protestierte Oliver, folgte den beiden jedoch. Da sie ihn immer noch im Klammergriff hatten, blieb ihm auch kaum etwas anderes übrig.

»Dann gibt es eben Punsch für dich oder alkoholfreien Glühwein«, bestimmte Frank. »Hauptsache, warm, vielleicht taut davon deine Zunge auf und du erzählst endlich, was los ist.«

»Gar nichts ist los.« Seufzend ließ Oliver es zu, dass Frank für ihn ein Getränk mitbestellte. »Wir waren nie ein Paar, Jana und ich. Das war nur gespielt, um diese Frauke aus der Reserve zu locken.«

»Heiliger Strohsack!« Patrick gab sich beeindruckt. »Wenn das nur gespielt war, habt ihr beide den Oscar verdient. Doppelt und dreifach. Ich meine, ihr habt doch alle Register gezogen, mit küssen und allem!«

»So gut kann sich doch niemand verstellen«, widersprach Frank und maß Oliver mit eingehenden Blicken. »Du willst uns also weismachen, dass zwischen euch nicht das kleinste bisschen Knistern echt war?«

Oliver räusperte sich. »Also, nun ja …«

»Aha, jetzt kommen wir der Sache näher!« Frank drückte ihm einen Becher mit dampfendem Punsch in die Hand. »Da war also doch etwas. Und nicht zu knapp, nach der Menge an Funken, die zwischen euch geflogen sind.«

»Funken?« Unbehaglich starrte Oliver in sein Getränk.

»Ihr hättet die halbe Stadt in Brand setzen können«, bestätigte Patrick mit einem breiten Grinsen, wurde aber gleich wieder ernst. »Was ist passiert?«

»Nichts.« Geräuschvoll stieß Oliver die Luft aus. »Wir waren uns einig, dass wir beide nichts Festes wollten.«

»Ihr beide wolltet das nicht oder nur du?«, hakte Frank nach, der ihn natürlich gut genug kannte, um über seine Einstellung im Bilde zu sein.

»Sie war damit einverstanden, von Anfang an«, antwortete er etwas zu defensiv.

Sowohl Frank als auch Patrick hoben die Augenbrauen. Patrick legte den Kopf schräg. »Aber dann hat sie es sich anders überlegt, und du hast die Reißleine gezogen.«

»Nein!«

»Dann hätte er nicht gesagt, dass sie ihn nicht beim Klassentreffen dabeihaben wollte«, fügte Frank an, der als Anwalt daran gewöhnt war, Zusammenhänge, selbst wenn sie kompliziert waren, rasch zu erfassen. »Also hast *du* es dir anders überlegt, aber sie hat dir einen Korb gegeben.«

»N… jein.« In Olivers Magen regte sich dieser schmerzhafte Knoten, den er offenbar gar nicht mehr loswurde. »Nachdem die Sache mit Frauke erledigt war … Na ja, nicht erledigt. Das geht wohl vor Gericht …«

»Ja, ja, bleib beim Thema«, forderte Patrick ihn auf. »Ausweichen gilt nicht.«

»Schon gut, schon gut.« Oliver gab sich geschlagen. Vielleicht schadete es nicht, den beiden Freunden von seinem Dilemma zu erzählen. Allein schien er ja nicht damit klarzukommen. »Sie hat mir für alles gedankt, und wir sprachen darüber, dass mein Job für sie damit erledigt sei.« Um etwas Zeit zu gewinnen, trank er einen Schluck Punsch. Klarer wurden seine Gedanken davon leider nicht. »Sie erwähnte, dass sie nun beruhigt zu dem Klassentreffen gehen könne. Ich bot ihr an, sie zu begleiten.«

»Aber sie hat abgelehnt«, folgerte Frank. »Bist du sicher, dass sie dich richtig verstanden hat? Vielleicht dachte sie, du wolltest immer noch als ihr Leibwächter fungieren. Hast du das klargestellt?«

»Natürlich habe ich das. Ich habe gesagt, ich begleite sie als Freund.«

»Als Freund.« Wieder tauschten Patrick und Frank einen bedeutungsschwangeren Blick.

»Als *ihr* Freund«, Patrick betonte das Wort und begleitete es mit in die Luft gemalten Anführungszeichen. »Oder als *ein* Freund, sozusagen als Kumpel mit besonderen Vorzügen?«

Oliver blickte wieder in seinen Becher. »Als Freund. Verdammt, das sind ... waren wir die ganze Zeit!«

»Freunde.« Franks Stimme klang seltsam wissend.

»Etwas anderes war nie geplant.«

»Mhm.« Frank legte ihm eine Hand auf die Schulter. »Mal von allen Plänen und Absprachen abgesehen: Was empfindest du für sie?«

Der Knoten wuchs bedenklich an. »Keine Ahnung.«

»Komm schon!« Nun landete Patricks Hand schwer auf seiner anderen Schulter. »Das kauft dir niemand ab, der euch beide zusammen gesehen hat. Also versuch es noch mal, aber mit mehr Worten. Keine Sorge, du bist in guter Gesellschaft. Wir haben das alle schon hinter uns. Na ja, fast alle. Tim und Heiko haben es wohl noch vor sich.«

»Alle?« Verunsichert sah Oliver sich um und bemerkte erst jetzt, dass auch Lukas, Justus, Tim Hillebrand, ein junger Schreiner, sowie Heiko Wassmer, ein Auszubildender, beide aus Patricks und Lukas' Holzhausfirma, um ihn herumstanden und offenbar schon eine Weile dem Gespräch lauschten.

Resigniert fuhr er sich durchs Haar und sah anklagend auf Scottie hinab. »Du bist ja ein toller Wachhund. Kannst du mir nicht Bescheid geben, dass ich mich gerade vor der halben Stadt lächerlich mache?«

Ich? Nö. Ist doch alles gut. Und jetzt streicheln mich auch noch alle, wie schön! Scottie hechelte, sodass es wie ein breites Grinsen aussah. Er saß ganz aufrecht und ließ sich Kopf und Hals tätscheln. Seine Rute wischte dabei eifrig über den festgetretenen Schnee am Boden. *Außerdem sitzen dahinten hinter dem geschmückten Tannenbaum die Elfen und haben mir signalisiert, dass ich ganz still sein soll. Bestimmt gehört das zu dem Plan von diesem Weihnachtsmann. Ich bin ja gespannt, ob ich den irgendwann mal kennenlernen werde.*

»Ich weiß es wirklich bald nicht mehr«, gab Oliver schließlich zu. »Wir waren uns aus gutem Grund einig, dass es mit uns *casual*«, er suchte nach dem richtigen Wort, »locker und unverbindlich bleiben soll. Wir passen nicht zusammen. Sie ist … übergeschnappt.«

»Was?« Ungläubig starrte Frank ihn an.

»Wie soll man es sonst nennen?«, ereiferte Oliver sich verzweifelt. »Sie ist nicht mein Typ, also rein äußerlich schon, aber sie ist verrückt mit ihrer Kunst. Sie behauptet, zaubern zu können, und glaubt an den Weihnachtsmann! Also nicht nur so im Spaß, sondern sie meint das ernst. Und sie wünscht sich Sachen vom Universum und hört Musik, bei der sich mir die Fußnägel aufrollen. Sie lässt überall ihre Klamotten liegen, guckt nur rührseliges Zeug auf Netflix, mag keinen Kaffee …« Ihm ging kurzfristig die Luft aus. In seinem Kopf drehte sich alles. »Zu allem Überfluss liebt sie Elfen und Einhörner. Ich meine, hallo? Einhörner! Wo sind wir, im Kindergarten?«

»Laura findet Einhörner auch schön«, warf Justus ein, wurde aber mit einem vielstimmigen »Pst!« zum Schweigen gebracht.

»Wir passen einfach nicht zusammen«, fuhr Oliver fort. »Und selbst wenn es anders wäre – ich bin kein Typ für Beziehungen. Ich hatte noch nie eine.«

»Gar keine?« Diesmal wurde Lukas niedergezischt.

»Wenn man sich nicht verliebt, ist das nicht weiter schwierig«, erklärte Oliver und fühlte sich plötzlich ganz hohl. Der Knoten begann regelrecht zu brennen. »Es war alles klar zwischen uns, und dann … dann …«

»Dann«, half Frank leise nach.

»Dann lächelt sie mich einmal an und zieht mir damit den Boden unter den Füßen weg«, brach es aus Oliver hervor. »Dieses Lächeln verfolgt mich, ob ich wach bin oder schlafe. Wahrscheinlich ist sie wirklich eine Hexe. Ich habe ihr gesagt, was geht und was nicht, und sie hat es akzeptiert, verdammt noch mal! Sie war einverstanden, mit allem. Und dann will sie nicht, dass ich sie zu dem Klassentreffen begleite! Wisst ihr, was sie gesagt hat? *Das ist nicht nötig! Ich komme jetzt wieder allein zurecht. Lass uns in unsere alten Leben zurückkehren, das ist für uns beide das Beste.*« Er schnaubte verzweifelt. »Das Beste! Warum ist sie so verflucht vernünftig?« Und warum konnte er es nicht sein? »Shit.« Mit tödlicher Verachtung stürzte er den Rest seines Punsches hinunter. »Ich liebe sie.«

»Heureka!« Frank lächelte zufrieden.

Oliver raufte sich die Haare. »Wie konnte das passieren?«

»Die Eine-Million-Euro-Frage.« Patrick grinste. »Aber zumindest bist du selbst auf des Pudels Kern gestoßen. Das bedeutet, es besteht noch Hoffnung für dich.«

»Und für euch«, ergänzte Frank.

»Habt ihr nicht zugehört?« Zornig starrte Oliver in die grinsenden Gesichter seiner Freunde.

»Sie hat eine ganze Menge Verstand«, befand Frank. »Komm, trink noch etwas mit uns, auch wenn du davon nicht blau wirst. Und morgen überlegst du dir, wie du Jana beibringst, dass du deine Meinung geändert hast.«

***

Als Oliver und Scottie auf die Autobahn in Richtung Köln fuhren, war es bereits kurz nach Mitternacht. Es schneite nicht mehr, und die Räumdienste hatten ganze Arbeit geleistet, sodass die Rückfahrt sich weit weniger lang und anstrengend gestaltete.

Oliver dröhnte der Schädel, denn seine Freunde hatten ihm den ganzen Abend von ihren Erlebnissen und Erfahrungen mit der Liebe erzählt. Sie hatten wohl gehofft, ihm damit zu helfen und Mut zu machen. Einerseits hatte es funktioniert, denn er gestand sich nun endlich ein, was er im Grunde schon gewusst hatte, als er zum ersten Mal Janas Werkstatt betreten hatte. Er liebte sie, da führte kein Weg mehr dran vorbei. Andererseits war er aber vollkommen konfus und verängstigt. Wie sollte er ihr seinen Sinneswandel erklären? Würde sie ihm glauben, nach allem was er ihr wegen seiner Schwester hatte gestehen müssen? Noch wichtiger: Würde sie ihn wollen?

Um sich abzulenken, schaltete er das Autoradio ein und lachte halb gequält, halb erheitert auf, als Foreigners *I want to know what love is* aus den Lautsprechern tönte. »Natürlich. Was sonst?«

In seinem Kopf begann sich ein Plan zu formen.

24. Kapitel

Mit gemischten Gefühlen ging Jana im Zelt umher, räumte hier auf, rückte dort etwas zurecht. Heiligabend war der letzte Tag des Weihnachtsmarktes. Um achtzehn Uhr schloss er offiziell seine Pforten bis zum nächsten Advent, doch sie würde heute bereits zwei Stunden früher Feierabend machen. Am Abend erwartete sie Gäste: ihre Eltern, ihre Schwester sowie Melissa und deren kleinen Sohn Andy. Melissa war vor Freude völlig aufgelöst gewesen, als Jana sie zu der Familienfeier eingeladen hatte. Sie besaß keine nennenswerte Familie und wohl auch kaum Freundinnen oder Freunde und hätte den Heiligen Abend demnach allein mit Andy verbracht. Jana war froh und glücklich, der jungen Frau ein wenig Familienanschluss verschaffen zu können. Melissa war manchmal distanziert und verschlossen, doch sie besaß ein gutes Herz und hatte es verdient, dass jemand sich um sie kümmerte und ihr den Rückhalt gab, auf den sie in ihrem bisherigen Leben offenbar weitgehend hatte verzichten müssen.

Ein großer Vorteil der Vorbereitungen, die sie für die Feier die ganze Woche lang jeden Abend nach und nach getroffen hatte, war, dass sie sich damit von ihren eigenen Gedanken und Gefühlen weitgehend ablenken konnte. Sie hatte Oliver fortgeschickt, ihn wissen lassen, wie sehr sie seine Hilfe zu schätzen wusste ebenso wie seine Freundschaft. Dass er sie gefragt hatte, ob er sie zu dem Klassentreffen begleiten dürfe, hatte ihr Herz in nicht unbeträchtlichen Aufruhr versetzt, denn das gehörte ganz sicher nicht zu ihrem Arrangement. Dieses Angebot war von Herzen gekommen. Einem Herzen, das sich ihr bisher so vehement verschlossen hatte. Ab und zu hatte sie einen Blick hinter die Fassade werfen können, die Oliver umgab. Doch solange er nicht bereit war, Gefühle zuzulassen, war sie stets in Gefahr, verletzt zu werden. Sie hatte den Eindruck gewonnen, dass er sehr wohl etwas für sie empfand, was über eine oberflächliche Freundschaft oder auch Affäre hinausging. Doch entweder konnte oder wollte er das nicht sehen oder wahrhaben.

Zuerst hatte sie ihn geradeheraus damit konfrontieren und ihn fragen wollen, warum er sie immer noch belog – und sich selbst gleich mit. Dann aber war sie einen anderen Weg gegangen und hatte entschieden, dass er von selbst darauf kommen musste. Wenn er das nicht konnte, war es für sie beide besser, wenn sie getrennte Wege gingen, ganz gleich, was sie sich auch beim Universum – und beim Weihnachtsmann! – gewünscht haben mochte.

Sie hatte in der Vergangenheit kein Glück in der Liebe gehabt, und sie fand, sie war es sich selbst schuldig, sich und ihren Vorstellungen treu zu bleiben. Halbe Sachen und Zweifel oder die Unfähigkeit, zu den eigenen Gefühlen zu stehen und sie auszusprechen, gehörten definitiv nicht dazu. Sie wollte ihr ganz persönliches Märchen.

Vielleicht machte dieser Wunsch sie naiv, vielleicht war er fern jeder Realität, doch sie war nicht bereit, davon abzurücken. Möglicherweise dachte sie in zehn, zwanzig Jahren einmal anders, wenn sie immer noch allein war und alle Welt sie für ein verschrobenes Weib hielt. Andererseits würde sie, wenn sie sich nicht treu blieb, niemals in Erfahrung bringen, ob solche Wünsche nicht doch wahr werden konnten.

Das bedeutete allerdings nicht, dass es nicht wehtat. Sie hatte so manche nächtliche Stunde weinend in ihrem Bett verbracht und sich nach Oliver und dem liebenswert tapsigen Scottie gesehnt. Seit die beiden vor über zwei Wochen nach

Köln zurückgekehrt waren, hatte sie nichts mehr von ihnen gehört oder gesehen. Bis auf Olivers Honorarrechnung, die am vergangenen Mittwoch ohne weitere Nachricht in ihrem Briefkasten gesteckt hatte. Selbstverständlich hatte sie sie umgehend bezahlt … und dabei das Gefühl gehabt, endgültig einen Schlussstrich unter das seltsamste Kapitel ihres bisherigen Lebens gezogen zu haben.

Ein Blick auf die Uhr an ihrem Handgelenk verriet ihr, dass sie noch etwas mehr als eine Stunde vor sich hatte. Zeit genug, noch eine neue Playlist für die Zeltbeschallung auszusuchen. Sie entschied sich für einen Mix aus fünfzig Weihnachtsklassikern auf Englisch, bei dem sie die Zufallswiedergabe einstellte.

Während Elvis Presley *I'll be home for Christmas* säuselte, fiel ihr auf, dass schon ungewöhnlich lange keine Kundschaft mehr den Weg zu ihr gefunden hatte. Dabei war der Nachmittag des Heiligen Abends prädestiniert für ein letztes Gedränge, wenn alle verzweifelten Last-Minute-Käufer über den Markt hetzten und hofften, doch noch das perfekte Geschenk zu ergattern oder wahlweise ein absolutes Schnäppchen für irgendeine lästige Verwandte, die man aber nicht ignorieren durfte.

Sie konnte durch die Seitenfenster sehen, dass es leicht zu schneien begonnen hatte, und was war denn dort draußen los? Standen da Menschen vor dem Zelt, ohne hereinzukommen? Neugierig trat sie auf die Tür zu, prallte aber gleich wieder zurück, weil eine riesige vierbeinige Kanonenkugel hereingeprescht kam und sie dabei fast umrannte. Etwas Dunkelblaues klatschte auf den Boden. Im nächsten Moment hatte sie den laut jaulenden und winselnden Scottie im Arm.

Jana, juhu, Jana! Hallo, da bin ich wieder. Ich bin ja so glücklich, dich zu sehen, das glaubst du gar nicht. Lass mal schnüffeln und dich abschlecken. Hach, was bin ich au-au-aufgeregt. Ich kann mich gar nicht beruhigen. Bitte kraul mich hinter den Ohren. Jaaa! Genau so! Wiff!

»Scottie, wo kommst du denn so plötzlich her? Ja, ja, ich freue mich ja auch total, dich zu sehen.« Janas Herz hatte einen wilden Satz gemacht und pochte nun viel zu schnell weiter. Mit einiger Mühe konnte sie verhindern, dass der vor Freude ganz ausgeflippte Scottie sie doch umwarf. Er wurde erst etwas ruhiger, als sie ihn hinter den Ohren kraulte.

Erst jetzt fiel ihr Blick auf das blaue Etwas, dass der Hund mit hereingebracht hatte. Ein Kissen? Oder war es eine Tasche? Es war etwa dreißig Zentimeter lang, aus Nylon gefertigt und hatte die Form eines Hundeknochens. »Was hast du denn da mitgebracht?« Ihre Hände zitterten leicht, als sie den Gegenstand aufhob. Sie traute sich nicht, durch die Tür nach draußen zu sehen, denn sie hatte nun sehr wohl mitbekommen, dass sich vor dem Zelt eine Menschentraube gebildet hatte. Ihr Puls stieg noch weiter an und machte sie ganz schwindelig.

Das Ding da? Das ist Bones, so nennt Herrchen es immer. Er hat gesagt, ich soll es dir bringen. Da sind übrigens Leckerchen drin. Scottie begann aufgeregt an dem Nylonknochen zu schnüffeln, der mit irgendeiner weichen Füllung ausgestopft war. *Gibst du mir welche davon? Wau?*

»Moment mal, Scottie, lass doch erst mal sehen.« Jana drehte und wendete den Knochen und fand auf der Unterseite einen Reißverschluss. »Ist da etwas für dich drin, ja?«

Jaaa!

»Aha, Leckerchen.« Mit immer noch nervös zitternden Fingern nestelte sie ein paar von Scotties Lieblingshundekuchen heraus und gab sie ihm. »Hier, bitte sehr.«

Mjam, danke. Mehr!

»Nicht so gierig.« Jana schluckte erfolglos gegen ihre Aufregung an. »Da ist noch was drin. Ein zusammengerollter Briefumschlag.« Nun geriet ihr Herzschlag gänzlich außer Kontrolle. Als sie kurz den Kopf hob, sah sie Oliver einige Meter vor dem Eingang stehen. Und – o Gott! – wirklich jede

Menge Menschen. Anscheinend hatte er das hier geplant und die Leute gebeten, vorerst nicht das Zelt zu betreten, und nun blieben immer mehr Neugierige stehen und gafften.

Beinahe wäre ihr der Umschlag aus der Hand gefallen, so aufgeregt war sie inzwischen. Vorsichtig öffnete sie ihn und bemerkte dabei, dass er über und über mit grinsenden Einhörnern bedruckt war, die jemand – etwa Oliver? – mit einem Buntstift rosa ausgemalt hatte.

Auch das Briefpapier war mit rosafarbenen Einhörnern übersät. Fast hätte sie gelacht, doch als sie den einzelnen Satz las, den Oliver quer über das ganze Blatt geschrieben hatte, kamen ihr stattdessen die Tränen.

It looks like love has finally found me.

Natürlich erkannte sie die Liedzeile aus dem Foreigner-Song sofort. Als sie den Kopf hob, sah sie Oliver immer noch ganz ruhig, abwartend vor dem Eingang stehen.

Während die Fontane Sisters im Hintergrund gänzlich unpassend *I'm gettin' nuttin' for Christmas, 'caus I ain't been nuttin' but bad* trällerten, ließ Jana den Briefbogen sinken und ging ganz langsam auf Oliver zu. Die Tränen rannen ihr einfach weiter über die Wangen, und in ihrem Hals hatte sich ein dicker Kloß gebildet. Dicht vor ihm blieb sie stehen, hob den Einhornbrief leicht an.

»*You're serious.*« Es war mehr eine Feststellung als eine Frage.

»*I've never been more serious in my life.*« Seine Stimme klang rau und bewegt. »Andernfalls hätte ich wohl kaum den Nerv gehabt, diese ganzen Einhörner rosa anzumalen.« Um seine Mundwinkel zuckte es. Er nahm ihr den Knochen ab, stopfte den Brief einfach hinein, ihr erschrockenes »Hey!« einfach ignorierend, zog den Reißverschluss zu und warf das Ding in Scotties Richtung. »Fang Bones!«

Jau, wau, hab ihn! Geschickt schnappte Scottie den Knochen und setzte sich auf Olivers Handzeichen brav hin.

Um sie herum wurde vereinzelt applaudiert.

Beeindruckt blickte Jana von Scottie zu Oliver. »Wann hat er das denn gelernt?«

»Gleich nachdem ich ihm beigebracht hatte, Bones zu jedem beliebigen Ort zu bringen. Wir haben jede freie Minute der vergangenen Woche mit Üben zugebracht.« Oliver nahm ihre Hände in seine. *»I really want to know what love is.«* Sanft zog er sie in seine Arme. *»I want you to show me«*, raunte er noch, bevor sie ihre Arme um seinen Hals schlang und seine Lippen mit ihren verschloss.

Aus dem vereinzelten Applaus wurde lauter Jubel, sogar Pfiffe waren zu hören. Jana war es ganz egal. Sie sah, spürte, roch nur Oliver, der ihren Kuss zärtlich und zugleich mit Nachdruck erwiderte. Plötzlich löste er sich jedoch von ihrem Mund und starrte sie entsetzt an. »Das ist jetzt nicht dein Ernst, oder?«

»Was ist denn?« Verständnislos sah sie über die Schulter in ihr Zelt, weil sein Blick dorthin gewandert war, dann begriff sie.

»The hat I got for Christmas is to beeg«, trällerte sie den Song von Mel Blanc mit. »Nicht gut?«

»Ein Albtraum!« Der Laut, den Oliver ausstieß, lag irgendwo zwischen Lachen und Stöhnen. »Weshalb musste ich mich ausgerechnet in die Frau mit dem schrägsten Musikgeschmack auf diesem Planeten verlieben?«

Eine Welle warmer, aufregender Gefühle durchfloss ihr Herz. »Also hast du das? Dich verliebt?«

»Ich dachte, das hätte ich eben sowohl schriftlich als auch mündlich kundgetan.« Lächelnd strich er ihr eine Haarsträhne hinters Ohr. »Ich habe die Worte vielleicht von Foreigner geklaut, aber deshalb sind sie nicht weniger wahr.«

Ihr Herz floss über. »Ich wollte nur sichergehen. Immerhin ist Englisch nicht meine Muttersprache.«

»Du hast selbst gesagt, ich solle meine Angebetete auf Englisch ansprechen«, erwiderte er grinsend. »Ich habe mich nur an deinen Rat gehalten. Aber um jedes Missverständnis auszuschließen, kann ich mich zu diesem Thema auch zweisprachig äußern. Und diese Worte sind auch nicht geklaut, sondern ganz original von mir. *I love you*, Jana. Ich liebe dich. Tut mir leid, dass ich eine Weile gebraucht habe, um das zu kapieren. Wahrscheinlich habe ich einfach nicht mehr damit gerechnet, dass ich mich überhaupt verlieben kann. Als es dann so weit war, musste ich dieses irrsinnige Gefühl erst einmal identifizieren. Erst recht, weil du und ich so verschieden sind. Wer hätte gedacht, dass so etwas passieren kann?«

»Ja, wer hätte das gedacht?« Sie grinste mutwillig. »Das Schicksal hat nun mal manchmal einen etwas gewöhnungsbedürftigen Humor.«

»Das Schicksal?«

»Oder das Universum, wer weiß?« Sie zwinkerte ihm zu. »Oder der Weihnachtsmann. Einer von den dreien wird wohl seine Finger im Spiel gehabt haben.«

Oliver lachte und zog sie wieder in seine Arme. »Du bist schon eine verrückte kleine Hexe.«

»Weiß ich.« Sie küsste ihn. »Und bevor es andersherum zu Missverständnissen kommt: Ich liebe dich auch. *I love you, too.* Und damit noch eins klar ist: Diese verrückte Hexe hat vor, dich dauerhaft zu behalten.«

Diesmal küsste er sie. »Das will ich doch hoffen.« In seinen Augen funkelte es vergnügt. »Solange ich mir dein Elfen- und Gnomenbett nicht mit diesem Plüscheinhorn teilen muss.«

25. Kapitel

»Ich kann immer noch nicht glauben, dass du diese wunderschöne Erstausgabe von *The Last Unicorn* aus dem Jahr 1968 für mich gefunden hast.« Ehrfürchtig fuhr Jana mit den Fingerspitzen über den Einband des alten Buches. »Noch dazu für mich vom Autor signiert. Wie hast du das gemacht?«

Oliver stellte einen Teller mit Waffeln und Pancakes, die vom Weihnachtsfrühstück übrig geblieben waren, auf dem Couchtisch ab und setzte sich zu ihr auf die Couch. »Ich könnte jetzt behaupten, dass ich auch zaubern kann, aber in Wahrheit habe ich bloß die Verbindungen meines Dads ausgenutzt.«

»Ich weiß gar nicht, wie ich dir dafür danken soll.«

»Ach, mir würde da schon das eine oder andere einfallen«, raunte er ihr warm ins Ohr.

Jana erschauerte wohlig. »Darüber ließe sich verhandeln.«

»Gut.« Er zog sie in seine Arme. »Der Abend gestern mit deiner Familie und Melissa und dem kleinen Andy war sehr schön.«

»Finde ich auch. Der Skype-Anruf deiner Mom war aber auch nett. Ich freue mich schon, sie zu Silvester persönlich zu treffen. Und deinen Dad im Sommer.«

»Unsere Familien sind schon ziemlich verschieden«, gab er zu bedenken. »Ich hoffe, sie werden sich vertragen.«

»Warum sollten sie nicht?« Jana kuschelte sich an ihn. »Wenn selbst wir beide eine gemeinsame Grundlage gefunden haben, ist doch wohl alles möglich. Außerdem wäre es doch langweilig, wenn die Familie nicht ein bisschen für Chaos sorgen würde. Im Zweifelsfall kannst du ja mit deiner neuen Glasskulptur meditieren, um deine Ruhe zu bewahren. Ich habe sie nicht umsonst *Raben-Zen* genannt.«

»Dieses Stück ist wirklich außergewöhnlich.« Sein Blick wanderte zu der über einen halben Meter hohen Skulptur, bei deren Entstehung er dabei gewesen war. Sie hatten sie vorerst auf dem Küchentisch abgestellt, weil sie dort vor Scotties wedelnder Rute sicher war. »Woher wusstest du, dass sie mir gefallen würde?«

»Weil ich deine Aura gespürt habe, als ich sie erschaffen habe. Ohne deine Anwesenheit wäre sie nicht so kraftvoll geworden.« Sie griff nach seiner Hand und verschränkte ihre Finger mit seinen. »Als deine Schwester sie gesehen hat, wollte sie sie sich schon unter den Nagel reißen. Aber ich habe ihr zu verstehen gegeben, dass *Raben-Zen* nicht verkäuflich ist.«

Verblüfft richtete Oliver sich auf. »Wann hast du denn mit Jen gesprochen?«

»Am Freitag vor einer Woche.« Auch Jana richtete sich ein wenig auf, ohne jedoch seine Hand loszulassen. »Ich habe ihr eine Mail geschickt, und daraufhin haben wir geskypt. Sie ist sehr nett.«

»Nett?« Seine Augenbrauen wanderten beinahe bis zu seinem Haaransatz hinauf.

»Ja, auch wenn du sicherlich recht hast. Sie hat etwas von einer Naturgewalt. Aber ich glaube, wir kommen trotzdem miteinander aus.«

»Aber …« Verständnislos starrte er sie an. »Ich dachte … Du warst so wütend auf mich und auf sie, weil sie wollte, dass ich dich für sie ködere.«

»Das war das Erste, wofür ich ihr die Meinung gegeigt habe«, erwiderte Jana mit einem tief empfundenen Gefühl der Zufriedenheit. »Als wir letztens darüber gesprochen haben, wie wichtig es für mich ist, mit meinen Kunden zu sprechen, herauszufinden, wie sie ticken und was zu ihnen passt, fiel mir auf, dass es eigentlich nichts anderes ist als das, was Jen mit deiner Hilfe macht. Mir ist klar geworden, dass die Tatsache, dass sie sich die Mühe macht, Einzelheiten aus dem Leben ihrer Klienten zu erfahren, eigentlich genau das ist, was ich möchte. Denn es bedeutet, dass sie versucht, auf die Bedürfnisse der Künstler einzugehen und die Zusammenarbeit mit ihnen so zu gestalten, dass es für jeden richtig ist. Ich bin mit ihrer Methode nach wie vor nicht einverstanden, und dein Geständnis hat mich in dem Moment wirklich zutiefst verletzt und erschüttert. Aber ich weiß auch, dass Künstler nicht immer einfach sind, und verstehe, dass man da vielleicht manchmal zu ungewöhnlichen Mitteln greifen muss, um sie gewissermaßen zu ihrem Glück zu zwingen. Nachdem das geklärt war, haben wir uns lange unterhalten, darüber, was ich mir vorstelle und wünsche, wo meine Grenzen liegen und wie ich arbeite. So ganz sind noch nicht alle Details geklärt, aber im Frühjahr werde ich ihr wohl mal probeweise zwei oder drei meiner Werke zukommen lassen. Über den Vertrag werden wir uns bestimmt noch die Köpfe heißreden und hart verhandeln müssen, aber ich habe auch schon mit dem Bildhauer Ben Brungsdahl Kontakt aufgenommen. Wir sind schon länger auf Facebook und Instagram befreundet, und er hat mir ein paar gute Tipps zur Verhandlung mit Jennifer gegeben. Also …« Sie lächelte versonnen. »Vielleicht wird mein Kindheitswunsch ja doch irgendwann noch wahr – zu meinen Konditionen, wohlgemerkt. Bis dahin bin ich aber mit der Erfüllung meines aktuellen Weihnachtswunsches schon vollauf zufrieden. Da hat der Weihnachtsmann sich wirklich ins Zeug gelegt.«

Amüsiert musterte Oliver sie. »Du bist eine ganz erstaunliche Frau. Glaubst du wirklich, dass Santa Claus dir deinen Wunsch erfüllt hat?«

»Das glaube ich nicht nur, ich weiß es«, antwortete sie im Brustton der Überzeugung. »Immerhin habe ich ihn gestern Abend nach der Christmette mit seinem Rentierschlitten über die Stadt ziehen sehen.«

»Ich hab dir doch gesagt, dass das nur eine Sternschnuppe war!« Oliver lachte. »Von wegen Santa Claus mit seinem Schlitten.«

»Du musst es ja wissen.«

»Weiß ich auch.«

Sie grinste. »Rufen Sternschnuppen auch *ho, ho, ho*?«

»Das war eine akustische Täuschung. Die Kirchenglocken haben geläutet.«

»Na gut, aber am Ende ist es eh wurscht.« Sie kicherte über ihre Wortwahl. »Wenn man eine Sternschnuppe sieht, darf man sich ja auch etwas wünschen. Und wer sagt dir, dass ich mir nicht auch bei vergangenen Sternschnuppen genau das gewünscht habe, was jetzt in Erfüllung gegangen ist?«

Oliver stöhnte und hob resignierend die freie Hand. »Schon gut, schon gut, kleine Hexe. Du hast gewonnen.« Zärtlich küsste er sie, dann murmelte er dicht an ihrem Mund: »Hast du dir bei der gestrigen Sternschnuppe auch etwas gewünscht?«

»Beim Weihnachtsmann, meinst du?« Sie grinste gegen seine Lippen.

»Jana!«

Glucksend küsste sie ihn erneut. »Selbstverständlich habe ich mir etwas gewünscht.«

»Und was?«

»Das darf ich nicht verraten, sonst geht es nicht in Erfüllung. Warte einfach bis zum nächsten Weihnachtsfest, dann wirst du es erfahren.«

»So lange muss ich noch warten?« Oliver klang empört.

»›Gut Ding will Weile haben‹, sagt mein Papa immer«, gab sie zurück. Dann wechselte sie das Thema. »Weißt du schon, wo du *Raben-Zen* aufstellen wirst? In deinem Büro vielleicht?«

»Das wäre eine Idee«, stimmte er zu. »Sobald ich ein neues Büro gefunden habe.«

»Du willst dein Büro verlegen?« Verblüfft merkte sie auf. »Wohin denn?«

»Hier in der Stadt sind die Mieten günstiger als in Köln.« Er lächelte ihr warm zu. »Da Scottie und ich doch sowieso die meiste Zeit hier sein werden, kann ich meinen Firmensitz auch gleich hierher verlegen. Meinen Klienten wird es egal sein, weil die meisten mich sowieso übers Internet finden und ich meistens zu ihnen kommen muss und nicht umgekehrt. Und so weit ab vom Schuss sind wir hier ja nicht. In weniger als einer Dreiviertelstunde ist man in Köln oder Koblenz. Vielleicht finde ich ja sogar ein Büro mit passender Wohngelegenheit.«

Janas Herz machte einen großen Satz. »Über meiner Werkstatt gibt es neben meinem Büro drei leer stehende Räume. Die könnte ich dir als Geschäftsräume vermieten.«

»Tatsächlich.« Er schmunzelte. »Gib es zu, das machst du hauptsächlich, damit du das *Raben-Zen* jeden Tag besuchen kannst.«

Jana lachte auf. »Na klar. Ohne mich funktioniert nämlich sein Zauber nicht. Hatte ich vergessen, das zu erwähnen?«

Er zog sie erneut fest an sich. »So langsam beginne ich es zu begreifen. Eine Lösung für mein Wohnproblem hast du nicht auch zufällig?«

»Ich habe ein Gästezimmer, wie du weißt«, sagte sie unschuldig und küsste ihn. »Da darfst du aber nicht schlafen.«

»Darf ich nicht?« Er küsste sie.

»Nein, weil wir das für die Besuche deiner Familie freihalten müssen.« Wieder küsste sie ihn. »Aber ich bin ziemlich sicher, dass wir hier irgendwo einen anderen Schlafplatz für dich finden werden.« Sie erhob sich und zog ihn mit sich auf die Füße. »Warum machen wir uns nicht einfach mal auf die Suche? Möglicherweise habe ich sogar neue Bettwäsche für dich, die ganz ohne Pastell und Blumen auskommt.«

»Die Idee gefällt mir ausgezeichnet«, antwortete er und folgte ihr bereitwillig die Treppe hinauf ins Schlafzimmer. »Inzwischen habe ich mich sogar daran gewöhnt, dass uns diese geschnitzten Elfen und Gnome bei allem zusehen, was wir dort tun.«

***

Oh, wie nett! Herrchen und Jana-Frauchen haben mir Leckerchen auf dem Couchtisch dagelassen. Das finde ich doch jetzt mal voll okay. Ihr nicht auch?

Hm, was haben wir denn da? Mjam, Pancakes und Waffeln, besser geht es ja gar nicht. Da werde ich gleich mal so richtig reinhauen. Denn wer weiß, wann die zwei wieder von oben herunterkommen. Vielleicht bin ich bis dahin verhungert.

Wau, ja, die sind lecker. Die verdrücke ich glatt bis auf den letzten Krümel. Moment, noch den Teller ablecken, da ist noch ein bisschen Puderzucker drauf. Huch, der Teller rutscht aber! Oh, oh, jetzt ist er runtergefallen. Zum Glück auf Janas Hausschuhe. Kaputt ist er nicht. Glück gehabt.

Und was jetzt? Ich könnte einen Kontrollgang durch das Haus machen. Einer muss schließlich aufpassen. Genau, das mache ich, dann wird mir auch nicht langweilig.

Apropos langweilig … Sieh mal einer an, die Tür zum Gästebad steht einen Spalt offen. Da fange ich mit meinem Rundgang an.

Tja, was gibt es hier zu sehen? Herrchens Socken im Wäschekorb und eins seiner T-Shirts. Wisst ihr, was? Damit kann ich ganz wunderbar meinen Schlafplatz aufhübschen und auspolstern. Also nichts wie die Sachen dorthin gebracht. Jana hat mir ja gestern so eine Decke hingelegt, weil mein Schlafkissen gerade nicht hier ist. Da gehört also unbedingt noch Zeug drauf, damit es gemütlicher wird.

Also, was noch? Ja, genau, das Papier von der lustigen Rolle im Gästebad wird sich ebenfalls hervorragend als Polstermaterial eignen. Das gehe ich auch gleich mal holen.

Und was macht ihr so an einem gemütlichen ruhigen Weihnachtsmorgen? Ich meine, außer mir dabei zuzusehen, wie ich mich hundegerecht in meinem neuen Zuhause einrichte?

Was auch immer ihr tut, ich hoffe, ihr seid dabei genauso glücklich wie meine Menschen und ich. Fröhliche Weihnachten euch allen! Wuff.